KB271155

한문소설과 욕망의 구조

한문소설과 욕망의 구조

지은이 윤채근(尹采根, Yoon, Chae-Keun)은 고려대학교 국문학과를 졸업하였고 현재 단국대학교 한문교육과 교수이다. 「초정집서의 문체론적 일고찰」을 비롯한 다수의 연구논문이 있으며, 한문소설 연구서인『소설적 주체, 그 탄생과 전변』, 비평론 저서인『차이와 체계』, 16세기 연구서인『황혼과 여명』, 대중교양서인『신화가 된 천재들』을 출간했다. 동과 서의 다양한 이론들을 소통시켜 한국의 전통 인문학을 격조 있게 현대화시키고자 노력중이며 경전의 대중화, 한문과 교과교육론의 이론적 정립, 동아시아 문화권의 통합 문제 등에 관심을 갖고 있다.

한문소설과 욕망의 구조

2008년 2월 20일 1판 1쇄 인쇄
2008년 2월 25일 1판 1쇄 발행

지은이 _ 윤채근
펴낸이 _ 박성모
펴낸곳 _ 소명출판
등록 _ 제13-522호
주소 _ 137-878 서울시 서초구 서초동 1621-18 (란빌딩 1층)
대표전화 _ (02) 585-7840
팩시밀리 _ (02) 585-7848

somyong@korea.com | www.somyong.co.kr

값 19,000원
ISBN 978-89-5626-300-7 93810

한문소설과 욕망의 구조

The Korean Novels in Chinese and the Structure of the Desire

윤채근 지음

소명출판

지그문트 프로이트는 어느 날 제자 칼 구스타프 융으로부터 소설 한 권을 소개받았다. 빌헬름 옌젠이 쓴 『그라디바』라는 소설이다. 소설은 자신이 어려서부터 사모했던 여자 친구를 폼페이 시대의 여인으로 망상하게 된 한 젊은 고고학자의 삶을 추적하고 있다. 프로이트는 이 매혹적인 소설 속에서 신경증의 온갖 징후들을 발견하고 열광하게 된다. 마침내 작가가 정신분석적 경험이나 성찰을 했음에 틀림없다고 확신한 프로이트는 옌젠에게 편지를 보내 그의 어린 시절에 대해 문의했고 심지어 그의 유년의 기억을 분석하고자 하였다.

하지만 옌젠은 프로이트를 알기 전까지는 정신분석의 문외한이었으며 『그라디바』는 심리학적 기획과는 전혀 무관한 그저 작가 머릿속에서 탄생한 상상의 산물일 뿐이었다. 결국 정신분석의 창시자는 하나의 문학작품이 전혀 그럴 의도 없이도 정신분석의 체험을 그대로 구현할 수 있었다는 사실에 감탄과 경이를 표하게 된다. 이처럼 소설과 정신분석은 정신분석 탄생 과정 그 원점에서부터 혈연관계를 나누어 갖고 있었던 셈이다.

한문소설도 소설이라면, 그리고 소설이 문화적 생활의 복잡계를 심리적으로 포착한 산문적 발현이라면, 소설이라고 불리는 서사적 현상이 정신분석의 여러 징환들로부터 결코 완전히 자유로울 수 없음을 인정해야 한다. 이는 프로이트의 다양한 문학예술비평이나 오토 랑크의 영웅신화 분석 등을 통해 두 세기 전에 이미 증명되었던 바다. 따라서 소설 전공자에게 정신분석에 대한 이해는 취향이나 선택의 문제라기보다 필히 이수해야 할 기본 과정 가운데 하나일 것이다. 이 책은 말하자면 그러한 문제의식을 한문소설 분야에 다양한 방식으로 적용해 본 학술적 결과물이다.

이 책에 모인 11편의 글들은 기존에 완성하여 학술지에 발표했던 논문들을 책의 목적에 맞게 전면 개고한 것들이다. 개고라고는 하지만 어떤 논문은 아예 새로 써야만 했고 또 어떤 논문은 학술지에 발표되었던 논지 자체를 수정해야만 했다. 틈나는 대로 개고를 반복한 탓에 논문으로서의 균형이 파괴된 부분도 있다. 이런 단점들은 이들이 정신분석 지평에서 한 권의 책 안으로 회집됨으로써 어느 정도는 보완되고 있는데 저자로서는 그것이 작은 위안이라면 위안이다.

또한 이 글들은 정신분석과 맺는 관련성에 있어 그 밀도가 서로 다르다. 예컨대 『포의교집』을 통해 도착적 욕망의 구조를 검출한 첫 번째 글과 낭만성 문제를 다룬 일곱 번째 글은 동일한 이론 지평으로 묶기 어려운 거리를 소유하고 있다. 이런 사례가 일부 발견될 때마다 나는 독자들에게 일일이 양해를 구해야 할 것이지만 그 거리를 좁혀가는 것 자체가 우리 시대의 몫이라는 말로 변명을 대신하고자 한다.

「『포의교집』에 나타난 근대적 욕망 구조―안티고네의 도착적 희생과 히스테리 사이」는 여주인공 초옥의 욕망의 구조가 도착적이며 이러한 도착성이 궁극적으로 조선 후기의 도착적인 성적 지위, 나아가 문화의 도착적인 국면과 연관되어 있음을 밝히고 있다. 아울러 이 글은 『포의교집』 인용을 규장각 원본 대신 번역본으로 하고 있는데, 이는 훌륭한 번역본의 가치를 이제는 적극적으로 인정해 주어야 할 때가 되었음을 강조하기 위해서였다.

「『절화기담』의 사랑－환유적, 혹은 여성적 욕망」은 욕망이 환유적이라는 라캉의 명제를 한문소설 분석에 변용시켜 적용해본 글이다. 남성의 팔루스적 욕망이 환유적으로 운동하는 욕망의 대상—혹은 오브제 a—을 자신의 욕망에 은유적으로 결합시켜 점유하려고 한다면, 여성적 욕망은 욕망 자체가 환유라는 사실을 자기 향유의 본질로 받아들인다. 여주인공 순매는 욕망의 주체로 전면에 부각되어 있지 않지만 남성의 팔루스적 욕망을 끝없이 환유적으로 미끄러뜨릴 수밖에 없는 위치로 설정됨으로써, 결국은 끝없이 대상화되기만 하는 자신의 본질과 자신이 지닌 욕망의 환유적 운명을 간접적으로 드러낸다.

「조선 후기 한문소설과 근대적 사랑의 경제－「주생전」과 『절화기담』의 사랑의 방식을 중심으로」는 임란 이후 17세기 들어 초치된 조선 후기 교환경제 체제의 강화가 사랑의 방식을 제약하는 과정을 두 편의 한문소설을 분석함으로써 드러낸 글이다. 여기 사용한 '경제' 개념은 이미 프로이트가 '리비도 경제'라는 용어로 사용했던 바 있으며, 욕망의 에너지가 투자되어 모종의 쾌락[이익]을 취해가는 일련의 메커니즘을 비유하고 있다.

「한문소설에 나타나는 시선의 위상학－리얼리티 서사와 근대 주체 형성과 연관하여」는 소설 속에서 누가 누구를 어떻게 보는가, 혹은 볼 수 있도록 설정되어 있는가를 따짐으로써 시선에 담긴 욕망과 권력의 전개 과정을 검토해 본 글이다. 고전적인 서사가 근본적으로 누군가에 의해 누구를 누구에게 보여주는 과정이라면 그러한 시선의 작동 기제의 변모를 통해 소설사의 전변 과정을 새롭게 재구성할 수 있게 될 것이다.

「17세기 미적 기분(Stimmung)의 변모와 새로운 소설의 탄생－임제와 권필을 중심으로」는 하이데거의 기분 개념을 중심으로 17세기에 출현한 미적 정서와 서사적 욕망의 변동을 추론한 글이다. 여기 사용된 '기분'이라는 개념은 본래 후설의 현상학으로부터 연원한 것이다. 막스 셸러가 그러한 정서 현상들의 본질을 탐구한 대표적인 학자다. 하이데거는 각 시대의 정서적 기분의 변화를 중시했는데, 이 글은 그러한 전제들에 힘입어 17세기를 대표하는 시인이자 소설가였던 임제와 권필 문학에 내재한 기분과 그 참신성의 원인을 살피고 있다.

「시간전(時間戰) : 소설가의 시간과 공간—김시습과 임제를 중심으로」는 소설가가 시간과 공간을 다루는 방식을 두 명의 작가를 비교함으로써 드러낸 글이다. 임제가 시간적 이해를 공간화 시키는 데에서 멈춘 반면, 김시습은 시간을 시간 그 자체로 이해하려고 노력함으로써 시간의 서사적 본질을 깨달았음을 논하고 있다.

「한국 한문소설의 낭만성의 구조—플롯의 특징을 중심으로」는 본래 낭만성 개념의 서사적 정의에 초점을 맞추어 기술되었던 글을 확장하여 낭만성 개념이 지닌 남성 중심적 시각을 다양하게 소묘한 글이다. 때문에 글의 맥락이 두 부분으로 분할되어 있는데 양자가 논리적으로 무관할 수 없는 것이라서 지금의 형태를 고수했다. 글의 절반에 해당하는 전반부를 통해 낭만적 욕망에 대한 페미니즘적 비판을 가하고 있다.

「중세 동아시아 소설에 나타나는 방황과 미로의 유형들—『금오신화』·『전등신화』·『전기만록』·『기재기이』를 중심으로」는 미로 체험이 어떤 방식으로 서사에 투영되는가를 분류하고 그 의미를 소설가의 욕망과 억압의 문제로 설명했다. 그리고 「『기재기이』의 창작 배경과 그 소설적 의미—분열증적 수사를 중심으로」는 소설가 신광한의 역사적 위상을 새롭게 재구하고, 아울러 소설 창작 시점을 말년으로 비정하면서 창작 동기를 기존과는 다른 방식으로 유추한 글이다. 이를 통해 『기재기이』의 서사가 분열증적 수사를 동반하게 된 경위를 설명하고 있다.

「김만중의 비관적 세계표상과 『구운몽』의 주제—공(空)의 의미와 통속성을 중심으로」는 김만중이 세계를 이해하는 방식이 표상불가능성과 비관적 회의주의에 있었음을 논증하고 이 문제가 『구운몽』의 주제인 공사상의 문제와 밀접하게 결부되어 있음을 증명한 글이다. 이 과정에서 존재 불안에 대한 통속적 위안이라고 하는 독특한 서사적 욕망이 불교적 기원을 가지고 있음을 암시하고 있다.

「김시습과 『금오신화』: 존재 불안의 서사적 탐구—히스테리와 우울증을 중심으로」는 김시습의 소설 창작 동기를 그의 히스테리적 성향과 잠재적 우울증으로부터 유추한 글이다. 히스테리와 같은 전이신경증과 우울증은 그 증상의 기작은 서로 다르나 김시습이라는 독특한 인격 속에 혼효됨으로써 소설 창작의 창조적 동기 유발에 기여했음을 드러내고 있다.

프로이트와 라캉은 늘 저자의 학문적 삶의 진지한 동반자 가운데 일부였다. 하지만 서초동 연구소에서 만났던 여러분들이 아니었다면 이 책 속의 글들은 욕망의 구조 속으로 과잉 결정되지 못했을 것이다. 내 무의식에 잠들어 있던, 혹은 나른하게 방심하고 있던 글쓰기의 욕망을 부추겨준 이분들께 고마운 마음을 전한다. 그분들과의 만남이 없었다면 나는 더 외로워지고 더 딱딱해져서 속절없이 늙은 글쓰기에 안주해버리고 말았을 것이다.

아무쪼록 이 책이 지니고 있을지도 모를 작은 미덕에 자극받아 한문소설, 나아가 한문학 작품 전체에 대한 정교한 분석 작업이 활발해지기를, 그래서 이 책이 젊은 후배들에 의해 그저 소박한 첫 시도로서만 기억될 날이 빨리 오기를 진심으로 기대한다.

2008년 3월
죽전 연구실에서
윤채근

| 차례 |

제1장

『포의교집』에 나타난 근대적 욕망 구조

안티고네의 도착적 희생과 히스테리 사이

1. 서론—욕망과 증상으로서의 『포의교집』

『포의교집(布衣交集)』이 본격적으로 주목받기 시작한 이래 시도된 여러 해석들은 이 작품을 전기적 서사 전통의 연장선상에서 파악하여 그 주제와 문체 그리고 인물 형상의 변용 양태를 분석하는 데에 초점을 맞추어 왔다.[1] 따라서 『포의교집』을 비롯한 19세기 한문소설들은 거시적으로 전시대 애정전기의 장르 관습을 잉여적으로, 혹은 패러디적으로

---

[1] 신상필, 「한문소설 『포의교집』 연구」, 『한문학보』 제3집, 우리한문학회, 2000, 411~430면; 권도경, 「『포의교집』 연구」, 『제51차 학술발표회 요지집』, 한국고소설학회, 2000, 21~31면; 한의숭, 「『포의교집』 연구」, 경북대 석사논문, 경북대대학원, 2001, 17~33면; 한의숭, 「『포의교집』의 문체와 서사적 특징」, 『어문론총』 제41호, 한국문학언어학회, 2004, 397~433면; 김정숙, 「『포의교집』의 소설적 특징과 전기소설 패러디적 면모」, 『조선 후기 재자가인소설과 통속적 한문소설』, 보고사, 2006, 247~268면.

반복함으로써 계승, 혹은 극복하고 있다고 보았다.2)

　물론 『포의교집』에 구사된 문체와 플롯, 인물들의 행위 유형 등은 다분히 전형적인 관습성의 일부나 그것의 변형으로 포획 가능하다. 문제는 이러한 계승 및 변용의 거시적·장르론적 관찰만으로는 『포의교집』이 근대의 증상(symptom)으로서 독특하게 소유한 구조적 특징을 온전히 검출하기 어렵다는 데에 있다. 즉 소설 서사가 작가와 동시대의 내밀한 욕망의 구조적 발현이라고 한다면, 특히 19세기 현실의 역동적 상황을 고려할 때, 그 변동의 예각적·미시적 층위를 특히 강조할 필요가 있다.

　욕망의 서사 문법에 대한 고려는 이상의 견지에서 한문소설을 비롯한 조선 후기 소설 연구에 결정적인 역할을 할 수 있다. 예컨대 『절화기담(折花奇談)』은 전시대 소설이 발견하지 못했던 욕망의 환유적 본질을 포착하고 있으며3) 나아가 물신화된 근대적 애정의 소외 구조를 구현하고 있기도 하다.4) 이러한 정신사적 지층의 이동은 결코 양식과 결부된 거대담론만으로 검출하기 곤란하며 정신분석 담론이 현시한 주체의 욕망 분석을 요구한다.

　그런데 여러 논문들이 강조해 왔던 바처럼 19세기 한문소설의 욕망의 문법을 이해하기 위한 본질적 단초는 바로 여성성, 혹은 여성 주체의 욕망의 구조를 어떻게 파악하느냐에 달려 있다고 해도 과언이 아니다. 그런 견지에서 김경미는, 『포의교집』을 애정 전기의 전통을 이은 소설로 분류하고는 있지만,5) 여주인공 초옥이 지닌 애정 주체로서의 위치

---

2) 물론 애정전기의 계승이라고 하는 문제는 단순히 장르 관습의 답습이라는 차원에서 논의되고 있지는 않으며 논자마다 책정한 변용의 수위에 차이가 있기도 하다. 하지만 『포의교집』 현상을 전대 한문소설 전통의 자장 안에서 발생한 일련의 여파 효과로 보려고 한다는 점에서 서로 유사하다.

3) 윤채근, 「『절화기담』에 나타나는 환유적 사랑」, 『한국고전연구』 제8집, 한국고전연구학회, 2002, 163~182면.

4) 윤채근, 「「주생전」과 『절화기담』의 사랑의 방식」, 『한국문학연구』 제4호, 고려대 한국문학연구소, 2003, 183~202면.

에 있어서만큼은 독특한 단절적 위상을 부여함으로써 연구의 심급을 제대로 적시하고 있다.6) 초옥이라는 여성의 욕망의 실체, 그리고 그것이 중세적 남성/여성의 욕망 구조와 갖는 차별성의 양상이 온전히 검토되어야만 근대적 욕망을 운위할 수 있고, 또 그래야만 19세기 서사의 핵심을 건드릴 수 있다.

정신분석의 여성 욕망에 대한 분석은 사실 정신분석 탄생의 진원지이기도 했다.7) 하지만 프로이트가 남성적 팔루스를 희구하는 여성의 히스테리적 욕망에 멈췄다면 라캉은 여성적 욕망의 비실체성, 남성적 존재 욕망(팔루스)을 부정적으로 제약하는 '존재하지 않는 것'을 향한 여성적 욕망을 실체화시켰다. 팔루스(존재)를 가능케 하는 비팔루스(비존재)적인 것, 의미화될 수 있는 남성적 팔루스 향유에 어두운 공백으로 그 저변을 지배하고 있는 여성적 향유는 다음과 같이 설명될 수 있다.

비존재자에 대해 특별한 지위, 잡을 수 없는 불확실한 특성을 부여함으로써 라캉은 존재하지 않는 어떤 것에 대해 말한다. 여성적 속성에 비경험적 성격을 부여하기 때문에, 라캉에게서 여성적 속성은 어떤 의미에서 보면 남성적 속성에 대해 우위를 갖는다고 할 수 있다. 어떤 의미에서? 팔루스가 질서를 부여하는 기능을 갖기 위해서는 그 질서를 벗어나는 것, 구조지어져 있지 않은 것을 전제해야 한다는 의미에서다. (…중략…) 이에 상응하여 라캉은 팔루스적 향유를 비팔루스적 향유와 구별한다. 여성적 속성에 속하는 것으로 간주되는 후자는 규정이 불가능한 향유이다. 그것은 여성에 도달할 수 없는 팔루

---

5) 김경미, 「19세기 한문소설의 새로운 모색과 그 의미」, 『한국문학연구』 창간호, 고려대 한국문학연구소, 2000, 213면.

6) 위의 논문, 224~227면. 문제는 초옥을 비롯한 19세기 한문소설 여주인공들의 문제적 변화를 감지는 했으면서도 이 심각성을 끝까지 강조하는 데 주저하고 있다는 것이다. 동일한 논리적 망설임이 19세기 소설의 성 담론 층위의 변모를 살피는 과정에서도 반복되고 있다. 김경미는 성 묘사가 중세적 '관념적 인간'으로부터의 해방이라는 의미를 갖는다는 점을 지적하면서도 그 근대적 폭발성을 끝까지 추구하지는 않는다. 김경미, 「19세기 소설사의 한 국면」, 『한국고전연구』 제9집, 한국고전연구학회, 2003, 88~90면.

7) 프로이트가 욕망에 대한 생리학적 해석으로부터 메타심리학의 지평으로 옮겨간 결정적 원인이 바로 여성 히스테리 사례에 대한 해석에 있었다.

스적 향유에 의해 배제되는 향유이다.[8]

여성적 욕망이 지닌 비팔루스적인 향유야말로 중세적인 남성 욕망이 전형적으로 지닌 팔루스적 향유에 대한 위협이며 그 전복의 가능성이다. 또한 이는 남성적 욕망에 의해 제약되는 여성의 히스테리적 욕망, 즉 타자의 욕망이 되고자 하는 욕망이 지닌 불구성을 적나라하게 소환한다. 우리가 초옥에게서 발견하고자 하는 욕망이 바로 이러한 욕망, 남성적 욕망이 지닌 팔루스적 향유에 전혀 기대지 않는 그 자체로 완전한 여성의 욕망(향유)이다.[9]

초옥이 누리는(견디는) 향유의 본질을 이해하기 위해서는 이를 『절화기담』의 순매의 향유와 비교해야 한다.[10] 순매라는 존재는 남성의 욕망에 아말감처럼 쉽게 녹아들지만 결코 응고된 실체로 포착되지 않는다는 특징을 갖는다. 그녀의 육체는 소설 가운데 어떤 상징화도 경유하지 않기에 텅 빈 육체로서의 기표를 이룰 뿐이며 남성은 그녀를 가질 수 없다. 때문에 순매는 순수한 육체성의 동공, 남성적 소유의 표지를 각인당할 가능성으로 넘치지만 이를 끝없이 유보하는 히스테리적 존재다.[11]

---

8) 페터 비트머, 홍준기 역, 「5. 여성성의 우위」, 『욕망의 전복』, 한울아카데미, 1998, 135~136면.

9) 이와 반대로 권도경은 『포의교집』에 구현된 욕망(애정) 관계의 현실주의적 이행 양상에 주목하고 있다. 이에 따르면 이생의 욕망은 빈약한 물적 토대라는 장벽에 애초에 제한되어 있고, 초옥 역시 나름의 현실적 삶의 선택으로 이생과의 애정 관계를 타협적으로 활용하고 있다는 것이다. 즉 두 남녀의 불륜은 각자의 필요에 의해 자기 본위적으로 시작되어 마침내 소통부재의 상황이 악화됨으로써 비극(현실)적으로 끝난다는 견해다. 그런데 권도경은 사랑과 파국의 책임을 남녀 모두에게 물어야 한다는 객관적 시점을 채택함으로써 이생과 초옥의 욕망이 갖는 결정적 차별성을 놓치고 있다. 권도경, 「『포의교집』의 애정갈등과 비극적 결말의 현실적 의미」, 『국어국문학』 132, 국어국문학회, 2002, 153~183면.

10) 초옥과 순매는 모두 젊고 예쁜 하층 유부녀라는 공통의 성적 위치를 갖는다. 다만 순매가 비교적 풍채 좋은 도시 한량의 사랑을 받는 반면, 초옥은 못생기고 무능하며 유부남이기까지 한 시골 서생을 사랑한(해준)다. 두 여인은 동일한 성적 위치에서 출발하나 서로 역으로 전도된 사랑 행각을 벌인다.

11) 남성의 욕망의 대상이 되자마자 그 남성을 멀리하는, 혹은 그 남성을 거부해버리는

반면에 초옥은 육체를 무시하는, 자신의 관능적 매력을 타자의 욕망의 대상으로 구현하고자 하는 뜻이 애초에 없는 존재다.[12]

따라서 초옥은 자신의 육체적 매력을 하나의 '소유'로 이해하여 남성의 욕망의 대상으로 가치화할 하등의 노력도 하지 않는다. 그녀는 남성적 욕망의 경제에서 자신을 팔루스의 위치에 설 수 있게 해 줄 자신의 매력을 오히려 헐값에 자격 없는 이생에게 주어버린다. 말하자면 상징계가 마련한 몸의 경제를 이탈한다. 이는 그녀가 몸을 '소유'의 지평에서 보지 않고 '향유'의 지점에서 보고 있음을 증명한다.

이처럼 초옥의 향유는 근본적으로 자기애적이지만 그 표현은 대상을 지향한다는 도착적 특징을 지닌다. 그리고 그러한 도착적인 구조 속에서 자신의 주체성을 시험하고 견디는 희생 과정을 실현(연기)한다는 점에선 지극히 안티고네적 여성 향유를 닮아 있다. 이 문제는 다음 장에서 자세히 다룬다. 조혜란이 초옥에게서 발견한 근대적 여성 주체는 이와 가장 근사하지만[13] 초옥의 무의식적 위반의 향유를 의식적 저항을

존재를 말한다.

12) 한편, 권도경은 초옥이 자신의 신체적 자율성을 지키기 위해 한 과격한 신체 훼손을 정신의 주체성을 확보하기 위한 윤리적 노력으로, 초옥을 기성 윤리를 해체하고 새로운 윤리를 구성하려는 윤리적 이탈자로 보고 있다. 하지만 여기서 사용된 '윤리' 개념은 모호하다. 이는 자신의 신체를 자율적으로 간수할 근대적 신체소유권, 즉 사법적 주체의 윤리를 의미하는 것으로 보인다. 하지만 이는 법적 권리, 사회경제적 시민법 형성과 유관한 사법적 '도덕(morality)'에 가깝다. 도덕이 사회 규범의 경계를 기표화한다면 윤리는 그 경계의 잉여와 결여를 상징한다. 결국 윤리는 도덕의 한계를 질문하는 초도덕적인 형이상학의 영역에 속한다. 권도경, 「근대 이행기 한문소설 『포의교집』에 나타난 여성의 몸」, 『인문연구』 47, 영남대 인문과학연구소, 2004, 231~258면.

13) 조혜란은 초옥의 주체성 확립 과정을 주제의 핵심에 놓고 있다. 이에 따르자면 초옥이라는 하층 여성은 현실 속의 열악한 자기 존재를 극복하기 위해 스스로 설립한 윤리를 견지해가는 사랑의 주체다. 때문에 초옥은 남성의 알아줌(사랑)을 기대하는 전통적인 전기적 주체가 아니며 자기애에 기반을 둔 인격 주장자로 구성되고 있다. 동시에 그녀의 욕망은 타인의 시선에서 자유로운 긍정적 욕망이며 그로 인해 타자에게 불륜이 그녀에겐 정행(貞行)으로 이해되기까지 한다. 그리고 이는 근대적 여성 주체의 탄생 과정을 상징하게 된다. 조혜란, 「『포의교집』 여성주인공 초옥에 대한 연구」, 『한국고전여성문학연구』 3집, 한국고전여성문학회, 2001, 189~222면.

통한 남성적/팔루스적 주체—되기로 성급히 규정한 감이 있다.

조혜란은 초옥의 이상할 정도로 강화된 도덕적 무관심, 타자들에 대한 거부, 자기애에 기반을 둔 맹목성 등을 근대 주체 형성과 긴밀히 연관시켜 놓았다. 무질서하게 흩어져 있는『포의교집』속의 구체적 현실을 정돈하는 유일한 끈이 초옥이며, 그녀의 주체 위치가 곧 이 작품의 주제가 응결될 반사경이라는 점에서, 아울러 그녀의 욕망의 정체가 누군가와의 운명적 만남이나 알아줌에 있지 않다는 점에서 조혜란의 논의는 우리 주제에 근접해 있다.14)

거듭 강조했지만『포의교집』은 초옥의 소설이다. 초옥의 욕망이 해명되면서, 혹은 초옥의 결여가 이해되면서야『포의교집』분석은 잠정적으로 종결될 수 있다. 그런 점에서 조혜란은 초옥을 근대 주체로의 이행을 가능케 한 중세적 빈틈으로 온전히 전유했던 것이다. 하지만 그 과정에서 놓친 것, 즉 초옥이 원했던 것은 결코 근대 남성 주체로서의 욕망, 혹은 남성 주체와 대등해지거나 흉내내고자 하는 욕망이 아니었다는 점을 지적해야 한다. 근대 주체는 남성 주체이며 초옥과 같은 존재가 원했던 어떤 주체성을 사상한 채 구성된 주체다. 이제 그 '다른 주체'를, 진즉에 버려진 또 다른 근대 주체의 향유를 살펴야 한다. 우리가 안티고네적 욕망(향유)을 반드시 거쳐야 하는 이유가 여기에 있다.

---

14) 조혜란은 이러한 통찰을 기반으로 이윽고『포의교집』을 애정전기의 전통으로부터 적출하여 독립시킨다. 이에 따르면『포의교집』은 일상적 연애를 '사건'으로 다루면서 근대적 연애와 연애의 주체를 탄생시키고 있는 별종의 소설 장르에 귀속된다. 조혜란, 「19세기 애정소설의 새로운 양상 고찰」,『국어국문학』135, 국어국문학회, 2003, 279~135면.

2. 안티고네적인 것, 혹은 히스테리를 넘어

17세기 한문소설의 여성들은 신경증적 증상을 소유한 히스테리적인 주체들이다. 예컨대 「운영전(雲英傳)」의 운영과 「주생전」의 배도가 그러하다. 그녀들은 히스테리의 전형적 구조인 '타자의 욕망을 욕망하기'에 종속되어 있다.15) 그런 견지에서 근대 이전의 여성들은 매우 히스테리적일 수밖에 없는데 이는 남성의 욕망의 대상이 되어야만 온전히 주체로 정립될 수 있는 근대 이전의 여성 주체 형성 기제에 근거한다. 운영과 배도는 김진사와 주생의 욕망에 의해 호명(interpellation)되고나서야 정상적이고 성숙한 여성으로 각성된다. 그 이전의 그녀들은 무의미한 삶에 익명으로 은폐되어 있다.

결국 운영과 배도의 사랑은 남성의 욕망에 의해 대상화되고 나서 '여성'이 되며 그 욕망의 온전한 대상이 될 수 없는 장애에 부딪히거나(「운영전」) 욕망의 대상이 될 수 없는 처지에 빠질 때(「주생전」) 자신을 철저한 결여로 인식하게 된다. 결과는 운영처럼 삶의 기반을 부수면서까지 여전히 욕망하는 (남)자의 대상(objet)이 되고자 원하거나, 배도처럼 자결을 선택하게 된다. 결말은 다르지만 둘 다 남성[타자]의 사랑을 히스테리적으로 요청(호소)한다는 점에선 동일하다.16)

히스테리 구조에 귀속된 여성 주체가 전형적인 근대 이전, 혹은 근대적 경계의 여성성을 구현하고 있다면17) 히스테리를 넘어서는 다른 여

---

15) 홍준기, 「히스테리 사례와 여성동성애 사례에 대한 라깡의 분석」, 『오이디푸스 콤플렉스, 충동, 남자의 성, 여자의 성-정신분석강의 I』, 아난케, 2005, 160~191면.
16) 라캉 이론의 외전적인 해석이지만 여성이 자신의 여성성을 연기함으로써 자신의 존재를 저항적인 것으로서 육체화시킨다는 히스테리 해석이 있어 참고가 된다. 크리스티나 폰 브라운, 엄양선 역, 「1부 히스테리와 성령」, 『논리 거짓말 리비도 히스테리』, 여이연, 2003, 23~83면.
17) 그러나 근대적 여성들이 타자의 욕망으로부터 자유롭다는 것도 전칭적인 진실은 아

성의 욕망이 존재한다. 이를 손쉽게 설명하기 위해 '안티고네적인 것'이라고 명명하고자 한다. 이는 극히 최근에[18] 논의된 욕망의 형식으로 라캉은 이를 '죽음 충동', '상징계의 경계', '운명에 대한 미적 추구', '문턱', '아테(Atè)', '여성적 향유(jouissance)' 등의 다양한 개념을 동원해 묘사하고자 노력했다. 우선 「안티고네」의 내용을 살펴보자.[19]

테바이에서 추방된 오이디푸스의 맏딸 안티고네는 외삼촌이자 테바이의 새 왕 크레온에게 오빠 폴류네이케스의 시신을 매장하게 해 달라고 간청한다. 폴류네이케스는 테바이의 왕권을 차지하기 위해 반역을 일으켰다 살해된 뒤였다. 안티고네는 매장이 거절되자 국법을 어기고 오빠의 시신을 매장하며 이로 인해 크레온과 맞서다가 마침내 산 채로 동굴에 갇혀 죽임을 당(선택)한다.

이 간단한 이야기가 중요한 것은 안티고네의 기이한 집착, 혹은 맹목적인 자기희생이 지닌 상징성에 연유한다.[20] 헤겔은 이를 친족법과 국가법 사이의 대결 구도로 이해하여 안티고네를 사적인 친족 구조를 수호하려는 여성적 욕망의 화신으로 규정하고자 한다. 반면에 라캉은 안티고네의 위치를 국가(성문)법이라는 상징계의 경계로, 또는 상징계의 부정적 구성요인으로서 삶에 본질(위협)적인 어떤 충동으로 파악한다. 다시 말해 안티고네는 삶과 죽음의 경계에 서서 상징화될 수 없는 숭고한 윤리적 가치를 추구하는 자인데, 그녀가 넘어간 곳은 삶 속에서 잠

니다. 실은 근대 여성들이야말로 가장 고통스럽게 히스테리를 앓는 주체들이다. 다만 그들은 끝없이 타자의 호명을 자아 내부의 자발적 호명으로 재해석하려 하고 궁극적으로 타자의 욕망을 위반하기를 꿈꾼다. 여성들이 소설적 환상에 더 집착하는 것, 혹은 비현실적 로맨스 문법을 현실로 기꺼이 착각(향유)하고자 하는 것도 이 때문이다.

18) 라캉이 자신의 세미나를 통해 소포클레스의 비극 「안티고네」를 헤겔의 국가법적 해석에 반대하여 모종의 (초)윤리적 충동으로 해석했던 시점.

19) 소포클레스, 조우현 역, 「안티고네」, 『희랍비극』 1, 현암사, 1988, 258~295면.

20) 이 문제에 대한 헤겔과 라캉의 입장은 다음을 참고하라. 주디스 버틀러, 조현순 역, 「제1장 안티고네의 주장」, 「제2장 불문법, 혹은 잘못 전달된 메시지」, 『안티고네의 주장』, 동문선, 2005, 13~52면, 53~96면. 아울러 라캉에 대립되는 버틀러의 입장은 「제3장 난잡한 복종」, 같은 책, 97~138면.

시 동안만 넘을 수 있는 인간 존재의 경계(충동)에 해당한다.[21]

마지막으로 버틀러는 라캉이 레비−스트로쓰로부터 전유한 친족구조, 근친상간 금기에 기반을 둔 오이디푸스 구조를 비판하면서 안티고네의 위치를 친족구조 자체를 와해시키는 혼돈 지점으로 읽어낸다. 결국 안티고네는 오빠를 여성화시키며 스스로 남자가 되는 존재,[22] 즉 젠더 규범을 원천적으로 말소시키는 존재이며 이를 통해 아버지의 법(섹슈얼리티 / 성규범 / 가족 / 계보)이 문화의 우연한 산물이라는 사실을 노출하는 존재가 된다.[23]

여기서 우리 논의에 핵심적인 참고가 되는 것은 라캉의 해석 모델이다. 이 모델을 『포의교집』 해석에 유용하게 다듬어내면 우리는 범속한 페미니즘 구도를 넘어서는 여성 욕망의 특이점을 발견할 수 있다. 우선 안티고네의 비정상적일 정도로 강렬한 오빠(매장)에의 집착은 욕망의 대상이 될 수 없는 것(성애화될 수 없는 친족 / 죽음 / 회복 불가능한 것)에 대한 집착임을 재확인하도록 하자. 그녀는 가질 수 없는 주검, 사랑할 수 없는 존재를 사랑하기로 작정한다. 이 결의는 문화(상징계)의 밖에서만 존재할 수 있는 것에 대한 욕망이기에, 즉 문화적 삶의 관점에서는 살아있는 죽은 자(living dead)에게만 열려있는 욕망이기에 윤리적으로[24] 숭고한 어떤 결의이기도 하다.

윤리적 숭고함, 미적인 파멸, 혹은 죽음 충동의 투사체인 안티고네는 열렬히 소멸을 희구하고, 마치 그러기로 작정한 사람처럼 문화의 어둠(동굴)으로 빨려 들어간다. 이 심리 구조는 모든 희생의 원리가 그러하듯이 도착적이다.[25] 도착적 구조의 원리는 도전과 위반인데[26] 도착자는

---

21) 주디스 버틀러, 조현순 역, 위의 책, 32~35면, 84면, 86~95면.
22) 작품에서 실제 오이디푸스가 안티고네에게 하는 대사 속에 나오는 표현이다.
23) 이 부분은 19세기 작품 『포의교집』이 감당할 수 없는 지점이기에 이후 논의에서 배제하기로 한다.
24) '도덕적으로'가 아닌 점에 유의해주기 바란다.
25) 주디스 버틀러, 조현순 역, 앞의 책, 74면.
26) 조엘 도르, 홍준기 역, 「2부 도착적 과정의 구조적 논리」, 『라깡과 정신분석임상−

자신에게 팔루스가 결여되었음을, 혹은 거세될 수 있음을 부인하기 위해 (그 가능성에 눈 감으면서) 거세가능성을 암시하는 어머니를 팔루스화하거나 스스로 팔루스적 존재가 되려한다.[27] 좀 복잡하므로 안티고네 사례로 환언해 보자.

안티고네는 거세된 존재인 오이디푸스를 회복시키고자 헌신하는 맏딸이다.[28] 그녀는 아버지의 팔루스의 소멸을 목도하고 연이어 오빠의 몰락을 맞이한다. 오이디푸스 왕가의 거세 현실을 부인하기 위해 그녀는 스스로가 팔루스 위치(남성)에 서서 남성처럼 말하고 남성처럼 희생한다. 그녀가 굳세게 맞서려는 크레온 왕은 오이디푸스 왕가를 거세한 국가법의 화신이므로 그녀에게 타협은 있을 수 없다. 그녀는 자신의 죽음으로써 친족(자신의 팔루스/남성성)의 존재를 증명하고자 한다. 즉 안티고네의 위치는 희생의 위치로서, 타자에게 무언가를 주는 존재가 되기 위해 기꺼이 팔루스를 가장하며 자기에게 없는 팔루스를 세상에 보이기 위해 죽음의 경계를 넘어선다. 이것이 희생적 도착의 구조이다.

> 라깡주의 정신분석과 통상 연관되는 희생이라는 개념은 큰 타자의 무능함에 대한 부인을 상연하는 제스처라는 것이다. 희생의 가장 기본적인 차원에서, 주체는 스스로 이득을 얻기 위해서가 아니라 타자 안의 결여를 채우기 위해서, 타자의 전능함―혹은 적어도 일관성―의 외양을 유지하기 위해 희생을 제공하는 것이다.[29]

도착의 구조를 간결하게 정의하면 주체를 욕망의 대상의 자리에 전

구조와 도착증』, 아난케, 2005, 125~198면.

27) 어머니에게 팔루스가 없음을 알지만 그것을 부인하고 어머니에게 팔루스(페티시)를 제공함으로써 상징계로의 통로인 거세 공포를 모면한다. 또는 그 자신이 어머니의 팔루스가 됨으로써 거세 현실에 눈감아버린다. 이 모든 과정을 지배하는 원칙은 위반과 도전이다.

28) 소포클레스, 조우현 역, 「콜로누스의 오이디푸스」, 앞의 책, 205~256면.

29) 슬라보예 지젝, 김지훈 역, 『신체 없는 기관』, 도서출판b, 2006, 312면.

치시키는 것이라 할 수 있다. 욕망의 대상이 큰 타자이고 그것이 결여를 지닌다면 이제 주체는 그 결여를 보상하기 위해 스스로를 결여의 자리에 용접하게 된다. 이는 자신의 욕망을 해석하는 독특한 실천 행위라고 환언할 수도 있겠는데, 이 과정이 히스테리와 결정적으로 차별화되는 지점은 욕망의 발생 근원이 타자의 자리에 위치해 있다는 사실이다. 안티고네적인 희생의 도착에서는 히스테리 증환이 보여주는 것처럼 언어화를 기다리는 주체의 욕망의 자리가 없다. 따라서 히스테리적 욕망보다 더 본질적인 결핍을 상징하고 있다.

이상의 안티고네적인 희생의 원리는 두 가지 심각한 의미를 동반한다. 첫째는 칸트적인 윤리적 질문이다. 현실적 도덕 법칙의 강제와 무관하게 주체의 자발적 정언명령으로서 우리 모두가 윤리적이어야 한다면 그것은 무 위에 세워지는 것이어야 하고 오직 무로부터 출현할 때에만 주체의 자유를 보장할 수 있다.30) 즉 그것이 연인에 대한 절대적 복종이건, 국가를 위한 숭고한 희생이건 주체의 헌신적 정열은 무로부터 창출되어야 한다. 그것은 타자의 공백을 채우는, 우주의 결함을 미봉하는 절대적 행위이다.

다음으로 안티고네적 희생은 선과 악을 초월하는 실재의 차원에서 수행된다. 주체 없는 주체화의 공허 속에서 주체는 고통을 향유하며 어떤 대상을 원하는 것이 아니라 대상 그 자체로 객관화된다.31) 이는 사드적 차원의 윤리를 전제한다. 극도의 고통과 쾌락이 합일하는 장소에서 주체는 무를 경험함으로써 세상(타자)을 정화한다. 이러한 극한의 향유, 여성이라고 하는 주체의 자리32)만이 감내하는 향유 속에서 상징계의 보편법은 와해되고 주체는 금지된 저 너머의 세계, 문화가 경계로서

---

30) 알렌카 주판치치, 이성민 역, 「2. 자유의 주체」, 『실재의 윤리』, 도서출판b, 2006, 45
 ~74면.
31) 위의 책, 「5. 선과 악」, 127~166면.
32) '주체의 자리'라는 표현은 생물학적 여성과는 전혀 무관하다는 의미이다.

한계 지워 놓은 실재계의 윤리와 만나게 된다. 이 정점에서 주체는—하이데거적 의미에서—존재자의 세계로부터 존재의 세계로 나아가게 되는데 그것이 소환하는 파국은 숭고한 비극이다.

3. 『포의교집』의 희생 — 욕망의 호소에서 결핍을 향유[보충하기로

『포의교집』의 여주인공 초옥은 『절화기담』의 순매와 같지 않다. 순매가 남성적 욕망의 잉여로서 상징계를 환유적으로 순환하는 대상 a라면 초옥은 스스로를 대상으로, 즉 누군가의 욕망의 타자로 이해ㄴ할 마음이 전혀 없다. 그녀는 타자의 욕망의 대상이 되기보다는, 혹은 남성의 욕망을 호소하기보다는 자신의 욕망을 투사할 거울표면을 필요로 하고 있는 것 같다. 이생은 그녀의 시선에 포착된, 그야말로 우연한 거울의 표면인 셈이다.

　이상의 견지에서 초옥의 구애 행위가 지닌 특이한 점, 남성의 역할을 떠맡는 적극성은 바로 그녀의 독특한 정체성에 기인한다. 초옥은 애초에 여성의 위치에서 타자의 대상으로 전락하기를 거부한 존재이고 무엇보다 받는 존재가 아니라 '주는' 존재로 스스로를 자리매김하고 있다. 중세의 현실에서 결코 누구에게도 무엇인가를 줄 수 없도록 태어난 존재, 미천한 하층 여성이 받기를 거부한다는 것은 그녀의 정체성이 남성적 위치에 성립되어 있음을 암시한다.33)

---

33) '남성적 위치' 역시 생물학적 남성과는 전혀 무관하다. 따라서 초옥의 위치는 '팔루스를 주는 여성'이라고 하는 도착적 주체 위치이며 남성의 자리를 차지한 여성이라는 불가능한 위치이다. 그런데 초옥의 경우는 이 불가능한 위치를 생물학적으로 해결하

초옥은 연애를 시작하고 또 스스로 끝낸다. 연애의 대상은 필연적인 이상형이 아니기에 그녀의 자유를 증명하며 연애의 종말 뒤에도 그녀의 생활은 길게 지속되기에 그녀 인생에서 이생은 본질적 상처가 될 수 없다. 심지어 그녀는 애정의 파국 이후에 자신과 이생 사이를 이간질했던 장중약이란 사내와 일련의 교제를 지속한 것으로 나와 있다.34) 이러한 초옥의 특이한 독자성은 그녀를 순매와 같은 히스테리적 팜므 파탈로 규정할 수 없도록 하는 결정적 장애 요소다. 즉 초옥은 남성의 욕망을 가중시키기 위해 그것의 실현을 지연시키거나 물리적으로 차단하는 초연함을 연기하고 있지 않으며 그러한 이중적인—남성의 애간장을 녹이는—냉담한 정열의 소유자 역할을 부여받고 있지 않다.

초옥의 애정은 오히려 과포화된 직정적 정열로 넘쳐나고 있다. 다시 말해, 그녀는 남성이 은밀한 욕망을 정복욕의 형태로 차츰 실현해 갈 수 있는 여지를 남겨두지 않는다. 사랑하기로 결단하는 순간 그녀는 자신의 전부를 바친다. 그녀는 사랑의 선포자이면서 냉엄한 결의의 소유자다. 따라서 사랑의 대상을 지명하여 그 대상에 헌신하는 초옥의 행위는 안티고네의 윤리적 창조자 역할과 동일한 효과를 발생시킨다. 안티고네와 초옥은 '자신에게 없는 것을 타자에게 주는 존재', 즉 팔루스(남성) 기표의 위치에 서 있다.

아울러 애정의 구성 단계에서 초옥이 남성 역할을 부여받는 것은 이생이 여성 역할을 부여받는 것의 대칭항이 아니다. 즉 이생이 여성적인 존재라서 초옥이 남성적으로 사랑을 구현해 간 것이 아니다.35) 초옥의

려는 성도착(여성동성애 / 성전환증)이나 상징적으로 은폐하려는 절편음란증과는 매우 다르다. 초옥은 자신의 불가능한 위치를 감내하며 그것을 윤리적으로 해석함으로써 향유한다. 이 점이 안티고네적인 것이기도 하다.

34) 김경미·조혜란 역주, 『포의교집』, 『19세기 서울의 사랑—절화기담, 포의교집』, 여이연, 2003, 210면. 이하 『포의교집』이라고만 지칭함.

35) 수줍음을 타는 남성을 리드함으로써 남성적 히스테리 욕망을 마음껏 만족시켜 주는 여걸형 여성이 아니라는 뜻이다. 예컨대 『구운몽』류의 영웅소설에 나타나는 여성영웅들이 그러하다. 그녀들은 남성적이면서도 가장 여성적인 연약함을 마침내 드러냄으로

남성성은 이생의 존재와 무관하게 실현되어가는 자율성을 갖는다. 이 불가해함, 인물도 볼품없고 나이도 많으며 이미 아내가 있고 학문도 짧은 시골 서생을 열정의 대상으로 구축하는 초옥의 맹목성은 때문에 그 모든 조건을 초월하는 의지의 실현이라 할 수 있다. 이 때문에 이생은 자주 초옥의 진심을 의심하고 그녀의 정염에 어리둥절하곤 한다.

이 지점에서 이 소설의 제목이기도 한 '포의의 사귐'이 지닌 의미를 검토해 보자. 초옥은 애초에 이생과 남녀의 만남을 희구한 것이 아니었다. 그녀는 유한한 인생에서 각자의 처지에 구속된 삶의 한계 상황을 슬퍼한 것이고 이생의 초라한 행색 속에서 비범한 그림자36)를 환상적으로 보고, 혹은 자신의 욕망을 투사하고 이를 자신의 처지와 동일시한 것이다.37) 논자에 따라서 이 점을 초옥의 오해로 규정하는 사례가 있는데 이는 초옥을 전형적인 여성으로 간주한데서 발생한 오류다. 초옥은 자신의 선택이 초래할 결과를 인식 못할 정도로 어리석은 여성이 아니었다. 그녀는 오직 자기만 못한 남성을, 또는 현실적으로 불가능한 남성을 선택할 때에만 윤리적으로 자유로워질 수 있다.

초옥의 환상은 초라하고 변변찮은 이생을 멋진 남성으로 오해한 데에 있지 않다. 그것은 초옥이 이생을 사귈만한 남성이라고 본 데에 있다.38) 이때 사귄다는 것은 성애적인 사귐이 아니라—물론 이생의 생물학적 욕망을 수긍함으로써 성관계를 맺긴 하지만—남성과 남성이 사귄다고 할 때의 그런 교제를 의미한다. 이생과 대등한 남성적 위치를 나누어 가질 수 있기에 초옥은 이생을 선택한다. 즉 잘생기고 젊고 미혼의 유능한 남성은, 혹은 그 가운데 하나라도 만족시킬 수 있는 남성

써 남성적 정복욕(환타지)을 극도로 실현시켜 주는 연기자들에 불과하다.
36) 실제로는 우물가에 몰려드는 상민들의 무례함을 징치한 사소한 행위였다.
37) 『포의교집』, 141~142면.
38) 때문에 사귈 만한 남성이 아님을 깨닫자마자, 또는 이생 스스로 자신의 속물적인 정체를 드러내주자마자 마치 이를 진즉에 알았지만 남성이 먼저 고백해주기만을 기다렸다는 듯이 절교한다. 이는 절묘하게 남성적인 절교의 형식(이성적 형식)을 과시하듯 시연하고 있다.

은 초옥에게 무언가를 줄 수 있고 주려고 할 것이다. 그는 초옥에게 우월한 팔루스적 지위를 점하고자 할 것이고 그 순간 초옥은 근본적으로 여성이 되어(주어)야만 할 것이다. 초옥은 이를 거절하고자 최악의 조건인 이생을 선택한다.

그렇다면 포의의 사귐이란 궁극적으로 팔루스 없는 사귐, 성이 소실된 사귐, 무성적 사귐을 의미한다고 하겠다. 여기서 이를 성관계 없는 사귐과 동일시하지 않는 것이 중요하다. 초옥은 성관계는 하되 성적이지 않은 사귐을 지향한다. 이 점이 이생과 초옥의 욕망이 갈라지는 지점이다. 초옥은 이생에게 무언가를 줌으로써, 혹은 계속 줄 수 있는 지위를 향유함으로써 팔루스를 획득하고 그와 동등한 남성−사람이 된다. 따라서 초옥의 외도는 외도가 아니며 불륜은 더더욱 아니다. 그녀는 성이 증류된 인격적 교제를 이생과 맺은 것이며 이를 고귀하게 승화시키고자 분투한 것이다. 초옥에게 이생과의 교제는 윤리적 행위이며 삶과 죽음을 초월하는 생의 완성 과정이기도 하다.

이상의 이유로 초옥은 자신의 가족과 주변 이웃들에게 하등의 도덕적 죄의식을 표명하지 않는다.[39] 당대 성규범의 잣대로는 한없이 추악해 보일 그녀의 외도는 실상 성행위를 목표로 삼지 않은 고결한 희생의 행위이기에 그녀는 당당할 수 있다. 상상계적 나르시시즘의 영역에서 초옥의 육체를 향유한 이생과 달리 초옥은 이처럼 도덕을 넘어서, 성차를 넘어서 자신의 윤리를 선포하는 존재다.

> 원컨대 낭군께서는 하고 싶은 대로 하셔서 가슴에 깊은 응어리를 만들지 마셔요. 정이 있는데 토해내지 못하면 반드시 병이 나고, 병이 생기고 나면 애초에 몰랐던 것보다 못하지요. 그림자 속의 그리움, 그림 속의 사랑으로 만들어서는 안 됩니다. 저는 낭군을 위해서라면 죽음도 피하지 않을 터인데, 한 동이

---

39) 시아버지에게 이생과의 밀회를 들키고도 초옥은 전혀 개의치 않는다. 『포의교집』, 183면.

술을 어찌 마다하겠어요?40)

첫 잠자리를 가지기 직전에 초옥이 한 말이다. 육체관계에 목말라하던 이생은 둘의 만남을 성을 뛰어넘는 우정의 만남이라 간주하고 있던 초옥의 환상을 돌파하고자 한다. 이생의 본심이 드러나는 이 순간에 초옥은 자신의 검을 빌려주듯이 몸을 증여한다. 한 동이 술을 함께 나누는 친구처럼 자신의 몸을 매개로 같은 경험을 공유한다. 이 냉담한 성관계는 실상 초옥이 자신의 여성적 육체를 자신의 정체성 구성 요소로 인식하지 않고 있음을 웅변한다. 그녀는 육체를 초월한 어떤 지점에서 이생과 대등해지고 있다.

결국 초옥의 사랑은 성을 무시한 열정이기도 한데, 이 열정의 강도는 극단적으로 강렬하다. 무엇보다 그 강렬함은 그녀가 자신의 몸을 매매될 수 없는 어떤 것, 즉 상징계의 권력에 의해 포획될 수 없는 권능(팔루스)으로 이해하고 있기에 자부심으로 넘쳐난다.41) 예컨대 장사선이 자신의 위세로써 초옥을 강제로 장중약과 맺어주려 들자 초옥은 이렇게 말한다.

쉰네는 비록 부귀한 형편은 아니지만, 이미 풍부하고 아름다운 귀한 자태와 높고 뛰어난 재주가 있어서 항상 가난하고 천한 처지의 벗을 사귀어 죽을 때까지 잊지 않기를 원해 왔습니다 (…중략…) 쉰네가 즐겨 따랐던 것이지 이낭군께서 바라셨던 게 아닙니다. 제 마음은 금석보다 굳어서 물에 들어가도 젖지 않을 것이요, 불에 던져도 타지 않을 것입니다. 다시는 더 말씀하지 마세요. 만약 이낭군이 장낭군처럼 부유하고 젊었다면 전 돌아보지도 않았을 겁니다 (…중략…) 제가 어찌 보답을 바라고 그렇게 했겠으며, 또 어찌 음란해서 그런 것이겠어요?42)

---

40) 『포의교집』, 155~156면.
41) 무사는 자신의 검을 아무에게나 빌려주거나 증여하지 않는다. 검을 자신이 소유한 재산으로 보아서가 아니라 검이 자신의 존재가 육화된 것, 매매될 수 없는 것, 오직 증여될 수만 있는 향유의 원천이기 때문이다. 동일하게 팔루스는 증여로서만 온전히 제 힘을 획득하는 향유(사랑)의 기표다. 초옥에게 육체는 그러한 팔루스다.
42) 『포의교집』, 179~180면.

초옥은 자신이 가진 것이 줄 수 있는 것이지 거래될 수 있는 것이 아님을 명시하고 있다. 또 그것은 타자의 욕망의 대상이 될수록 가치가 빛나는 어떤 것도 아니다. 그것은 오로지 누군가에게 자유롭게 증여될(거절할) 때에만 가치를 띠는 초월적 기표다. 이것이 바로 초옥의 사랑이 지닌 남성적 본령이다. 그녀의 사랑은 세상의 통념을 보기 좋게 위반하며 마치 보란 듯이 이생이란 우발적 존재에게 달라붙는다. 또는 보잘 것 없었던 이생에게 사랑의 권능을 부여한다. 무가치해 보이던 이생이란 존재는 초옥의 사랑을 수혜하면서 당대 인사들의 주목의 대상으로 상승된다. 그리고 그러면 그럴수록 그녀의 언어는 남성화되어간다.

> 국화의 빼어남은 서리가 내린 후에야 알고, 매화 향기는 눈이 내린 뒤에야 알 수 있지요. 이는 비록 그 열매가 없다 해도 또한 그 절개를 잃지 않기 때문에 그런 것이지요. 그래서 온 세상이 흐리다고 하여 진흙에 걸터앉아서 물결을 일으키고, 뭇사람들이 모두 취했다고 술지게미를 먹고 남은 술을 마신다면 어찌 홀로 깨끗하고 홀로 깨어있을 수 있겠어요? (…중략…) 그러므로 공자께서 『춘추』를 지어 말씀하시기를, "나를 죄주는 것도 『춘추』요, 나를 알아주는 것도 오직 『춘추』로다"라고 하셨던 것이구요 지금 내 행동을 죄주는 자가 없을 수 없고, 나를 알아주는 자도 없을 수 없겠지요.[43]

소설의 말미에서 자신들처럼 자유로운 기생이 되어 한 세월 구가하자는 화옥의 말에 대한 초옥의 대답 부분이다. 한마디로 초옥은 자신의 불륜을 시대를 초월한 절행으로 이해하고 있다. 이것의 내면 의미는 명확하다. 초옥은 이생과의 교제를 남녀 관계의 지평에서 헤아린 바가 전혀 없었던 것이다. 그녀는 자신의 의지가 바르다고 판단한 가치를 설정하고 이를 위해 목숨을 건 열사의 길을 걸어왔던 셈이며 그러하기에 『춘추』라는 역사 판단 앞에서 대의를 주장할 수 있게 된 것이다. 즉 그녀는 어떤 견지에서 보면 남성적 보편 가치의 테두리에서 사랑(절행)을

---

43) 위의 책, 203면.

수행(연기)한 것이고 어찌 보면 당대를 초월하는 인간적 의리의 수호자로 자처한 것이다. 문제는 그것이 도착적이라는 사실이다.[44]

초옥의 사랑이 비정상적일 정도로 타자의 시선에 무관심하고 일견 과시적이기 조차 한 것은 그녀의 위치가 남성적이기 때문이다. 이는 그녀가 남성의 성적 역할을 수행했다는 것과는 무관하다.[45] 쉽게 말하자면 19세기 현실 자체가 (초옥과 같이 예외적으로 깨인 여성에게는) 도착적이었으므로 초옥이 자신의 주체 위치를 온전히 착상시키기 위해서는 그 당시로서는 남성의 자리에 위치해야 했다는 것이다.[46] 물론 이는 지극히 여성적인 히스테리컬한 존재 증명과는 거리가 멀다. 초옥은 누군가에 의해 알려지기보다 스스로가 누군가를 알아주는 존재가 되기를 열망했기 때문이다.

그런데 이러한 도착 구조에서 남성의 자리를 차지한 초옥은 이생과의 정애가 남편에 의해 폭력적으로 제지당하게 되자 격렬하게 저항하게 되고 마침내 필사적으로 자결을 실행함으로써 자신의 의지를 증명해 보이고자 한다.[47] 그리고 이 잔인하고도 확고한 자기 훼손에 경악한 시댁 식구들이 마침내 초옥에게 굴복하게 된다. 문제는 가족들이 초옥의 연애를 인정해주었음에도, 그리고 이생이 나타나 자결을 막았음에도 불구하고 초옥의 자살 의지는 꺾이지 않는다는 사실이다. 그녀가 자살을 포기하는 것은 이생이 다음과 같이 말하고 나서였다.

---

44) 알렌카 주판치치, 이성민 역, 앞의 책, 181~182면. "도착증자에게 걸려 있는 것은 자신을 위한 향유를 찾는 것이 아니라 타자가 즐기도록 하는 것이며, 타자가 결여하는 잉여－향유를 제공함으로써 타자를 완성하는 것이다. 도착증자는, 그가 타자의 편에서 나타나도록 만드는 향유의 도움으로, 타자가 '완전한' 주체가 되기를 원한다."

45) 그렇게 되면 그녀의 욕망은 향유가 아니라 변태로 전락할 것이다.

46) 초옥이 21세기 인물이었다면 그녀의 팔루스 증여는 남(중)성적인 현대 여성의 매력으로 얼마든지 용인될 수도 있었을 것이다. 즉 남성적 여성(톰보이tomboy)으로서 남성의 의무를, 봉사를, 혹은 그 성적 위치를 향유할 수 있었을 것이다.

47) 『포의교집』, 166~172면, 181~188면.

이제 네가 받들려는 바는 염치나 충성, 절의나 이익과는 아무 상관이 없는 것이니, 네가 죽고 나면 사람들이 분명히 '몰래 간통하다 본 남편에게 들켜 부끄러움을 견디지 못하고 목숨을 끊었다'라고 비웃을게야. 너의 곧은 행실에 이런 헤아릴 수 없는 오명을 쓴 채 세상을 떠나겠느냐? 너의 곧은 행실은 나만 알지, 그것을 알아주는 이 또 누가 있겠느냐? (…승략…) 오명을 씻은 후에 대로에서 소리를 지르고 죽으면 되지 않느냐.[48]

이상의 말을 들은 초옥은 자신을 알아주는 이는 이생뿐이라고 감격하며 자살을 포기한다. 이생의 말의 요점은 세상의 윤리와 초옥의 윤리는 서로 모순된다는 것, 이 모순을 이해하는 사람은 이생뿐이라는 것, 따라서 더 살아남아 그녀의 윤리를 세상에 이해시켜야 한다는 것 등이다. 이생의 이 말은 진심이라기보다 초옥을 살리기 위한 전략적 진술일 공산이 크다. 왜냐하면 자살 소동 뒤에 이생이 초옥에 대한 의심을 풀면서[49] 자신에게 그토록 헌신하는 그녀에 대해 "아무리 생각해도 도무지 양파의 생각은 알 수가 없구나"[50]라고 되뇌고 있기 때문이다. 즉 이생은 초옥의 희생의 의미를 진정으로 이해하지는 못하고 있었던 것이다.

그렇다면 이생의 거짓 위로의 어떤 점이 초옥을 설득할 수 있었던 것일까? 바로 이생과의 연애를 비롯한 초옥의 일련의 행위가 지닌 일관성, 스스로를 윤리적인 실체로, 윤리를 선포할 수 있는 주체로 등록하려는 그녀의 속마음을 우연히 집어냈기 때문이다. 물론 이는 이생이 진심으로 인정했던 측면은 아니다. 그는 초옥의 평소 행위 양상을 통해 그녀를 움직일 수 있는 가장 적합한 담론을 이어 붙였을 따름이다. 바로 이

---

48) 위의 책, 188면.

49) 이생은 그 전까지 초옥과 장중약 사이에 모종의 관계가 있을 것이라 지레짐작하며 초옥을 전적으로 믿지 않고 있었다. 일종의 열등감에서 발로한 이 의심은 이생을 여성적 위치에 묶어두는데 그가 초옥의 사랑을 쟁취하는 인물이 아니라 받아들이는 수동적 인물임을 남김없이 폭로하고 있기 때문이다.

50) 『포의교집』, 190면. 여기서 양파는 '양씨 집안의 노파'라는 뜻으로 이생이 초옥을 남몰래 지칭하던 별명.

지점에서, 자신이 남성에 의해 더 진정한 남성[윤리]적 주체임을 확인받는 지점에서 초옥의 목숨을 건 연기는 끝이 난다. 그리고 이후 이생의 어설픈 실언 한 마디로[51] 그녀의 사랑은 순간적으로 종료된다.

그런데 이생과 초옥이 결별하고 난 뒤, 민궁 가례가 치러질 즈음에 둘은 다시 한번 해후하고 있다. 초옥이 고종의 국혼을 축하하기 위한 여령(女伶)으로 소집되어 오입장이들의 손에 넘겨질 찰라 그녀를 발견한 이생은 민씨 집안의 위세로 그녀를 구해주고 있다. 문제는 초옥의 초연한 태도다. 그녀는 일말의 회한도 두지 않으며 그저 감사할 따름이다. 민참봉의 호의를 묵묵히 받고난 뒤 마지막으로 헤어지기 직전 이생에게 이렇게 말한다.

> "낭군께서 저를 사방에 자랑하신 걸 알 수 있겠더군요."
> "어째서?"
> "지난 번 민참봉께서 '이 양파가 아니냐'라고 한 것도 저를 자랑했기에 그런 것이 아니겠습니까?"[52]

이 사건 이후로 둘이 영원히 만나지 못했으니 이는 그녀의 영별의 말이라 할만하다. 하지만 장중약을 넌지시 소개하는 실언을 하여 맞이했던 그 이전의 첫 이별과는 그 강도가 매우 판이하다. 그 때는 비록 관계가 완전히 깨지기는 했지만 이생이 이백의 시를 써서 인편에 보내자 다음과 같이 감격하며 애절한 사랑의 답신을 보내주었었다.[53]

---

51) 장중약과 사귀어보겠냐는 이생의 제의. 이 제의는 이생이 초옥의 몸을 소유한 팔루스적 주체(뚜쟁이)로 표변하는 임계점이기도 하다. 이는 초옥을 여성의 위치로 전락시키는 행위였는데 이 행위의 심각성을 이생만 모르고 있다. 이 사소한 실수로 인해 이미 이생에게 윤리적으로 우위에 서버린 초옥은 더 이상 이생이라는 거울표면을 절실히 필요로 하지 않게 된다.

52) 『포의교집』, 210면.

53) 초옥의 답신은 이렇게 끝나고 있다. "강물 위의 구름, 위수의 나무 사이에는 물고기와 기러기의 길마저 드물어 꽃피는 아침, 달 뜨는 밤이면 괜스레 사랑의 꿈만 그리워합니다. 어찌하면 은하수를 잡아당겨 이 만 갈래 근심을 씻을 수 있겠는지요? 만약 인연이

이낭군은 신실하고 다정한 사람이로다. 각자 헤어진 뒤 한 번 집안에 들어가 버리니 마치 깊은 바다 속에 들어간 듯하여 낭군 보기를 길 가는 사람 보듯 했는데, 낭군은 오히려 이 박정한 사람을 잊지 않으셨구나.[54]

이별한 후 상황은 변한 것이 없음에도 두 태도의 차이가 빚어진 원인은 어디에 있을까? 물론 이별 후의 공백기의 길이가 만든 정서적 간격의 차이라고 치부할 수도 있다. 하지만 초옥의 견결한 의지와 강고한 성격에 비추어 볼 때 본질은 다른 곳에 있다. 최초에 이생이 장중약을 소개하려 할 때는 비록 초옥을 대여가 가능한 여성으로 모욕하긴 했지만 그것은 '부부나 진배없었던 남녀간의 의리'의 문제였다. 자신의 육체적 매력을 하나의 도구 이상으로 인정하지 않는 초옥으로서는 자신의 몸을 장중약과 거래하고자 했던, 혹은 그런 척 초옥의 진정을 떠봤던 이생은—비록 몹시 실망스럽기는 하지만—여전히 그녀의 헌신적 절행의 기억만큼은 자신과 공유할 수 있는 존재였다. 말하자면 자랑스러운 그녀의 과거일 수는 있었다.

하지만 그녀를 여기저기 자랑하고 다닌 이생은 용서할 수가 없는데, 이는 그녀를 단지 한낱 여성으로 (개인적으로) 모욕한 것뿐이 아니라 그녀가 이생을 향해 수행한 비상한 정행, 지금 세상에선 그 누구도 할 수 없는 윤리적 실천을 공공연히 (사회적으로) 모욕한 셈이기 때문이다. 매력적인 육체는 이생에게 미련 없이 바칠 수도, 심지어 과감히 자결로써 소멸시킬 수도 있지만 오직 이생에게 각인된 윤리적 자기실현의 기억은 희석될 수 없는 것이다. 다시 말해서 모욕은 육신의 층위까지는 견딜 수 있지만 그녀의 각별한 향유, 생과 사를 초월했던 비범한 향유는 훼손불가능하며 속된 언어로 발설되기에는 너무나 숭고한 것이다.[55]

깊다면 반드시 다시 만나게 되겠지요. 낭군께서는 부디 잘 계시기를." 『포의교집』, 194면. 이 편지가 진심이었다면 그녀가 그토록 바랐던 또 한 번의 인연을 민궁 가례 소동 때 다시 맞이한 셈이며 당연히 그녀는 이생과 재결합할 가능성을 열어두어야 했다.
54) 『포의교집』, 192면.

결국 초옥의 사랑이 타인들에게는 인정받기 힘든 윤리적 고행이었음을 마지막 이별 장면이 명시해 주고 있다. 그것은 남녀 사이에 발생한 사적 영역의 애정 관계가 아니라 세계의 결함을 수정하는 제의적 행위였으며 어떤 도덕적 조건에 구애됨 없이 한 존재가 스스로의 결단으로 자기 의지를 선포해 간 윤리적 사건이었던 것이다. 윤리를 스스로 생성해 간 초옥의 행동은 따라서 우주적인 것이며 세속 너머의 윤리를 선언한 초월적 존재의 향유다. 예컨대 초월적인 비전을 보았으면서도 선녀(초월적 존재/윤리의 창시자)의 육체에만 눈이 먼(팔린) 나무꾼은 용서가 가능하다. 그러나 그 숭고한 존재를 공공연히 까발리고 다니는 나무꾼은 선녀와의 완전한 이별을 감당해야 한다.56)

윤리적 권능(팔루스)이 부재한 존재(거세된 남성)의 자리를 여성적 향유를 통해 대신 차지하는 이 같은 초옥의 도착적 위치는 상징계, 즉 큰 타자의 결함을 채우려는 분투라고도 환언할 수 있다. 이는 기사도 정신이 상실된 세계에 기사도를 구현하려는 돈키호테의 망상적 욕망과는 다른 도착적 욕망이다. 세상에 제대로 된 윤리가 소멸되었기에, 혹은 제대로 된 남성이 사라졌기에 초옥이 진정한 남성을 도착적으로 연기함으로써 19세기 문화의 상징 공간 속에 빚어진 팔루스의 무능력은 일시적으로 은폐된다. 따라서 초옥의 자발적 고행은 발기될 수 없는 19세기 남성 가부장 사회에 대한 윤리적 도전이면서 그 보충이다.

---

55) 영리한 장사선이 이생과 초옥을 떼어놓기 위해 한 수작이 이생이 초옥 얘기를 함부로 떠들고 다닌다는 모함이었음을, 그리고 그것에 대해 초옥이 민감했음을 기억해야 한다. 다음과 같다. "'어떻게 그 시를 보셨습니까?' 장사선이 먼저 이생을 들먹거려야만 양파의 마음을 움직일 수 있으리라 생각하고는 다시 이렇게 말했다. "이생이 네 시를 사방에 자랑하고 다니는 바람에 너를 기특하게 여겨 침을 흘리지 않는 이가 없느니라." 양파가 정색을 하고 말했다. "이서방님이 그렇게 경솔하신가요?"" 『포의교집』, 178면.

56) 말하자면 나무꾼 이생은 초옥의 신비한 비밀을 아무것도 아닌 것처럼 대중(언어)화시킴으로써 그 향유를 근본적으로 절단해버린 것이다. 따라서 초옥은 이생과 더 이상 어떤 숭고한 기억조차 더불어 향유할 수 없게 된다. 여성 향유가 본질적으로 언어 너머의 것—예컨대 죽음—이라는 라캉의 주장을 이 지점에서 숙고해야 한다.

이상의 증거는 『포의교집』에 등장하는 수많은 인간군상들 그 자체들이다. 이 소설에 등장하는 남성들은 하나같이 속물적이며 무기력하다. 이생을 필두로 장중약이나 장사선, 장씨와 민씨 집안에 기식하던 선비들, 산사에서 글공부하던 민참봉을 비롯한 친구들 등 모든 남성들은 초옥에 대한 무능을 드러내며 그녀를 본질적으로 소유할 수 없는 자들이다. 19세기 남성들은 여성을 이해하지 못함으로써 남성으로서 결함을 노정하게 되고 자신들의 남성성을 상실한다. 즉, 그들은 여성과 오입하려는 위선적인 욕망에 휩싸여 주체로서의 일관성을 상실한 필부들에 자나지 않는다. 그리고 이들은 19세기 중세 권력의 노쇠, 큰 타자, 아버지의 이름의 몰락을 상징하고 있는 것이다.

이상은 초옥의 가정이 더욱 잔인하게 반복하고 있다. 초옥의 시아버지는 며느리를 간수할 수 없는, 그것의 보전을 포기한 자이며 그녀의 남편은 폭력 이외의 수단으로 아내를 사로잡을 수 없는 무능력자다. 게다가 초옥의 집요한 자살 시도에 이들 모두 무릎을 꿇음으로써 그들의 남성으로서의 마지막 자존심은 돌이킬 수 없는 상처를 입는다. 단적으로 초옥을 통제할 수 있는 남성적 권능(팔루스)은 현실에서 소멸되어 있는 것이다. 역설적으로 초옥에게 '다른 미래'를 제안하는 똑똑한 강자들은 엉뚱하게도 소설 말미에 출현하는 두 기생, 화옥과 순홍이다.

결국 초옥의 윤리적 고행(희생적 도착)은 자살이라는 극단적 지점까지 추구됨으로써 중세의 윤리를 끔찍하게 훼손하며 동시에 그것의 결정적 부재를 미봉해 버린다. 이는 아버지의 이름을 대신함으로써 팔루스를 복원하고, 또 이를 통해 아버지의 패륜을 윤리적으로 보상하려 했던 안티고네의 행동과 대응된다. 그녀들은 비도덕적이라기보다 초도덕적으로 행동함으로써 현실의 결여를 보상하며 세계에 결핍된 것을 복원해 주는 행위로서 희생을 선택하고 있다. 안티고네는 아버지 오이디푸스의 근친상간으로 인해 거세된 왕가의 윤리적 권능을, 초옥은 윤리를 짐질 수 있는 남성성의 결여와 그로 인해 참담하게 이지러진 중세의 윤리적 주체를 도착적으로 회복시킨다. 그녀들에게 세계는 결함으로 와해된 큰 타자다.

여기서 논리를 한 단계 더 진전시켜 보자. 초옥의 자살 연기는[57] 결국은 조선 중세의 궁극적 파국을 의미하는 것은 아닌가? 즉 초옥의 자살은 윤리적 자살 시도이며 역설적으로 중세 윤리의 마지막 존재 증명이라고 할 수 있다. 따라서 초옥은 안티고네처럼 있어야 할 것이 제 자리에 없음을 한편으론 알고 있으면서도 마치 그것이 있는 것처럼 행동한 도착적 희생자다. 이 희생이 여성의 위치에 있어야 할 자에 의해 남성적으로 수행되고 있다는 점에서 그들이 속한 세계 역시 도착적이다.

그렇다면 초옥의 윤리적 연기는 '없음에도 불구하고 있는 것처럼'의 연기이며 무를 향한 희생의 연기다. 그녀의 절망적 주장은 중세를 지탱한 큰 타자가 근거 없는 것이었다는 점, 그 남성적 지배 윤리와 그 윤리를 지탱한 윤리적 주체가 허구였다는 점을 남성들보다 더 철저히 남성적으로 앓아주는 숭고한 윤리 주장이기도 하다. 그런 관점에서 그녀의 희생에의 욕망(자살 충동)은 남성성(팔루스)을 소실한 중세적 주체의 증상일 수밖에 없다.

어떤 남성도 인정할 수 없었던, 인정하기를 거부한 중세의 불구성은 초옥이 구현한 성적 위치의 도착, 그리고 윤리 부재 상황(팔루스의 결핍)의 탈은폐, 부재하는 윤리적 중심을 의지의 자율성(선택)으로 견뎌내려는 여성적 향유를 통해 역설적으로 명시화된다. 안티고네와 초옥은 상징계의 보편법 없이도 주체가 윤리적으로 살아낼 수 있다는 어떤 다른 (근대의) 가능성을 암시한다. 그것이 실재계의 윤리이며 삶과 죽음의 경계에서 언뜻 만나볼 수 있을 뿐인 주체의 불가능성, 혹은 주체를 가능하게 해주는 무의미이다.

---

57) 거짓으로 죽으려했다는 뜻이 아니라 초옥이 세계의 결핍을 채우기 위해 하나의 분석적 드라마, 희생의 제의를 치렀다는 의미에서다.

4. 결론

　『포의교집』의 여주인공 초옥이 드러내는 욕망의 구조적 실현은 전형적 서사의 애정문법을 극복하고 있다. 그것은 기성의 여성 욕망의 실현 과정을 도착적으로 재구성하고 있는데 이는 여주인공의 정체성 구현 방식이 이전의 관행적 구조로부터 탈구되었음을 상징적으로 보여주는 것이다.

　초옥의 욕망은 남성에 의해 촉발되어 점화되는 형식을 거부하고 스스로 점화하여 연소하는 능동적인 길을 따른다. 때문에 초옥은 남성에 의해 선택되어지는 존재가 아니라 선택하는 존재로 정립된다. 더 나아가 그녀는 상대 남성이 기대하는 욕망의 역치를 훨씬 뛰어넘는 과도한 희생을 통해 자신의 존재를 궁극적으로 향유하려고 한다. 이 여성적 향유는 기성의 윤리적 잣대를 돌파하는, 그 너머를 향하는 숭고의 윤리를 지향한다.

　초옥이 지닌 욕망의 위상학적 특징은 이른바 타인의 욕망을 욕망하도록 설계된 이전의 여성 주체를 능가하는 인격적 독립성을 쟁취하고 있다는 데에 있다. 전자가 히스테리적 주체라면 초옥이 구현한 것은 도착적 주체다. 물론 도착증은 심각한 병증이지만 모든 문화의 혁명적 전복 배후에는 도착의 원리가 지배하고 있음을 주목해야 한다. 병들고 늙은 중세의 윤리를 여성적 향유가 초월하는 동선은 따라서 전복적이며 도착적일 수밖에 없다. 바로 이것이 탈중세를 살던 19세기 한양의 사랑의 방식인 셈이다.

　그런데 초옥의 '다른 향유'는 팔루스적 상징계를 재도입하지 않으면서 하나의 주체가 윤리적으로 숭고해질 수 있는 다른 길을 암시해 주고 있다. 이 길은 근대를 겪으며 사상되어 잊혀졌지만 그 욕망의 구조는 이미 19세기에 싹을 틔우고 있었다. 그렇다면『포의교집』은 통속소설이 향유하는 보편적인 욕망의 문법(팔루스적 향유)을 근본적으로 위반함으로써 상징계를 불편하게 만드는 소설이다. 다시 말해『포의교집』은 일반적인 통속소설이 아니다.

『절화기담』과『포의교집』은 여성 주체를 기존과는 다른 방식으로 투영함으로써 남성적인 소설 향유를 절단한다. 순매는 불투명하며 모호한 욕망의 대상으로 스스로를 등재함으로써 남성들의 성적 수취를 불가능한 것으로 좌절시키고, 초옥은 도착적 위치에서 남성 위치를 선점해버림으로써 남성성의 무능을 전시한다. 이렇게 남성의 욕망을 교란하는 두 지점은 중세 소설의 욕망의 순환계에 하나의 잉여로 작용하며 궁극적으로 그러한 순환을 작동 정지시켜 버리고 있다. 그런 의미에서 초옥과 순매는 전기 소설의 주체가 유지해 온 주체성의 양식을 진즉에 탈각해버린 존재들이라 할 수 있다.

『포의교집』은 알아주고 앎을 수혜 받는 고독한 전기적 주체, 혹은 타자의 욕망의 대상이 되고자 희구하는 연애의 주체를 배반하는 소설이다. 나말여초 전기소설에서 17세기「운영전」에 이르기까지 전기소설을 지탱한 힘이 결국 남성적 위치에서 여성을 팔루스적으로 향유한다는 주체 위치를 벗어날 수 없었다는 점을 고려할 때, 초옥의 전복적 위상은 분명하게 자리매김 된다. 우리는 그 전복의 에너지를 19세기 소설을 통해 언뜻 엿보았을 따름이다.

제2장

『절화기담』의 사랑

환유적, 혹은 여성적 욕망

1. 근대적 욕망의 본질

조선 후기 이전의 한문소설 주인공들은 사랑을 의미 있는 상징적 행위로 생각하고 있다. 나말여초 전기소설의 주인공들인 도미 부부나 설씨녀 커플, 그리고 백운과 제후를 비롯하여 죽은 여인들과 절대적 사랑을 나눈 최치원과 「이생규장전」의 이생 부부 등 그 사례를 쉽게 찾아볼 수 있다. 이들은 사랑을 통해 무언가를 발견하며 그것에 대의를 걸어 삶을 기투하곤 한다. 다시 말해 17세기 이전의 한문소설에 등장하는 연인들은 사랑을 참(보람)된 삶을 시니피에로 갖는 시니피앙으로 이해하고 있다.

이상의 결과로 대부분의 한문소설은 윤리 담론과 결부되지 않을 수 없다. 그것이 「도미」에서처럼 개인의 행복이 지닌 가치를 문제로 삼건, 아니면 『금오신화』처럼 현존에 근본 의미를 부여하려는 종교적 윤리를 추구하건 마찬가지다. 모든 중세의 윤리 담론은 불변하는 초월적 시니피에를 모색하며, 따라서 시니피에가 세상에 존재하고 주체가 이것을 확인할 수 있다고 믿는다. 이것은 세상의 질서에 이유가 있다고 믿었음을, 나아가 절대적 원인이 존재함을 믿었음을 의미한다.

욕망이란 이상과 같은 초월적 시니피에에 대한 믿음이 붕괴될 때—다시 말해 중세의 고전적 가치가 상대화될 때—문제시되는 '텅 빈 시니피앙'이다. 쉽게 말해서 더 이상 세상에 '어떻게 살아야 하는가?'에 대한 대답으로서 불변의 시니피에가 제공되지 않을 때 욕망의 공식이 시니피에 없는 시니피앙의 형식으로 등장한다. 그리고 욕망의 공식을 통해 세상 전체를 정의하는 순간, 인류의 모든 상징체계 자체가 그저 시니피앙의 무한한 상호 연관에 불과하다는 해체적 결론에 봉착하게 된다. 시니피에가 자리 잡아야 할 위치엔 한낱 다른 시니피앙이 거주하고 있을 따름이다.

이제 욕망이 시니피에 / 시니피앙 공식 속에서 절대(초월)적 시니피에를 상실한 시니피앙 연쇄의 산물임을 깨달았다면 우리는 욕망의 운동 과정 자체에 주목할 수 있게 된다. 욕망은 무의식과 연관되어 일련의 표상 작용을 실현하는데, 프로이트는 이를 신경증 환자의 억압, 즉 무의식의 소망을 의식이 억압하면서 일어나는 '저항'과 '증상'으로서 규정하였다.

증상은 발현되지 못했던 것의 대체물입니다. 이제 우리는 앞에서 추정했던 힘의 영향력을 어디에 설정해야 하는지 알고 있습니다. 문제가 되는 정신 과정을 의식의 차원으로 이끌어 올리려는 시도에 대한 격심한 반발이 나올 수밖에 없습니다. 그러므로 그것은 그냥 무의식으로 남아있게 됩니다. 무의식적 과정으로서 그것은 증상을 형성할 수 있는 힘을 가지고 있습니다. 이와 같은 반발은 분석적 치료를 하는 도중에 무의식을 의식의 차원으로 옮기려는 노력에 대항해 재차 되풀이 됩니다. 우리는 이를 저항으로 감지합니다. 저항을 통해서 우리에게 확인되는 과정은 병인(病因)으로서 억압 Verdrängung이란 이름을 부여받습니다.[1]

욕망은 의식 차원의 억압에 의해 발생하는 저항을 회피하며 증상으로 구현된다. 이렇게 증상화하는 힘이야말로 병인을 감지할 수 있는 분석의 출발점을 형성한다. 그런데 억압과 저항, 그리고 증상의 구조는 신경증과 같은 병적 심리에만 고유한 것이 아니라 일반인의 심리 동태를 구성하는 모종의 욕망의 원리를 암시한다. 대표적인 증거가 꿈이다. 꿈은 의식이 허가하지 않은 일련의 무의식적 잔여의 존재를 강력하게 시사한다.

그렇다면 주체는 증상화시키건 하지 못하건, 무의식 속에서 표상되고자 원하는 강렬한 욕망의 산물이라는 결론에 이르게 되는데, 이와 같은 다소 성급한 결론을 통해 우리가 전달하고자 하는 논리의 핵심은 결국 욕망은 무의식의 '진실'을 시니피앙, 즉 증상으로 발현시키는 운동을 한다는 그 사실이다. 프로이트는 그 작동 기제를 응축과 전위로 규정한 바 있는데, 나중에 로만 야콥슨은 실어증 연구를 통하여 일상 언어의 작동 기제 자체가 프로이트가 발견한 증상의 발현 기제 그대로임을 선언하게 된다.

> 야콥슨은 언어가 양극적 구조를 갖고 있다는 것을 지적했다. 이러한 구조 때문에 화자는 무의식적으로 두 가지 형태의 행위를 하게 된다는 것이다. 첫 번째 형태는 유사성으로 결합되어 있는 계합체(係合體, paradigma)의 문제로서 랑그 단위들의 선택과 관련되며, 두 번 째 형태는 **인접성**의 문제로서 이렇게 선택된 단위들의 통합체(統合體, syntagma)적 결합과 관련된다. (…중략…) 그리고 나서 그는 언어학에 고전 수사학을 도입해 언어의 **선택** 행위는 은유적 기능의 실행과 다르지 않으며 **결합** 행위는 환유 과정과 비슷하다고 주장했다 (…중략…) 야콥슨은 결론 부분에서 이 두 과정은 프로이트가 서술한 꿈의 작용에서 그대로 일어난다고 지적했다. 그는 상징화를 은유적 행위로 분류하고 응축(condensation, Verdichtung)과 전위(轉位, deplacement, Verschiebung)는 환유적

---

1) S. 프로이트, 임홍빈 역, 「저항과 억압」, 『정신분석강의』(하)(『프로이트전집』 2), 열린책들, 1997, 419면.

행위로 분류했다.[2]

　야콥슨의 탁월한 점은 프로이트가 발견한 욕망의 무의식적 작동 원리를 언어학과 결합시켰다는 데에 있다. 그것이 인용된 결합축과 선택축에 대한 설명 부분이다. 그리고 그는 선택축을 상징화 기능을 담당하는 은유 활동에 배정하고 결합축을 환유 활동에 배정한다. 이로써 프로이트의 응축과 전위는 환유 기능에 배속되는데 이는 응축 역시 일정한 인접성을 토대로 이루어진다는 점을 고려한 것이다. 하지만 라캉은 실어증 연구에 기반을 두어 구성된 언어학을 임상가 입장에서 수정하게 된다.

　　라캉은 야콥슨의 이러한 해석을 수용하지만 이를 이용해 꿈 작업에 대한 프로이트의 개념을 다른 식으로 정식화했다. 일반적으로 꿈은 잠재적 내용과 겉으로 드러난 내용 간의 왜곡 활동으로 구성되는데, 이 과정을 소쉬르의 연구에 비추어보면 시니피에가 시니피앙 밑으로 미끄러져 들어가는 것으로 번역할 수 있다. 이처럼 시니피앙을 시니피에에 위에 위치시키는 경우 두 가지 측면이 나타난다. 일종의 응축으로 규정될 수 있는 첫 번째 효과는 시니피앙들(두 낱말의 음과 뜻을 합쳐 만든 합성어나 복합 인칭어 같은)의 부과 구조를 가리킨다. 다른 하나는 의미 작용(전체가 아니라 일부 또는 인접성)의 전환과 관련되며, 전위를 가리킨다. 하지만 야콥슨과 반대로 라캉은 프로이트의 응축 개념을 은유 방식과, 그리고 전위는 환유 방식과 동일시했다. 그에 따르면 증상은 은유의 범주에 속했다. 왜냐하면 사람들은 증상을 통해 신체적 시니피앙이 아닌, 즉 억압된 시니피앙을 대체한다는 것을 간파하기 때문이다. 반면 항상 충족되지 못하는 욕망을 위한 욕망으로 나타나는 무의식적 욕망은 환유의 범주에 속했다.[3] (강조-필자)

　라캉이 만든 이론에 따르면 증상은 억압된 시니피앙을 표현하는 응축 작용의 소산이다. 그리고 욕망은 무의식 차원에서 환유적으로 이동

---

2) 엘리자베트 루디네스코, 양녕자 역, 『자크 라캉』 2, 새물결, 2000, 55~56면.
3) 위의 책, 56면.

하기만 할 뿐 증상으로 발현되어 하나의 대상에 정착될 수 없는 그 무엇이다. 이를 '욕망을 위한 욕망'이라 불렀는데, 이는 욕망이 단일한 하나의 목표점을 수립하지 못한다는 욕망 자체의 환유적 순환성을 지시해 주고 있다. 이렇게 무엇으로 수렴될 수 없다는 것에 욕망의 비극적 본질이 있다.

조선 후기 서사의 기본 동력은 바로 위에서 진술된 바의 그 '욕망'의 발견에 있다고 해도 과언이 아니다. 욕망은 성욕을 통해 가장 극단적으로 활동하지만 사실 인류의 전 문화적 과정에 개입되어 있다. 그리고 그렇게 개입되어 있는 욕망이 채워지지 않는, 채워질 수 없는 텅 빈 것이라는 점을 재빨리 간파하는 것이 바로 근대 서사작품들이다. 우리는 아래에서 『절화기담(折花奇談)』을 텍스트로 하여 욕망의 환유성에 대해 검토할 것인데, 바로 이 작품이 근대적 욕망의 형식을 본질적으로 구현하고 있기 때문이다. 더 핵심적으로 말하자면 욕망의 근대적 형식을 '발견'하고 있기 때문이다.

2. 『절화기담』, 비윤리적 텍스트

『절화기담』4)은 기혼자들인 남녀의 만남이 어긋나기를 반복하는 특이한 줄거리의 조선 후기 애정소설이다.5) 이러한 독특한 애정의 줄타기

---

4) 정양완, 『일본 동양문고본 고전소설 해제』, 국학자료원, 1994.

5) 정길수, 「『절화기담』 연구」, 『국문학연구』 147호, 서울대 국문과, 1999; 김경미, 「19세기 한문소설의 새로운 모색과 그 의미」, 『한국문학연구』 창간호, 고려대 민족문화연구원 한국문학연구소, 2000; 김정숙, 「『포의교집』의 소설적 특징 연구」, 『한문교육연구』 제16호, 한국한문교육학회, 2001; 조혜란, 「19세기 애정소설의 새로운 양상 고찰」,

구조에 대해선 어지간히 논의되었고, 특히 17세기 이전의 전기(傳奇)와 다른 18세기 이후 한문소설의 불륜 관계의 설정이 해당 세기 풍속과 아울러 문학적 관습의 변용 과정을 반영한다는 관점6)도 제기된 바 있다. 물론 이는 전기(傳奇)소설이 다른 계보의 소설과 달리 구비해 온 로맨틱한 측면이 다소 현실적인 층위로 하강·탈색되면서 초래된 당연한 현상이라 볼 수도 있다.

문제는 18세기 전후하여 출현한 대표적 소설들, 예컨대『숙향전』·『창선감의록』·『사씨남정기』 등이나 적강 모티프를 활용한 가문복원 계열의 조선 후기 영웅소설들과 달리 이 소설의 남녀 결연 절차에 가족 관계에서 발생하는 일체의 모럴 문제가 배제되어 있고, 아울러 주로 전기소설에 강하게 나타나는 상호 독점적인 애정7)이나 상대에 대한 과도할 정도의 치열한 몰두가 탈루되어 있다는 점이다. 이는 17세기 한문소설까지는 어느 정도 유지되어 온 일말의 애정 윤리마저 이 작품을 통해 마멸되고 있음을 의미한다.

사실『절화기담』을 이 소설 서두에 나타나는 남화산인(南華散人)의 서문에 근거하여 실재했던 치정에 얽힌 실화로 간주한다면 문제 자체가 소멸될 듯도 하다. 하지만『절화기담』에 나타나는 것과 같은 남녀 사이의 치정 사건이 어찌 18세기 말에서 19세기 초반 사이8)에만 발생했었겠는가? 인류사 내내 있어왔던 것이라는 점에선 어떤 근대 이전 소설의 현실적인 사건도 실재담일 가능성으로부터 자유롭지 못하다. 따라서 이 작품이 실화라는 것과 이 작품에 나타나는 사건들이 소설 형식으로 '담론되고 읽혀졌다'라는 사실은 전혀 다른 문제인 셈이다.

『국어국문학』 135, 국어국문학회, 2003.

6) 신상필, 「『포의교집』 연구」, 『한문학보』 3집, 우리한문학회, 2000; 김정숙, 앞의 논문.

7) 박희병, 『한국 전기소설의 미학』, 돌베개, 1997.

8) 『절화기담』 내의 사건이 발생하고 쓰이고 알려져 읽히는 전 과정이 이 시기였으리라 추정한다. 물론 해당 텍스트가 존재하는 양상은 19세기에 위치한다. 본문 내용에 따르면 이생의 치정 사건은 정조 16년의 임자년 1792년의 일이고 작품화된 것은 순조 9년의 기사년 1809년이다.

이 소설이 설정한, 혹은 묘사한 불륜 관계란 유부남 유부녀 사이의 혼외정사를 향한 길고 지루한 추구와 좌절 과정으로 요약할 수 있다. 그러니 조선 전기 한문소설에 보이는 바처럼 처녀 총각 사이의 열렬하고 숨 막히는 독점적 사랑은 애초부터 성립하기 어렵다고 볼 수 있고, 또 그 사랑의 출발점 자체가 동시대의 표준적 모럴을 거부하면서 시작되었다면 그 속에서 그러한 갈등을 기대한다는 것 자체가 싱거운 일이 되어버릴 수도 있다. 그런데 질문을 약간 바꾸어 한국 한문소설사에서 그 유래를 찾기 힘든 혼인한 남녀 사이의 정사 이야기의 첫 행보가 왜 모럴 갈등을 철저히 외면하고 있었는가, 또는 왜 그런 갈등이 문제시될 수 없도록 설계되었는가 묻는다면 이것도 해결하고 넘어가야 할 중요한 테마가 될 것이다.

예를 들어 20세기 중엽에 등장한 정비석(鄭飛石)의 『자유부인』의 경우, 교수 부인과 젊은 애인 사이의 춤동작과 작은 신체 접촉조차 사회에 커다란 부정적 반향을 일으켰으며 일부 독자와 비평가들에겐 참을 수 없는 윤리적 불편함을 초래했었다는 사실을 감안할 때, 두 세기 이전 작품인 『절화기담』의 맹목적인 애욕에의 집중은 '문제적'이다. 따라서 돌연 흔적도 없이 사라져 버린 전기적(傳奇的) 인연(因緣), 또는 전정(前定)의 소멸이, 이 소설이 탄생했던 풍속적 배경의 측면과는 또 다른, 미증유의 인간학적 지층 이동과 연관되어 있다는 것이 우리 문제의식의 출발점이다. 이를 탐구하는 것은 단순히 추상적이었던 애욕의 문제가 현실화되어간다고 하는 차원을 넘어서 성욕의 본질, 그리고 그 문화적 전이(轉移)의 문학적 투사 절차에 대한 정직한 대면 과정이기도 하다.

3.『절화기담』과 욕망의 환유성

『절화기담』의 다소 지루한 플롯을 구성하는 재료들은 매우 통속적인, '다음 차례에 그들은 결합에 성공할 수 있을 것인가?'라고 하는, 매우 뻔하면서도 일견 상업적으로 보이는 스토리 지연 효과에 기반하고 있다. 주인공 남성 이생과 여성 순매는 만날 듯 만날 듯 하면서도 다양한 상황에 의해 만남을 놓치거나 포기해야만 하는 상황을 맞는다. 주로는 여성 주변의 방해꾼이나 불가피한 상황으로 인해 순매는 아예 나타나지 않거나 매우 불리한 상황에만 잠시 나타났다 홀연히 떠나버린다. 그렇게 만남은 다음으로 십수 차례 연기되기만 한다.

어엿한 사대부인 이생과 이웃집 노비인 순매는 모두 기혼자들로서 이러한 반복된 좌절의 와중에도 해를 넘겨가면서 집요하게 밀회를 시도하는데, 이는 이생의 욕망에 의해 주도되며 전개되고 있다. 이생은 한 차례 순매를 육체적으로 소유했으면서도 마침내 지쳐 떨어져 그녀를 단념할 때까지 그녀에 대한 성적 접근을 멈추지 않는다. 이생의 열렬한 구애에 점차 마음을 돌린 순매 역시 부단히 이생의 욕망에 답신을 보내며 그와의 관계를 포기할 줄 모른다. 이들에겐 가족의 존재 자체가 이미 무의미해져 있다.

그런데 오락적인 면에선 성공적으로 보일 수도 있을 이 독특한 줄거리 전개는 매우 소박하고 단순한, 모럴 갈등에까지는 이를 수 없는 표피적 도덕의식에 의지하고 있다.9) 즉『절화기담』은 금지선을 넘는 문제

---

9) 도덕의식의 표피성은 소설 속 사건을 버려두기 아까운 '기문이관(奇聞異觀)'으로 규정한 남화산인의 관점에 단적으로 나타난다. 이는 풍류기담을 엮는 편집자적 시각을 벗어나 있지 않다. 특히, 이 글에서 필자는 개념의 혼동을 피하면서 도덕과 구별될 윤리의 개념 위치를 강조하기 위해 종종 '모럴'이라는 표현을 혼용하겠다. 도덕과 윤리의 차이점은 다음의 책을 참조하라. 알렌카 주판치치, 이성민 역, 「2. 자유의 주체」,『실재의 윤리』, 도서출판b, 2006, 45~74면.

에 관심 있는 서사이지 결코 윤리적 갈등을 반성하는 서사일 수는 없도록 구성되어 있다. 이를테면 포르노적 서사가 본질적으로는 윤리에는 무관심하면서도 사회적 도덕의 금지선의 경계에서 잦은 위반을 감행함으로써 도덕원칙의 존재를 쾌락의 전제나 도구로 삼는 경우를 상상해 보면 된다. 『절화기담』이 결코 일개 포르노적 서사는 아니지만 욕망의 서사적 향유를 위한, 또는 '금지와 위반'의 게임을 위한 토대로서 적당한 도덕성을 전제로 활용하고 있을 뿐임은 분명하다.

결국 이 작품은 윤리의 본질을 질문하기 위해 삶의 질서를 파국으로 몰고 가거나 욕망의 실체를 투시하기 위해 욕망의 실현을 극단으로까지 추구하는 고행10)에는 관심이 없다. 『절화기담』의 이야기는 도덕의 어떤 표면을 저촉하기는 하되 파괴하지는 않으며 그 경계에서 그저 순환하기만 할 뿐이다. 그런데 이러한 감질 나는 겉돌기는 너무나 천연덕스럽게 윤리적 고민을 벗어나 있다. 아니, 윤리적 심급으로는 아예 진입할 의사가 없음으로 해서 오히려 윤리에 대한 훼손을 부추기고 있다. 마찬가지로 이생과 순매를 도덕적 잣대로 비난할 수는 있으나—너무나 천진하게 욕망에 복종하고 있으므로, 또는 윤리적 고민 자체가 성립할 수 없을 차원에서 욕망을 불사르고 있으므로—윤리적으로 검열하기는 불가능하다.

『절화기담』의 남녀는 마치 윤리의식이 싹트기 이전의 소년이나 소녀처럼 사랑한다. 그들의 두려움은 오직 그들의 불륜이 발각나지 않을까 하는 도덕적 공포심일 따름이다. 이렇게 이 작품은 현실에서 허용되지 않을 욕망을 마음껏 실현하려는 다 큰 소년 이생의 매우 미련한 집착과 그것에 순종하려 하지만 결국 타의에 의해 끝없이 그 충족을 위반하고야 마는 유부녀 소녀 순매 사이의 소꿉장난 같은 만남과 어긋남의 연속으로 구성되어 있다.11) 심각한 모럴이라기보다는 일종의 금기의식을 중

---

10) 이런 사례로는 박상륭의 『죽음의 한 연구』를 떠올려 보기를 권한다.
11) 이러한 소년, 소녀에게 윤리적 고민의 잣대를 들이댈 수는 없는 것이다. 게다가 순

심으로 그 이탈 과정에 대한 서사적 호기심과, 일반적 도덕의식에 상충
되는 주인공들의 행동에 대한 조마조마한 원근법적 거리두기가 소설
전개와 독서의 주요 추동력이라 할 수 있다.

물론 소설 전개의 근저에는 보편화된 일부일처제에 관련된 금기 의
식이 없다고 할 수는 없다. 문제는 주인공 가운데 그 누구도 이를 심각
한 윤리 문제로 가시화시키지 않고 있다는 것이며 소설 바깥에 임재해
있는 현재 발화자로서의 이생, 그리고 평자로서의 남화산인 모두 줄거
리 진행 과정 내부에서, 그리고 작품 밖에서 개진되는 사건에 대한 평
가에서 본질적으로는 이 문제에 침묵한다는 사실이다.12)

동시대 다른 소설들과 비교할 때 이러한 과묵함은 매우 이질적으로
느껴지며 이 소설이 '실재담'일 수 있을 가능성을 무시할 수 없도록 만
들기도 한다. 사실 현실 속의 애욕의 실제가 그런 것일 수도 있기 때문
이다. 금지에 대한 도덕적 터부만 존재하고 자의식적 모럴 관념에 대한
무관심이 단속적, 때론 장기적으로 상황을 지배한다는 점에서다. 다음
과 같은 저자의 서문은 그런 점에서 의미심장해 보인다.

> 사람의 정에는 알 수 없는 것이 있고 하는 일에는 예측할 수 없는 것이 있
> 다. 알 수 없는 것이어서 잊으려야 잊을 수도 그렇다고 끝낼 수도 없는 경우
> 가 있으며, 예측할 길 없으니 다 헤아릴 수도 또 다 마쳐버릴 수도 없는 경우
> 가 있다. 그런 까닭에 정이란 인연에서 나오고 일이란 기미에서 나온다.13)

매는 모종의 윤리적 고뇌 때문이 아니라 그저 상황 탓에 밀회를 연장할 뿐인, 즉 인격
적으로 독립되어 있지 못한 어린 유부녀-소녀에 불과하다. 이렇게 고뇌 자체가 없는
존재에겐 윤리적 차원의 비평이 불가능하다. 말하자면 이들은 '사랑의 백치들'인 셈인
데, 『절화기담』은 이와 같은 절묘한 천진함으로 윤리를 비껴나간다.

12) 남화산인의 서문에 간혹 보이는 윤리적 포폄 의식, 예를 들어 색(色)에 대해 슬쩍 경
계하는 부분이라거나 이생이 간난의 유혹을 물리치고 순매가 가정을 깨지 않은 점에
대해 칭찬하는 부분 등을 근거로 해당 사건에 대한 평자의 윤리 의식을 읽어낼 수도
있긴 하다. 그러나 이는 남녀 관계의 불가해한 충동성, 정(情)이 가지는 무궁한 절박성
등을 기저로 하고 있는 서문의 문맥을 배제해버리는, 매우 소박한 해석이라고 할 수
있다. 아마도 이것은 소설 내부의 불미스러움을 보호 또는 변명하려는 장치일 것이다.

13) 정양완, 앞의 책(이하 모든 인용도 동일함). "情有不可知者, 事有不可測者. 不可知

이생과 순매의 러브 스토리가 여기서 언급된 '정사(情事)'인 셈인데, 그것은 불가지한 것이며 측량할 길 없는 어떤 것이다. 때문에 정사는 사람의 이지(理智)가 어쩔 길 없는 인연의 질서에 구애되어 있다는 점에선 초월적이며 가늠할 수 없는 우연성, 즉 기회성(機會性)에 떠맡겨졌다는 점에선 신비성을 띤다. 저자는 이를 끊을 수도 잊을 수도 없는 연정(戀情), 그리고 연구하여 다 파악할 수 없는 불가항력적 사태로 나누어 설명하고 있다. 종합하면, 사랑이란 때로 이성의 경계를 넘는, 어떤 논리로도 설명 불가능한 일련의 사건일 수 있음을 진술하고 있다. 그것이 바로 욕망의 순연한 정체이기도 하다.

우리는 여기서 이 소설이 그 표면 구조에서 성적 교섭이 지연되고 간섭되고 장애받는다는 상황을 연속적으로 제시하는 과정 배면에 작가외 평자의 의식 층위를 벗어난, 사건을 그렇게 만드는, 혹은 설계하도록 하는 보다 근본적 이유가 놓여 있음을 깨닫게 된다. 즉, 이 소설이 현시하는 사랑의 절차야말로 그 이전 시대의 한문소설들이 빠트리거나 망각하거나 고의로 무시했던 — 남성과는 다른 — '여성의 욕망'을 근본적으로 추인하고 있다는 사실이다. 왜 그러한가?

이를테면 「조신전」이나 「이생규장전」·「하생기우전·「주생전」 등의 여주인공들은 결코 남자의 기대를 저버리지 않는다. 그녀들은 적극적으로 남성을 환대하거나 남성의 요구에 응할 만반의 태세를 갖춘 채로 스토리상에 출현한다. 즉, 그녀들은 현실적 장애 요인을 애초에 갖고 있지 않거나 갖는다 하더라도 남주인공의 욕망에 크게 저촉되지 않을 선에서 한정적으로만 저항할 수 있다.

하지만 『절화기담』의 순매는 결코 그럴 수가 없다. 아니, 그럴 수 없는 존재로 애초에 설정되어 있다. 그녀는 포악한 남편과 이모인 간난이, 그리고 순덕이를 비롯한 수많은 타자들의 시선을 신경 써야 하며 그 시

而有不可忘不可終者, 不可測而有不可究不可盡者. 是故, 情出乎緣, 事出乎機."

선으로부터 단 한순간도 자유로울 수 없다. 아니, 자유로울 수 없는 환경적 인물로 설계되어 있다고 해야 정확하다. 그러하기에 그녀의 이생에 대한 욕망은 남성적 연애 판타지가 가공해 내는 대상, 또는 남성의 추상적 사랑이 축조한 물신화된 메타포이기를 그치고 '생생하게 불편한' 현실 속의 존재, 따라서 툭하면 남성의 욕망을 거스를 수 있는, 남성 주체의 입장에선 또 다른 낯선 욕망의 세계에 속할 고유한 '욕망─존재'로 등록될 수 있게 된다.

　욕망이 남성 작가의 몇몇 판타지적 수법이나 주인공들 사이의 기이한 인연의 매개들로 쉽게 충족될 수 없다는 것, 이것이야말로 남성들이 기대해마지않는 꿈결 같은 로맨스 문법을 근본적으로 위배하는 것이 아니면 무엇이겠는가? 또 바로 이렇게 지연되고 문득 멈추고 끝없이 왜곡되면서 우회하는 사랑의 성취 과정이야말로 여성의 성적 존재성을 인정할 수밖에 없는 이 소설의 근본적 악순환, 혹은 남성의 욕망에만 협찬해 왔던 대상화된 여성의 성적 정체성에 대한 무의식적 재고(再考)라고 할 수 있는 것이다. 달리 말하면, 18세기 이전 한문소설의 사랑이 남성적 은유의 사랑이라면『절화기담』의 그것은 여성적 환유의 사랑으로 변모해 있다.

　은유적 사랑이란 욕망이 가지는 근본적 맹목성을 일정한 의미 안에 상징적으로 압축하고 이를 문화의 의미화 체계에 코드로 분절시키거나, 혹은 위험성 없는 상징기제에 편입시킴으로써 순화시키는 사랑의 방식이다.『구운몽』 같은 작품의 환몽 구조가 대표적이다. 하지만『금오신화』를 비롯한 여타 작품들 역시, 의도적이었건 아니면 구태여 욕망 문제를 캐고 들 필요성 자체를 의식할 수 없었건 간에, 동일한 은유 문법을 동반하고 있다. 이 작품들 속에 등장하는 사랑은 무언가 다른 의미를 비교적 선명한 문화적 비유 관계 안으로 수렴한다. 그것은 인간적 유대나 신뢰의 문제일 수도 있고, 세속적 삶의 누추함이나 공허함의 반성일 수도 있으며, 때론 가문 질서를 유지하고 자손을 증식시킬 생명

존속의 방어 기제일 수도 있다.

우리가 은유 형식의 사랑을 남성적이라고 명명할 수 있는 이유는 이상에서처럼 그것이 욕망을 끝없이 문화화한다는 데에 있다. 물론 남성의 무의식 속에서 움직이는 욕망은 환유적이다. 하지만 남성의 욕망은 은유 형식을 통해서만 인지되고 구현될 수 있다. 그의 성적 행위는 훌륭한 자손을 양산해내거나 가문을 회복하는데 이바지하며 궁극적으로 존재의 안전한 질서로 당당히 회귀해 간다. 단적으로 남성들은 욕망의 발산을 통해 삶과 세계의 질서에 대해 모종의 통찰을 얻어내며 결코 욕망 그 자체에 의해 자신이 수호해야 할 상징계를 빼앗기지는 않고자 한다. 즉, 남성이라는 성적 위치에 있는 팔루스적 존재는 여성의 성적 위치를 자기 존재의 권능을 확인하는 거울상으로 이용한다.[14]

반면 환유 운동을 일으키는, 혹은 환유 운동으로부터 자유로울 수 없는 여성적 욕망과 사랑은 사랑을 미증유의 사건, 회복이 불가능한 전대미문의 사태로 포착한다. 그것은 관습화되어 있는 사랑의 문법서를 조회해서 해결책을 찾을 수 없는 미지의 위험으로 나타나며, 따라서 어떤 의미로도 은유화시킬 수 없게 된다. 마치 환유 작용이 의미를 완결치 못하고 인접 의미들로 비유를 끝없이 확장해 가는 것과 흡사하다. 이는 문법의 체계 변방에 비의미로, 또는 그 정체가 의심스러운 잠재적 위험으로 은폐되는 욕망 그 자체의 직접성이라는 점에서 여성적이다.[15] 여성의 육체야말로 중세 남성들에겐 탐나면서도 경계해야만 할 불길하면서도 결코 끝맺지 못할 환유적 욕망의 도화선이었고, 『절화기담』의 작

---

14) 그런 점에서 나르시시즘적이다. 이렇게 여성은 남성의 성적 메타포의 추상적 대상이라는 점에서 매저키즘적 위치에 놓이게 된다. 그녀는 남성이라는 원관념을 멋지게 완성시켜 주는 보조관념이다.

15) 때문에 여성은 반문명적 존재이며 위험한 균열이며 다스려야 할 야생적 충동의 진원지다. 다시 말해 남성들이 문화로 순화시켜 온 '무의식의 어둠'을 대표한다. 이 어둠은 은유라는 의미의 상징 운동을 거역하는 비의미화의 환유 운동을 통해 남성들이 구현한 완벽한 세계에 구멍을 뚫어놓는다. 크리스테바가 '코라'라고 부른 것도 이와 크게 다르지 않다. 줄리아 크리스테바, 김인환 역, 『시적 언어의 혁명』, 동문선, 2000.

자는 이 문제를 오락적인 순진함으로 담론화시키고 있다.

여기서 도덕 문제로 되돌아가면, 인류 문화에 있어 터부의 존재는 일정한 기표가 일정한 기의를 지정하고 있다는 '대응의 논리'에 기반하고 있음을 알 수 있다. 예컨대 어머니와의 성교는 곧바로 아버지에 대한 모욕이다. 이른바 친족 구조라는 것도 불변의 존재론적 위계를 기표화하는 것, 혹은 문화적으로 명명하는 행위라고 할 수 있다. 그 근저에는 근친상간에 대한 두려움, 서열 위반에 대한 공포가 잠재하고 있다. 도덕 의식이란, 그리고 도덕의 존재론적 근저를 묻는 윤리 의식이란 이로부터 파생되어 나온 문화적 최종 결과물들이다.

따라서 터부, 또는 그것에 근본하여 관습화되고 이념화된 도덕의식은 사회적 기표 체계가 허용하는 일탈, 예컨대 기녀와의 사랑이라거나 미혼 남녀 사이의 결연의 문제에 있어서는 매우 과격한 상태조차 용납한다. 그러나 문법화되지 않은 사랑, 포착할 수 없는, 일정한 기의로 안정시킬 수 없는 사랑의 방식에 대해서는 철저히 배제하거나 무시하게 된다. 즉, 그 의미가 확인 가능한 '기표 / 기의' 관계를 소유하지 못하는 사태들, 광기나 격정적인 도취, 혹은 미친 사랑과 같은 것들이다. 이것들은 비의미이며 순수한 시니피앙 그 자체다.

이상의 견지에서 조선 후기에 출현한 수많은 소설의 주인공들은 사회 문화의 의미 체계 속에 각기 정의 가능한 각 기의들을 대표하는 기표들이며, 이 기표들의 제자리를 찾아주는 과정에서 도덕적 표준의 존재를 재확인하는 것이 해당 소설들의 이데올로기적 목표다. 즉, 가문을 망친 악처나 소실들은 협잡꾼과 더불어 처형되거나 추방되고, 또 이들과 연관된 간신배들은 제정신을 차린 왕이나 주인공에 의해 심판 당한다. 이 과정 속에서 남녀 주인공들은 사랑을 하게 되는데 그 최종 결실은 자손 번영에로 귀착한다. 그래서 이런 종류의 많은 소설들은 가문록적(家門錄的) 성격을 띠지 않을 수 없다. 결국 상당수의 조선 후기 고전소설, 그리고 조선 전기 한문소설, 이를테면 『금오신화』 등의 경우, 그 안에서 출현하는 사랑의 방식이란 모종의 이념에 대한 메타포다.

사랑이 메타포라는 것은 그 사랑이 무언가 실어 나를 도구라는 뜻도 된다. 물론 메타포의 양상은 작품에 따라 상이하다. 「만복사저포기」의 그것이 불교적 삶의 통찰이라면 「주생전」의 그것은 남성의 악무한적 여성 편력이나 끝없이 결핍을 맞이하고 그래서 공복감을 몰고 오는 남성의 눈먼 ― 그리고 나르시시즘적인 ― 애욕일 것이다.16) 이들 작품 속의 여성들은 소유 욕망의 대상(objet)이거나 섹스의 상대자들로서 해당 작품들의 주제라고도 할 남성의 존재 의미를 완성시켜 주는 매개물에 불과하며 따라서 그런 존재들에 불과한 여성들과의 사랑도 어떤 의미 ―기의―를 만족시키기 위한 수단으로서 동원된 기표들이다.

때문에 여주인공들은 남성과의 교제에 본질적인 한계나 불가항력적 구속을 갖지 않는다. 또 그녀들은 남성을 밀어낼 자의지가 없는데, 이는 그러한 자의지를 구비해야 할 만큼의 고난 극복 과정이 그녀들의 몫이 될 수 없기 때문이기도 하다. 즉 주된 고생들은 남성들이 겪어야 한다. 아니, 오직 남성들에게만 고난을 겪거나 극복할 수 있는 독점적인 권리가 주어져 있다.17)

조선 전기 한문소설 ― 또 많은 고전소설들 ―이 로맨틱한 꿈과 같은 사랑의 스토리, 첫눈에 반하거나 몇 가지 절차나 장애를 통과하며 더욱 격정적으로 결합하는 스토리를 갖는 것은 이상의 이유 때문이다. 그리고 해당 스토리가 사별이나 이별로 끝나는 비극적 결말을 갖는다 해도 어떤 의미에서 그들의 사랑은 완성된 셈이다. 예를 들어 「주생전」의 주생의 사랑조차 '비극적으로 완성'되고 있다.

이렇게 그들 모두는 무언가 의미를 찾았고 성숙해졌으며 적어도 인

---

16) 그런 견지에서 「주생전」의 사랑에는 기존 작품들과는 다른 욕망에 대한 성찰이 있다. 다만 주생의 욕망은 여전히 은유적이며 그가 상대하는 여성(배도와 선화)들 역시 남성적 은유의 수동적 희생자들이다.

17) 또는 여성이 그렇게 할 경우엔 반드시 남장(男裝)을 하며 끝내는 한 남성의 여성으로 복귀하고 만다.

생을 조금 더 알게 되었다. 부귀영화나 입신양명, 처첩간이나 가족간 화합과 장수(長壽) 및 자손 번영은 여기에 따라붙기도 하고 빠지기도 한다. 조금 지루한 설명이었지만 어쨌건 『절화기담』과는 달리 그 이전의 많은 소설들은 은유적으로 사랑을 다루고 있으며 그들, 특히 그 남성들의 삶의 곡절에는 반드시 의미가 있다.

그런데 『절화기담』에서 그려 보이는 사랑은 본질적으로 환유적 환경 속에 설계되어 있다. 주인공들의 활동이 전개되면서 의미는 점차 확산되기는 하지만 하나의 기의 안으로 수렴되지는 못한다. 때문에 이생이 왜 그토록 순매에게 집착하는지 독자들은 그 저의를 간파할 수 없다. 아니, 간파할 필요를 느끼지 못한다. 그가 그저 한 여성에게 반했고 그녀와 동침할 것을 강렬하게 원하고 있다는 것, 소설 안에서 이생이 그 이외의 다른 삶은 부여받지 못했다는 사실만이 거듭 확인될 뿐이다.18)

따라서 이 소설은 그 목적이 다른데 있지 않고 바로 사랑—정확하게는 성교—그 자체가 목적이 되어버리는 그런 소설이다. 또 그 때문에 사랑의 결합을 지연시키고 유보하는 것 이외에 다른 플롯이 더 필요하지도 않다. 이는 순매의 입장도 마찬가지인데, 불행한 결혼 생활에 대한 비탄이 등장하지만 그렇다고 그로 인해 이생을 절절하게 사랑하게 되는 것도 아니다. 그녀는 이생의 강렬한 애정 공세에 휘말려 휩쓸리지만 가정을 박차고 나올 의지도, 그럴 능력도 없는 여성이다. 그런데 중요한 점은 그렇다고 그녀에게 특별한 정조 의식이 존재하지도 않는다는 사실이다. 사실 그러한 정조관념의 등장을 필요로 하지 않을 만큼—또는 등장시킬 겨를이 없을 만큼—이 소설에는 다양한 방해꾼들과 장애 요인들이 스토리를 꽉 채우며 쉬지 않고 출현한다.

---

18) 이로 인해 이생의 순매에 대한 사랑은 순애보라기보다는 일련의 충동으로 점철된, 애욕의 '전략적' 실현 과정이 된다. 이를테면 소설 서두에서 이생이 순매를 낚아채기 위해 활용하는 것은 은패(銀佩)이며 중간부에서는 중국산 옥패(玉佩)를 선물하여 순매의 마음을 잡아두려 한다. "生卽以細紅銀粧玉佩與之曰, 此乃北胡之第一肆中物也. 銀取其潔, 玉取其潤. 日夕衿前, 玩去玩來, 無忘此心是企企!"

사랑이 추상적 기의를 배후에 깔고 있는 메타포가 아니라는 점으로 인해 이생과 순매의 사랑은 지극히 육체적인 단계에 머물러 있다. 이생이 가끔 읊조리는 풍류 넘치는 시들조차 그 이전 한문소설에 보이는 시들과 같은 낭만성을 띠다기보다 좌절된 욕망의 초조함으로 읽힌다. 이생의 욕심은 어서 빨리 순매의 '육신'을 소유해 보는 것이며 결코 그녀가 짓는 시나 음식 솜씨, 또는 고결한 마음씨를 원하는 것이 아니다. 그녀가 유부녀라는 사실이 그러한 낭만적 상상을 근본적으로 제한하고 있음은 물론이다. 예를 들면 둘이 마침내 잠자리를 갖는 순간 이생이 지은 「만정방(滿庭芳)」이라는 사(詞)는 이러하다.

> 윤나는 까만 머리 초승달 같은 눈
> 살구 같은 눈동자에 앵두 같은 입술이여
> 매력적인 그 자태는 사랑 받기 족하여라
> 비취빛 옷소매에 황금빛 허리띠
> 사랑의 기쁨 속에 땋은 머리 기우네
> 달에 사는 항아가 땅으로 내려왔나
> 천금 주고도 사기 어려운 이 미모[19]

이 작품이 한사코 강조하고 있는 것은 순매의 외적 용모, 즉 그녀의 육체적 매력들이다. 예컨대 이생이 『절화기담』의 말미에서 순매와의 아쉬운 이별을 회고하며 떠올리는 추억의 대상들도 바로 순매의 육체다.[20] 그것은 사랑이라는 추상의 감정이 아니라 육신이라는 물질에 향해 있는 욕정인데, 그러하기에 이생의 타오르는 충동은 비밀스럽게 다른 의미로 재해석될 어떤 여지도 남겨 놓지 않는다. 이는 육체적 사랑

---

19) "鴉翎鬢新月眉, 杏子眼櫻桃口, 銀盆臉花朶身, 白纖纖葱枝手, 動人春色堪人愛, 翠紗袖泥金帶, 喜孜孜寶髻作歪, 月裡嫦娥下世來, 千金也難買."

20) 일부만을 들면 다음과 같다. "其若身材, 不肥不瘦, 月畫而煙描, 態度難減難增, 粉粧而玉琢, 兩眉如初春柳葉, 常含雨恨雲愁, 雙臉如三月桃花, 每帶風情月意, 行行過處, 花香細生, 坐坐起時, 百媚俱生."

을 정신적 사랑의 승화 형식으로 이해하는 기존의 소설과는 다른 측면이다.21)

그런데 『절화기담』이 사랑의 포커스를 여성의 육체에 맞추었다는 점은 또 다른 견지에서 이 작품을 환유적으로 만든다. 즉, 모든 이성적 담론이 기의를 지향하는 기표의 체계화인데 반하여 육체란 절대 기의로는 작동할 수 없는 '날것'으로서의 텅 빈 기표이고 무의미이며 결국 의미화에 대한 저항이기 때문이다. 이로 인해 몸에 대한 성적인 통제가 모든 이성적 교육의 보편 규범이 되어 왔던 것이다. 그 가운데서도 여성의 몸이란 일종의 문화적 금기의 원천으로서 그것과 연상 관계를 맺는 다양한 성적 이미지들은 은폐와 배제의 너울을 통해 둔갑해야만 발설될 수 있는 것들이었다. 무엇보다 여체는 기의를 동반할 수 없는, 그것에 직면함으로써 남성적 은유 작용이 벽에 부딪쳐 단절되는 의미의 끝이며 이성의 정지점이었다.

따라서 여성의 몸은 환유적이다. 그것이 소설의 술부(述部)가 아닌 주부(主部)로 등장하는 순간 기표를 타고 이동할 수는 있지만 기의로 포착되는 것이 불가능할 절박한 순간성으로 전화한다는 뜻이며, 다른 어떤 의미를 퍼 담을 수 없는 밑 빠진 독, 혹은 끝없는 묘사는 가능하지만 재현은 불가능한 일회성이 된다는 뜻이다. 때문에 여성의 육체는 유한한 것이자 죽음이고 이성에 의해 억압된 무의식이며 정신의 불멸성을 추구하는 남성에게는 하나의 재앙이다.

이상을 수사학적으로 달리 말하면 대체로 은유는 남성적 수사이고 환유는 여성적 수사다. 결국 『절화기담』은 그 추구하는 바가 여성의 육체에 대한 탐닉인 한에 있어서는 철저히 환유적인 작품이고, 그 전개

---

21) 이를테면 17세기 애정전기에도 노골적인 성묘사가 등장한다. 이는 전대 소설 문체와 비교할 때 현격한 변화임에 틀림없다. 하지만 17세기까지만 해도 남녀 사이의 비밀스런 정신적 교감이야말로 육체적 결합의 전제조건이며, 비록 남성이 여성의 육신을 향유한다 해도 그 향유 안에는 문화적 관습으로 치장된 규칙이 존재한다.

양상 또는 수사적 실천 양식에 있어서도—비슷한 상황의 반복과 최종 결과에 대한 유보를 통한 의미의 지체만을 남발할 수 있다는 점에서— 역시 환유적이다. 그런데 이 환유적인 사랑의 악순환이 매우 현실적으로 느껴지는 것은 그것이 실재 사건이거나 사건인 것처럼 설정된 데에 연유하기도 하지만, 무엇보다 여성의 사랑의 본질이 환유적인 것에도 기인하고 있다. 무슨 뜻인가?

중세 그리고 일부 현대 남성들과 달리 중세 그리고 일부 현대 여성들은 사랑을 어떤 다른 것으로 대체 가능한, 환언하면 기의를 만족시킬 많은 선택 가능한 기표 가운데 일부로 보지 않으려는 경향이 있다. 그리고 당연히 사랑을 무엇에 대한 상징으로 이해하여 추상화를 통해 직접적인 대면을 회피하려는 기질도 덜한 경향이 있다. 그녀들에게 사랑은 절실한 현재이고 선택이며 규정하여 단안을 내릴 수 없는 미지에 대한 주저함이다. 따라서 남성적인 은유가 지배적인 이전의 소설들이 사랑의 문제를—물론 당연히 남성 편에서—매끈하게 처리하여 의미화시키고 스토리 안에서 해석하여 결정짓는 반면, 『절화기담』의 사랑은 결코 환상적인 애정에 몰입할 수 없는 우유부단함을 동반한다.

순매는 남편을 버리고 가출하지 못하며 이생의 제안을 받아들여 첩실이 될 각오도 되어 있지 않다. 그녀에게 있어 이생과의 결합은 절대적인 기의에 대한 선택이 아니며 남편이라는 기표에서 조금 나은 다른 기표로의 환유적 이동일 뿐이기 때문이다. 반면, 이생으로 대표되는 남성은 한 명의 여성을 소유하기 위해서 그녀를 기의화시키고 절대적으로 추상화시키며 적어도 그 순간만은 그녀를 삶의 목적을 상징하는 은유적 기호로 상정하려고 한다. 때문에 그 열광에 비하여 고민은 적게 한다.

결국 그것이 작가의 실제 의도인지는 알 수 없으나, 순매가 환유적으로 미끄러지는 존재가 되면 될수록, 그리고 그녀에 대한 이생의 은유적 욕망이 환유적으로 좌절될수록 그녀의 존재는 오히려 더욱 '현실적'으로 보이게 된다. 실재계에 존재하는 여성은 전기(傳奇)소설이 그려 보인

바와는 달리 은유적으로 소유할 수 있는 존재가 아닐뿐더러, 은유 자체가 불가능한 주어로서의 사람이며 남성의 동경이 이상화시킨 '남성에 의해 의미를 완결당하는' 꿈속의 미녀가 아니기 때문이다.

어찌 보면 은유적으로 성취되고 길이 행복해지는 사랑이란 남성들이 가공한 소설 속에나 나오는 사랑이었다고 할 수 있다. 현실의 사랑은 환유적이라서 여성이 남성에 의해 손쉽게 소유되지 못하는 국면만 조성되면 이미 그 본질을 드러낼 만반의 준비가 되어 있었다고도 달리 말할 수 있다. 『절화기담』이 창조한 상황이 바로 그러한 것인데, 이 작품이 사회적 금기를 비약적으로 넘어서면서도 당대의 모럴에 무심했던 것은 환유적인 욕망이 결코 은유(상징)적인 윤리일 수 없음을 깨달았기 때문이다. 윤리적 갈등이란 인류가 문화라는 타율적 억압 체제를 결코 다 견뎌낼 수 없다고 하는 존재론적 진실이 빚어내는 증상들이다. 다시 말해 환유적인 무의식의 욕망을 억압하면서 동시에 이를 증상화시키는 위태로운 저항선에 서 있는 것이 도덕을 괄호치는 윤리적 주체라고 할 수 있다.

순매가 남성의 은유적 욕망에 완전히 포착될 수 없는 존재라는 점은 한편 그녀의 욕망을 불투명하게 만들기도 하지만 다른 한편 그녀가 소유한 여성적 욕망의 환유적 본질을 구체적으로 구현하고 있는 셈이다. 그녀는 이생으로 대표되는 사대부 남성 사회에 도전할 의사도 힘도 갖지 못했지만, 오직 남성의 욕망을 계속 유예시키는 모호한 '대상 a(objet a)'라는 성적 지위 하나만으로 남성의 욕망을 순식간에 타자화시키는 마법을 발휘한다. 결국 그녀는 남성 존재의 위엄을 확인시켜 주는 거울 노릇을 거부하는 위치에 섬으로써 — 혹은 거부할 수밖에 없는 위치에 서도록 설계됨으로써 — 남성의 나르시시즘적 판타지에 완강히 저항한다.

결국 순매는 욕망의 환유적 본질을 온몸으로 증명하는, 또 남성의 욕망이 지닌 은유적 본질을 환유적으로 폭로하는 (초)윤리적 기표다. 따라서 이생과 순매의 사랑은 모럴 갈등이 기반하고 있는 사회의 은유적 기표 체계에 대한 환유적 위반이 되며 — 이 위반을 다시 문화적으로 통합하여 분절하고 은유해 주는 장치가 일부일처제를 통한 가족제도임을 인정한다면─가족제의 울타리를 벗어난 이들의 사랑은 더 이상 모럴이 틈입할 여지를 남기지 않게 된다. 이로 인해 역설적이지만 이생과 순매의 불륜은 기성 윤리와 그 통제장치인 도덕률을 아울려 비껴가야만 하는 사랑의 충만한 환유적 본질을 잘 구현하고 있다. 그리고 이것이야말로 문화가 통제해 온 욕망의 적나라한 본질에 더 근접해 있음을 부인할 수 없다.

4. 여성적 욕망과 결핍의 글쓰기

　여성적 욕망이 환유적이고 『절화기담』이 자의든 타의든 그러한 욕망을 부인할 수 없는 소설적 상황을 연출함으로써 근대적 욕망을 발견했다면, 이제 여성은 남성을 통해 자기 의미를 완성하지 못할뿐더러 남성도 여성을 소유함으로써 은유를 통해 자신의 존재 의의나 정체성을 수립할 수 없게 된다. 혹은 소설의 주인공들은 이제 사랑을 통해 자아에 대한 실존적 신원 확인을 수행할 수 없게 된다. 욕망의 충족은 해답이 아니라 오히려 문제의 출발점으로 변모하게 되는 것이다. 이렇게 근대 이후의 사랑은 현실의 매끈한 표면에 얼룩을 만드는, 향유를 끝없는 결핍으로 인도하는 문턱일 따름이다.
　이상의 견지에서 『절화기담』이 드러내는 환유적 욕망의 무한한 결핍이라고 하는 상황은─비록 그 상황이 유부남과 유부녀 사이의 사랑이라는 조건 안에 국한되어 있긴 하지만─넓은 의미에서 세상 동시대 모든 사랑의 방식에 적용될 수 있는 상황일 수 있으며, 나아가서 후대 소설 속에 등장할 사랑의 문제성과 모순성을 맹아적으로 함축하고 있는 상황일 수 있다. 사랑의 형식으로 완성될 수 없는 근원적 결여가 존재의 본질이자 무의식의 근거라면 이제 사랑은 존재의 결핍을 확인해가는 무한한 항해의 일부에 지나지 않게 될 것이다.

여기서 설명 방식을 조금 바꿔 보자. 애정이라는 테마의 경우 중세소설이 근대적 글쓰기로 전화하기 위해서는, 그 한 조건으로서, 남성의 지배적 시선이 여성의 상황을 조작하고 미화할 수 없게 되는 지점, 부지불식간에 여성이라는 존재가 은유적으로 포획될 수 없도록 강요되는 우연한 상황의 출현이 필요했다. 그런데 그 전환의 동기가 불륜이라는 주제로부터 출발하고 있음을 우리는 『절화기담』을 통해 확인할 수 있다. 이때 불륜 상황 자체가 중요한 것이 아니라, 그러한 상황이 소설의 영역 안으로 수렴되어 소설 공간에 모종의 변질을 초래했다는 우발적인 사실 자체가 중요하다.

물론 『절화기담』에 대한 이상의 독법에는 한계도 있다. 우선 순매는 앞서 언급한 바처럼 자의지를 소유한 독립적 인물이 아니며, 이생과 동일한 기혼자임에도 주어진 악조건에 대해 주된 갈등을 빚는 자는 여성인 순매 쪽으로만 설정되어 있다. 또 그 과정 속에서 순매가 자신의 환유적 욕망을 작품 내부에서 자각하고 있지 못하며, 사랑의 환유적 속성을 구현할 수 있을 만큼의 양적·질적 비중을 획득하지도 못한다. 표면적으로 그녀는 이생의 시선 속에 내내 갇혀만 있다. 더구나 이생의 친구 입장에 서 있는 남화산인은 한 겹 밖에서 이 모든 사건들을 굽어보며 '인생만사가 참 야릇하다'고 너스레를 떨고 있다. 그런 점에서 순매가 구현하는 욕망이란 남성의 은유적 욕망에 의해 그 본질이 왜곡되었던 사랑의 실상을 자신의 육체로 관통해 가며 노출해버리는 근대적 신여성의 욕망은 아니다.

그러나 그럼에도 불구하고 『절화기담』 안에 놓인 순매의 위상학적 지점들은 일개 남성적 은유의 대상에서 환유적으로 어긋나는 활물(活物)

로서의 그것으로 바뀌어 있으며, 그에 따라 주인공 이생이 속해 있는
한문소설의 전통적 컨텍스트에 중요한 착란, 혹은 수정을 초래하고 있
다. 그것은 글쓰기 방식의 변모로도 드러난다.

　『절화기담』의 글쓰기는 매우 나열적이며 순환적이다. 기왕의 전기(傳
奇) 작품들이 간략한 상황 묘사와 빈번한 시사(詩詞)의 출현에 의지하여
국면들을 부조하는 서사 기법에 충실하다면, 『절화기담』은 이미 전통적
인 요약적·압축적 산문 전통으로부터 멀리 벗어나 다소 긴장이 떨어
지는 지리한 설명투로 전환해 있다. 따라서 행문은 미적인 안배보다 사
건 진행 순서에 따른 상황 제시와 주인공들의 심리 묘사, 그리고 무엇
보다 꼼꼼한 대사들을 강세의 변화 없이 포치하는 데에 치중한다. 주제
를 암시하는 의미의 압축은 어디에서도 일어나지 않는다.

　그 결과 어떤 장면이 다른 장면보다 독특한 의미론적 우세종으로 자
리 잡을 수 없게 되는데, 장회체인 이 소설의 매 회 마지막 부분들 역시
문장 감각의 탁월함에 의존한다기보다 사건의 흐름을 급격히 단절시키
는 것에서 환기될 지적 호기심에 의존하며 그런 자극에 기대어 서사적
흥미를 도출해 내려 하고 있다. 궁극적으로 전통 한문소설이 갖는 단막
극적 긴장은 희석되고 장회체 소설이 지닌 연속극적 이완이 전면화된
다. 즉, 중국의 장회체 소설의 전개 스타일을 수용함으로써 하나의 긴장
된 주제 의식으로 의미들이 구심화되는 것을 차단하고 있다.

　여기서 연속극적 이완이라고 했는데, 의미의 구심화를 저해하는 이
러한 이완은 완성된 주제의 결핍, 즉 일련의 명백한 서사적 목표점이나
밖으로 내걸 윤리적 표제가 부재하다는 것을 시사한다. 인생은 파노라
마처럼 흐르기만 할 뿐 누가 옳고 그른지, 누가 진정한 진실을 소유한
자인지 선명하게 밝혀지지 않는다. 아니, 밝혀지는 것이 계속 조심스럽
게 유보된다. 이렇게 의미의 반전이 가능하도록 기의의 최종적 수렴을
기표의 나열로 대체하는 글쓰기, 이런 글쓰기를 환유적 글쓰기나 여성
적 글쓰기로 지칭할 수 있을 것이다. 이런 글쓰기는 하나의 사건에서

다른 사건으로, 하나의 진실에서 또 다른 진실로 옮겨가며 글쓰기 행위가 의미의 결핍을 보충하는 끝없는 유예 작용임을 폭로한다. 이는 이생의 욕망을 벗어나는 순매의 환유적 운동을 그대로 닮아있다.

『절화기담』의 내용과 장회체 형식 가운데 어느 것이 더 본질적인 것인지 가늠하기는 힘들고, 어찌 보면 둘은 동시에 채용된 동전의 앞뒷면이라 볼 수도 있다. 더군다나 이러한 장회 형식이 전통적인 전기(傳奇) 형식보다 불륜을 소재로 한 치정담에 더 적합했기에 상업적 흥행 감각을 지닌 작가가 특별한 형식적 고민 없이 이를 수용하는 과정에서 소설의 현재 모습을 창조했을 수도 있다. 하지만 이러한 요소들이 『절화기담』에 병존하게 되었다는 사실만큼은 소설사적으로 의미심장한 현상임에 틀림없다. 환언하면 전기적 사랑이 장회체적 사랑으로 전변된 셈이다. 결국 장회 형식을 끌어들임으로써 『절화기담』이 보여주는 바의 현재 내용이 자동적으로 초래되었을 수도 있다는 예측 가능한 가설은 우리 논의에 본질적 장애는 될 수 없다.

보다 근본적인 문제는 『절화기담』의 사랑의 구조가 이러한 여러 특징들과 절묘하게 조화를 이루고 있다는 점이다. 통쾌한 은유로 관철되며 철두철미 일관되게 진행되는 사랑이 아니라, 어긋나고 미끄러지는, 즉 환유적으로 산포되는 사랑과 『절화기담』의 글쓰기는 정확하게 대응되고 있다. 동시에 나타날 듯 나타날듯하면서 끝내 모습을 감추거나 부재하고 마는 순매라는 환유적 존재는 이 모든 서사 구조의 후경적(後景的) 원천으로서 작용한다. 순매가 상황에 의해 머뭇대고 주춤거리며 때론 타자들에 의해 속박 당함으로써, 그녀의 '부재하는 존재'는 오히려 더 육중한 실재감으로 전면화되고 마침내 이생의 은유적인 시선을 위협하게 되는 것이다.

결국 『절화기담』의 소설적 글쓰기는 순매라는 존재가 구성한 사랑의 환유적 지연 효과에 크게 빚지고 있다. 그리고 이 소설의 숨은 기조를 창조적으로 읽는 독자 가운데 누군가는 겉으로는 이생이 활발하게 움직이며 스토리를 이끌고 있지만 실제로 소설의 핵심에 위치해 스토리 전반을 거느리는 존재가 순매임을 간파할 수도 있다. 그것이 『절화기담』의 독특한 소설로서의 매력을 유도하는 순매의 환유화된 사랑이며, 그 사랑에 환유적으로 말려든 이생의 욕망이며, 이 두 남녀가 운명적으로 겪는 사랑의 구조다.

5. 남는 문제들

우리는 『절화기담』이 드러내는 사랑의 방식이 환유적임을 증명하고 이것이 전대 전기소설의 문법을 근본적으로 이탈하며 성취한 사랑에 대한 새로운 인식에 기반해 있음을 도출하였다. 그 근저에는 욕망의 순수한 육체성과 육체가 소유한 환유적 운동성이 자리 잡고 있다. 이는 추상화를 통해 모종의 상징적 의미로 포착할 도리가 없는 한 여성의 존재 위치를 통해 전개된다. 즉, 여주인공 순매가 손쉽게 쟁취될 수 없는 유부녀 신분이고 끝없이 타자들에 의해 간섭받는 존재라는 현실이 소설의 지평을 환유적 운명으로 몰아넣는다.

환유적 사랑은 마침내 지연되고 미끄러지는 의미의 유예, 혹은 은유적 의미화에 대한 저항을 유발하게 된다. 이 저항들에 의해 『절화기담』은 욕망의 복잡한 실현 절차를 빠짐없이 거치며 현실적이 된다. 이 현실성은 사랑이 더 이상 허구적 숭고함에 유폐될 수 없는 생생한 현전으로 변모했음을 의미하기도 한다. 이를 통해 소설의 글쓰기는 매끈한 의미의 통합을 이루지 못하고 인접 사건들로 산포되며 비화되기만 하는 이완의 형식을 소유한다. 이는 소설의 장회체화와도 연관되어 있다.

우리에게 남는 첫 번째 문제는, 소설이 사랑과 욕망을 인생사의 본질을 건드리기 위한 수단으로 다루기 시작한 근대 이후의 소설사를 어떤 윤리적 시각으로 볼 것이냐 하는 것이다. 사실 사랑의 문제는 이광수의 『무정』 단계에 이르러서도 무언가 다른 이념을 선포하기 위한 상징적인 매체로서 활용되고 있음을 목도할 수 있다. 따라서 형식과 선영의 사랑의 방식엔 고전소설이 항용 활용해 온 이념의 은유화 기제가 작동하고 있다. 이 기제로부터 탈구되는 과정을 보여주는 것이 김동인의 탐미적인 작품들이다.

어찌 보면 인류의 사랑 방식이란 은유화와 환유화 사이에서의 끝없는 길항이라고도 할 수 있는데, 이때 전자가 문명의 길을, 후자가 자연의 본질을 대표한다. 문명은 늘 후자를 은폐하여 체계로 수렴하려는 노력을 게을리 하지 않았다. 이 방어 기제를 뚫으면서, 동시에 그 기제가 구동시키는 의미화 장치들에 의해 순화되지 않으면서 삶의 불가해한 신비를 들추어내는 것이 소설가의 임무다. 맹목적이며 자기 파괴적인, 따라서 소모적이기조차 한 사랑이라는 인생의 단면을 그 잔인한 정체 그대로 직면하여 삶의 의미로 되묻는 것, 그것이야말로 문학의 진정한 존재 의의이기도 하다.

남은 또 하나의 문제는 페미니즘과 관련된 것이다. 『절화기담』은 궁극적으로 여성의 존재 위상을 수정하고 재편함으로써 문명이 욕망을 전유하는 방식 자체에 의문을 제기한다. 그것은 일부일처제에 기반을 둔 문명의 통합 방식에 대한 반성의 출발점이 될 수 있으며, 결국 혼인이라는 은유적 통제 장치에 대한 환유적 위반의 가능성으로 연결될 것이다. 사실 『포의교집』과 더불어 『절화기담』이야말로 혼인의 중세적 규약에 무관심했던 최초의 한문소설이라 할 만하다. 조선 후기 고전소설의 가장 보편적인 유형이 결혼 문제를 둘러 싼 다양한 갈등이거나, 그것에 결부되어 파생되는 사회적 혼란을 평정해 가는 데에 초점을 맞추고 있기에 이 문제는 중요하다.

사랑에 변하지 않을 의미를 부여하는 것이 결혼이다. 결혼은 그래서 문화적 신원 확인의 기초가 되며 이 신원 확인 기제를 창조한 남성들에 의해 주도되었다. 삶이 불변의 토대 위에 확고하게 놓여 있어야만 살 수 있다면 이 제도는 부정될 수 없을 것이며 그로부터 파생된 계보적 존재 이해도 엄존할 것이다. 그러나 라캉이 했던 것처럼 은유적으로 포장된 이 문화의 안전판 없이도 견딜 수 있다면, 혹은 삶의 실체가 원관념으로 소급될 보조 관념이 아니라 맹목적으로 회절하는 환유 운동, 또는 기표들의 교체 과정임을 받아들일 수 있다면, 나아가 그로부터 통속적 윤리를 넘어서서 사랑과 죽음의 가치를 스스로 긍정할 수만 있다면, 우리는『절화기담』의 사랑의 구조로부터 더 많은 것을 배울 수도 있을 것이다.

제3장

조선 후기 한문소설과 근대적 사랑의 경제
「주생전」과 『절화기담』의 사랑의 방식을 중심으로

1. 사랑과 근대 주체

이 글은 17세기 이후 한국소설에 나타나는 사랑의 방식을 검토함으로써 부르주아지로 상징될 근대적 인간형, 다시 말해 근대 주체의 문학적 형성 기제를 해명하기 위한 시론이다. 구한말 애국계몽기나 신소설 태동기를 대상으로 근대 주체를 파악하려는 작업은 이미 적지 않게 누적되어 왔던 반면, 19세기 이전의 문학작품을 분석하여 문학 내재적인 근대 주체 생성의 근저를 고찰한 선행 사례는 매우 드물다. 이는 '근대'의 문제를 역사적·사회경제학적 시각으로만 환원하려는 그 동안의 연구 풍토에도 적지 않게 기인한다.

다시 말해, 고전 문학에서의 근대 문제는 '주체 담론의 구성'이라는 관점 하에 인문학 고유의 질서 속에서 온전히 질문되지 못하였다. 이는 근대적 상품화폐경제에 적응한 '근대적 경제인'의 등장이라는 사회경제학적 맥락 속에서 주로 다루어지곤 했다. 물론 근대적 경제인의 사유 양식이 부르주아지의 계급성과 의식 구조를 대표한다는 상식에 동의한다. 그러나 16세기의 매너리즘 예술 세계와 근대 부르주아지의 분열적 세계 인식이 복잡하게 엇물려 있다는 아르놀트 하우저의 통찰[1]이 보여주듯, 특정한 예술적 혹은 심미적 관심과 표현 양식의 등장은 계급질서나 경제구조의 단순한 반영이나 조응이 아니며, 이미 형성되고 있거나 형성된 독특한 주체 구조의 대등한 양식적 전개 과정이라 할 수 있다.

이때 주체란 역사적으로 끝없이 갱신되는 표준적 인식소나 패러다임을 의미하기도 하는데, 그런 점에서 이 개념은 사회경제적 심급과 동일하게 인문학적 심급에서도 작용하는 어떤 동일한 구조적 운동의 부산물이다. 그렇다면 문학연구 성과는 사회경제적 연구 성과를 수용해야만 하는 것이 아니라 오히려 선도할 수도 있게 된다. 다시 말해 문학작품 속에 구현된 새로운 스타일이나 주제의식은 동시대 인식소의 새로운 응결지점을 지시해 주는 것이며 이 새로운 문학적 변화는 새로운 역사적 주체의 등장을 상징하는 것이다. 예컨대 근대 전후 소설작품 속에 새롭게 나타난 표준 인격이나 인격 사이의 결합 관계는 단지 근대 화폐경제의 결과일 뿐만 아니라 동시에 그 원인이기도 하다.

때문에 예술작품, 특히 소설에 등장하는 주인공들의 성격 변화, 그들이 추구하는 삶의 목표나 심미적 취향의 변화 등을 조선 후기 상품화폐경제의 문학적 조응 양상으로만 고찰하는 반영주의적 견해는—결코 틀린 것은 아니지만—지나치게 문제를 단순화시키는 오류를 범하기 쉽다.[2] 삶을 바라보는 문예적 시각의 변화는 근대적 교환경제의 구조

---

1) 아르놀트 하우저, 반성완 역, 「매너리즘」, 『문학과 예술의 사회사』 2, 창작과비평사, 1999, 137~232면.

2) 대표적인 사례가 이른바 조선 후기 족출한 야담 작품 분석을 통해 초기 자본주의로의 이행을 특징짓는 변모 양상, 즉 물질(부)에 대한 관심·빈부격차에 대한 반성·계급 모순—즉 반상제(班常制)—에 대한 새로운 자각 등을 도출해 온 연구들이다. 이

변화에 종속적으로 길항하기만 하지 않는, 그것과 같은 구조로부터의 그러나 다른 차원에서의 질적 이동이기 때문이다. 따라서 우리는 두 차원을 동등한 무게로 다뤄주어야 한다.

근대적 주체의 경제적 성격에 대해서는 애덤 스미스가 『국부론』을 통해 잘 보여주고 있다. 그는 근대 사회의 본질을 분업 체제에서 발견하면서 그 저변을 형성하는 교환의 상호의존성을 강조하였다. 하지만 이 상호의존성은 경제 분야에서 그것과는 상이한 차원, 즉 이기심이라는 차원에서 다루어진다.

> 상호의존성은 이타적인 태도와는 거의, 혹은 전혀 관계가 없다. 가족이나 종교 공동체, 심지어 정치단체를 사회학적으로 연구하는 경우에는 이타적인 경향을 어느 정도 감안해야 하겠지만, 경제를 연구하는 경우에는 그렇지 않다. 분업이 가져다주는 이익은 교환활동에서 얻을 수 있는 단순한 이기심에서 비롯된다고 스미스는 주장한다.[3]

스미스가 통찰한 근대 사회의 경제적 본질은 이기심으로 이루어진 분열된 상호의존성과 이를 유지하는 유통 구조로서의 시장의 존재였다. 그리고 한 발 더 나아가서 근대적인 이익 추구의 결과가 이상적인 도덕주의자들이 지향하는 '인류의 보편적 이익'을 가져올 수 있다는 충격적 결론에 이르고 있다. 이것이 이른바 '보이지 않는 손'의 논리인데, 이익을 목표로 하는 다양한 경제 주체들로 하여금 경제적 공동선에 이르도록 유도하는 시장의 원칙을 극도로 존중한 것이다.

> 모든 개인이 자신이 할 수 있는 한 최대로 자신의 자본을 국내산업을 부양하는 데 사용하고 그에 따라 국내산업의 생산물이 최대 가치를 갖도록 유도하고자 노력할 때, 그들의 노동은 그들 능력의 한도 내에서 사회의 연간 소득

런 업적들은 매우 온당한 결론 위에 서 있긴 하지만 역사적 사실로 문학적 사실을 덧씌우는 대가를 치르곤 했다.

3) D. D. 라파엘, 변용란 역, 『애덤 스미스』, 시공사, 2002, 76면.

을 최대로 증가시키는 데 기여하게 된다. 사실상 한 개인은 전체적으로 공공
이익을 증가시킬 의도가 전혀 없으며, 자신이 얼마나 그러한 공공의 이익을
증진시키고 있는지도 알지 못한다. 그는 단지 자신의 이익을 추구할 뿐이며,
다른 많은 경우에서처럼 이 경우에도 보이지 않는 손에 이끌려 전혀 자신의
의도에 들어 있지 않은 목표를 추구하게 되는 것이다.4)

이윤의 추구와 도덕적 선의 결과적 일치라는 스미스의 세계관은 근
대 부르주아지의 독특한 인식의 틀을 웅변해 준다. 그것은 화폐를 매개
로 한 경제적 교환 체계에 대한 낙관적 신뢰라 할 수 있다. 이 말은 근
대 세계에 있어 교환의 대상, 혹은 이익을 초래하는 상품화된 가치야말
로 의미 있는 것이며 그러한 교환 체계 밖에 존재하는 것들은 의미의
세계로부터 추방된다는 뜻이다. 그리고 이익의 대상은 전문화적인 범위
로 점차 확장된다.

근대 전후의 문학 작품들에는 이익(부)을 추구하는 이기적 개인의 등
장을 나타내는 수많은 소재, 등장인물들이 구현되어 있다. 그 배경에는
물질적 부의 축적을 긍정적으로 바라보려는 새로운 세계관이 놓여 있
는데, 이러한 물질주의를 문학작품을 통해 확인하는 것도 중요하지만
이 시기 등장한 교환 경제적 인식이 문학작품 속에서 어떠한 인간관계
의 모델을 구축했는가를 탐색하는 것 역시 그에 못지않게 중요하다. 한
문소설을 예로 들자면, 기존의 소설 속 인간관계를 상징했던 사랑의 방
식이 어떻게 변모했는지를 살펴본다면 교환 경제에서 상품이 했던 역
할을 문학에서 담당했던 요소가 바로 '사랑'이었음이 밝혀질 것이다. 상
품의 교환 경제는 사랑의 교환 경제와 거의 동시에 등록되고 있었기 때
문이다. 그리고 양자는 인과로 엮인 관계가 아니라 어떤 구조 운동의
대등한 결과물이다.

이상을 논리적 전제로 하여 우리는 17세기 「주생전」과 19세기 『절화

---

4) 애덤 스미스, 『국부론』(D. D. 라파엘, 위의 책, 102면에서 재인용).

기담』을 '사랑의 방식'이라는 관점 하에서 고찰하려고 한다. 이는 근대
적 사랑의 방식이 어떻게 등장했느냐 하는 탐구를 통해서 근대 주체의
본질적 속성을 투시해 보려는 목적을 갖는다. 근대 주체가 도입한 새로
운 사랑의 경제학을 독해하게 되면 근대 주체의 욕망이 생성되고 소비
되는 근원적 경제 원리를 밝힐 수 있을 것이고, 이것이 근대 주체의 내
적 삶을 보다 잘 설명해 주게 될 것이다. 그리고 그렇게 된다면 우리는
현재의 우리 자신 안에 여전히 각인되어 있는 근대 부르주아지의 의식
구조에 조금 더 밀절하게 접근할 수 있을 것이다.

　여기서 특히 「주생전」과『절화기담』을 선택한 것은 이 작품들이 우
리나라 상품화폐경제가 성립되어 가던 17세기~19세기 사이에 벌어진
애정 관계의 균열을 잘 보여주고 있기 때문이다. 만일 이 작품들에서
발견되는 사랑의 방식이 그 이전의 그것과 질적으로 다른 단절을 소유
하고 있다면 이 측면이야말로 근대 주체의 사적 세계에 도래한 새로운
체험 양식을 의미하게 될 것이고, 근대 주체는 바로 그러한 다른 체험
양식에 기반하여 자신이 속한 세계를 변형시켜 갔을 것이 분명하다. 그
렇다면 사랑이라는 삶의 방식은 근대 세계의 한 면을 규정하는 상품화
폐경제와 대등하게 근대적 삶의 또 다른 면을 조명할 수 있는 독립적인
설명 능력을 갖췄음도 증명될 것이다.

2. 「주생전」과『절화기담』─비틀린 사랑의 서사

　「주생전」의 경우는 매우 다양한 유관 연구 업적이 축적되어 있다.[5]
이에 비해 상대적으로 연구 초기 단계라 할 수 있는『절화기담』에 대해

서는 보다 정밀한 분석 작업이 요망된다.6) 즉, 두 작품의 연구사적 연령
이 현격히 다르다. 게다가 양 작품을 어떤 형식으로라도 대등하게 비교
한 연구 사례를 찾아보기 힘들다. 따라서 두 작품을 전체적으로 상호
비교하는 것은 시기상조로 보이기도 한다.

대체로 「주생전」이 전기(傳奇) 문법의 틀을 여전히 고수하고 있는 사
대부 취향의 낭만적 소설이라면, 『절화기담』은 그러한 전통적인 한문소
설의 문법이 와해된 형태로서 야담계소설이나 장회체소설로서의 통속
적 색채가 짙다. 어찌 보면 두 작품이 구비한 서사적 결 자체가 상호 비
교를 허용하지 않을 만큼 다르다고도 하겠다. 따라서 두 작품을 모종의
공통 주제나 작가 의식에 기초하여 계통적으로 비교한다는 것이 쉽지
않다.

하지만 두 작품이 전개하고 있는 사랑의 방식은 얼마든지 비교가 가
능하고, 어떤 측면에서는 반드시 비교할 필요성이 있기도 하다. 왜냐하
면 「주생전」과 『절화기담』이 전통적인 한문소설의 서사 문법을 나란히
위반하고 있기 때문이다. 물론 그 위반의 구체적 특징은 상이하다. 「주
생전」은 한 남자가 두 명의 여자를 동시에 사랑하도록 설정함으로써 한

---

5) 김재수, 「주생전연구」, 『한국언어문학』 21집, 한국언어문학회, 1982; 오세옥, 「권필
　문학에 나타난 갈등극복의 구조」, 연세대 석사논문, 1983; 박일용, 「주생전」, 『한국고
　전소설작품론』, 집문당, 1990; 이종묵, 「주생전의 미학과 그 의미」, 『관악어문연구』
　16, 서울대 국문과, 1991; 임형택, 「전기소설의 애정주제와 위경천전」, 『동양학』 22,
　단국대 동양학연구소, 1992; 윤주필, 「임제 권필의 방외인 문학 사조와 초기소설사의
　행방」, 『고소설사의 제문제』, 집문당, 1993; 김희경, 「전기소설의 측면에서 본 주생전
　연구」, 『연세어문학』 27, 연세대 국문과, 1995; 문범두, 『석주 권필 문학의 연구』, 국
　학자료원, 1996; 박태상, 『조선조애정소설연구』, 태학사, 1996; 박희병, 『한국 전기소
　설의 미학』, 돌베개, 1997; 정병호, 「주생전과 위경천전의 비교고찰」, 『고소설연구』 6,
　한국고소설학회, 1998; 윤채근, 『소설적 주체, 그 탄생과 전변-한국전기소설사』, 월
　인, 1999; 정민, 『목릉문단과 석주 권필』, 태학사, 1999.
6) 정길수, 「『절화기담』 연구」, 『국문학연구』 147호, 서울대, 1999; 김경미, 「19세기 한
　문소설의 새로운 모색과 그 의미」, 『한국문학연구』 창간호, 한국문학연구소, 2000; 김
　정숙, 「『포의교집』의 소설적 특징 연구」, 『한문교육연구』 제16호, 한국한문교육학회,
　2001; 윤채근, 「『절화기담』에 나타나는 환유적 사랑」, 『한국고전연구』 제8집, 한국고
　전연구학회, 2002.

쌍의 남녀가 죽을 때까지 신의와 유대로 결속하는 기존의 사랑의 문법을 위배한다. 한편 『절화기담』은 애초부터 서로 사랑할 수 없는 두 기혼자의 불륜을 다룬다는 점에서 문법 이탈의 정도가 훨씬 심하다. 두 작품 모두 이전 시대의 서사문법의 견지에서 볼 때 비틀린 사랑의 서사라 할 수 있다.

17세기 이전까지의 한국 한문소설은—각 작품들의 부분적 국면들을 예외로 한다면—본질로서의 사랑의 문제에는 무관심했었다. 그 속의 사랑은 주제를 위한 복선으로서의 '왜'에 해답을 제공하려 했을 뿐, 사랑의 현실화 과정 자체로서의 '어떻게'에는 결코 집착하지 않았다. 당연히 절실한 현실 사건으로서 사랑의 방식에 정면으로 의문을 던진 경우도 희소했다. 환언하면 명실상부하게 애정소설이라 불릴만한 작품이 매우 적었다. 이때 애정소설이란 스토리 전개상 애정 관계가 기능적인 전개 조건으로 출현하는 것이 아니라 애정을 그 주제의 본질이나 저변으로 삼는 소설을 의미한다. 때문에 온전한 의미에서 그 이름 그대로 애정소설이라 할 수 있는 작품은 17세기가 되어서야 비로소 출현한다.[7] 그 대표작이 「주생전」과 「운영전」이다.[8]

17세기 이전의 한문소설에서 남녀 사이의 애정이 삶의 의미에 대한 상징적 환원 이상의 것으로서, 즉 일상적 생활의 구체적 과정으로서 체험되지 못했다는 사실을 단지 남아 있는 작품의 수에 원인을 귀속시키거나 우리나라 문학사의 특수성으로만 치부할 수는 없을 것 같다. 그것은 보편사적 메커니즘에 기인하는 것 같다. 문학사에 있어 비현실적, 비일상적인 로맨스 체험으로서만이 아니라 생활사의 일부로서 사랑을 대면하기 시작한 시점이 전 세계적으로 17세기에서 18세기 전후로 보이

---

7) 애정소설 개념에 관해서는 다음을 참조하라. 박일용, 『조선시대의 애정소설』, 집문당, 1993.
8) 윤채근, 「16~17세기 문화 환경과 전기소설」, 『황혼과 여명—16세기 문학사의 맥락』, 월인, 2002, 349~367면.

기 때문이다.9) 이 무렵 사적 체험의 형식으로서 애정의 서사 공간이 탄생했던 것이다. 공교롭게도 이 시점은 서구가 근대적 주체를 발견하고 이를 문화적으로 관리하기 시작하는 시점과 일치한다.10) 때문에 특히 서구문학사에 있어 17세기는 중요하고 영국의 경우에는 '소설의 탄생'을 운위하는 지점이 바로 17세기 말이나 18세기 초였다.11)

조선의 경우, 사랑이 애정비사(愛情秘事)로, 즉 자신이나 타인과 관련된 사적 체험에 대한 고백의 장으로 부각되는 것은 18세기 이후이지만12) 그 단초가 형성된 것은 17세기다. 이를 사적 욕망의 발견이라고 할 수 있는데, 이는 동시에 그 욕망의 실현 지점으로서 여성 존재에 대해 새삼스레 자각하는 과정이기도 했다.13) 이 모든 요소들은 소설 속에서 '사랑의 방식'을 통해 구현된다. 우리는 사랑이라는 개인적 사건이 지닌 지나친 심리학적 배경을 최대한 벗어나면서 17세기 「주생전」으로부터 18세기 말 『절화기담』까지의 소설 속의 사랑, 그 문화적 현상의 운동 궤적을 따라가 보려 한다. 다시 말해 사랑의 소설적 의미를 문화적 현상으로서 탐색하고자 한다.

---

9) 고전주의와 계몽주의가 발흥하여 인간의 이성과 현실에 대한 해석 능력을 확장하려고 했던 시대다. 즉 중세적 로맨스 문법이 붕괴하고 사랑을 비롯한 인간관계가 현실적·비판적으로 포착되는 지점이다. 또한 중세적 기사도 정신이 부정되고 다니엘 데포로 대표되는 개인주의의 세기를 연 시점이기도 하다. 따라서 이 이후의 사랑의 주체는 곧 분열된 근대 주체의 한 표상이 된다.

10) 푸코(Foucault)는 이를 '고전주의 시대에 있어 광기의 탄생'이라는 주제로 접근한 바 있다. 이 시기에 주체가 검증 대상으로 포착되면서 일상 속에 어울려 살던 광인들이 비이성의 관점에서 배제되고 감금되는 '대감금'의 시대가 도래하였다.

11) 『소설의 발생』에서 아이언 와트(Ian Watt)는 근대적 개인이 등장한 18세기 초엽을 영국소설의 탄생 지점으로 꼽고 있다.

12) 「심생전(沈生傳)」 말미에서 작가 이옥(李鈺)이 작품 창작 배경으로 자기 친구 심생에 관해 추억하는 부분이 대표적이다.

13) 이와 연관해서는 이 책에 함께 수록된 「한문소설에 나타나는 시선의 위상학─리얼리티 서사와 근대 주체 형성과 연관하여」를 참조할 것.

3. 사랑의 방식, 혹은 욕망의 문화적 양식화

사랑의 방식이 문화에 의해 결정되고 때문에 시시각각 낡아 가며 쇄신되는 일련의 담론 형식이라는 사실에 대해 현대인은 대체로 둔감하다. 하지만 1960년대 극영화만 보아도 그 속에서 진행되는 사랑의 형태가 지금 관점에서 얼마나 부자연스러워 보이는지 쉽게 간파할 수 있다. 사랑이라는 삶의 국면이 문화적으로 철저하게 양식화되어 있다는 산 증거인 셈이다. 만약 영상 자료가 남아 있다면 16세기 이전의 한국인들이 가졌던 이성애에 대한 태도에 현대인들은 경악하게 될 것임에 틀림없다.[14]

소설 문학에 있어 사랑의 방식, 혹은 성적 욕망의 문화적 양식화가 왜 중요한가? 바로 근대 문학의 출현 과정이 근대적 주체 형성 과정과 대응되고 그것이 문학 텍스트, 특히 소설에 구현된다고 할 때, 소설 속의 주체의 성격을 규정짓는 주요 요소가 바로 사랑이며 따라서 소설의 역사는 줄곧 사랑의 문제 주변을 맴돌아 왔기 때문이다.[15] 이렇게 근대적 소설 쓰기는 그 이전 세대의 글쓰기와 비교해 애정 문제에 맹렬하게 집착했다.[16] 이는 가문과 가문 사이의 공식적 결합의 틀—즉, 결혼제도—에서 연애 당사자인 개인들을 독립적으로 포착해 하나의 개별적 연애 주체로 성립시키면서 발생한 현상이다. 자유연애의 갈망 속엔 자유로운 개별자로서의 주체라는 근대적 희망이 개재되어 있었다.

---

14) 예컨대 페르낭 브로델(Fernand Braudel)은 『물질문명과 자본주의』의 「일상생활의 구조」에서 현대인은 디드로의 책은 불편함 없이 읽을 수 있지만 그와 하루를 같이 사는 것은 엄청난 충격일 것이라고 지적하고 있다.

15) 예컨대 근대적 계몽가이기를 자임했던 이광수는 『무정』을 통해 자신의 문명 이상을 작품에 '문학적'으로 관철시키는 과정에 연애 구도를 회피할 수 없었다.

16) 김주연, 「사랑과 권력」, 『문학의 새로운 이해』(김인환·성민엽·정과리 편), 문학과지성사, 1996.

그런데 19세기 말에서 20세기 초까지 완성되어 간 근대 문학의 주체는 대체로 17세기경에 수립된 모델을 자신의 선조로 갖고 있는 것 같다. 욕망하는 개별자로서 대상을 포집하는 주체, 그 포집 과정에 기꺼이 일상 시간을 현실로 채용하려는 현실주의, 그리고 무엇보다 사랑을 다른 가치에 종속시키지 않고 그 자체로 향유하려는 경향 등이 이 시기 전후 문학사의 독특한 성격을 규정하고 있다. 이런 성격들은 판소리 문학이나 사설시조, 통속소설과 연희의 방면으로 18세기에 만개된다.

그런데 17세기 이후 고전소설사의 경우, 주인공이 가문 질서를 복원하는 과정에서 사랑의 성취까지 이룩하는 줄거리가 유난히 많이 등장한다. 이는 언뜻 사랑하는 주체를 가문 단위에서 분리하여 개아로서 포착하려는 근대적 성향에 정면으로 위배되는 것처럼 보인다. 그러나 표면적으로는 서로 어긋나는 듯한 경향들이 근대적 문화 구조의 전개 속에 엇물려드는 것 자체가 근대적 운동의 한 특성이다. 즉, 가문에서 분리된 사랑의 주체는 동시에 가문 속으로 재결합되어 가는 회귀 운동을 겪는다. 두 움직임은 동시에 발생한다. 즉, 17세기는 사랑이 주체의 체험 형식으로 재발견되는 과정과 동시에 이를 안정된 가문 질서 속으로 복귀시키는 과정을 겸비하고 있다. 분리되지 않고는 재결합도 없다.

결국 사랑이 개별적인 현상으로 문제시된 17세기는 사랑이 문화의 한가운데 '의미'로서 노출되고 등재됨으로써 하나의 검증 대상으로 부상하는 시기이기도 하다. 이러한 검증 과정에는 사랑의 의미를 문화 구조에 저항하는 주체의 능동적, 해체적 힘으로 이해하려는 경향과 이를 다시 가문과 사회적 의미 체계에 포섭시키려는 이데올로기적 경향이 때론 모순을 겪으며 복잡하게 뒤엉켜 있다. 예컨대 김만중이라는 동일한 작가에 의해 탄생한 『사씨남정기』와 『구운몽』은 그 착잡한 이율배반을 웅변하고 있다. 김만중은 『사씨남정기』를 통해 남녀의 애정이 초래할 수 있는 불길한 징후들을 이념적으로 순화시켰으면서도 『구운몽』을 통해서는 욕망의 무제한적 발산을 판타지 형식으로 묘사하고 있다. 어쨌거나 사랑이 문제된 것이고 더 이상 우아한 허구적 미장센 안에 갇혀 있지는 않게 된 것이다.

현재 우리가 알고 있는 바의 사랑, 또는 사랑의 방식은 근대를 통과하며 습득된 것이다. 따라서 근대 이전의 사랑의 방식을 확인할 길 없게 된 우리로선 사랑 자체가 근대의 산물처럼 느껴진다. 사랑이라는 현상이 근대의 고안이라고 할 때는 이상과 같은 전제에 입각해 있다. 앞으로 우리는 전근대적 사랑의 방식이 근대 이후의 사랑의 방식으로 전이해 가는, 정확히 그 세부적 변모 과정을 알 길 없는 17세기 이전의 사랑의 현상이 우리가 이해할 수 있는 지금의 방식으로 구조화되어 가는 과정의 편린을 한문소설을 통해 유추하게 될 것이다. 그것은 욕망이 문화 속에 아로새겨지는 담론 구조를 밝히는 과정이기도 하다.

4. 17세기 이전 한문소설 속의 사랑의 방식

17세기 이전 한문소설에 나타나는 사랑은 상징 형식 속에 은폐되어 있거나 아예 은폐할 필요조차 없을 정도로 규약화된 현상이다. 그것은 추상적인 시선의 은유 작용에 갇혀 있거나 아직은 그리 위험할 것 없는 육욕의 형태로 잠들어 있다. 은유는 현실화의 힘이 없기에 위험하지 않고 충동은 손쉽게 검열될 이탈이므로 쉽게 통제된다. 전자의 예가 「조신」이며 후자의 예가 「쌍녀분기(雙女墳記)」[17]다.

「조신」 속에 등장하는 사랑은 위험하기에 벗어나야 할 속세의 탐욕을

---

17) 「최치원(崔致遠)」으로도 알려져 있다. 이동환, 「「쌍녀분기」의 작자와 그 창작 배경」, 『민족문화연구』 제37호, 고려대 민족문화연구원, 2002.

은유한다. 때문에 사랑은 조잡한 충동적 욕망으로 나타나는 데에 그치며 현실적 문제로 근경화될 수 없다. 사랑은 조신과 김처자에겐 평생에 걸쳐 늘 소외되어 있고 가난 탓에 유보해야 할 어떤 것에 불과하다. 또 설령 두 사람이 행복하게 살았다 해도 그런 삶이 어떤 것이 될는지 알 수 없다. 이 작품은 그 문제에 대해선 애초부터 외면하고 있기 때문이다.

「쌍녀분기」의 사랑은 작가와 실재 주인공 최치원이 품었음직한 삶의 고뇌를 상징한다. 그런데 그 상징의 깊이가 아무리 깊다 해도 그것은 그저 상징이며 주인공의 실제 삶으로 하강해 내려올 수 없는 꿈속의 일이다. 때문에 최치원은 살아있는 여자 대신 죽은 귀신들과 사랑을 나누고 있다. 더욱이 귀신―혹은 여우―인줄 모르고 사랑했다가 나중에 여자의 정체를 발견하는 전기의 관습조차 여기선 배제된다. 텍스트에 출현하는 순간부터 여자들은 귀신이고 따라서 그 비현실성은 진즉에 내정되어 있다. 사랑의 방식에 있어 최치원과 두 귀녀가 나누는 애정은 그것이 아무리 에로틱하다해도 한낱 수사에 머물러 있다.

이처럼 「조신」과 「쌍녀분기」에는 남녀의 만남을 수사적으로 안배하려는 의식이 관철되어 있다. 예컨대 「쌍녀분기」는 최치원과 두 여인이 주고받는 시나 그들이 서로 어르고 농지거리하는 과정의 묘사를 통해 사랑의 테크닉을 보여 주고 있다. 그들의 사랑은 일견 기예적이다. 이는 사랑의 느낌 자체가 소거되어 사랑을 삶의 전개의 자연적 양상 정도로 처리하고 있는 「설씨녀」·「백운제후」·「온달」·「도미」 등과 대조적이다.

그런데 「쌍녀분기」의 사랑은 아직 일상화된 욕망에 기반하고 있지 않으며 이 작품이 구성해 놓은 특별한 상황에서나 연출이 가능한 비일상적 기예일 수 있을 뿐이다. 결국 사랑은 정교하게 양식화되어 있지만 현실 이면으로 뚫고 들어와 문제로 자리 잡을 수 있는 침투력을 상실한 상태에 멈춰있다. 사랑은 아주 진부하거나 혹은 너무 특수한 담론이었고, 도를 지나치지 않는다면 밤[비이성]의 역사로 용인될 수도 있는, 아직 자각되지 못한 문화 현상이었다.

이처럼 상징과 은유 형식을 통해 욕망은 은폐되거나 수사적으로 미화된다. 물론 당시 사람들이 실제 그렇게 살지는 않았을 것인데, 사랑을 상징과 은유로만 겪을 수는 없기 때문이다. 그러나 소설 텍스트가 분절시켜 놓은 사랑이란 '아주 익숙하게 낯선' 어떤 것이며 필요하다면 문화 속에 얼마든지 재분배할 수 있는 '알려진 위험'이다. 따라서 「김현감호」에서 김현은 호랑이와 성교하고도 오히려 이익을 수혜했고 평강공주는 자기 고집을 관철시키기 위해 바보와 동거했으며 「수삽석남」의 최항은 애첩과의 이룰 수 없는 사랑에 폭사했다. 성애의 작용과 그 효과는 작품 전면에 등장하고 있지만 어디에도 사랑에 대한 두려운 외경은 보이지 않는다. 문화는 사랑을 너무 잘 통제했거나 통제할 필요를 느끼지 못할 정도로 여유롭게 방심해 있다.

15세기『금오신화』에 이르러서 한 남자와 한 여자가 쌍을 이루어 죽을 때까지, 혹은 죽음을 초월하여 사랑하기 시작한다. 사랑이 영과 육의 소유권이라는 측면에서 현대적인 부부애로 전화되어 가고 있음을 의미하는 현상이다. 즉, 「이생규장전」의 이생과 「만복사저포기」의 양생은 가실 청년이나 도미와 백운처럼 여자를 뺏기지 않기 위해 다른 남성과 대결(내기)해야 하는 쟁탈적 상황에는 빠지지 않는 것으로 설정된다. 동시에 여성들은 다소 숭배의 대상으로 이상화되고 있다. 예컨대 「쌍녀분기」에 출현하는 취금이 같은 존재 ― 잠시라도 곁눈 팔게 만드는 제3의 여성 존재 ― 가 『금오신화』에는 아예 빠져 있다. 두 남성(이생과 양생)은 오직 한 여자를 만나기 위해서만 준비되어 있을 뿐이다.

사실 결혼제도처럼 비자연적이고 철저히 문화적인 제도도 없다. 이 제도에 적극적으로 순화됨으로써, 또는 남녀가 일대일로 짝을 지어 평생을 상호책임 하에 복무하는 이성적인 사랑법을 발견함으로써 소설의 주인공들은 이제 서로에 대한 가공할 집착과 진지한 몰두에 잠기게 된다. 그것은 나말여초 전기에서처럼 '신의나 약속'의 문제라기보다 자기 존재 의의를 구성하려는 실존적 자기 구성법이기도 하다. 삶의 의미는 배우자를 통해 완성되며 배우자의 상실은 곧 자기 삶의 파국으로 귀결된다. 그런데 이러한 사랑의 방식은 지나치게 완고한 기계적 메커니즘을 따르고 있어 인위적이다.

『금오신화』의 사랑은 근대적 사랑에 비해 충분히 독자화되어 있지 못하다. 즉, 사랑하는 대상과의 삶 이외의 삶이 거의 백지화되어버림으로써 주인공들의 사랑은 현실의 가변적 속성과 유연하게 결합하지 못한다. 그들은 서로가 서로에게 강박적으로 연대됨으로써 실재계의 파란만장한 흐름을 회피하며 작은 공간 안에 자폐되어 있다. 이생은 아내와 처음 만났던 장소인 서루(西樓)에서 결코 벗어날 수 없고, 심지어 그 장소에 회귀하여 죽은 아내와 더불어 최후의 삶을 장식한다. 이는 양생도 마찬가지여서 하룻밤의 인연에 불과했을 수도 있었을 여귀와의 사랑을 죽음 이후에까지 밀고 나간다.

물론 자폐적이고 강박적인 이러한 사랑법에는 김시습의 ― 상당히 철학적 배경을 갖는 ― 존재론적 자기규정 의식이 기저에 깔려 있다. 그러나 그런 문맥을 참고하더라도 『금오신화』의 폐쇄적인 사랑이 ― 근대적 관점에서 볼 때 ― 인위적으로 날조됨으로써 사랑이란 현상을 그 자체로 직시하지 못했다는 점은 분명하다. 때문에 여전히 사랑은 독자적 의미의 장소를 할당받지 못하고 있다. 사랑하는 상대는 고독한 주인공의 결손된 자아를 보충해 주는 존재로 성찰될 뿐이며 따라서 사랑의 자폐 공간은 약간 확대되어 점유된 자아의 상징 공간이다.

한문소설이 우리가 이해하는 바의 그런 사랑을 얼마나 외면했는지를 웅변해 주는 것이 『기재기이』다. 이 소설집은 본질적으로 사랑을 모른다. 남자와 여자가 출현해서 사랑의 언어를 주고받고 동침하는 것이 사랑이라면 할 말 없지만, 이 소설집 어디에도 탐구되고 설명되어야 할 것으로, 즉 상징화의 매재가 아니라 상징의 동원을 요구하는 상징의 최종 목표로서의 사랑은 등장하지 않는다. 예컨대 그나마 유일하게 사랑의 스토리가 출현하는 「하생기우전」조차 권력 관계의 재편과 부의 재분배라는 주고받기의 구조 속에 사랑을 희석시키고 있다. 넓은 의미에서 볼 때, 『기재기이』는 『금오신화』와 더불어 사랑을 고유 형질로 보존하지 못하고 자꾸 다른 문화 현상의 언저리에 걸쳐놓으려 하고 있다.

5. 「주생전」과 『절화기담』의 사랑의 방식–사랑의 교환 경제학

17세기 한문소설에 있어 사랑은 다시 발견되어야 할 그 무엇이었다. 당연히 이 세기에 재발견될 사랑이라는 현상이 미증유의 사건일 수는 없지만 일상적으로 반복된 이 기이한 생활의 방식은 사람을 골치 아프게 만드는 첨예한 문제로 돌출되었다. 환언하면 문학적 수사의 커튼 저편의 일이었던 사랑이 급속하게 우리가 사는 이쪽의 생활 현실에 영향을 미칠 수 있는 비가시적 힘으로 부활했다. 「주생전」이 그 증거다.[18)

주생은 애욕의 대상에 탐미적으로 빠져드는 호색한이 아니다. 그의 사랑은 미적 향유라기보다는 일상의 생활 구조가 만드는 우연한 사랑의 기회들을 포착하는 한 방식이고, 결국 주생은 근대적 의미의 사랑이 갖는 불가항력적이며 동시다발적인 우발적 본성을 발견해 가는 자다. 그것은 사랑이 일상 시간의 흐름 속에 재배열되었음을 의미한다. 쉽게 말해서 사랑이 문화 속에 재분절된 자기의 위상학적 자리를 할당받고 의미 활동을 시작했다는 뜻이기도 하다.

주생은 배도와 선화를 넘나들며 그 이전 소설의 어느 주인공도 할 수 없었던 일을 해낸다. 그것은 마치 일정한 행동 패턴만을 부여받던 인물

---

18) 윤채근, 앞의 책, 1999, 405~411면.

이 자기 스스로 작동법을 익히고 자율적으로 움직이기 시작한 것과도 같다. 그는 배도의 시간과 선화의 시간을 조립하여 엮어 놓고 그 복잡화된 갈등 구조 속에 사건을 발생시키는 축으로 기능한다. 이는 주생이 사는 시간이 실천적 의미에서 '현실의 시간'이기에 가능하다.

그는 발견하고 가지는 자이며 오류를 무릅쓰고 사랑을 성취하려다 실패하는 자이다. 세상엔 배도와 선화만이 존재하지 않고 그들 주위에 많은 인물들이 포진하게 되며 세상엔 정상적인 사랑의 완수를 훼방하는 전쟁까지 발발한다. 동시에 그는 배도에게 관찰되는 자이기도 하고 작가인 권필에 의해 대상화되는 존재이기도 하다. 이렇게 삶에 있어 사랑은 현실로부터 절리된 습곡이나 특수한 영역의 일이 아니라, 많은 시선들이 교차되는 일상 위에 노출되어 검증되어야 할 중요한 일로 부각된 것이고 누군가와 끝없이 관계되는 생활 자체의 대사(代謝) 운동이 된 것이다.

「주생전」이 전개되는 세계는 그 이전 소설의 그것에 비해 상대적으로 무질서한 복잡계다. 때문에 주생은 전대 한문소설이 만들어 놓은 문법 구조와 그 의미 작용에 저항한다. 그는 하나의 의미로 포집되어 은유되기 전에 다른 사건으로 재빨리 이동하여 관계를 열어 가고 그 와중에 사랑은 여전히 미해결의 난제로 유지되고 있다. 때문에 그에게 결여된 결정적인 것은 연인으로서의 정조가 아니라 그에게 걸맞을 새로운 사랑의 방식이다.

즉, 주생에게는 존재하는 속도가 그가 사는 세계엔 구비되어 있지 못하다. 사랑은 변하는 것이고 언제나 발생 가능한 힘으로 도처에 숨어 있는 것이다. 또 그러하기에 사랑은 문화의 한 단위로 주목받을 만한 중요성을 획득할 수 있는 것이기도 하다. 주생은 이를 발견하고 실천한 자인데 불행히도 배도와 선화가 사는 세계는 아직 『금오신화』의 세계에 머물러 있다. 결국 주생은 선화를—『금오신화』의 이생처럼—그리워하는 존재로 후퇴하여 자기 속도를 상실하고 만다. 사랑은 새롭게 발견되었지만 끝내 타협되었다.

해답을 발견할 수 있는 문제는 결코 문제로서 문화에 포착되지 않는다. 사랑에 해답이 있었을 때 이것은 문제라기보다는 다른 답을 찾아가는 풀이 과정에 지나지 않았다. 17세기 한문소설사에서 사랑이 정체를 규정하기 어려운 변덕스러운 속도로 간파되었을 때 이를 지연시키고 규정할 필요가 발생했다. 혹은 문화의 시야에선 대수롭지 않았던 자연스러운 현상이 갑자기 불거지며 해답을 요구하자 이를 안전하게 소화할 심리적 여유와 간격이 필요해졌다. 그 때 선택되는 것이 「주생전」의 사랑법이다. 주인공은 불행해지고 진부한 과거의 방식으로 퇴행한 채 운동이 정지된다. 만약 그렇지 않고 주생이 더 발전하여 제삼, 제사의 여인을 만났더라면 그는 한낱 괴물로 치부되고 말았을 것이다. 절묘하게도 주생은 자기 한계를 잘 지켜 17세기적으로 '살아남았다.'

소설 속에서 사랑의 힘이 발견되자 18세기 소설들은 사랑의 담론을 폭발적으로 양산한다. 모든 소설들이 습관처럼 사랑을 증식시키고 남녀 사이의 애정을 다루었다. 갈등과 모험은 사랑하는 남녀 주인공을 중심으로 발전하고 때론 해묵은 수법을 통해 해결되었다. 더 중요한 것은 사랑이 철저히 가계의 문제로 전화하며 가문과 가문의 웅장한 결합 과정으로 추적되었다는 사실이다. 이 진부하고 중세다운 결말은 「주생전」에서 발견된 위험스런 사랑의 자기 몰락을 의미하지는 않지만 문화가 사랑을 재코드화하는 작업에 전념했었음을 증명하는 현상임에 틀림없다. 사랑은 광범하고 육중한 가문의 부피 속에 희석되거나 또다시 일상 밖의 허구계로 초월되어 버렸기 때문이다. 사실 현존하는 문화보다 빠른 현상들은 언제나 규정 속도로 재흡수되기 마련이고 그 과정에서 익숙한 코드로 변환된다.

사랑이 불가항력적 운명의 힘으로 재차 인식된 것은 18세기 말 19세기 초의 소설 『절화기담』에서다.[19] 일종의 불륜소설이라 할 이 작품은 근대적 사랑에 중독된 현재의 우리로선 별로 새로울 것도 없게 느껴진다. 하지만 사대부 남성이 노비 신분인 유부녀와의 사랑에 눈이 멀어 온통 그녀를 욕구하는 과정만으로 점철된 이 소설은 새롭다. 더욱이 남성 주인공은 환유적으로 이동할 뿐인 여주인공 순매를 결코 소유하지 못한다. 사랑은 그야말로 애정기사(愛情奇事)로 부각되어 불가피(不可避)하고 불가지(不可知)한 욕동으로 재등장했다.[20)

거듭 강조하지만 해결할 수 없는 상황만이 강조될 가치가 있으며 문화의 의미화 작용을 자극한다. 그런 점에서 『절화기담』의 사랑의 방식은 애정가연(愛情佳緣)을 애정기사(愛情奇事)로, 환언하면 사랑의 의미를 문화적 사건에서 ― 문화를 자극하고 나아가 그것에 저항하려고 하는 ― 초문화적 사건으로 교체함으로써 새로운 의미가 발생할 문화적 진공(비의미의 공간)을 개방한다. 근대적 사랑법은 바로 이 진공으로부터 발생한 것이다.

『절화기담』의 이생과 순매 사이의 사랑은 맹목적이다. 부연하면 두 사람은 탐미적으로 사랑의 기분을 향유하려는 존재들도 아니고 삶의 의미를 찾기 위해 배우자를 희구하는 익숙한 존재들도 아니다. 그런데 그 목표 없음에 비해 그들의 욕망은 몹시 부풀려져 있다. 이는 주생이 겪은 상황과 매우 흡사하다. 따라서 그들의 사랑은 결코 완전히 충족될 수 없는 무제한적인 소유 욕망을 닮아 있고 어느덧 이룰 길 없는 사랑의 과정 자체가 사랑의 본질로 전화하는 단계에 도달하게 된다.

이를 비유하자면, 주체를 완성해 줄 동기나 매개물에 지나지 않았던 상품[교환가치]이 역설적으로 주체 자체의 본질로 구성되는 과정과 유사하다. 사고 팔릴 때 상품의 가치가 완수되듯이 유인하고 멀어질 때, 즉 계속 교환 가능할 때 사랑은 의미 있게 완결(결제)된다. 이렇게 상품과

---

19) 윤채근, 앞의 논문, 2002
20) 그러한 관점에서 저자 서문의 다음 언급은 의미심장하다. "情有不可知者, 事有不可測者. 不可知而有不可忘不可終者, 不可測而有不可究不可盡者. 是故, 情出乎緣, 事出乎機."

사랑은 끝없는 유통 과정만 있고 그 의미의 최종 수렴은 지연된다. 이것이 근대적 상품화폐경제사회가 지닌 경제적 삶의 악순환이자 사랑의 주체로 거듭난 근대인이 직면한 사랑의 악순환이다.

> 이를테면 고전경제학은 "상품 A의 가치는 이것 이것이다"라고 생각한다. 그 때문에 가치는 본질(이리는 것)이 된다. 이것에 대하여 마르크스는 상품A의 가치는 B의 사용가치에 의해 의미된다고 바꾸어 말한다. 여기에서 '존재'는 '관계'로 변형되고, 의미하는 것으로서의 사용가치가 가치에 비해 우월하다. 내가 '화폐의 형이상학'이라 부른 것은 화폐형태가 '관계'를 '존재'로 만들어버리기 때문이다.[21]

마르크스 정치경제학은 고전경제학이 설정한 '가치'라 불리는 시니피에의 우선권을 부정한다. 상품에 담긴 추상적 가치, 즉 '존재'로서 불변하는 어떤 성질은 '의미하는 것(시니피앙)'의 관계 작용의 산물일 뿐이다. 이것이 교환가치다. 마찬가지로 '존재'로서의 고전적 사랑의 가치는 '관계'의 연쇄 속에서 교환됨으로써만 가치를 증명할 수 있으며 그런 점에서 더 이상 존재 형식으로 고정될 수 없는 일개 시니피앙에 불과하게 된다. 다시 말해 사랑이라는 감정은 간단없이 비교되고 교환될 때에야 온전히 그 힘을 구현할 수 있다.

그런데 상품은 화폐로 변신하면서 놀라운 질적 도약을 한다. 화폐 형태로 전환된 상품은 교환 가치의 보증인으로서 결제권을 소유함으로써 가변적인 관계를 불변의 존재로 재등록시킨다. 아니, 화폐 자체가 하나의 존재가 되는 것이다. 이것이 화폐가 만드는 존재의 형이상학 혹은 환상인데, 가라타니 고진은 이를 '화폐의 형이상학'으로 명명했다. 마찬가지로 사랑이라는 시니피앙은 상품 형태에서 교환되다가 이윽고 화폐 형태의 물신으로 전화한다. 이것이 고전적 사랑과 다른 점은 결코 시니

---

21) 가라타니 고진, 김경원 역, 『마르크스, 그 가능성의 중심』, 이산, 1999, 115면.

피에를 갖지 않는다는 사실, 아니 시니피에 자체를 요구하지 않는다는 사실이다. 사랑은 소비될 뿐이지만 그것이 인생이라는 의미를 결제하는 화폐 형식을 취함으로써 마치 존재인 양 행세하게 된다.

이상의 결과는 다음과 같다. 사랑은 삶의 다른 의미를 향해 이동하는 심리적 과정이기를 멈추고 그 자체가 인생의 의미로 변화한다. 화폐가 그러하듯이 사랑은 하나의 목표가 되는 것인데, 때문에 사랑이면 족한 어떤 주체가 탄생한다. 즉 근대 경제의 생산과 소비의 주체와 흡사하게 사랑을 생산하고 소비하는 주체가 등장하는 것이다. 이 주체는 고전 시대의 주체와 달리 바닥없는 욕망을 죽을 때까지 탕진해야만 하는데, 이 지옥 같은 욕망의 순환을 라캉은 '대상 a'의 공식으로 설명했다. 환유적으로 미끄러지는 충동의 목표인 대상 a는 그것이 사랑의 형식을 취할 때 삶을 충만하게 만족시켜 준다. 하지만 화폐가 그러하듯이 사랑이 존재이기를 그치면 주체는 또 다른 만족을 찾아 시장에 진출해야 하고, 왜 그래야하는지 모르면서 사랑을 입수하려 발버둥친다.

결국 『절화기담』이 발견한 사랑법은 일종의 사랑의 경제로서, 그 동안 등가 교환 체제를 통해 문화적 안정성을 확보했던 사랑의 순환계가 불균등 교환 체제에 직면하여 물물교환적인 안정성을 상실한 모습을 보여준다.[22] 누군가는 손해보고 때론 망하는데 — 애덤 스미스가 이미 말했듯이 — 거기엔 특별한 도덕적 원인이 개재하지 않는다. 준다고 돌려받는 것이 아니기에 사랑은 위험한 거래이며 맹목적으로 쫓아가야만 한다는 점에선 의미가 지연되는 일종의 상품(화폐) 기호이다.[23] 다시 확인

---

22) 이를테면 중세적 사랑의 신표가 대부분 조건 없는 선물 형태를 띠는 증여였다면 이생이 순매에게 주는 옥패 등의 선물은 단순 증여이기 이전에 이미 대금(貸金)의 성격을 갖는다. 즉 중세적 주인공들은 육체관계를 맺은 뒤 신표를 주고받는 반면, 이생은 여자를 소유하기 전에 이를 수단으로 삼아 선물 공세를 편다. 이는 이미 경제적 투자의 형식을 띠며, 따라서 사랑은 감성의 시장 속에서 이루어지는 교환 경쟁이 되는 것이다.
23) 상품과 화폐 자본이 소쉬르(Saussure)적 기호라는 점은 다음을 참고하라. 가라타니 고진, 김경원 역, 앞의 책, 31~48면.

하자면 의미가 확인된 개념이나 완벽히 등가 교환된 거래는 담론으로서의 고유 가치를 상실한다.[24) 사랑은 그것이 유니크한 미지의 탐구(거래) 대상으로 부상하면서 비로소 근대적 가치로 전화할 수 있었던 것이다.

> 이 교환(임금이 결정되는 교환−필자)은 부등가 교환이다. 분리된 두 과정(노동력 시장과 작업장−필자)을 봉해서 교환되는 가치의 크기가 서로 다른 것이다. 즉 전자의 과정에서는 v(가변자본−필자)만큼의 가치가 주어지지만 후자의 과정에서 자본은 v+m(잉여가치−필자)의 가치를 받는다. 그리고 이런 부등가교환이야말로 이 교환의 본질이기도 하다. 부등가교환의 차액인 잉여가치를 얻는 것이 자본이 이 교환에 참여하는 목적이기 때문이다.[25)

임금은 생산 관계를 통해 주체가 사회로부터 얻는 경제적 향유의 몫이라 할 수 있다. 그런데 인용한 마르크스의 부등가교환 도식을 적용해 보자면 우리는 이를 이렇게 달리 말할 수 있을 것이다. 주체가 사랑의 경제에 투자(참여)하는 것은 오직 잉여 향유를 획득하기 위한 것이다. 타자에게 쏟아 부은 v(위신과 선물)는 m(잉여 향유)의 형태로 되돌아와야 하고 이 잉여 향유는 새로운 사랑 활동을 가능케 하는 원동력이 된다. 그리고 주체는 사랑의 대상에게 이 잉여 향유의 몫을 제거한 v에 해당하는 만큼만 임금(보상)으로 제공한다. 만약 타자의 잉여 향유가 주체의 그것을 앞지를 때, 그것은 주체 입장에서 나쁜 부등가교환이 되며 이 교환은─논리적 공식의 관점에서만 보자면─즉시 취소될 것이다.

임금(타자에게 주어야 할 것)과 잉여가치(내가 챙겨야 할 것) 사이의 이러한 모순은 사랑의 경제를 파국으로 몰고 간다. 애초에 사랑이 시니피에이기를 포기하고 상품으로서의 시니피앙이 되는 순간 이 파국은 예견된 것이었다. 사랑에 영원한 본질을 제공할 수 있는 능력이 상실된다면 사

---

24) 쉽게 말하자면 성관계가 완료되거나 결혼을 통해 귀속을 확정하면 성적 대상의 매력(상품성)은 상실되거나 감가상각의 운명에 빠진다.
25) 강신준, 「제8장 가치의 배분−첫번째 요소, 임금」, 『자본론의 세계』, 풀빛, 2001, 246면.

랑은 이제 영웅적 희생도, 손해를 기꺼이 감수하려는 헌신도 아니게 될 것이기 때문이다. 그것은 화폐처럼 소유되고 축적되어 부를 상징하는 기호로 변모하게 될 것이다. 또한 배우자 선택의 문제는 주체의 사회적 위상과 경제적 여유를 재확인하는 일련의 교환 과정이 되고 말 것이다.

그런데 『절화기담』은 여전히 「주생전」이 겪었던 전근대적 운명에 직면해 있기도 하다. 이 측면에 대해 알아보자. 이 작품에 대해 총평을 가하는 작품 밖의 평자인 남화산인(南華散人)은 근엄하게 애정의 위험성을 경고하고 있다. 이는 「심생전」의 작가 이옥이 인용하고 있는 옛 서당 선생의 엄숙한 훈계와도 닮아 있다. 우리가 잘 기억하듯이 19세기 이후 상투적 훈계가 된 것이 이른바 '여자에 빠지면 — 혹은 잘못 만나면 — 인생 망친다.'는 점이었다. 이런 담론 속에는 사랑의 충동을 애써 무시하려는 중세적 등가교환 체제에 대한 선망이 자리 잡고 있다. 아니, 사랑의 감정이 충동이나 부등가교환과 같은 예측불가능성과 결부되어서는 안 된다는 신념이 깔려 있다.

『절화기담』의 문화적 전근대성은 바로 이러한 비경제적 지점 위에 서 있다. 그리고 바로 그 지점이 『절화기담』과 「주생전」이 서로 겹치면서도 분명히 갈라서는 지점이기도 하다. 「주생전」은 아직 사랑을 하나의 경제로는 인식하고 있지 않으며 따라서 주인공은 여성들과의 사랑을 괴롭게 추억할지언정 — 순매를 깨끗이 포기했던 『절화기담』의 이생처럼 — 결코 후회하거나 포기하지는 않기 때문이다. 주생은 자신이 겪는 운명적 사랑들에 정신을 잃고 헤매지만 여전히 이를 로맨틱한 등가교환체제로 이해한 것이다.

근대인들이 가장 두려워한 것은 바로 자본주의의 난폭한 본성인 부등가교환이다. 누구나 상식으로 알고 있듯이 교환을 형성하는 문화적 매개는 생산물이고 여자는 그 인류학적 원형이었다.[26] 전자는 물물교환

---

26) 클로드 레비-스트로스, 김진욱 역, 「언어와 친족」, 『구조인류학』, 종로서적, 1983, 31~96면.

을, 후자는 혼인 제도를 낳았다. 근대적 자본주의의 완성은 생산물을 상품으로 그리고 화폐 자본으로 변화시키는 환상적 전화 능력에 기반을 둔 것이다. 그 안에 이윤 분배를 중심으로 한 계약상의 신의는 있지만 덕성으로서의 중세적 의무감은 없었다. 경제상황은 변덕스럽게 급변하고 이 속도로부터 자유롭게 해방된 존재는—금리생활자와 같은 특수한 유한 계층을 제외하고는—정상적으로 살아갈 수가 없었다.

따라서 근대인에게 상품이란 존재는 밑도 끝도 없는 유혹이면서, 주체로부터 끝없이 소외되는 존재라는 점에서 두려운 대상이기도 했던 것이다. 또한 여자를 공평하게 분배하는 혼인제도라는 등가교환제 안에 머물던 사랑 역시 그로부터 벗어나자 위험한 경험으로 이해될 수밖에 없었다. 매혹적인 여자는 위험한 상품이며 내가 가질 수 없는 것일수록 더욱 강하게 유인력을 발휘하는 생의 함정이다. 마침내 사랑도 상품을 닮아간 것이다.

결국 사랑에 대한 근대적 재발견을 보여주는 것이 『절화기담』이지만, 그와 동시에 사랑에 대한 자본주의적 재전유를 상징하는 것도 『절화기담』이다. 문화의 탈코드화는 재코드화와 항상 동시적으로 수행된다.[27] 따라서 탈코드화의 조짐이 「주생전」이라면 탈코드화가 재코드화와 모순적으로 중첩되기 시작하는 것[28]이 『절화기담』이다. 이 원리는 가라타니 고진이 상품을 기호로 해석하면서 인상적으로 해명한 바 있다.[29] 오직 체계 속의 차이로만 의미를 부여받는 기호처럼 사랑은 명석한 기의를 상실하고 비의미의 위험에 항상 노출된 기표로 변화한 것이다. 그래서 근대 이후의 사랑은 위험하고 낯선 것으로 재발견되거나 때론 엄밀하게 통제될 수밖에 없었다.

---

27) 코드, 탈코드, 재코드 등의 개념은 다음 책을 참조하라. 질 들뢰즈·펠릭스 가타리, 김재인 역, 『천개의 고원』, 새물결, 2001.
28) 이것이 자본주의의 생리라는 점은 앞서 설명한 바 있다.
29) 가라타니 고진, 김경원 역, 앞의 책, 참조.

6. 사랑, 절망적 소비

근대가 겪은 사랑법의 변질은 두 단계를 경유한다. 그 첫 단계는 사랑을 다른 문화 현상과 독립된 별개의 현상으로 직면하는 단계였고, 다음 단계는 이를 삶의 특수한 소외 형식으로 포집하는 단계였다. 전자는 사랑을 상징이나 은유로부터 절개해 내어 그 나름의 작동법을 지닌 독립항으로 이해하는 과정이 중요했으며(「주생전」), 후자는 사랑을 잡으려야 잡을 수 없는 일종의 물신으로 설정하여 이를 끝없는 추구의 악순환의 형식에 집어넣는 것이 필요했다(『절화기담』). 우리는 이 과정이 근대 주체가 형성되어 가는 행정과 일치한다고 믿고 있다.

사랑의 방식이 발전해 온 지난날의 자취를 되돌아볼 때 이상의 변모 과정은 너무나도 놀라운 것이 아닐 수 없다. 고대와 중세 사회에서 사랑이라는 감정 현상, 특히 이성애는 특권층에게서 고유한 대단히 의례화된 덕목이었거나 정치적 행위의 부산물들이었다. 비록 사랑의 감정이 성적 쾌락을 동반하는 경우라 해도 지배 계층에게 이는 일종의 사치스러운 생의 향유에 지나지 않았고, 평민들에게는 성적 충동에서 크게 벗어나기 어려운 낯선 감정에 불과했다. 때문에 격렬한 파토스로 채색된 부부애라고 하는 것은 아주 후대에서나 발생하는, 매우 예외적이고 드문 경험이었다.

따라서 근대적 시민 계급의 새로운 의식 형태가 발흥하기 이전까지 사랑은 기사도적 정열 — 의무봉사[30] — 이거나, 사 계급의 일종의 풍류한사(風流閑事)[31]였던 셈이다. 이들의 사랑은 과시적 소비[32]의 경제를

---

30) 페르디난트 자일트, 차용구 역, 『중세의 빛과 그림자』, 까치글방, 2000, 243~301면.
31) 장조(張祚)의 『유선굴(遊仙窟)』이나 원진(元稹)의 『앵앵전(鶯鶯傳)』의 사랑이 그러한 모습을 대표한다. 후대 한문소설의 사랑의 수법은 대부분 이 전범에서 크게 벗어나지 못하고 있다.

구현하고 있다. 이러한 소비 형태는 자신들의 지배 권위를 확립하고 공고히 하기 위하여—대규모 건축이나 사치스러운 행사를 통해—막대한 규모의 예산 지출을 감행했던 중세 통치자들의 무모한 경제관념을 상기시킨다. 이러한 사랑의 경제는 현실적이라기보다 대단히 의례적이며 상징적이었다.

이에 비해 17세기에 등장하여 가속화된 새로운 사랑은 현실적 위험을 감수하는, 즉 손실보전을 보장받지 못하거나 리스크가 매우 큰 매매 활동을 닮아 있다. 사랑은 투기이고 감정의 교환 거래이며 갈등을 수반하는 심리적 소비 활동이다. 더군다나 그것은 사회의 가치 기준이 공인한 명확한 대차대조표의 도움 없이 영위되는 개인 업무이기도 하다. 결국 사랑의 전개는 국가나 사회 또는 계급이나 가문의 후원 없이 철저하게 주체 내면에서 독립적으로 수행되는 은밀한 거래가 되어버린 것이다. 그리고 그것이 이제 하나의 차등적인 소유 활동이라는 점에서 부르주아지의 경제 활동에 근접해 가는 것이기도 하다.

사랑이 소유 대상으로 변모하고 그것을 갖지 못하면 비할 수 없는 공복감을 초래하는 상품이 되면 될수록 그것은 본질이 없는 텅 빈 기호로서 새로이 창조되었다. 이는 사랑이 주관적 활동으로 분리되고 동시에 사용가치가 아닌 교환가치가 되면서 발생한 현상이다. 주관적 활동이라 함은 17세기 이전의 사랑이 주로 가족으로의 통합으로 귀결된 반면, 그 이후의 사랑은 가족의 분열과 해체, 혹은 그것과 무연한 사적 상황으로 귀결된다는 점과 연관되어 있다.33) 이제 사랑은 가족으로 대표되는 삶의 유사 공공 영역으로부터 분열된 내면의 사건이 된 것이다. 또한 사랑은 그 가치가 현실적 실용성—덕성, 의리, 가문화합 등—으로부터

---

32) 베블렌(T. Veblen)이 제안한 자본주의 유한계급의 소비 이론이다. 이 계급 구성원들은 합리적 지출 관리와 무관하게 자신의 위신이나 체면을 널리 과시하고 확인 받기 위한 수단으로 비합리적 소비를 감행한다. 그럼에도 이 과시적 소비를 통해 자신의 신분적 정체성을 재확인하며 사회로부터 자신들의 독점적 위상을 꾸준히 보장받게 된다.

33) 가문소설 등이 지닌 재코드화로서의 예외적 경우는 앞서 설명되었다.

가 아니라 그 기준이 변덕스러운 개인 대 개인의 심리적 협상으로부터 도출된다는 점에서는 하나의 소외 현상이기도 하다.

그런데 근대 문화에 있어 소외는 필연적이며 어쩌면 생존의 근거이기도 하다. 상품과 사랑은 각기 근대적으로 짜인 사회적 삶을 지속시켜주는 생활의 기호이며 그것 없이는 견딜 수 없는 준거틀이 되었다. 다시 말해, 사랑과 상품은 그 자체 다른 기의를 갖지 않는 스스로 자족적인 충동의 기표들이 되었으며 근대인은 소비하고 사랑하면서야 비로소 '제대로' 살아갈 수 있게 되었다. 그렇다면 소외는 회피 불가능한 주체의 구성 형식인 것이며, 이를 문제 삼아 반성에 회부하려는 비판 역시 소외 속에서 소외를 반성하는 주체의 형식인 것이다. 근대 주체는 생산과 소비의 게임에 스스로를 속박함으로써 경제인이 되었듯이 만남과 이별의 부등가교환 속에서 사랑의 파노라마를 엮어간다. 그 가운데에서 건져낸 주체 현상은 그러나 중세의 그것보다 반드시 행복한 것은 아니며 앞으로 영원히 계속될 것도 아니다.

한문소설에 나타나는 시선의 위상학

리얼리디 서사와 근대 주체 형성과 연관하여

1. 시선으로서의 소설 서사

서사(narrative)가 발화자와 발화 대상 사이에 거리를 확보함으로써 경험적 시간을 재구성하는 기술 양식이라면 소설로서의 서사란 이를 시점(point of view)으로 입체화한 극단의 양식이다.[1] 따라서 소설은 보는 자와 보여지는 자, 객관적으로 침묵하며 관찰하는 시점과 주관적으로 사건에 휘말려 든 피관찰자의 시점 사이의 다채로운 융합 지점이다.[2] 물

---

[1] 시점 개념을 소설 연구의 중심으로 올려놓은 것은 C. G브룩스·R. 워렌의 『소설의 이해』였지만 이후 발전한 서사학의 성과는 이를 뛰어넘는 것이다. 분명한 것은 근대 소설을 대상으로 이룩된 이 뛰어난 성과가 고전 소설, 특히 한문소설에 적용하기 어렵다는 사실이다. 이글이 보다 주목하는 것은 근대적 시선 권력의 탄생을 검토함으로써 보는 행위가 갖는 욕망의 경제를 암시한 미셀 푸코의 성과다. 미셀 푸코, 『감시와 처벌』, 나남출판, 2003.

[2] 이 문제에 대해선 퍼트리샤 위의 『메타픽션』(열음사, 1989)을 참조. 직접 화법과 간접

론 이 시점들 사이의 역전은 가능하고 그 융합의 방식도 다양해질 수 있다.[3] 그러나 그것은 대부분 근대 이후에나 본격적으로 일어날 일이다. 고전 시대 소설은 보는 자와 보여지는 자 사이에 비교적 견실한 은막을 항상 준비하고 있기 때문이다.

보는 자와 보이는 자가 역전되거나 혼합될 수 없기에 서사 상황을 누가 어떻게 보고 있는가, 그리고 해당 관찰자가 서사적 보고자로서 보고할 대상을 누구로 설정하고 있는가 등의 '보고 보이는' 문제는 작품의 문체로 맥락화되는 복잡한 시점의 문제보다도 고전 시기 소설 연구에 있어서 더욱 결정적이다. 이를 '시선' 개념의 지평에서 논의해 보려고 한다.

만약 그렇지 않고 시점 개념을 통해 서사적 시선 문제에 접근한다면 고작해야 작품의 서사적 정보 전달 체계를 통해 작품의 구성적 특징만을 검출할 수 있을 것이다. 그런 측면에서라면 고전소설의 시점 연구는 새롭게 얻을 성과도 없어 보인다. 특히 시점의 발견 자체가 매우 근대적 현상이기에 고전 문어인 한문으로 제작된 소설 서사를 시점 개념으로 분석하기란, 또한 이를 서사의 근대적 여정과 연관시키기란 더욱 난감한 일이 될 수밖에 없다.

결국 고전 시기 서사 연구에 있어 보다 근본적으로 고려해야 할 점은 작가와 독자가 작중 인물들을 매개로 어떤 시선의 위치를 획득하도록 설계되었으며 그 위상학적 지점들이 의미하는 바가 무엇인가라는 데에 있다. 즉, 작가가 대상을 바라본 위치와 태도, 그 문체적, 구성적 표지들, 그리고 이를 따라 이동하는 독자의 시각 동선의 의미 등등을 포괄하는 토폴로지의 문제가 된다. 독자의 지분을 존중하는 이유는 대부분의 작품 내 세계를 보는 시선은 작가의 설계에 의한 것이지만 어떤 경우는 독자의 개입에 의해 질적으로 변경될 수 있기 때문이다. 이를테면 여성의 침실을 보는 여성 작가나 그의 체현물인 여성 작중인물의 시선은 남

화법의 교체, 화자 위치의 역전 등은 현대소설의 경우에는 이제 상식이 되어버렸다.
3) 대표적인 사례로 3인칭 자유간접화법이 구현하는 시점 혼합을 들 수 있겠다.

성 독자나 그의 체현물인 남성 작중인물의 그것과는 차별화될 것이다.[4]

시선은 주로 시점의 후원을 입어 정밀하게 완성되지만 시점과 항상 일치할 수 없다.[5] 한 가지 시점에 여러 시선이 있을 수 있고 어떤 시선은 아예 특정 시점을 필요로 하지 않을 수도 있다. 이를테면 푸코가 『감시와 처벌』에서 예로 든 제러미 벤섬(Jeremy Bentham)의 판옵티콘(panopticon)은 원형감시체제의 상층부에서 모든 상황을 통제하지만 그 스스로는 보이지 않는 전지적 존재의 시선을 상징한다. 이를 시점으로 비유하자면 전지적 시점이 될 것이다. 그러나 이 감시자의 시선은 전지적이라고 하는 시선 발생 지점에 대한 규정만으로 다 설명할 수 없는 독자적 시선을 체현한다.

이 존재는 관음증적 시선을 가지고 있을 수도 있고 연민의 시선을 가지고 있을 수도 있다. 따라서 시점이 단순한 앵글이라면 시선은 그 앵글 속에 대상들을 배치하고 규정하는 구체적 태도의 질적 실현 과정, 다시 말해 작품에 대한 분석의 수행적 최종 구성물이다.[6] 그리고 이런 이유로 작품 속에서 작동하는 시선의 정치—경제는 시점보다 더 섬세한 것에 대한 작가적·분석가적 통찰의 산물이다.[7]

---

4) 이를테면 동일한 성적 행위도 바라보는 자의 주체 위상에 따라 성격이 현격히 변질된다. 헨리 밀러나 노만 메일러의 남성적 시선과 장 쥬네의 여성화된 남성—남창, 혹은 여성의 종속을 생물학적 인과론으로부터 파쇄해내는 남성의 균열—의 시선을 분석한 케이트 밀렛의 탁월한 분석을 참조하라. 시선이 본질적으로 '정치적'이라는 사실을 확인할 수 있다. 케이트 밀렛, 정의숙 역, 「제1장 성의 정치의 예증」, 『성의 정치학(상)』, 현대사상사, 1976, 11~48면.

5) 이 문제는 소설을 주체 형성의 장으로 정의한 필자의 책을 참조하라. 시선이 주체와 대응되지는 않지만 작품에 투사된 시선의 처리 양상은 주체 형성의 주요한 기제로 작동하기도 한다. 윤채근, 『소설적 주체, 그 탄생과 전변-한국전기소설사』, 월인, 1999, 22~51면.

6) 때문에 근대적 발화 시점을 소유하지 못한 서사물도 특수한 시선만은 소유한다. 그런 견지에서 서사와 시각 예술의 결합은 운명적인 것이다. 시지각의 예술체험과의 관련성에 관해서는 존 버거의 『본다는 것의 의미 About Looking』(동문선, 2000)를 참고 또한 시각적 이미지의 문화 정치적 작동기제를 시선의 문제로 접근한 레지스 드브레의 『이미지의 삶과 죽음-서구적 시선의 역사 Vie et mort de L'image』(시각과언어, 1994)를 참고. 특히 49~120면, 311~418면.

시선의 의미를 좀더 구체적으로 요약해 보자. 우선 시선은 작품 등장 인물들이 주변을 바라보는 시야의 장(場)의 문제다. 그 장이 어떤 각도로, 어떤 취향으로 전개되느냐가 중요하다. 그러나 그보다 중요한 것은 등장인물들의 시각장을 설계한 창조자—작가의 시각이다. 작가는 특정 시점을 활용하기도 하지만 실상은 시점을 넘나들며 세계를 바라보는 각도를 설정하게 된다. 이 각에 따라 침묵이나 스토리의 단절도 일련의 논리적 맥락을 형성할 수 있다. 마찬가지로 독자는 작가의 시선을 통해 자기의 시선을 투영하면서 등장인물들의 시선에 개입해 들어간다. 어쨌건 서사 세계는 일정한 이미지의 축적을 통해 하나의 세계가 되며 그 세계는 렌즈들로 구성되어 늘 누군가에게 '어떻게 보이는' 세계다.8)

이 글은 개별 한문소설 작품을 오로지 분석하는 정밀한 과정을 보여주기보다 시선 개념이 한문소설 연구에 미칠 수 있는 여러 가능성들을 통시적으로 소묘하고자 한다. 각 시대별로 몇 작품을 선택하여 분석함으로써 각 단계마다의 두드러진 시선의 징후들을 포착해 볼 것이고 여기서 검출된 특성들이 어떠한 서사의 동력들과 연관되는지 추측해 보도록 할 것이다. 아울러 이런 시선의 역사의 최종 수렴점이 결국은 근대 리얼리티의 시선, 즉 근대 주체의 수립 과정과 연루되어 있음을 암시하게 될 것이다.9)

---

7) 이 지면에서 '시선'의 개념 정의를 보편적 사례를 동원해 시원하게 펼치지 못하는 이유는 이 개념이 지닌 이와 같은 '수행적' 본질 때문이다. 물론 이는 이젠 문학 작품 분석의 기초가 되어버린 정신분석학의 '분석 상황'을 이 개념이 보유하기 때문이기도 하다. '분석 주체(환자/증상/텍스트)'와 '분석가(관찰자 / 임상가 / 전이대상자)' 사이의 진실 게임의 가변적 · 수행적 상황을 유추해보길 바란다.

8) 이를테면 히스테리 환자(텍스트)—혹은 히스테리적 주인공이나 작가—는 자기 고유의 히스테리 장(場)을 설계함으로써 분석(해석)의 시야, 혹은 지평을 인도한다. 그리고 그것은 그 나름의 논리적 구조를 통해 해석을 호소해 온다. 이때 텍스트는 일종의 이미지로, 세계로, 관계들의 플롯으로 무언가를 '보여 준다.'

9) 이 글의 논점과 대응될 사회학적 연구로 한귀영의 다음 논문을 참조하라. 한귀영, 「'근대적 사회사업'과 권력의 시선」, 『근대주체와 식민지 규율권력』, 문화과학사, 314~345면.

2. 관념이 투사되는 평면경 – 설화적 관망

아르놀트 하우저의 『문학과 예술의 사회사』의 첫 부분[10]은 이집트 회화와 조각의 기이한 비대칭성과 평면성을 설명하면서 전개된다. 벽화의 인물들은 모두 옆으로 얼굴을 돌리고 있고 몸의 방향 역시 관찰자에게 최대한 노출되도록 왜곡되어 있다. 무엇보다 각 계급에 따라 인체의 크기는 몹시 과장되게 크거나 작게 묘사되어 있다. 이는 이집트 화가의 눈이 대상을 그렇게 지각해서 빚어진 착시가 아니라 화가의 관념이 대상을 인지한 형식일 뿐이다. 따라서 매우 자의적으로 보이는 벽화들은 당대의 관념이 대상을 바라본 시각적 견해들을 구현하고 있다.[11]

이렇게 관찰자가 보기 쉽게 대상들을 배치하려는 평면적 구도는 설화의 시선을 압축적으로 상징한다. 즉, 설화의 시선 위치는 철저히 서사 맥락의 외부를 지향하고 있다.[12] 따라서 서사 내부의 세계가 갖는 자족적인, 혹은 독립적인 맥락이 결여되거나 매우 곤핍해지기에 관찰 시선의 비중은 압도적이 되고 결국 이야기 속의 인물, 혹은 사물들은 갑자기 전경에 배치되었다가 아무 이유 없이 슬며시 소멸되기도 한다. 때로 어떤 존재가 작품 전체의 비율과 무관하게 강조되거나 장황하게 부연 설명되는 경우가 발생하는데, 이는 그 존재를 부각해야 할 서사적 필연성, 즉 작품 내부 세계의 입체적 설계 정황이 빚는 타당한 인과 구조의 결과가 아니라 그저 작품 외부의 어떤 관념의 평면적 부과일 뿐이다.

---

10) 아르놀트 하우저, 반성완 역, 『문학과 예술의 사회사 1 – 선사시대부터 중세까지』, 창작과비평사, 2000.

11) 회화의 시지각이 각 시대의 시각적 인식의 관념적 전제들을 반영하고 있다는 인문학적 통찰은 다음의 훌륭한 책을 참조하라. P. 프랑카스텔, 안옥성 역, 「1. 공간의 탄생」, 『미술과 사회 *Peinture et Société*』, 민음사, 1998, 23~147면.

12) 마치 이집트 벽화가 그림 밖의 관람자의 관념에 부응하기 위해 왜곡된 옆면으로만, 즉 1차원적으로만 조형된 것과 마찬가지다.

이집트 벽화를 다시 예로 들어 보자. 벽화 속에서 왕의 신체는 신하나 노예의 신체보다 어마어마하게 크게 등장한다. 이는 현실 세계의 계급 지배 구조, 또 그 이념의 상징적, 물리적 구현이다. 이러한 원리는 「죽통미녀」에도 나타난다. 이 작품은 김유신과 서해 용왕의 아들 사이의 우연한 조우를 다루고 있는데 용의 아들과 통일 영웅 김유신과의 모종의 관련성을 제시하기 위해 일련의 논리적 배경은 일체 소거되어 있다. 서사는 파편적이고 단절적이다. 이 서사의 발화자는 자신의 관심을 끄는 장면만을 위해 다른 장면은 무시하거나 삭제해 버렸다. 이로 인해 설화적 서사는 매우 돌연하고 각편적인 이야기 전개를 지니게 되는데 그 결과는 서사학적으로 매우 참혹하다.

유사한 사례는 다른 경우에도 빈번히 출현한다. 「온달전」은 전이라고 하는 역사 텍스트가 지닌 규범성이 서사를 제한한 경우인데, 서사자의 관찰 시선은 온달의 시선을 자의적으로 박탈하고 평강공주의 시선만을 배타적으로 강조하고 있다. 물론 그렇다고 평강공주의 시선이 작품 내부의 독립적 의미 맥락을 인솔할 정도로 강화되는 법은 없다. 관찰자의 전일한 시선에 잠시 소환되어 전면화된 종속된 시선일 뿐이다.

또 「도미」의 경우에도 이 비극적인 서사의 내부 정황을 우리는 아무것도 알 수 없다. 도미의 처가 곤경에 처한 순간 강물 위로 배를 보내준 모종의 존재, 그 존재가 관찰자로서의 작가, 그리고 그와 같은 편에 가담해 있는 독자의 시선이라면 이 시선은 작품 안으로 진입하지 않은 채 자기 구미에 맞게, 혹은 자기의 이념적 설계 도면에 의거하여 서사의 초점을 당겼다 풀었다 할 뿐이다.

이처럼 설화나 전처럼 시선의 발생 지점이 작품 외부로 고정되어 있는 서사는 일종의 평면경처럼 사건을 비추기만 한다. 그리고 그 평면경에 비친 영상 가운데 특정 부분이 강조된다할지라도 이는 평면경 밖의 세계가 소유한 관념의 원리가 개입된 것에 불과하다. 그 관념이 충·효·열처럼 노골적이어서 쉽게 간파되기도 하고 설화의 어떤 돌발적인 사건처럼 이제는 그 의미를 파악할 수 없게 된 경우도 있다. 「노옹화구」와 같은 경우가 그러하다. 이상과 같은 내부시선의 침묵과 관망하는 관념적 시선의 압도는 초기 한문소설들이 그 강약을 달리하며 일반적으로 보여주고 있는 서사적 약점의 본질이기도 하다.

3. 현실과 허구의 경계의 시선–「쌍녀분기」

「쌍녀분기」는 구조적으로 두 가지의 시선을 미리 예비하고 있다. 첫 번째는 실존 인물 최치원을 고려해야 가능한 전(傳)의 시선이고 나머지는 여귀들과 설화적 사랑을 나누는 부분에서 작동하는 허구의 시선이다. 전 부분에 작동하는 시선은 객관적 사실의 지평에 참여하여 최치원이라고 하는 소설 주인공을 역사적으로 이해하도록 강제한다. 사실 이는 작품 외부의 엄연한 사실들에 의존한다는 점에선 평면경적인 시선 처리에 속한다. 그럼에도 이 부분은 최치원의 허구적 체험을 그럴싸하게 포장하면서 그 내부에 의미의 주름을 만드는 입체화 운동을 발생시킨다.

「쌍녀분기」의 초반부 사실 기술은 매우 소략하다.[13] 총 33글자로 이루어진 이 부분은 언뜻 그 자체로는 작품 내 허구 세계의 완결성을 해치거나 최소한 크게 도움을 주지 못하는 군더더기처럼 보인다.[14] 그러나 다음 이어지는 부분인 '상유현남계초현관(甞遊縣南界招賢館)'과 연결

---

13) 박희병, 『한국 한문소설 교합구해』, 소명출판, 2005, 60~70면.

14) 인정(人定) 기술을 흉내 낸 이 부분의 독특한 존재 의미와 관련해서는 다음 논문을 참조하라. 이동환, 「「쌍녀분기」의 작자와 그 창작 배경」, 『민족문화연구』 37호, 고려대 민족문화연구원, 2002, 15~19면.

되는 매끄러운 진행은 이 인정기술부가 결코 작품에서 소외된 의미의 첨가나 장식이 아니라는 증거가 된다. 다시 말해 인정기술 33자는 문맥을 끊기 따라서는 그 이후 26자까지 의미 진행 영역을 넓혀 갈 수 있다. 그렇게 되면 '치원제시석문(致遠題詩石門)'이라고 시작되는 허구 부분 직전까지 전의 시선은 연장된다. 사실의 시선이 허구의 시선 직전까지 육박해가며 밀고 들어간 것으로 볼 수도 있고, 사실을 바라보는 시선을 부드럽게 이완시켜 허구로 원활히 접착시킨 것으로 볼 수도 있다.

사실과 허구 사이의 경계를 미묘하게 교란시키는 이 작업이 우연의 소산이 아니라 의도된 것이라는 사실은 작품 말미에서 이상의 현상이 되풀이되고 있다는 점에서 확인된다. 그 역할을 떠맡고 있는 것이 최치원이 길거리에서 지었다는 시이다.15) 이 시가 지어지는 애매한 국면, 즉 현실과 허구 사이의 착란된 경계점은 바로 작가에 의해 고안된 일련의 시선의 소재를 암시하고 있다.

「쌍녀분기」가 유통시키고 있는 시선은 전과 허구의 접점을 넘나드는, 그 둘을 혼합시키는 시선이다. 이는 서사가 관념을 일방적으로 투사하기보다 사실의 세계가 운영되는 자족성을 일정하게 인정했다는 징표다. 결국 「쌍녀분기」를 읽으며 그 누구도 실존 인물 최치원을 망각할 수 없다. 때문에 그는 쉽게 신비화되지 못하며 일정하게 현실구속적인 상태로 머물게 된다. 작품에 등장하는 두 명의 여귀가 해당 작품을 그 아무리 환몽적인 것으로 치장한다 해도 「쌍녀분기」라는 작품은 그래서 심리적으로 매우 리얼하다. 이 점은 소설 서사의 역사에서 매우 심중한 의의를 갖는다.

---

15) 박희병, 앞의 책, 70면. "浮世榮華夢中夢, 白雲深處好安身."

4. 자기검열의 시선-『금오신화』

「쌍녀분기」가 작품을 압도적으로 지배하는 관념적 시신으로부터의
소설적 초기 분화, 혹은 허구적 리얼리티의 맹아를 상징했다면『금오신
화』는, 소설수사학적 견지에서만 본다면, 그것의 보다 구체적 실현이라
할 수 있다. 사실성의 증대라는 점에서 이 점에는 의문의 여지가 없다.
그러나『금오신화』에서 구현되고 있는 리얼리티의 최종 시선은 매우
자기반성적인 소실점으로 계속 순환된다.[16] 따라서 이 작품집에서 관철
되는 시선은 객관적인 대상들을 관념으로 흡수하지는 않지만 일련의
상징들을 통해 움푹하게 관념화시키고 있다.[17]

예컨대『금오신화』의 다섯 작품이 비록 나름의 사실 공간을 구성해
놓고 이들을 넘겨다보고 있으며, 그 허구적 축조술에 있어서도 「쌍녀분
기」를 능가하고는 있지만 그 시선은 여전히 자기회귀적이다. 「만복사저
포기」를 견인하고 있는 동력은 작가의 삶의 취향을 드러내는 불교적 윤
회의 세계관이며 「이생규장전」에 만연해 있는 통찰은 삶과 죽음의 운
명성을 바라보는 작가의 연민의 시선이다. 사건들은 외부에서 발생하지
만 그것들은 작가의 심리적 사실들로 소급되고 관념화되어 일련의 서
사적 반성의 중심을 형성한다.

다시 말해 양생과 이생이 겪는, 그리고 '보는' 삶은 작가 김시습의 생
체험, 또는 인생철학을 관념적으로 구상화시킨 일련의 형상들이라 할
수 있다. 「용궁부연록」과 「남염부주지」, 그리고 「취유부벽정기」의 경우

---

16) 윤채근, 앞의 책, 123~245면.

17) 동일하다고 할 수는 없지만 설화적 시선의 특징을 아우어바흐의 '일리어드적, 평면
   적, 나열적 글쓰기'에 비교할 수 있겠고,『금오신화』의 소설적 시선의 특징을 '성경적
   글쓰기', 즉 '내면적 심리적, 인과적 글쓰기'에 비교할 수 있겠다. 서사적 스타일의 분
   리와 혼종에 관한 아우어바흐의 다음의 기념비적 저서를 참고하라. E. 아우어바흐, 김
   우창 역,『미메시스-고대 중세편』, 민음사, 1987.

는 보다 노골적이다. 이 작품들은 삶에 대한 놀라운 통찰들을 소설적 상징을 통해 설파하고 있지만 이 모두를 관할하는 하나의 시선, 예컨대 「만복사저포기」의 공중에서 울린 음성이 지닌 시선, 생의 원리를 굽어보는 오만한 시선의 통제 하에 있다.

소설 공간이 작가에 의해 공들여 창조된 인공적 관념 공간이라는 것이 소설 서사의 발전사에 장애가 되는 것이 아니며, 오히려 필수불가결한 하나의 과정임을 우리는 알고 있다. 그런 점을 두루 인정하는 전제 위에서 하는 말이지만, 「쌍녀분기」에서 『금오신화』로 이전하는 시선의 역사는 그리 단절적인 도약을 기대할 수 없는 것 같다. 박생이나 양생 등은 작가가 빚은 '살아있는 인물'이지만, 그리고 그런 견지에서 설화적 유형성을 탁월하게 벗어났지만, 그들은 자기대로의 삶을 완벽하게 구비한 관찰 대상은 아니다. 그들의 자율성은 작품의 테두리 안에서만 허용되는 제한적인 자유다. 따라서 작가—독자의 시선도 그들을 발견하기 위해, 혹은 놓치지 않기 위해 성급히 앵글을 돌려댈 필요는 없다. 그들은 숨지 않는다.

『금오신화』가 자기 인생에 대한 투철한 검열과 반성의 소산이며 그 압축적 상징이라면 『금오신화』에는 당연히 '보이고 보는' 시선의 문제에 대한 문제의식이 박약하다. 비가시적인 것은 초월적인 불법의 원리 이외에는 없으므로 비가시적 일상에 대한 탐구욕은 애초에 존재치 않는다. 일상은 노출되고 알려지고 계시되며 예정된다. 속세에 신비로운 비밀은 없다.

때문에 『금오신화』는 '다 아는 자의 공포', 혹은 '더 알 필요가 없어진 지적 허무'를 드러낸다.[18] 양생은 여자가 귀신임을 여러모로 깨닫고 있었으며 홍생은 기씨녀를 통해 고금역사의 웅대한 규모를 보았고 박생은 죽음을 미리 엿보았다. 한생은 부귀영화의 끝을 본 존재이고 이생은 사

---

18) 이것은 지적 우울증의 요소이기도 하다.

랑과 죽음의 이승을 질리도록 다 맛 본 자이다. 다 이런 식이다. 그들은 다 알고 다 보고 다 견딘 자들, 스스로도 정체가 밝혀진 자들이다.[19]

이상의 관점을 『금오신화』가 비추는 세계의 이미지들로 부연 설명할 수 있다. 「만복사저포기」의 경우, 이 작품은 주인공 양생과 여주인공 사이에 펼쳐지는 폐쇄적 연애의 공간만을 무대 영역으로 확보하고 있다. 이는 「이생규장전」의 사례에서도 동일하다. 소설의 무대는 이생과 최낭자가 처음 밀회를 나눈 서쪽 누대에 제한된다. 공간의 크기가 문제가 아니라 주인공들이 그 지점에 붙박여 있다는 점, 그들의 일상이 자폐적이라는 점에서 이 무대는 매우 심리적이며 관념적인 상징 공간이 된다. 「남염부주지」와 「용궁부연록」의 세계가 현실을 다시 보도록 요구하는 관념화된 공간임은 두 말을 요하지 않는다. 이렇게 『금오신화』의 시선은 현실을 보기는 보되, 보고 싶은 현실만을 필요한 만큼만 본다. 세상 현실에 대한 호기심은 그곳에 없으며 낯선 이웃도 없다.

『금오신화』가 삶을 통관하는 초월자의 시선, 해탈의 시선을 자기 시선으로 설정하고 그 이외의 시선들을 가시적 삶의 국면 위에 투명하게 배치했다는 점, 소설 세계를 미완의 모호성으로 방치할 의사가 전혀 없다는 점 등에서 이 작품은 현저히 자기검열적일 수밖에 없고 그 시선은 통제적이지 않을 수 없다. 이는 성격을 달리하면서 『기재기이』에서도 반복될 그러한 관념적 통제의 자기검열적 시선이다.[20]

---

19) 이런 견지에서 「만복사저포기」의 양생이 상대 여주인공에 대해 끝없이 던지는 의심은 매우 중요한 서사적 의미를 띤다. 다른 관점에서이긴 하지만 이 문제를 이미 강조한 바 있다. 윤채근, 앞의 책, 229~238면.

20) 이 글에서 『기재기이』를 따로 다루지 않는 것은 시선의 관점에서 이 작품집이 『금오신화』와 본질적 차이를 빚지 않기 때문이다. 다만 『기재기이』의 경우가 『금오신화』보다 더욱 철저한 검열(억압)에 의해 마침내 분열적인 수사로 발전하고 있음만을 언급해 둔다. 관련 내용이 본서에 수록된 「『기재기이(企齋記異)』의 창작 배경과 그 소설적 의미―분열증적 수사를 중심으로」에 설명되어 있다.

5. 타인의 고백, 혹은 작가적 응시 – 17세기 한문소설

17세기 한문소설은 본격적인 근대의 시선이 맹아적 형태로 출현했음을 알려주는 다양한 표지를 지니고 있다. 사실 이 측면은 그다지 강조되지 못했거나 주제편향적인 연구 방법론에 가려 제대로 논급되지 못했다. 17세기 한문소설의 시선은 고백하는 주체를 서사적으로 불러 세워 이를 응시하는 개인적 시선이다. 고백이라는 형식이 매우 중요해지고 이를 청취하는 제삼자의 시선이 필요해졌다는 특징을 갖는다. 이때 고백이란 고백을 필요로 하는 사적 삶의 등장을 암시하며 이를 듣는 제삼자의 존재란 서사의 시계(視界)가 비인칭적인 보편자가 아니라 특수한 개인의 구체적 시계로 전환되었음을 의미한다.

프랑스 문학사를 예로 들자면 최초의 근대소설로 불리는 마담 라파예트의 『클레브 백작부인 *La Princesse de Clèves*』은 여주인공의 고백을 중심으로 그녀의 사적 공간을 소환해내는 작품이다. 아울러 이에 대비될 근대적인 개인의식의 상징적 발현의 징후로 루소의 『고백』이 거론되곤 한다. 이처럼 자기 삶을 남들에게 전시한다는 것, 혹은 발화하여 공공적인 소재로 삼는다는 것은 개인과 개인적 삶이 더 이상 감춰져야 할 신비한 것이거나 전체와 미분화한 공공재가 아님을 드러낸다.

17세기 한문소설이 지닌 시선의 근대성은 비록 루소적인 자기 고백은 아니지만 작품이 특정한 타자의 시선으로 주인공들의 고백을 청취한다고 하는 상황에 집약되어 있다. 「운영전」을 예로 들어보겠다. 이 작품은 유영이라는 주인공이 수성궁을 방문했다가 김진사와 운영을 만나 그들의 기구한 삶을 슬쩍 목도하는 구조로 짜여 있다. 여기서 유영이 반드시 이들의 삶을 목도할 자격을 예비한 특수한 존재가 아니라는 점이 중요하다. 그는 우연히 그렇게 되었을 뿐으로 이 작품 전개에 어떠한 내적 연관도 맺지 못한다.[21] 그럼에도 불구하고 그의 존재, 그리고 그가 존재하는 작품의 외부 상황은 호락호락하지 않은 현실감의 무게로 작품에 개입해 있다.[22] 바로 이것이 사적 삶을 관찰하는 소설가의 시선이며 현실 속에 엄연히 버티고 있는 독자들에게 개방된 리얼리티의 시선이다.[23]

운영과 김진사에 의해 차례차례 그들의 삶의 진상이 밝혀지고 고백이 완성되자 두 사람의 원한도 풀리고 서사도 종료된다. 이런 관점에서만 본다면 이 작품은 원귀들의 한풀이나 인생 고발장 정도로 비칠 수도 있겠다. 그러나 청취자 유영이 두 사람을 만난 소설적 환경이 작품 안에서 만만치 않은 양적, 질적 밀도를 지닌다는 점을 다시 환기해야 하겠다. 유영은 필연적으로 선택된 존재는 아니지만 일단 선택된 이상 중요한 존재일 수밖에 없다. 그는 타인의 삶을 우연히 엿보고 이를 세상에 전한 자이며 마침내 자기 삶이 변화한 자이다.[24] 그의 말로는 전형적인 전기소설 주인공의 인생행로를 따르고 있다.

작품 내부 세계와 외부 세계를 연결하는 매개자가 되면서 작중 인물들의 삶에 간섭하지 못하고 그저 응시해주는 하나의 시선, 그리고 그 자신도 작품의 한 구성원으로 말려들어가 결코 작품 밖으로까지 초월할 수는 없는 이 유영의 시선이야말로 현실계라고 하는 하나의 자연 상태를 끝내 좌지우지하지 못한 채 관찰하고 들어주는 보고자로서의 근대 소설가의 역할, 혹은 시선과 정확히 일치하고 있다.

---

21) 무엇보다 김진사와 운영은 이미 죽은 존재다. 따라서 유영은 듣는 자, 혹은 보고 이해하는 자의 역할에서 벗어날 수 없다. 다시 말해 그는 이 작품의 소외된 관찰자라는 점에서 독자와 겹치게 되는 그런 존재다.

22) 운영이가 유영에게 고백하기 전까지 이어지는 사건은 양적으로도 그렇지만 질적으로도 매우 완결적이며 조직적이다. 관찰자의 시선을 적당히 감추거나 얼버무리던 서사적 관행에서 이 작품이 얼마나 이탈했는지 웅변해주는 대목이다. 박희병, 앞의 책, 333~383면.

23) 이를 『금오신화』의 초월적이면서도 반성적인 시선과 견주어 보라.

24) 박희병, 앞의 책, 383면. "茫然自失, 寢食俱廢, 後遍遊名山, 不知所終云爾."

이상의 사실은 고백적 상황이라는 이 작품의 특징과 긴밀히 맞물려 있기도 하다. 다만 유영은 타인의 고백을 들으려는 서사적 욕망의 시선을 구현하되25) 일련의 동정과 연민이라고 하는 감정이입의 태도를 견지하고 있다. 이 점에서 유영의 시선은 동조적(同調的) 독자의 시선과 오버랩 되기도 한다. 때문에 그는 고백의 피전달자에서 멈추지 않고 작품의 상황에 감염되어 나름대로 부지소종(不知所終)의 전기적 삶을 살아가게 된 것이다.

근대소설에 핍진할 수 없지만 소설가적 세계 응시가 고백이라는 문맥을 통해 형성되는 단초는 「주생전」에서도 엿보인다. 이 작품은 「운영전」과 달리 유영에 해당될 관찰자의 시점을 배제하고 작가 권필이 주생과 직접 만나고 있다. 때문에 이 작품은 소설사적으로 '전'이라고 하는 양식이 소유한 사실기술의 경험적 전통에 보다 깊이 뿌리박고 있다.26) 물론 그러하나 작품 내에서 전개되는 사건들은 다분히 허구적이며 주생이라는 존재의 인격도 역사적 실체 그대로는 결코 아닐 것 같다. 그렇다면 이 작품은 「운영전」과 마찬가지로 고백적 상황을 연출해놓고 독자들을 타인의 인생 편력의 세계로 끌어들이는 소설 전략을 구사한 것으로 보아야 할 것이다.

「주생전」은 「운영전」과 스타일은 비록 다르지만 체험적 진실성, 또는 서사적 리얼리티를 확보하기 위해 주인공이 스스로의 지난 삶을 고백하게 한다는 점에서 동질적이다. 이를 통해 이국인 주생의 신기한 사랑 체험이 절실한 현재적 체험으로 노출되고 소설은 이제 '이야기'가 아니라 '사건'으로 체감된다. 흥미진진한 사건으로서의 이국의 타인의 삶, 이를 엿듣고 공감하는 시선으로서의 작가와 독자의 시선은 사적 삶의

---

25) 듣는 자가 있어야 고백이 완성된다는 점에서다. 작중 화자가 곧바로 독자를 상대로 고백하는 단계는 20세기 이후에야 가능해진다. 이는 1930년대 박태원의 고현학(考現學 modernology)에서 보듯 자의식적 시선으로 연결된다.
26) 김찬기, 『한국 근대소설의 형성과 전』, 소명출판, 2004, 34~79면 참조.

가능성을 때론 염문으로, 때론 선망의 눈길로 확인하게 된다. 더 이상 역사적 개인이 아닌 특이한 사적 개인에 대한 관심과 동경은 비록 동정적이라는 한계는 있으나 사생활을 관찰의 대상으로 포착하는 근대적 시선의 징후이자 초기 발현 과정이라 할 수 있다.

유사한 시대에 등장한 「최척전」은 그 텍스트 상황이 다소 복잡하지만 생애의 고백이라는 이 시대 특유의 문법을 미약하지만 분명히 따르고 있다.27) 고백의 서사와 타인의 삶을 엿보는 시선의 이와 같은 결합은 주인공과 작가 그리고 독자 사이의 서사적 묵계가 없이는 이렇게 동시다발적으로 출현할 수 없었을 것이다.28) 그것은 세상에서 헛되이 잊혀지지 않으려는 새로운 개인들의 등장이라고 할 수 있는데, 환언하면 이념과 무관한 사적 삶의 가치에 대한 발견이라고 할 수 있겠다. 소설 작가들은 이제 「주생전」의 주생이 자신의 삶에 대해 묘사했던 '가소로운 일'29)을 더 이상 가소롭지 않게, 또한 교훈이나 징치의 목적성 없이 세상에 기억시키려고 세상 속 그(타인)들의 삶을 실토하기 시작한 것이다.

6. 남성적 염탐하기의 서사적 향유―「심생전」

소설 주인공들의 자발적 고백을 대신하여 등장한 소설 전략은 현실

---

27) 박희병, 앞의 책, 449~450면. "余流寓南原之周浦, 陟時來訪余, 道其事如此, 請記其顚末, 無使湮沒."
28) 17세기 이후 한문소설의 주류는 대체로 사적 개인의 삶에 대한 관찰이자 보고였고 그것은 때로 고백이나 유사고백의 형식을 띠곤 했다. 예컨대 허균의 「남궁선생전」, 박지원의 「광문자전」, 이옥의 「심생전」이 그러하다.
29) 박희병, 앞의 책, 280면. "明早揖別, 生再三稱謝曰, 可笑之事, 不必傳也."

그 자체가 작가의 시선에 저절로 노출되는 상황, 작가가 이를 그냥 엿보기만 하면 되는 상황이다. 물론 이는 당사자들의 동의를 구한 상황은 아니라는 점에서 엄밀히 염탐 행위에 가깝지만, 본다는 행위에서 그리 큰 도덕적 죄의식을 유발하지는 않는다. 고백을 듣는 것보다 떳떳하지는 않으나 작가나 독자가 동시적(同時的)으로 직접 겪고 있지 않는, 말하자면 전문화(傳聞化)되어 간접화된 사건들이라는 점에서 그 행위가 일정하게 정당화되기 때문이다.

물론 이 수동적 엿보기 행위는 고백 상황을 응시하는 경우에 비해 오히려 덜 정제된 날것의 삶을 보여준다. 이는 타인의 삶의 방식을 또 다른 타인의 시각에서 보아야만 하는 상황이 가질 수밖에 없는 이중화된 간접성이 사라지면서 작가와 독자가 타인의 삶을 마음대로 볼 수 있다는 시선두기의 자유에 기인한다. 즉 전해들은 이야기이긴 하지만 그 이야기는 실감나게 내 시선 앞에 전시되고, 보이는 그들은 내가 본다는 것을 의식하지 않도록 설계되어 있기에 그들로서는 적당히 가리거나 은폐할 방어벽이 없게 된다. 결국 적극적인 사생활 침입은 아니지만 이도 분명한 누군가에 대한 염탐이며, 수동적인 의장을 갖춘 채 전개된다 할지라도 궁극적으로 능동적인 관음 행위로 발전할 수 있다.

「심생전」은 작가의 어릴 적 서당 선생의 이야기를 인용하는 형식을 취하고 있다. 결국 이옥은 이 이야기에 하등의 작가로서의 책임도 질 필요가 없게 되고, 실은 서당 선생조차 희미한 기억 속에서만 존재한다는 점에서 어떤 서사적 책임으로부터도 면제되어 있다. 그런 점에서 이 작품은 발화의 귀속처가 불분명한 철저한 허구적 소설일 뿐이다. 단지 누군가로부터의 전문의 형식을 띰으로써 '전'으로서의 양식성을 간신히 갖추고 있는 형국이다.

「심생전」의 최대 특징은 이상에서와 같은 간접화, 허구화된 전언의 형식과 이에 따른 등장인물들의 신원의 모호성, 여기에 대비되는 묘사의 구체성, 현실성에 있다. 이는 고백의 형식이 지닌 관계의 직접성과 그에 따른 시각의 제한이 자연스럽게 철폐되면서 마련된 것으로서 말하자면 익명성의 자유가 유발시킨 현상이다.30) 작가와 무관한, 주변의 그 누구와도 관련 없는, 그러기에 더욱 신랄하게 구체적일 수 있는 인물과 사건이 등장한 것이다. 즉, 구체적인 어떤 존재의 고백의 경로를 거치지 않기에 소설은 그 어떤 존재에게도 시선이 가려지지 않은 채로 마음껏 목도하는 자유를 누릴 수 있게 된다. 시선의 자유라는 관점에서 「심생전」은 이렇게 17세기를 극복하게 된다.

　「심생전」의 가장 극적인 장면들은 아마도 운종가에서 소광통교를 지나 소공주동에 이르는 첫 상봉 장면과 심생이 조처자의 방 담벼락에서 하염없이 기다리는 장면들일 것이다. 첫 장면은 그 구체성과 긴박감에서 매우 인상적인데 이는 그 세묘 과정이 어떤 자의적 결락도 없이 쭉 이어지고 있는 데서 연유한다. 말하자면 한 시퀀스가 동선의 단절 없이 지속되면서 획득된 자질이다. 이에 따라 독자는 무언가 실제 상황이 눈앞에 전개되는 듯한 몰두를 경험한다. 이런 생동감은 조처자의 집에서 심생이 겪는 상황들에 대한 묘사에서도 반복된다. 아주 소소한 것들까지 시선에 포착되는데, 어쩌면 그렇게 작은 기미들을 중첩해가는 과정이 이 작품이라고 말할 수도 있다.

　결국 「심생전」은 소수의 시퀀스를 극도로 사실화시킨 롱 테이크 기법의 소설이다. 작가적 해석은 극히 절제되어 있고 관념의 개입은 이 작품 자체가 추상적인 압축을 거절하고 있어 애초에 불가능하다. 작품은 고백하는 자의 품격이나 이해관계를 고려하지 않으면서 이야기를 끝까지 밀어붙인다.31) 이 과정에서 작품의 시선은 조처자의 내면과 심

---

30) 먼저 심생에 대한 정보는 작품 서두의 "沈生者, 京華士族也"라는 표현이 전부다. 그리고 명분상 최초 발화자가 서당 선생이라는 사실은 진즉에 언급한 바 있다. 여기서 특별히 강조하고 싶은 점은 '고백'이라는 발화 상황이 부여할 수 있는 정보량과 발화 수준에는 반드시 한계가 있다는 사실이다. 아마도 이것이 고백과 응시의 시선이 갖는 투시량의 한계일 듯하다. 고백이 갖는 이러한 시각적 한계는 후에 『절화기담』에서 돌파된다.

생의 내면을 오고가면서 훑어 내린다. 처녀의 방안 속사정을 비춰주기도 하고, 심생의 초조한 욕망을 있는 그대로 조명하고 지나가기도 한다. 그러자니 장면은 많이 필요치 않은 대신 한 장면의 지속시간은 길어질 수밖에 없다. 무엇보다 작품의 중반부 이후는 심생의 시선과 공모하면서 처녀의 내실을 엿보는, 그 안으로 침범하려는 일련의 시선의 욕망을 구현하고 있다.

젊은 처자의 내실을 엿본다고 하는 이 행위는 매우 근원적인 관음적 욕망이다. 이 욕망은 결코 로맨틱하지도, 격정적이지도 않다. 실제로 이것은 앎과 지배의 욕망에 가깝다. 그리고 그런 점에서 「심생전」의 시선이 지닌 욕망은 지극히 남성적이고 현실적이다. 이는 서당 선생님과 학생들이 모두 같은 남성으로서 이 이야기의 은밀한 관음성을 공유한 공모자들이었다는 점을 환기시킨다.

그렇다면 심생의 로맨스가 전기소설의 낭만성을 결코 회복하지 못하는 것은 이 작품이 본질적으로 벗어날 수 없는 관음적 시선에 기인하는 것이기도 할 것이다. 여성의 공간을 엿보고 그 안으로 틈입해보고자 하는 열망은 그것이 완수된 뒤에 찾아올 낭만적 판타지를 용인하지 않는다.[32] 왜냐하면 이는 현실에선 불가능한 사랑의 판타지이고 「심생전」은 그런 관념적 낭만을 이미 포기했기 때문이다.

사랑에 대한 낭만적 이상을 포기한 「심생전」의 엿보는 시선은 작품 내부의 상황에 감정이입하지 않으려는, 혹은 않게 하려는 장치를 구비하고 있다. 무엇보다 이 작품의 해설가—작가—훈장선생의 발화 위치는 철저히 장면 밖에 설치되어 있다. 예컨대 심생이 조처자를 미행하는 대목에서 그는 "생이 어찌 그만두려 했겠는가?"[33]라고 말하여 작가—독자

---

31) 이 소설이 이중의 고백, 즉 서당 선생에게 한 심생의 고백을 서당 선생이 다시 전하는 형식임을 유념해야 한다.
32) 케이트 밀렛, 위의 책, 참고.
33) 박희병, 앞의 책, 771면. "生如何肯捨?"

가 이 장면들 안에서 존재하지 않는, 즉 무대의 이쪽 편에서 바라보는 존재라는 사실을 새삼 환기시킨다.[34] 또 조처자가 자물쇠를 굳게 닫아 걸고 잠든 척 하는 대목에서 그는 다시 개입하여 "조용하여 깊이 잠든 것 같지만 실제론 아직 잠들지 못하고 있었다"[35]고 그녀의 정황을 독자에게 신고하고 있다. 관람자의 시선에 최대한 부응하려는 해설자의 친절이다. 이는 함께 바라보는 작가-독자의 공모된 시선을 뚜렷이 암시한다.[36]

결국 「심생전」의 관음적인 엿보는 시선은 남성중심적인 시선이기도 하다. 이는 여성을 중인가 처자로 설정한 신분 관계의 전제, 심생 아버지의 폭력적인 권위, 여성과의 잘못된 로맨스가 남성의 인생을 망친다는 기본 관점 등과 잘 어우러진다. 그러한 견지에서 이 작품의 마지막 부분, 즉 매화외사가 전달하고 있는 서당 선생의 훈계의 말은 의미심장하다.

나는(내가 이상의 이야기를 한 이유는-필자) 너희들이 이 질탕했던 소년을 본받게 하려는 것이 아니었다. 사람이 일에 있어 진실로 반드시 이루겠다고 뜻을 두면 규방 깊숙한 곳의 처자도 내 것으로 만들 수 있었거늘 하물며 문장에 있어서이겠느냐? 과거공부에 있어서이겠느냐?[37]

서당 선생의 이 언급은 자신이 학생들에게 전한 심생의 염문 이야기가 가져올 지도 모를 비교육적 효과에 대한 염려나 자신의 이야기 행위

---

34) 이는 베르톨트 브레히트가 서사극 이론에서 주장한 낯설게 하기의 각성 효과와는 질적으로 전혀 다르다. 「심생전」의 외부화된 시선은 엿보기의 몰두를 위한 것이지, 그것을 반성하게 만들려는 것이 전혀 아니다.

35) 박희병, 앞의 책, 772면. "寂然若睡熟者, 而實未嘗睡也."

36) 동침하는 장면을 묘사하는 다음 대목도 동일하다. 다만 동침 장면을 이렇게 묘사하는 것은 한문소설의 전통문법과도 맞닿아 있다. 위의 책, 774면. "仍與女同寢, 渴仰之餘, 其喜可知."

37) 박희병, 위의 책, 775면. "吾非汝曹欲效此風流浪子耳. 人之於事, 苟以必得爲志, 則閨中之女, 尚可以致, 況文章乎? 況科目乎?" 여기서 '非'와 '耳'의 쓰임을 한문 문맥으로 고려해 보라. 강한 변명의 어투임을 확인할 수 있다.

에 대한 도덕적인 면죄부가 아니다. 물론 그것을 가장하고는 있지만 작가-서당선생-독자가 감추고 싶은 진실은 따로 있다. 그것은 그들이 의식하지 않고 저지른 죄, 즉 타인의 내밀한 삶을 염탐했다는 사실이다. 그러므로 매화외사의 긴 변명은 이 보고자하는 욕망을 합리화하고 있는 것이다.38) 타인의 삶에 대한 관음적 호기심, 여성의 내실39)을 엿보고자 하는 성적 취향, 시각적 앎의 쾌락을 이성적인 모럴로 덮어씌우려는 이중성, 이것들이야말로 팔루스화된 근대적 시선의 분화 과정이다.

7. 육체의 자기 고백과 절시증(竊視症)40) -『절화기담』

『절화기담』은 17세기 한문소설의 고백의 담론을 발전시킨 형식인데 그것들과는 달리 작가 자신이 고백의 주체로 설정되어 있다. 이때 작가로 설정된 석천주인이 실제 주인공 이생인지, 아니면 석천주인은 가공의 인물이고 실제 창작자는 남화산인인지 등등에 대한 작가 문제는 하등 중요치 않다. 문제는 작가가 자신의 삶을 고백하고 있다는 그 사실에 모아진다.41) 이는 한문소설의 시선의 역사에 있어 매우 중대한 서사

---

38) 근대의 시선 권력, 혹은 욕망이 근본적으로 남성중심적, 인종차별적, 제국주의적인 것이었음을 환기해 보라. 여성의 육체를 드러내고 확인하여 통제하려는 남성적 시선의 문제는 다음을 참고하라. 크리스티나 폰 브라운, 엄양선 역, 『히스테리-논리 거짓말 리비도』, 여이연, 2003. 또 이 문제에 관한 문학적 해석은 다음을 참조하라. 쥬디스 버틀러, 김윤상 역, 『의미를 체현하는 육체』, 인간사랑, 2003.

39) 혹은 그녀의 심리적 내부.

40) 「심생전」에 드러나는 남성적 관음 욕망이 구현한 '몰래 바라보기'보다 더 가속도가 붙은 『절화기담』의 근대적 인지증(認知症)을 표현하기 위해 보다 증상적인 표현인 절시증을 채용했다.

41) 발화주체인 이생을 '이생'이라는 삼인칭으로 묘사한 부분이 문제가 될 수 있는데 사

적 의미를 가진다.

작가가 자신의 삶을 고백한다는 것은 한 개인의 내적 사생활이 어떤 중간 매개 없이 투명하게 투시된다는 것을 의미한다. 이것은 17세기 한문소설의 고백의 담론이 작가라는 매체를 경유하며 윤색되고 간접화되었던 그 방식과 매우 다른 것이며, 작가가 타인의 삶을 엿보는 「심생전」의 형식과도 전혀 다른 것이다. 작가의 스스로에 대한 내적 투시는 한 개인의 일상이 고백할 만한 비밀이 되었음을 의미하는 것이며, 동시에 하나의 알고 싶은, 또는 알고 싶도록 설정할만한 서사적 소재로서 개인의 사생활이 등장했다는 것을 방증하는 것이기도 하다.

문학에 있어 사생활의 탄생은 근대 문학의 탄생을 예고하는 것이며 근대적 일상이 도래했음을 알려주는 현상이다. 그리고 사생활에 대한 서사적 탐방이 왜 하필이면 작가의 고백이라고 하는 극단적 수단, 즉 남김없이 한 개인의 내적 풍경을 담아내어 보려는 시각적 욕망을 전취함으로써 이루어졌는가 하는 문제도 중요하다.[42] 이는 그저 한 개인을 슬쩍 염탐하는 것이 아니라, 개인의 미시적 삶을 해부하여 낱낱이 시선 위에 포치하려는 정치-의학적 욕망의 소산이다.[43] 개인에게 더 이상 숨길 내면이 없다는 것, 내면이 철저히 외부화되었다는 것은 바로 이런 의미다.

『절화기담』의 자기 고백이 갖는 또 다른 특징은, 그것이 비록 작품

실은 이 점이 이 작품의 극적 매력을 상승시키고 있다. 또한 자기를 삼인칭화해야만 자기에 대한 발화가 가능해진다. 근대적 소설가의 시선이란 이렇듯 1인칭적 사실을 3인칭적으로 재현하는데서 출발한다. 아울러 이 작품이 어떤 점에선 남화산인, 혹은 저자의 다른 퍼스나에 의해 완성된 것이거나 그와의 공동창작일 수 있음도 고려해야 할 듯하다.

42) 사생활, 개인의 육체, 고백, 그리고 절시증적 시선 사이의 예술적 관련성을 다음의 훌륭한 저서에 힘입어 착안하였다. 피터 브룩스, 이봉지 역, 『육체와 예술*Body work*』, 문학과지성사, 2000. 특히 71~115면, 179~245면 참고. 근대적 내면성의 형성에 대한 논의는 박헌호, 『식민지 근대성과 소설의 양식』, 소명출판, 2004, 127~152면 참고.

43) 이 문제와 관련해서 미셸 푸코의 『감시와 처벌』과 『임상의학의 탄생』을 참고하라. 두 책을 통해 푸코는 근대가 시선을 다룬 방식을 극명하게 고찰하고 있다.

외부에서 남화산인에 의해 윤리의 시료를 거치며 희석된다고는 하나, 궁극적으로는 육체에 관한 고백이라는 것이다. 이 작품은 여성의 육체에 대한 남성의 육체의 도전기이며 물신화된 성욕에 접신 들린 한 남성의 정신적 표류기다. 따라서 주인공 이생과 순매의 사랑은 시간이 흐르면 흐를수록 정신적인 것으로 승화되기는 하지만 근본적으로는 생리적 욕망으로부터 발현되고 있다. 이는 이들의 사랑이 육체관계를 향한 긴 줄다리기라는 점, 사랑 그 이후의 미래가 보장될 수 없는 불륜이라는 점, 정신적 사랑으로 관념화되기 불가능할 정도로 신분의 벽이 엄존한다는 점, 그리고 무엇보다 우발적이라는 점에서 발견된다.

예컨대 「주생전」의 주생도 선화의 육체적 미모에 이끌리긴 하지만 그녀를 평생의 반려자로 이해하고 있고, 「운영전」의 김진사 역시 자기 생의 마지막 연인으로 운영을 대하고 있다. 말하자면 한 사내의 운명적 연인으로서 관념적이며 초월적인 대상으로 승화된다. 이처럼 17세기 한문소설의 고백의 담론은 남녀의 격정적인 연애를 기둥 줄거리로 삼으면서도 그 연애 배면에 자리 잡고 있는 관능적 현실을 까발려놓지는 않는다. 아니, 그렇게 할 수 없는 담론 상황을 설계하고 있다. 때문에 주인공 남성과 작가는 최초엔 여성의 미모에 반하거나 반하도록 설정하지만 남녀가 합해지고 난 뒤엔 여성의 육체적 매력을 새삼 들먹이거나 노출시키지는 않는다.

반면에 『절화기담』은 철저히 여성의 육체성에 매달린다.44) 그렇기 때문에 작가는 이생과 순매의 조우 과정에 순매의 성적 매력을 언급하기를 멈추지 않고 있다. 관계있는 부분들을 사건 전개의 순차에 따라 일부분 일별하면 다음과 같다.

이름은 순매로 나이는 갓 열일곱이요 얼굴은 꾸미지 않아도 온갖 어여쁨이

---

44) 이런 측면이 지닌 욕망의 환유성에 관해서는 본서에 수록된 「『절화기담』의 사랑 : 환유적, 혹은 여성적 욕망」을 참고

배어 나왔고 몸은 특별히 걸친 게 없어도 온갖 교태가 풍겼다.[45)

홀연 발자국 소리 멀리서 다가오는데 곱디고운 모습 바로 마음에 담아둔 그 녀였다.[46)

이어서 치마끈을 벗기고 손을 놀려 여기저기 희롱하니 젖가슴은 출렁거려 흔들리고 옥 같은 피부는 매끄러워 손을 대기도 어려웠다.[47)

그 만 가지 요염함과 천 가지의 교태로움을 말로는 다하지 못할지니[48)

버들개지 같은 허리엔 봄기운 짙어지고 앵도 같은 입술에선 희미한 신음 소리라. 별빛 같은 눈동자는 풀려가고 젖가슴은 이리저리 흔들리니 만 가지 요염함과 천 가지 교태를 다 기록할 수가 없을 지경이다.[49)

이상과 같은 육체적 묘사의 수준은 물론 『절화기담』에만 보이는 것은 아니다. 하지만 그러한 여체의 매력이 작품 전개의 동력이 되고 있다는 점에 이 작품의 특이성이 있다. 때문에 일회적인 육체성에 전념하는 이 작품의 서사는 사랑을 비현실적으로 신성한 것이 아니라 일상의 비속한 양태 그 자체로 들여다 볼 수 있는 모종의 시선의 창구를 개통하고 있는 셈이다. 이를 환언하면 일상적 삶의 육체적 현실을 화면에 담았다는 것이고 이를 한 개인의 깊숙한 사생활을 폭로하는 형식으로 전개하고 있다는 것이다. 그 결과 자기 인생을 고백하는 작가의 삶의 내밀한 진실들이 거리낌 없이 독자의 눈에 포착되고 삶의 비추(卑醜)한

---

45) 정양완, 「자료」, 『일본 동양문고본 고전소설 해제』, 국학자료원, 1994, 9면. "名曰舜梅, 年方十七, 顔不藻飾而千態無欠, 身不粧束而百媚俱生."
46) 위의 책, 11면. "忽聞跫音, 自遠而近, 嬋娟形態, 果是意中之人."
47) 위의 책, 22면. "因解去裙帶, 弄手探戲, 酥胸蕩漾不定, 玉膚潤滑難試."
48) 위의 책, 31면. "其萬種妖嬈, 千般嬌旎, 不可盡記."
49) 위의 책, 59면. "楊柳腰脉脉春濃, 櫻桃口微微氣喘. 星眼朦朧, 酥胸蕩漾, 萬種妖嬈, 千般嬌旎, 不可盡述."

성격이 여과 없이 노출된다.

이처럼 비속한 삶의 바닥을 해부학적으로 관찰하는 시선은 바로 발자크나 졸라가 수행한 리얼리즘 서사의 본질이기도 하다.[50] 그리고 사적 개인의 삶을 고백하고 이를 본다고 하는 행위는 바로 사적 생활과 사적 개인의 육체가 성립되었다는 것을 의미하는 것이기도 하다. 또한 개인의 비밀스런 사생활이 중요한 관찰의 단위로 성립되었다는 것은 권력이 통제와 관찰의 대상으로 개인과 그 육체를 주목했다는 매우 근대적인 현상을 의미하기도 한다.[51] 이런 현상이 조선 후기에 전개되었다는 점에는 의문의 여지가 없다. 당시 발흥한 시각 예술의 현실감이나 일상의 시정 생활을 담론으로 포괄한 문학사의 풍경이 이를 방증한다.[52]

근대의 관찰하는 시선은 뻔뻔한 시선이다. 들키고 싶지 않은 자기 삶을 기탄없이 고백한다는 것, 혹은 그럴 수 있는 인격을 설정한다는 것은 이제 나체가 더 이상 부끄럽지 않은, 오히려 흥미로운 관찰과 조사, 나아가 탐닉의 대상으로 전환되었음을 의미한다. 주인공의 옷을 벗기는 과정, 어쩌면 근대적 시선이 추구한 투시력의 본질은 상징적으로 그런 것일 수 있다. 벗겨내고 검토하고 앎의 영역으로 흡수하는 것, 바로 그러한 목적으로 그 이전까지 신의 영역이었던 출산 과정을 국가 권력이 장악해간 것이며 성의학 및 위생학 담론을 비롯한 성적 지식의 생산이 가속화된 것이다. 그런 관점에서 관능적 육체와 이를 둘러싼 비밀스런 사건들을 집요하게 포착하는『절화기담』은 근대적 절시증의 징후를 보여주고 있다.

---

50) 피터 브룩스, 앞의 책, 246~306면.

51) 미셸 푸코는『감시와 처벌』에서 이를 근대적 훈육의 시선으로 고찰하고 있다. 아울러 근대적 앎으로서의 해부학적 시선의 문제로는 푸코의 다음의 책을 참고하라. 미셸 푸코, 홍성민 역, 「7. 보는 것과 아는 것」,『임상의학의 탄생』, 인간사랑, 1996, 192~214면. 또한 히스테리를 통해 여성 육체가 가시적 대상으로 관찰되고 길들여지는 과정에 대해서는 크리스티나 폰 브라운의 위의 책을 참조하라.

52) 연암의 산문과 소설들을 이런 견지에서 조심스레 접근해 볼 필요가 있다.

프로이트는 단순한 보는 즐거움과 그것이 집요한 성적 목적으로 전환된 도착적인 절시 욕망을 아래와 같이 구별하고 있다.

> 대부분의 정상적인 사람들은 성적인 느낌이 있는 어떤 것을 보고자 하는 중간 난계의 성 복적에서 어느 정도 지체한다. 또 실제로 이러한 지체는 그들에게 리비도의 일부를 더 높은 예술적 목적으로 전환시킨 가능성을 제공한디. 그러나 다른 한편으로 이 보는 즐거움(「절시증」)은 그것이 전적으로 생식기에 국한되거나, 과도한 혐오감과 관련되거나(배설 기능을 주목하는 사람들의 사례에서처럼), 또는 정상적인 성 목적에 이르는 예비 과정이 아니라 성 목적을 대신할 경우에는 성욕도착이 된다.[53]

프로이트의 설명이 다소 병리적인 생리학 차원에 고립되어 있긴 하지만 위와 같은 절시 욕망이 근대문명의 도착성에 대한 상징적 표현일 수 있음을 어렵지 않게 간파할 수 있다. 이러한 절시증적인 관찰욕은 관음적인 것이면서도 그보다 더 일상화된 근대의 도착적 시선이기도 한 것이다. 즉, 절시증적 시선은 반드시 일시적인 성적 쾌락이나 앎에의 의지만을 만족시키지 않고 한발 더 나아가 근대적 욕망의 일상적 시선을 구성하는 기저로 작용한다.

이를테면 「심생전」이 젊은 남녀의 특이한 비련, 그 가운데서도 빼어난 미모의 젊은 처자의 치정어린 삶을 엿보려는 욕망을 충동적인 관음적 시선으로 매끈하게 처리하고 있다면 『절화기담』은 일상의 전체 삶을 판독하고자 하는―탐욕스런 지구력을 동반한―탐구적 시선을 채택하고 있다. 주변을 관찰하고 정돈하며 범주화하는 것이야말로 근대적 삶의 본능이다. 이는 이웃을 감시하고 자기 사생활의 영역을 타자의 그것과 구분하며 끝없이 세상의 미스터리를 폭로하려는 욕망, 타인에 의해 관찰되고 동시에 타인을 관찰하며 리비도 에너지를 소비하는―몰

---

53) S. 프로이트, 김정일 역, 「성적 이상」, 『성욕에 관한 세 편의 에세이』(프로이트전집 9), 열린책들, 1996, 264면.

래 카메라적인 ─ 도착의 욕망과 관련된다.

　『절화기담』은 이상의 이유로 성애의 주변부를 장식할 인물들을 빠짐없이 축적해 간다. 예컨대 엉뚱하게 치정의 복판에 끼어든 간난이, 순덕이와 복련이, 그리고 빼놓을 수 없는 인물인 매파 할멈 등이 그들이다. 그녀들은 모두 탐욕적이고 의심이 많은 인물들로, 이들이 구성하고 있는 여항의 현실은 순매의 비밀스런 회동을 중심축으로 복잡하게 돌아간다. 들키지 않으려는 자들과 적발하려는 자들 사이의 이러한 시소게임은 미지의 사건을 인과적으로 가시화하려는 근대적 서사의 욕망을 구현한 탐정소설, 혹은 추리소설의 어떤 경향을 띤다.54) 이렇듯 탐정 서사의 추리 과정에 열광했던 근대의 독자들은 일종의 절시증적 욕망을 해소하고 있었던 셈이다.

　세상에 알려지지 않은 사소한 스캔들에 집착하는 『절화기담』은 이처럼 개인의 비밀을 투명하게 해부하고 이를 세세한 논리적 절차에 따라 배치함으로써, 단지 호기심에 엿보는 시선을 뛰어넘어 적극적으로 타인의 사생활을 확인하려는, 그래서 일상의 불안을 통속적으로 정보화함으로써 덜어내려는 전략을 구사한다.55) 불륜을 조사하여 그 극치까지 다 바라보고나면 인류의 업보인 색의 문제, 이 저항할 수 없는 육체의 맹목성은 어쩌면 길들여질 수도 있겠기 때문이다. 그렇다면 『절화기담』은 「서」나 「자서」에서처럼 색의 문제를 제압될 수 있는, 혹은 제압되어야 할 충동으로서 과소평가했다기보다 오히려 과대평가하고 있

---

54) 이 점은 「운영전」에서도 발견되는 특징이다. 그러나 그것은 궁중비화에 가깝다는 점에서 『절화기담』이 지닌 사생활의 투시와는 조금 각도를 달리해 분석해야 한다. 무엇보다 탐정 담론의 미학은 여항 혹은 시정이라고 하는 어두운(noir) (범죄의) 소굴이 배경으로 등장해야만 하는데, 「운영전」에는 이것이 '특(特)'이라는 인물 하나에 집약되어 있다. 범죄자 혹은 부랑아 집단이 교외의 숲 속에서 도시의 하층 빈민촌으로 이동해가는 풍정은 다음을 참조하라. 페르낭 브로델, 주경철 역, 「도시」, 『물질문명과 자본주의─일상생활의 구조(상)』, 까치글방, 1996.

55) 통속성이 존재의 불안을 더는 한 형식임은 본서에 수록된 「김만중의 비관적 세계표상과 『구운몽』의 주제─공의 의미와 통속성을 중심으로」를 참고.

는 셈이다.56)

살인·불륜·물욕 등 이성이 통제하기 어려운 존재 상황과 욕망의
진실에 대해 어쨌든 담론한다는 것은 이것들이 가시적인 시선에 진지
하게 포착되었다는 것이고, 관리되고 있다는 것이고, 끝내 진정시켜야
할 대상으로 확인되었다는 것 등등을 두루 의미한다. 들키지 않으려는
진실을 애써 들여다보려는 것, 혹은 들여다보도록 고백하는 것은 이처
럼 근대적 리얼리티 서사의 성립에 하나의 전제가 된다.

8. 근대성으로서의 나나의 담론

이 논문은 시선이라는 개념을 통해 한국 한문소설을 통관하면서 그
가운데서 발견되는 리얼리티의 서사적 진행 양상을 밝혀보려 했다. 사
실적 시선이란 단순히 있는 그대로 올바르게 보려는 객관적 진실성의
문제라기보다는 욕망의 실재를 기존과는 다르게 '어떻게' 보려는 시각
적 결의의 문제다. 이는 대상을 총체적인 국면에 놓고 하나의 사적 사
건으로 만드는 능력과 결부되어 있다.

15세기 한문소설이 지닌 관념적 시선 처리를 결정적으로 변화시킨

---

56) 『절화기담』이 색욕의 문제를 결코 과소평가하지 않았고 오히려 이 문제를 숙명적인
어떤 욕망의 동선으로 파악했음은 본서에 수록된 「『절화기담』의 사랑: 환유적, 혹은
여성적 욕망」을 참조. 아울러 색을 불가항력적인 힘으로 지적하고 있는 다음의 언급
들을 참고하라. 「절화기담서」, "今因一閭巷賤婢, 如此委曲勤勤, 古語云 色不迷人 人
自迷, 其果人而自迷耶? 色而迷人耶?" 「절화기담자서」, "自歸無何之境而尤不能發禁
躁妄者, 則尤物也. 及其萬丈慾火, 際乎天地之間, 千層洪濤, 汎濫方寸之內, 勢如累
卵而不知其危亡之接踵, 急如燃眉而不知其禍網之壓頭."

것은 17세기 한문소설들이다. 이 작품들은 타인의 고백을 옆에서 듣는, 혹은 엿듣는 체험을 통해 누군가의 삶을 보면서 그 안에 개입하고 있다. 이 개입은 「심생전」에 와서는 일련의 염탐 행위로 발전하게 되는데, 이는 다분히 관음적 시선을 동반한다. 관음적 시선의 출현이야말로 타인의 내실을 기웃대는 근대적 앎의 충동을 기반으로 하고 있다.

타인의 삶을 리얼리티의 조건으로 삼으면서 그 삶의 가장 최심부로 파고든 작품이 『절화기담』이다. 그런 점에서 이 작품의 문학사적 의의는 작지 않다. 이 작품은 이생이라는 남성의 여과 없는 자기 고백과 한 여인의 육체를 향한 열정을 줄거리의 토대로 삼고 있다. 남성의 자기 고백, 그의 시야로 노출된 매력적인 여성의 육체, 이를 포획하기 위한 지겨운 시도들, 바로 이런 미장센의 배치야말로 근대적 리얼리티의 발화 지점으로서의 전지적 앎에의 추구를 상징하는 것이다.

근대라는 것은 보이지 않는 것을 보이게 하려는 노력이라고 할 수 있다. 때문에 미셸 푸코가 명쾌하게 언급했듯 근대 권력의 시선은 해부하고 감독하는 임상의학적이고 훈육적인 시선이다. 이것이 서사로 전사되면 브룩스가 언급했던 바처럼 육체를 발가벗기려는 졸라적인 나나의 담론이 된다.57) 그렇다면 근대 서사문학은 노출증과 절시증이 혼합된 가시성의 구현 과정으로 새롭게 규정될 수 있을 것이다.

결국 이 글을 통해 우리가 확인하고자 했던 핵심은 개인의 육체와 그 육체로 대표될 일상적 사생활을 발견하고 문제시한 것이 17세기로까지 소급될 서사적 전통을 지니고 있다는 사실이었다. 이를 시선 개념을 통해 전개해 보았으나 실은 다른 개념으로도 가능했던 작업이다. 단지 시선이라는 개념을 통해 근대적으로 '본다'고 하는 문제의 의미를 강조하고 그러한 시각의 열림이 서사적으로 어떤 근대적인 변조를 동반했는가를 엿보고 싶었을 따름이다. 그런 관점에서 이 글 역시 하나의 해석

---

57) 피터 브룩스, 「나나의 옷을 벗기기」, 위의 책, 248~285면.

학적 절시일 수 있다. 모든 해석 활동은 작가의 증상에 참여하는 것이고, 증상의 공유를 유발하는 것이 근대 이후 모든 창작 행위의 특징일 것이기 때문이다.

제5장

17세기 미적 기분(Stimmung)의 변모와 새로운 소설의 탄생

임제와 권필을 중심으로

1. 미적 현상으로서의 기분의 변화

임제(林悌, 1549~1587)와 권필(權韠, 1569~1612)에 관한 연구는 그 동안 적지 않게 축적되어 새 연구 지평이 개척되지 않는 한 진전된 논의가 생산되기 어려운 단계에 도달한 듯하다.[1] 하지만 오히려 그러한 점에서 그들의 문학 세계가 지닌 미적 경향에 대한 대비 연구는 이제야 그 성숙기를 맞이했다고도 할 수 있다. 양자가 17세기 문화로의 지각 변동의 운동 속에서 구현한 문학적 고뇌의 미적 승화 과정, 그리고 그 과정에서 발현된 미적 지향을 검출하는 작업이야말로 이들에 관련하여 축적된 문학 연구 성과를 더욱 선명히 부각시킬 수 있는 첩경이 될 것이기

---

1) 윤채근, 「참고 문헌」, 「16~17세기 한문학의 미학적 변모 양상에 대한 연구」, 『한국한문학연구』 제31집, 한국한문학회, 2003, 161~163면.

때문이다. 이 글은 그러한 목표를 지향하기 위한 하나의 밑그림이다.

여기서 우리가 '미적'이라고 명명한 수식어에 대해 살펴보자. 이 용어는 '미학'이 다루는 인문 현상의 어떤 특징을 포착하는 한정어다. 주지하듯이, 미학이라는 학문은 서구 근대의 산물이었다. 이를 학적 체계로 수립한 것은 바움가르텐(Baumgarten)이었고, 이를 오성 형식을 넘어서는 감각적 인식의 특수한 체험으로 최초로 정초시킨 인물은 다름 아닌 칸트(Kant)였다. 이때 미적 인식은 오성의 이해 능력 또는 그 범주적 제한 영역을 초월하거나 무효화시키기 때문에 순수이성의 사유 범위가 아니다. 『판단력비판』에서 칸트가 예시하고 있는 자연에 대한 숭고(sublime) 체험이 그 대표적 사례라고 할 수 있다.

하지만 근대가 발견한 미적 체험의 보편성과 초월성은 인간의 미학적 감성의 양상이 역사적으로 변모하며 경신된다는 사실을 설명하는 데에 취약하다. 미적 인식이 궁극적으로 역사적 현실 세계에 대한 예술적 감수 및 이해 방식이라면2) 이는 역사적 삶과 결부되지 않을 수 없을 것이며 따라서 미적 인식의 구조도 공시적인 안정성 속에 정태적으로 머물 수만은 없을 것이다. 특히 어떤 동시대의 감성적 체험 구조를 파악하고자 하는 문학사 연구에서 불변의 미적 요소 혹은 전형을 설정하기란 힘들다.3)

요컨대 이 글이 '미적 기분'이라고 정의하는 현상은 역사와 함께 유기적으로 연동하는 예술적 세계 감수 양식을 의미한다. 이는 생활을 영위하는 주체의 미적 감정과 기분으로서 하이데거(Heidegger)의 현상학적

---

2) 미학적 현상에 대한 이해가 감각적 세계 인식, 즉 인식(앎)의 문제에 토대해 있었음은 'esthétique'에 대한 다음의 해설을 참조하라. Sylvain Auroux, *Les Notion Philosophiques* A —L, Presses universitaires de France, 1990, pp.858~860.

3) 그런 점에서 이 글은 발터 벤야민(Walter Benjamin)의 근대적 감수성 분석의 틀과 궤를 함께 한다. 벤야민은 근대적 모더니티의 미적 층위로서 다양한 감정적 요소들을 검출했던 바, 예컨대 보들레르적인 산보객의 정감, 아케이드 체험에 드러나는 도시적 감각, 이성의 한계를 드러내는 우울한 응시의 수사 등등이다. 수잔 벅 모스, 김정아 역, 『발터 벤야민과 아케이드 프로젝트』, 문학동네, 2004.

존재론에서 이른바 '세계 기분'이라고 규정한 바 있는 개념으로부터 연원한다.4) 흔히 문예 사조의 변화나 미추관의 쇄신으로 논의되는 문화 현상들은 알고 보면 당대인들의 미적 감수 방식으로서의 기분의 변화를 반영하고 있다. 또 이 변화는 한 시대의 인식틀이 다른 틀로 옮겨가려는 징후나 조짐의 한 일환으로도 해석 가능하다.5) 김홍중은 'Stimmung'을 '정조'라고 번역하면서 다음과 같이 정의하고 있다.

> 하이데거의 정조(Stimmung) 개념은, 로고스의 토대로 기능하는 파토스의 위상을 복원시키고, 이를 심리학적 내면성으로 환원시키는 대신에 한 시대의 공통적이고 집합적인 열정의 양식으로 이해할 수 있는 가능성을 제시한다.6)

이에 따르자면 세계에 대한 미적 기분은 이성적인 로고스의 영역이 아니라 감성적인 파토스의 영역이며 주체의 내면에 자리 잡은 개인적 정감이 아니라 집합적인 '양식'이다. 이는 그 동안 이성 영역에 비해 부차적이거나 열등한 영역으로 취급되던 파토스의 위상을 격상시키고, 나아가 일반 논리로 포착할 수 없기에 개인의 사적 영역에 방치되었던 '감성적인 것'에 대한 학술적 서술을 가능케 한 획기적 시도라고 할 수 있다. 이러한 논리의 도움을 받아 우리는 17세기 한국문학사에 빚어진 '미적 기분' 또는 '세계 기분'의 변화 동향의 일단을 살펴보게 된다.

---

4) 기분(Stimmung) 또는 근본기분(Grundstimmung). 하이데거(Heidegger)에 의해 『존재와 시간』에서 구사된, 현존재의 세계 내 존재 상황에 대한 정감적 인식 태도를 나타내는 용어다. 이는 본질적으로 미적인 태도이기도 하다. F. W. 폰 헤르만, 이기상 역, 『하이데거의 예술철학』, 문예출판사, 1997, 117~118면, 161~163면, 394면. 아울러, 김홍중, 'II. 감정 사회학의 기본 개념―하이데거의 정조(Stimmung)', 「멜랑콜리와 모더니티」, 『한국사회학』 제40집 3호, 한국사회학회, 2006, 5~9면.

5) 푸코(Foucault)는 이를 언표 체계의 총체적 변환이란 견지에서 에피스테메(épistémè)의 변모로 해석했다. 이 개념은 다소 정태적인 구조주의의 영향을 받고 있긴 하지만 한 시대의 집체적 인식체계를 문제 삼는다는 점에서 '세계 기분' 개념과 대응된다. 사라 밀즈, 김부용 역, 『담론』, 인간사랑, 2001, 79~99면.

6) 김홍중, 앞의 논문, 9면.

이 글은 우선 16, 17세기를 대표하는 문인들인 임제와 권필의 한시 작품에 나타나는 미적 감수 방식의 특징들을 검출하면서 그것이 17세기로 이월되는 새로운 미적 기분임을 밝혀보고자 한다.7) 이상의 한시 분석에 이어 이를 양자의 소설8) 작품들에 대한 논의로 연결시킬 것인데, 전자에서 검출한 특징들을 후자를 통해 재확인하는 과정을 밟을 것이다.

우선 양자의 한시 작품들 속에 구현된 시간 의식, 자아 의식, 세계를 보는 기분이라는 세 측면을 강조하게 된다. 미적 감수 양식의 근본은 자기 현존의 준거로서 시간을 파악하는 태도나 기분과 연관되며 이는 곧 자아를 규정하는 구체적 양상과 불가불 연관된다. 그리고 그 결과로 세계를 대면하는 주체의 '기분과 태도'가 명료하게 드러날 것이다. 여기서 얻어진 결과를 시료 삼아 우리는 양자가 갖는 소설가적 위상을 새롭게 재확인하게 된다. 그리고 궁극적으로 이러한 현상들이 초래하는 미적 변모의 성격에 대해 논의함으로써 결론을 맺게 될 것이다.

2. 한시에 나타난 새로운 미적 양상–심리의 내적 분규와 절실한 현재

이미 잘 알려진 바처럼 17세기로 넘어가던 조선 중기 시단은 당풍의

---

7) 우리의 논의는 임제, 권필의 시대가 19세기 근대와 동등한 세계 기분의 격렬한 전환점이었음을 전제하고 있는 것은 아니다. 비유적 의미에서 모든 변화의 시대는 전시대에 대한 아방가르드의 시대일 수 있으며 그런 견지에서 임제와 권필은 16세기 이전의 세계 감정을 벗어난 새로운 세계 감정의 선구자였을 수 있다는 것이 우리 논의의 핵심이다.

8) 임제의 「수성지(愁城誌)」와 「화사(花史)」를 소설로 보는 데에는 이견이 있을 수 있겠지만 이 글에선 논의의 편의를 위해 이를 소설적 글쓰기의 한 양상으로 수렴하고자 한다. 따라서 장르 논의는 이 글의 목적 밖에 있다.

등장과 송풍의 퇴조에서 보이는 바처럼 일대 개혁의 분위기가 미만해 있었다.9) 이를 16세기적 문화 환경이 17세기적인 것으로 이월되어 가는 과도 단계로 설명할 수 있겠는데, 임제와 권필의 문학사적 위치는 바로 그 한 가운데에 있다. 특히 이 시대를 대표하는 양자는 흔히 진보적 시인으로 병칭되기도 하고10) 그 저항적 기질로 인해 방외형으로 분류되기도 했다.11) 이처럼 이들은 중층적이고 복합적인 문학사적 위상을 소유하고 있다. 그런데 이러한 특징들을 거시적 견지에서 '학당'이나 '진보', 혹은 '방외'와 같은 개념만으로 포괄한다면 양자의 문학 세계가 지닌 섬세한 국면들이 대폭 삭감될 수밖에 없다. 즉, 17세기의 새로운 역(문학)사 기류를 반영하고 있다는 설명만으로는 이들 문학 세계가 구현한 독특한 미적 자질들을 놓칠 수밖에 없다.

한편 작가론의 관점에서만 양자를 고찰하는 방식에도 한계가 드러났는데, 이런 측면의 연구는 이미 포화점에 다다른 감이 있다. 임제의 경우 정학성에 의해 그의 시세계가 지닌 낭만적 성향에 대한 탐구가 이루어진 바 있고,12) 안병학은 임제 예술 사유의 근저를 이루는 다른 동력으로 부정 의식을 제시한 바 있다.13) 한편 권필에 대한 전반적 연구는 정민에 의해 집대성되었다.14) 결국 우리는 작가론이 닿을 수 있는 지점보다 심층적인 국면에 대한 다른 설명의 필요성에 거듭 소환된다. 그것이 예술적 감수성 혹은 세계에 대한 심미적 기분이나 태도에 대한 미적 분석이다.15) 이 분석 방식은 작가가 의식, 무의식적으로 선택하게 되는

---

9) 정민, 「16~17세기 학당풍의 성격과 그 풍정」, 『한국한문학연구』 20주년 특집호, 한국한문학회, 1997.

10) 이는 1961년 북한 조선문학예술총동맹출판사에서 간행된 『림제권필작품선집』이 상징적으로 보여준다.

11) 윤주필, 「임제·권필의 방외인문학 사조와 초기 소설사의 행방」, 『고소설사의 제문제』, 집문당, 1993.

12) 정학성, 「백호시의 낭만성에 대한 역사적 이해」, 『한국한문학연구』 7집, 한국한문학회, 1984.

13) 안병학, 「임제의 시세계와 부정의식」, 『민족문화연구』 16집, 민족문화연구소, 1982.

14) 정민, 『목릉문단과 석주 권필』, 태학사, 1999.

미묘한 세계 감수 방식의 특성들, 즉 감정, 기분, 정서, 그리고 그 저변을 구성하는 시간 의식과 자아에 대한 위상학적 규정, 그리고 이를 총괄하는 세계 기분에 주목한다.

1) 시간 의식―절취(截取)된 시간으로서의 '지금'

임제와 권필은 중국적 문학 관습을 동경해마지 않던 16세기 선배들로부터 전래된 사대적 창작 전통으로부터 아주 자유롭지는 않았다. 하지만 비유적 상관물로 끝없이 전고를 끌어대고 자기와 무관한 가공의 시적 상황에 만족하는 기교주의적 창작 기법16)으로부터 벗어나면서 자기가 몸담고 있는 시간성, 즉 '지금'이라는 절실한 무대를 재발견17)한다. 이는 '지금'을 관통해 가고 있는 자기 정체성에 대해 강렬한 대자적 반성, 또는 실존에 대한 비평적 자각의 거리를 유지했다는 것을 의미한다. 그것은 이들이 대규모적 시간성, 이를테면 먼 과거와 아득한 미래에 대해 안목이 없었다는 것이 아니라 정치적으로 통어되는 시간대, 즉 조대(朝代)라거나 왕들의 재위기 등과 같은 집정자들의 전략적 시간 규모18)로부터 상대적으로 자유로웠음을 의미한다.

---

15) 윤채근, 「임제의 시문학―일상과 초일상의 분열」, 『한문학논집』 19집, 근역한문학회, 2001.
16) 이를테면 강서시파의 시풍이 그렇다. 이종묵, 『해동강서시파연구』, 태학사, 1994.
17) '발견'이 은폐된 것에 대한 새로운 논리적 추출이라면 '재발견'은 존재했으나 관습화되어 있던 현상 인식에 대한 재검증·재자각이다. 따라서 당송시에도 유사한 감정, 즉 현재라는 단절된 시간 속에 존재하는 고독한 자아의 형상이 존재했으므로 이상의 특질은 보편적이며 비역사적이라고 말해선 안 된다. 어떤 시대적 문학 감정(감수성)도 전시대에 존재하던 그것으로부터 전적으로 자유로울 수 없다. 다만 그것은 '새로운 무엇'인 것처럼 특정 시대에 강렬하게, 그리고 반복적으로 출현하면서 새삼스레 동시대적 체험으로 되풀이 자각된다.
18) 주로 대각(臺閣) 관료들의 시들은 이러한 전략적 시간대에 산포되며 그들이 시인으로 살아가고 있는 그 순간조차도 어느 정도 전략적이다. 그들은 왕조를 걱정하며 후손을 염려하고 자신이 서 있는 시간 지평을 자국, 혹은 중국의 역사적 사건들의 파노라

이상의 의미를 율력(律曆)으로부터의 자기 해방이라고 환언할 수도 있을 듯하다. 율력이 강제하는 공식적 시간과 생활 리듬으로부터 벗어나는 것, 그것이야말로 문학적 창조의 시간의 임재라 할 수 있는데, 이는 한편으로 고립과 두절을 통해 구현되기도 한다. 자아의 내부로 회귀하는 자기 시선을 통해 주체는 거시 시간을 절개하고 비집고 들어오는 미시 시간의 침입을 지각할 수 있다. 예컨대 시간 감수자의 감수 단위의 폭이 클수록 그에게 내면적 자기 기분이란 점차 불가능해진다. 게르만 민족의 진화라고 하는 역사 시간을 살던 나치스나 천문학적 시간을 사는 행성학자에게 자기 삶의 미세한 시간 흐름이 무의미해지는 것과 마찬가지다.

양자에게서 상징적으로 재발견된 '지금'이라는 창작의 시간은 자발적 고독의 시간이며 세속 시간으로부터의 비일상적 퇴각이라는 점에서는 언뜻 무료한 시간이다. 그것은 정치적으로 불우하거나 세간사에 염증이 나서 초래된 타율적인 것이 아니라는 점에서 유배기나 불우기에 출현하는 그것들과 구별된다. 그것은 시를 발생시키는 능동적 자기 성찰의 시간이요, 찰나의 무한성이 개시되는 예술적 지속 시간[19]이다.

비장들과 대화하다가

얼크러진 내 마음 누가 알리요
웃으며 떠들지만 앉은 이들 모두 백치
밝은 달은 절로 뜻이 없어서
맑은 밤 정자에서 매화가지 비추는데[20]

마 안에 형성한다. 따라서 진실성이 적으며 시인에게 필요한 시적 정서의 여유가 박약하다. 즉 그들은 늘 공식적이며 또 늘 '바쁘다.'
19) 직관에 의해 통찰되는 '지속' 개념은 베르그송의 다음 책에 근거한다. 앙리 베르그송, 정석해 역, 『시간과 자유의지』(『세계사상전집』 제15권), 삼성출판사, 1989.
20) 『林白湖集』(『한국문집총간』 58 : 이하 동일) 卷3, 「日暮轅門胸次輪困與裨將輩話餘一絶遣懷」, 289면. "襟懷歷落有誰知, 談笑同人坐似癡, 明月自然無意緒, 一軒清夜照梅枝."

이 시에서 작가 임제는 남모를 회포에 잠겨 있다. 이는 누구도 모를, 이해할 수 없을 그 무엇인가로 책정된다. 또 이로 인해 함께 담소하던 무리들은 백치들처럼 시선 너머로 후퇴한다. 회포가 불가해한 것이기에 진술될 수 없고, 남과의 교제로 유형화될 수 없다. 때문에 자아는 내부 깊이 퇴각하여 타자에 대한 반성의 거리를 확보하고 있으며 이 거리 안에서 그들은 백치로 화한 것이다.[21] 오직 타자들이 무생명의 백치로 변화하는 듯한 내성의 주체 체험 속에서만 시인은 자아로서 현재를 온전히 소유한다. 이는 생활계와의 자연적 연관으로부터의 물러섬이다.[22] 때문에 시인은 오만한 시선으로 세계를 서정화하고 자기를 그 중심에서 일어나는 하나의 개별 운동으로 경험한다.

이상의 견지에서 3구와 4구는 매우 인상적이다. 자아의 관조 대상은 백치같이 어리석은 존재로 희석되어버린 동료들에서 공중의 달로 이동하고 있다. 비장들과 더불어 웃고 떠드는 그 사이에도 달빛은 매화를 비추고 있었다. 자아가 잠시 놓친 시간이다. '지금'의 현재성을 자각하고 그것을 자각하는 자신의 현존을 재자각하는 깊은 내성 없이는 자신이 귀속되지 않던 순간에 대한 이런 섬세한 표현이 불가능하다. 그것은 바쁘지 않은 자, 고독한 자가 현재를 소중하게 관조하고자 하는 태도를 견지할 때만 발생 가능한 체험(류)이다.

　　밤에 앉아

　　세상사란 다 이런 것이니

---

21) 이것이 벤야민의 아케이드 내부의 관찰자(서성이는 자)와 다른 점이 있다면 아케이드적인 도시 공간이 부재하다는 점과 자신을 사회적 개별자로 고립(소외)시키는 근대적 주체성이 결여되었다는 점이다. 그러나 그럼에도 임제가 직면했던 '백치' 체험은 그러한 감수성의 원형을 이룬다고 볼 수 있다.

22) 세계의 시간과 공간에 대해 맺는 '자연적 태도로부터의 퇴각'이라는 개념은 후설 현상학의 '환원' 개념에 근거한다. 에드문트 후설, 이종훈 역, 『시간의식』(『한길그레이트북스』 19), 한길사, 1996.

흐르는 세월 어찌하겠나
국화는 가을 뒤 드물고
벌레 소리는 밤 깊자 울려대며
조용한 달빛은 창 너머 들고
소슬한 바람은 가지를 흔드네
십 년 일 생각해 보며
촛불 달려드는 나방을 앉아 센다[23]

권필의 이 시에는 총 네 가지 자연 현상이 등장한다. 국화, 벌레 소리, 달빛, 바람이 그것들이다. 그런데 이 현상들은 동시적으로 '지금' 진행되고 있다. 즉, 시를 쓰고 있는 발화자의 발화 순간, 바로 그 접점에서 동시간적으로 회집된 현상들이다. 그렇다면 '세사유여차(世事有如此)'의 '여차(如此)'란 바로 이 네 현상들로 대표되는 삶의 국면들에 다름 아니다. 그리고 그것들은 어쩔 수 없는 시간(流光無奈何)의 흐름 속에 배치되어 있다. 환언하면 불가역적인 시간의 흐름이 절단되고 그 절개면의 한 장소로 자아에 의해 소집된 현상들이다. 국화는 지고 벌레는 울고 달빛은 흐르며 바람은 분다. 시간의 한 단면이 섬광처럼 정지되어 자아 앞에 소환되어 있고 이를 소환한 자아는 지난 십 년을 기억하려 든다.

권필은 네 현상들이 조밀하게 반복되는 흐름을 일시 정지시켜 놓고 그것이 세상사의 본디 그러한, 어쩔 수 없는 양태라고 말한다. 이윽고 그것이 십 년의 단위로 길게 연장되어 펼쳐진다고 가정해 보자. 국화가 지고 바람이 불듯이 십 년도 그렇게 흘러갔다. 십 년을 시간 단위로 하여 삶을 셈한다면 이는 지금 네 가지 현상이 발생하고 있는 그 지점의 허망함과 다를 것도 없다. 어떤 것은 기억으로 회수되고 어떤 것은 과거로 음영화되며 순간적으로 탈락되어 간다.[24] 주체가 포착해주지 않으

---

23) 『石洲集』 卷3(『한국문집총간』 75 : 이하 동일), 「夜坐書懷」, 28면. "世事有如此, 流光無奈何, 菊花秋後少, 蟲語夜深多, 悄悄月侵牖, 蕭蕭風振柯, 關心十年事, 坐數撲燈蛾.."
24) '음영짐' 개념에 관해서는 후설, 앞의 책, 참고.

면 '현재'는 지금이라는, 또는 십년이라는 흐름 속에서 덧없이 스쳐 지나갈 뿐이다.

이는 마치 촛불에 달려들어 한 마리씩 타죽는 나방과도 같다. 때문에 시인은 그 나방의 숫자를 셈한다. 한 마리씩 사라지며 한 단위의 시간이 흐른다. 이 예민한 시간 감각은 삶을 추상적 뭉치로 환원해서는 얻어질 수 없다. 절실한 '지금'에 대한 전취, 그리고 이를 시계(視界) 앞에 세우고 셈하는 반성을 통해 시인은 비로소 시간 위에 살고 있음을 절실한 어떤 현상으로 스스로 재자각한다.

양자의 이상의 특징들은 결국 구체적 '지금 있음'으로서의 시간을 통과하는 시인의 '자기의 지금'에 대한 관심으로부터 발생한다고 재해석할 수 있다. 또 그러한 시간 기분 속에서 세상을 둘러보며 자기 존재를 실험하고 세계와 창조적으로 대결함으로써 논리 언어로 선뜻 요약키 어려운 미묘한 시적 분위기를 창조할 수 있다. 그것은 문명적 현실에 의해 망실되는 존재의 아우라(Aura)를 순간적으로나마 빚어내는 미적 행위에 다름 아니다.

2) 자아 의식―경계에서의 내분

두 시인은 공히 자기 정체성을 일상적인 현실에서 발견할 수 없었다. 이는 단지 정치적 불우나 왜란에만 기인했던 것은 아니다. 양자에게는 정치적 곤경이나 전란이라는 비상한 상황조차 넓은 범주에서 하나의 범속한 일상계의 사건이었기 때문이다. 만일 그렇지 않았다면 일정한 정치적 출세나 전란의 종식만으로도 그들의 삶은 어느 정도 만족되었어야 옳았다. 하지만 그들은 그럴 수 없었다.

또한 그러한 일상적인 것에 대한 초과의 원인을 현실 정치의 불의함에 대한 이성적 불만 속에서 발견하려 한다면 이 역시 그들의 문예미적 인격의 본질을 간과하는 단순 논법에 그치고 말 것이다. 이를테면 이들과 유사한 정치적 불만이 존재했다고 해서 모두가 두 사람과 같은 미적 체험이나 감수성을 생성해 낼 수 있는 것은 아니다.

두 시인은 현실과 어느 정도 타협하면 원만히 살 수 있었고, 또 그런 현실적 기회가 찾아오기도 했음에도[25] 이를 거절했던 독특한 천분의 소유자들이었다. 그것은 매우 모순적으로 엉켜 있는 경계의 인격, 내분을 일으키는 독특한 자아 형상에 기인한다.

> 송도회고 시에 차운하여
>
> 글도 칼도 쓸모없던 오륙 년
> 푸른 도포 검은 두건으로 풍진 세상에 있었지
> 미쳤단 이름 떠들썩해도 의심치 마소
> 난 시인 아닌 그저 주정꾼[26]

임제의 시에 자주 등장하는 대표 이미지가 '서검(書劍)'인데 사실 문무의 겸비를 의미하는 것처럼 보이는 이 표현은 모순적이다. 긍정적으로 보면 재능에 대한 자부의 표현으로 보이지만 역설로 보면 그 어느 측면으로도 만족할 길 없는 복잡한 정체성을 상징하기 때문이다. 이는 남성성과 여성성을 혼재해 가졌던 임제의 분열적인 시적 인격[27]과도 연관된다.

임제는 양자를 다 가질 수 없는 현실에 대한 불만에서라기보다 그 어떤 부면으로도 만족할 길 없는 다층적인 예술 인격을 투사하기 위해 문

---

25) 일례로 권필은 강화도 은거 시절 그 곤궁함이 조정에 알려져 동몽교관으로 초청되었으나 거절했으며, 임제가 관직 부임 도중 황진이 무덤에서 시를 지어 파직된 사건은 유명한 일화다.
26) 『林白湖集』 卷2, 「次松都懷古」 열째 수, 283면. "書劍無成五六春, 靑袍烏帽在風塵, 狂名滿世休相訝, 不是詩人是酒人."
27) 윤채근, 앞의 논문(2001), 참조.

과 무, 남성성과 여성성과 같은 대립적 이미지를 동시에 애용했다. 즉, 어차피 어디에도 안주할 수 없다면 선택하지 않은 채 그 모두를 욕망하는 태도로 자신의 환경을 궁핍으로 몰아간다. 이 궁핍과 곤고함 속에서 자신의 해소할 길 없는 욕망은 일탈을 향해 질주할 수 있게 된다. 이는 논리적으로 설명하기 힘든 감정과 정서의 상호충돌로 드러난다.

위의 시에서 임제는 '서검'을 실현할 수 없는 현실을 '풍진'으로 묘사하는데, 이른바 현실이란 희유의 경우를 제외하곤 대부분 풍진일 수밖에 없다. 결국 그는 특이한 영웅적 상황이나 이상적 경지를 꿈꿈으로써 그럴 수 없는 일체 현실을 바람과 먼지로 비하시켜 버리게 되는 셈이다. 동시에 이로써 광객(狂客)으로 세상을 소란케 했던 자신의 일탈적 삶이 정당화된다. 현실의 언저리에 머물면서도 이처럼 현실을 비아냥대는 독선은 바로 경계인의 특징인데, 그는 마지막 구에서 자신을 시인이 아니라 '주인(酒人)'이라 규정하고 있다.

인격이 경계에 선다는 것은 어디에도 속하지 않으면서 동시에 어디에도 속할 수 있음을 의미한다. 이 사실은 임제의 일탈이 특정한 부정적 대상에 대한 단순한 반동 운동이 아니라는 점에서 매우 중요하다. 예컨대 승계(僧界)와 속계 사이의 경계에서 자유로이 방황했던 그의 생애 자체가 경계성의 표본 사례라 할 수 있다. 따라서 누구나 인정하는 시인으로서의 자신의 정체를 부정하면서 스스로를 가장 하잘것없는 존재인 주정뱅이로 둔갑시키는 것도 가능하다. 경계는 위험한 지점이지만 또한 자신을 어떻게도 처분할 수 있는 실험의 장이기도 하다. 조화와 균제의 평정을 잃은 자유의 경계에서 마음껏 분방해질 수 있는 그는 그래서 스스로를 '주정뱅이'로 내세울 수 있다.

느낀 바 있어

온갖 일 어지러워 취했다 또 깨는 듯

세상사 백년 부평초 같은 것
사람 만나 마음속 한 하소연하려는데
자꾸 졸면서 안 듣는 것 어이 하리[28]

권필의 위의 시 1구와 2구는 인생무상을 진부하게 읊고 있는 깃 같
다. 하지만 그 내부에는 의사소통이 단절된 현실에 대한 깊은 자조와
허무가 담겨 있다. 그것은 세상만사가 술에 취했다 다시 깨는 혼몽의
반복이라는 의식에서 기원한다. 세상에 정돈된 질서란 애초부터 존재할
수 없다는 생각인데, 이러한 상심은 후반구에서 인상적으로 되풀이되고
있다. 마음속의 한을 말하고 있는 그 순간에도 상대는 무시로 졸고 있
다. 내 애기는 어디에도 수렴되지 않는다. 이로써 이 시의 의미는 다시
첫 구로 순환된다. 세상사는 취하고 깨고 하는 망상의 되풀이이므로 누
구도 누구의 애길 들으려 하지 않는다. 이러한 취생몽사의 악무한 속에
서 시인은 선명한 정체성을 포기하고 역설의 경계로 물러난다.

권필의 역설이 장자적 사유와 잇닿아 있다는 통찰은 이미 선학에 의
해 이루어진 바 있다.[29] 헌데 이는 정치적 소외와 회의로부터 발원한
것이면서 삶이 유의미하게 연결되어 있지 못하다는 독특한 세계 진단
으로부터도 연원한다. 동시에 유의미한 연관을 상실한 세계는 일종의
파탄의 형국으로 자아에 감수되고 마침내 시인의 의미계로부터의 퇴각
을 초래한다. 그 상징적 표징이 다음의 시다.

밤에 취해 한달음에 쓰다

나는 본디 마음 없는 사람
말이 없는 벗을 얻고자 하네

---

28) 『石洲集』別集 卷1, 「有感」, 118면. "萬事悠悠醉復醒, 百年身世一浮萍, 逢人欲訴心
中恨, 可奈時時睡不聽"
29) 정민, 「石洲詩의 道家的 放逸과 변모의 의미」, 앞의 책, 1999 참고.

있지 않은 세상에 함께 노닐며
맛없는 술로 같이 취하리
없는 게 있다는 건 없는 게 아니지
없는 것도 없는데 다시 뭐가 있으리
있지 않는 그대에게 물어 보노니
이만하면 없다 할만 하지 않겠소[30]

이 시는 온통 있음과 없음의 역설로 점철되어 있다. 이때 있음이란 의미 있게 있는 것이겠고 없음이란 의미 있게 있는 것의 부재라고 하겠다. 그러나 이는 5구와 6구에 이르러 거듭 반성에 회부된다. 의미 있게 있는 것의 부재 역시 무엇의 부재이므로 있는 것이며 따라서 없음이 아니다. 없다는 사실조차 없는 단계, 권필은 그 극단의 무의미계를 상정하고 있다.

이러한 깊은 회의는 시인을 현실로부터 벗어나 그 권외에서 위성처럼 떠돌게 만들었고 마침내 욕된 세상에 대한 오만으로 인도했다. 유도무도 완전한 무로 용해되는 경지를 발견한다면 이제 그는 어떤 것도 꺼릴 것이 없어질 것이다. 그러한 존재자의 세계는 의미가 파국을 맞이한 부조리의 우주일 것이며 그 우주에선 어떤 의미도 시인의 검증을 거쳐서야 제대로 된 현실적 의미로 등록될 수 있을 것이다. 이렇게 볼 때 풍자시로 죽음을 자초한 그의 경계적 인생이 새롭게 각인되어 온다.

3) 세계 기분—분만(憤懣), 혹은 우울의 파토스

경계에서 세상을 상대로 거리 두고자 하는 마음과 기분은 대체로 불평지심을 유발한다. 그것은 세계 포기라는, 세상을 놀려먹는 극단의 조

---

30) 『石洲集』 卷1, 「夜坐醉甚走筆成章三首」, 8면. "我本無心人, 願得無言友, 同遊無有鄕, 共醉無味酒, 有無不是無, 無無更何有, 爲問無是公, 如此是無否."

증(躁症)과 생에 대한 깊은 애도를 동반하는 울증(鬱症)의 교직으로 발현
되곤 한다. 이 모든 특징은 펄스(pulse)와도 같은 감정의 기복을 통해 움
직이는데 이러한 조울증적31) 미의식을 파토스(pathos)로 규정할 수 있겠
다. 그리고 그 형태는 분만(憤懣)의 모습을 띠기 쉽다. 응어리지고 울결
된 정서가 긴장을 회피하면서 조증을 선택했다면 그것이 총량을 넘어
발화되는 지점은 바로 화의 정서다.

시인은 화를 품고 산다. 이는 무슨 특별한 현실적 목표나 겨냥되고
있는 특정 역사 사건에 기인해서라기보다 그의 시야에 세계가 온통 불
만스럽고 온전치 못해 보이기 때문이다. 즉 세계는 '큰 타자'의 결함으
로 이해되며 그 결함은 누군가의 희생을 통해 보상되어야만 회피될 수
있다. 이 와중에 주체는 결함의 원인으로 자신을 지목하고 죄의식에 휩
싸이게 되어 스스로를 봉헌해서라도 우주의 구멍을 메우려고 하기도
한다.

환언하자면 시인은 결함 있는 세계에 대한 책임을 자신에게 전가하
며 우울해지고32) 자신이 질 수 없는 짐이었음을 재확인할 때 자유로워
지거나 유쾌해지기도 한다. 그리고 그러한 큰 타자의 결함을 자신이 수
정할 수 없거나, 없다고 느껴 좌절할 때 시인은 자기 자신을 힐책하거
나 그 원인으로 지목되는 대상, 주로는 우주의 존재상 자체에 화를 내

---

31) 임제와 권필의 예술 인격을 조울증, 혹은 우울증의 견지에서 접근할 수 있다. 하지
　만 이들이 우울증 환자였다는 뜻은 아니다. 그들 모두에게 자기 삶에 중요한 무엇인가
　를 상실했다는 깊은 애도의 감정이 존재했으며 이것이 시를 통해 우(조)울증적 증상으
　로 발현되었다는 의미다.
32) 이와 같은 우울은 세계의 윤리적 정체성을 걱정하는 긍정적 염려로서의 전통적 우
　환의식과는 질적으로 다르다. 우환의식이 정상성의 지속을 향한, 그리고 미래를 향한
　관심과 의무감이라면 임제와 권필의 우울은 세계의 현존 자체에 대한 근본적 불안에
　서 유래하며 따라서 매우 비관적이다. 그러하기에 이들의 체험은 현재적 단절 체험이
　고 정상적인 윤리로부터의 분리를 전제로 한 자기의식의 산물이다. 참고로 라캉의 정
　신분석 이론에서는 불안을 실재계에 너무 가까이 접근하는 데서 초래되는 두려움으로
　본다. 그리고 '현재'라는 단절 체험은 실재에 대한 주체의 과도한 접근을 수반한다. 알
　렌카 주판치치, 이성민 역, 『실재의 윤리』, 도서출판b, 2006.

게 된다. 그리고 그것은 궁극적으로 미적 층위로 전개되며 격화되는데 결국 이 울화는 분명히 현실적 동기에 기반하면서도 그 현실을 주파하거나 능가하는 모종의 세계 능멸의 정서로 발전한다. 이를 감수하여 시로 표출하는 시대와 그렇지 못한 시대는 분명히 다르다.

임제와 권필이 체험하고 감수하여 재발견한 화의 감성은 몇몇 현실적 국면의 교정으로 소멸될 수 있는 일차원적 성격을 갖지 않는다. 그것은 술과 칼과 불면과 빈궁으로 승화되는 격조 높은 감성의 영역에 속할 초월적인 분노이며 일상어와 일상어로 구성된 현실감을 통해서는 의식되지 않는 예술적 기분의 분출이다.

안성역 누대에서

하늘같은 어버이 은혜 언제 갚을꼬
아득한 국경으로 멀리 헤어져 가네
서북쪽의 어지러운 산 내 눈을 막는다면
허리에 찬 검으로 모조리 쓸어 없애리라[33]

이 시의 기조는 언뜻 효심인 것처럼 보인다. 서북 변방으로 떠나며 고향의 부모님을 걱정하고 있는 표면 의미만을 주목한다면 당연하다. 그런데 임제가 칼을 비유로 끌어들일 때는 항상 과포화된 울분을 동반한다는 점을 고려할 때 이 시 3구와 4구는 예사롭지 않다. 왜 하필 칼이며 또 왜 하필 그토록 공격적인 표현이어야 했을까?

임제에게 있어 칼은 단순히 현실적 불평불만의 상징이나 완성될 수 없었던 남아다운 기개의 표상일 뿐 아니라 세계를 대하는 자신의 기분이나 감정의 물리적 화신이기도 했다. 칼이 주는 공격성, 예리함, 위험성, 견고함 등등이야말로 그의 인격이 예술적 상황에 반응하는 독특한

---

33) 『林白湖集』 卷2, 「登安城驛樓」, 282면. "昊天恩大報何時, 關塞悠悠遠別離, 西北亂山遮望眼, 欲將腰劒剗無."

개성을 상징한다.

위의 시는 서검(書劍)이 등장하는 다른 시들과 달리 애절한 효심을 읊고 있는 감상적 시다. 그럼에도 여기 등장하는 칼은 예의 그 서슬 퍼런 위험성을 고스란히, 아니 더 심각하게 갖추고 있다. 그리고 그 탓에 우리는 그의 시에 등장하는 칼이 때론 알 수 없는 분만의 감정을 드러내는 통로임을 눈치 챌 수 있다. 그것은 더 이상 칼이 아니라 격정이며 시도 때도 없이 솟구치는 갑갑증의 분출이며 울컥 발산되는 화인 것이다. 때문에 그 기분은 효심을 표현하려 하는 시에 문득 개입되어 분위기를 전혀 엉뚱한 곳으로 몰아가고 있다.

우리가 임제에게 느끼는 매력은 칼이 주는 매력과 흡사하다. 조심스레 다루지 않으면 위험한 물건, 격렬한 운동감, 언제 초래될 지 알 수 없는 충돌 등이 그렇다. 주변을 조마조마하게 만드는 위험스런 존재로서의 칼의 느낌은 임제와 그의 시가 주는 느낌과 일치한다.

고양 품관에게

책도 칼도 이전부터 다 이루지 못하고
문도 아니요 무도 아닌 한낱 미친 선비라
훗날 서울에서 날 다시 만나려 한다면
술집 아이들 내 이름 다 알고 있느니[34]

권필 시에도 칼이 간혹 출현한다. 이는 칼이 필요했던 전란 상황을 반영하는 것이면서 그러한 실제 삶의 분위기가 미적 영역으로 침투된 사례다. 그런데 이 시의 칼은 공격적이지 않다. 화는 '광생(狂生)'이란 말에 미묘하게 함축되어 있다. 책도 칼도, 문도 무도 온전히 갖추지 못한 미친 선비라는 뜻인데 단순한 겸사가 아니다. 시 제목을 보건대 이 작

---

34)『石洲集』別集 卷1,「贈高陽品官」, 119면. "書劍從來兩不成, 非文非武一狂生, 他年洛下如相問, 酒肆兒童盡識名."

품은 고양의 품관을 만나 쓴 시다. 권필은 품관에게 속이 뒤틀려 있다. 자세히 읽어보면 화가 잔뜩 나 있으나 임제와는 달리 그것이 안으로 꼬여 있다.

예컨대 이 시 후반부는 상대를 더 이상 만나고 싶지 않다는 차가운 거절로 읽힐 수 있다. 그런데 그 방법은 우회적이다. 서울로 찾아오면 직접 날 찾지 말고 술집패들에게 내 이름을 물으라는 말은 결국 너에 비해 쓸모없는 이 몸은 술이나 마시며 지내고 있을 것이란 의미다. 아니, 그 이상으로 그 순간에도 난 집에 없을 것이고 술을 마시며 있을 터이니 곧바로 주가촌(酒家村)으로 찾아오라는 뜻이기도 하다. 스스로를 깎아 내린 듯하지만 실상은 상대를 노골적으로 비웃고 있다. 이처럼 권필의 화의 감정은 뒤틀린 정서, 야릇한 과장, 정면을 피한 측면적인 왜곡을 통해 전개된다. 칼은 등장한다 해도 본격적으로 쓰이지는 않는다.

권필에게 있어 세상은 규칙을 상실한 곳이었다. 때문에 그는 서울의 주변인 강화나 서강 지역에 칩거하며 세상을 조소했다. 그 모습은 때로 순진함을 띠기도 했고 겁 없는 만용으로 분출되기도 했다. 그러나 그 태도에 일관했던 면모는 세계의 결함을 향한 풍자적 도전이었으며 순순히 길들여지지 않는 반골 정서였다.35) 음주와 배해(俳諧)로 상징되는 그의 시적 편력도 그런 개성적 감수성에 연원한다.

---

35) 李東歡, 「石洲의 詩人意識의 自由 抵抗性의 局面과 그 歷史的 意味」, 『문학작품에 나타난 서울의 형상』, 한국고전문학회, 한샘출판사, 1994.

3. 불온함 – 임제와 권필 소설의 미적 양상

1) 「수성지(愁城誌)」 · 「화사(花史)」 · 「원생몽유록(元生夢遊錄)」

임제의 작품 「수성지」와 「화사」는 그의 한시 작품에 관철되어 있는 세 층위, 즉 시간 의식의 절박성, 자아의 통제될 수 없는 길항 운동, 분노의 정서가 각기 다른 구조를 통해 구현된 작품들이다. 따라서 장르를 초월하여 세 미학적 성분들은 서로 밀접하게 연관되어 있다. 두 작품이 다르다면 전자가 공시적 구조를 선택한데 반해 후자가 통시적 구조를 띤다는 점이다.

「수성지」에서 균형이 파괴된 자아의 다양한 상태들은 인격화되어 일정 공간 속에 동시적으로 회집한다. 작품을 주도하는 의미 층위는 요동하는 자아의 경계성이며 화의 정서로 대표되는 울결, 혹은 우울의 감각이 이를 뒷받침하고 있다. 일회적 시간성에 대한 서사적 감수성이 탈루된 것은, 즉 이 작품이 담지한 무시간성은 일차적으로 이 작품이 비지류(碑誌類) 산문 형식을 채용했기 때문이다.

그럼에도 이 작품이 술로만 달랠 수 있는 절실한 현재의 자신의 심리 상태를 문제 삼고 있다는 점에선 소재에 대해 자기 삶과의 기법적 거리를 마련하는 여타 의인체 산문들과 뚜렷이 구별된다. 무엇보다 「수성지」가 문학적으로 해결하려는 상황이 자신의 자아 상황, 그것도 미해결되어 있어 작품의 우발적 진행 과정을 통해 조금씩 해소를 모색해 나가는 심리적 진행 구성을 지닌다는 사실이 중요하다. 때문에 이 작품은 일반적인 심성 의인체 서사물과 다른 독특한 현장성을 획득한다.

「화사」는 역사 텍스트를 모방한 문명 비판물이다. 하지만 그 미학적 성분을 해부하지 않으면 이 작품이 평범한 교술 작품들과 차별화되는 매력을 놓치게 된다. 「화사」의 통시성은 가공의 것이지만 역사의 무한한 되풀이의 본질을 통찰한다는 점에선 매우 현실적이다. 즉, 이 작품은 「수성지」의 공시 공간을 시간 위에 수평으로 펼쳐 보인 형국을 하고 있다. 「수성지」는 역사적 개인들을 비롯해 자기 자신까지 겪고 있는 심리적 불안의 원인을 검토하며 그 미궁 같은 불가해성을 밝히고 있는 반면 「화사」는 개인들을 벗어난 역사 시간의 원환적 흐름을 조망함으로써 홍망성쇠의 파도 속에 존재하는 개아의 운명을 회의적으로 주시하고 있다. 어떤 꽃도 오래가지 않듯이 무상하게 조락을 되풀이하는 시간성 속에서 주체의 삶은 속수무책일 뿐이다. 역사 시간의 절박하고도 냉엄한 운동 와중에 자아는 절대적으로 소외되어 있으며 그에 대한 우울의 정서는 문명 진행의 맹목성 사이에 감춰져 있다.

「수성지」와 「화사」의 문제의식이 결합되면서 탄생한 소설이 「원생몽유록」이다. 구조로 볼 때 「원생몽유록」은 「수성지」의 격정의 정서를 「화사」의 깊은 역사적 회의주의에 변증법적으로 수렴시킨 상태를 보여준다. 즉, 「원생몽유록」에 구현된 울분과 화의 감각은 「수성지」가 발견한 불안과 우울의 심리학적 통찰과 결부되고, 역사에 대한 허탈한 불신은 「화사」에 연결되고 있다. 하지만 다른 두 작품이 지닌 추상성을 벗어나 「원생몽유록」은 역사적 현재로 하강하여 한시에 나타나는 미학적 정서들을 구체적으로 소설화시키고 있다. 창작 연대를 떠나 이러한 사실은 「원생몽유록」의 탄생 기저를 창작 심리적으로 밝히는데 중요한 의미를 가진다.

앞서 암시되었겠지만 소설가 임제는 시인 임제와 별개의 존재일 수 없다. 자기가 몸담고 있는 현재성에 대한 예민한 감각, 현실에서 떨어져 나와 부유하는 고립된 자아, 세계 상황에 대적하려는 분노와 불온의 정서 등이 결합되어 시인의 시작품을 독특한 미적 상황으로 승화시켰듯 이 「원생몽유록」의 탄생과 그 소설미학적 성공은 동일한 미적 층위들이 결구되어 있음으로 해서 가능했던 것이다.

2)『주생전(周生傳)』

「주생전」은 「원생몽유록」 이상으로 소설적 창조 역량이 구현된 완미한 소설적 서사를 선보이고 있다. 그것은 단지 플롯을 짜는 작가의 기법만의 승리가 아니라 이 작품이 담고 있는 개성적인 미적 안배의 승리이기도 하다. 이를테면 「주생전」은『금오신화』처럼 먼 과거로 회귀하지 않는다. 자기 당대의 현실에서 취재하려는 현실 감각과 역사 속에 잊혀질 한 인생의 비극적 운명을 도덕의식의 개입 없이 정시하려는 경계인다운 접근법, 그리고 애욕의 본질을 이루는 파토스에 대한 감정이입 등이 「주생전」의 창작을 가능하게 했다.

사실 「주생전」의 등장은 17세기 소설사에서 그 자체로 의미를 갖지만 소설 미학의 견지에서도 독특한 위상을 점한다. 주인공 주생은 평범한 인물이며 나아가 역사적 실존 인물로 등장한다. 그는 모종의 기이한 초월적 사건에 휘말린 자가 아니라 조선 전쟁이라는 역사적 사건의 와중에 휩쓸렸을 뿐이다. 또 그 과정에 거창한 깨달음에 도달하지도 못할뿐더러 오직 연인에 대한 애타는 열정에 스스로를 소모하다 파괴되는 존재다. 주생은 바로 그처럼 일상의 파국적 본질에 비일상적으로 노출되어버린 일상적인 인간인 셈이다. 이는 16세기『기재기이』의 '사건과 불화로서의 일상성'에 대한 외면과도 분명 다른 점이다. 즉, 「주생전」의 등장에는 현재태로서 분규하고 있는 세계 사태들이 지닌 현장성, 복잡성에 대한 작가 권필의 미적 개안 또는 재발견이 자리 잡고 있는 것이다.[36]

그 매개가 시이든 소설이든 미학적 세계 감수가 특별한 것이기 위해서는 그 상황이 낯설고 새로운 어떤 것으로 체험될 필요가 있다. 인식이 관습화되어서 추상적 수준에 머물고 만다면 그것은 새로움으로 발

---

36) 바로 이 세계의 분규성을 상징하고 있는 것이 주생이 겪고 있는, 결코 목표나 종착지에 닿지 못하는 사랑의 우울증이다. 권필의 시대에 사랑은 격정이며 정염이지만 동시에 주체의 결함 그 자체이기도 하다.

견되지 않으며 결국 미적 체험으로 승인되지 못한다. 따라서 모든 미 체험은 새로운 것이다.

권필은 사양길에 접어들고 있던 전기(傳奇)의 운명을 마지막으로 일으켜 세우고 있는데, 이 배후에는 「원생몽유록」을 뛰어넘는 자기 현존에의 관심과 역사적 삶으로부터 반성적으로 이격되려는 독립적 자아의식, 그리고 주체의 시간 체험을 감각적, 구체적 차원으로부터 목도하려는 사상(事象)에 대한 서사적 호기심이 놓여 있다. 이는 다양한 창작 관습과 상징화의 규제에 의해 통제 받는 서정 공간 안에만 만족할 수 없는 주체의 미적 개성의 팽창, 또는 그 열정적 강도의 현실화 과정을 증명하는 것이기도 하다. 그것이야말로 안정된 일상성의 배후에서 그 불안한 붕괴가능성을 포착하는 세계에 대한 심미적 불만일 터, 이를 미적 감성에 대한 재발견으로 칭할 수 있을 것이다.37)

4. 17세기적 감성과 서사―향유

16세기 말에서 17세기 초는 그 이전까지 지속되었던 모종의 세계 기분, 또는 미적 분위기에 커다란 변화가 찾아들었던 시점이다. 이를 당풍(唐風)에 의한 송풍(宋風)의 쇄신, 즉 시풍의 변화 발전 과정으로 읽어낼 수도 있고 전란으로 인한 사회 문화적 구조의 격변으로 파악할 수도 있다. 임제나 권필이 구현한 고도의 비판 정신, 혹은 풍자적 시선은 이 점에서 이미 학계의 주목을 받은 바 있다. 그런데 문학의 지평에서 먼저

---

37) 이 부분에서 미진한 설명은 윤채근의 『소설적 주체, 그 탄생과 전변―韓國傳奇小說史』(월인, 1999)의 389~432면을 참조

일어나고 또 본질적으로 일어나는 것은 미적 기분과 그 향유 방식의 변화다. 그리고 그 변화를 선도한 이들이 바로 두 사람이었다.

양자는 거의 공백기나 다름없었던 해당 세기의 전기소설사를 장식했던 대표적인 문인들이다. 『기재기이』에서 생명력을 마감해가는 듯해 보이던 전기가 임제와 권필에 의해 부활한 원인은 이들이 삶에 대한 감성적, 낭만적 접근을 주요 동력으로 삼는 전기적 정서를 재발견할 수밖에 없었던 미학적 위치에 처해 있었기 때문이다. 양자는 전략적으로 이해되거나 가공의 지층 속에 갇혀 있던 '창작의 시간'을 절실한 현재성으로 되돌려 놓았고, 이에 따라 작가라는 원거리의 존재를 즉현실적인 상황적 존재로 하강시켰다.

마침내 이로써 창작 자아는 창작 대상과 유관한 존재로서 현장으로 소환되어 재발견되었으며 마침내 작품 속에 세계 내 존재의 갈등과 화와 우울의 파토스를 유로시키게 되었다. 상황으로부터 유연하게 빠져나와 그로부터 심미적 간격을 유지하는 세계에 대한 작가의 '고상한 외면', 또는 대상과의 실존적 단절이 초래하는 미적 무관심과 대상에의 원격 감각이 붕괴되기 시작한 것이다. 이는 언뜻 사소해 보이지만 미적 태도에 있어서 매우 심대한 변모라고 할 수 있다. 동시에 소설가로서의 임제와 권필도 동일한 미적 변화의 궤적 속에서 탄생할 수 있었음을 알 수 있다.

결국, 두 사람 때문만은 아니었겠지만, 이 두 작가를 통과하며 전시대의 작가적 면모가 경신되었음은 분명하다. 이들에 의해 17세기 한시 문단의 풍경은 다른 무늬와 채색으로 변경되었고 공허하게 남발되던 삶과 무관한 사장(詞章) 취향의 언어유희도 빛을 잃었다.38) 동시대를 산 작가 가운데 그들만큼 탁월한 작가들이 전혀 없었던 것이 아님에도 유

---

38) 임제와 권필 이전의 한국 문단 상황에 대해서는 윤채근의 『황혼과 여명—16세기 문학사의 맥락』(월인, 2002)을 통해 간술한 바 있다. 논의가 지나치게 방대해져 이 글에서 생략했다.

독 이 두 사람에게 문단의 관심이 집중되었던 것은 바로 이 이유 때문이다. 바로 이들이 지녔던 감수성의 힘, 세계 기분의 독특한 매력, 또 17세기 서사적 현실에 적실히 부합된 참신하고도 현실적인 발상법 등이 그것이다.

이처럼 결국 삶을 이해하는 방식의 변화로까지 이어질 수도 있을 미적 감수성의 변모도 최초엔 소수의 특수한 감정 기분의 이동으로부터 출현한다. 이것이 다수에게 전염되고 마침내 다수의 동조를 얻으면 하나의 사조로 전화되기까지 한다. 세상을 보는 취향에 있어서 발생하는 사소한 뉘앙스의 차이, 논리적 시야에 쉽게 띄지 않는 기분이나 느낌의 독특한 반복, 그리고 독자를 매료시키는 불가해한 친화력 등이 축적되면서 마침내 그것이 시대의 유행 감각을 바꾸고 동시대 감수성의 패턴을 혁신하기까지 하는 것이다. 그것이 문화적 풍경의 미적 전신인데, 우리는 순연히 한시 작가로만 살 수도 있었을 두 사람이 소설가로 변신하는 과정, 혹은 서정의 테두리를 뚫고 동시대적 삶을 서사적으로 향유하게 된 심미적 변모 과정 속에서도 그것을 재발견한다.

제6장

시간전(時間戰) — 소설가의 시간과 공간

김시습과 임제를 중심으로

1. 예술에 있어서의 시공간

예술은 시간과 공간에 대한 문명의 독특한 통제의 결과다. 건축과 조각은 공간에 대한 임의적 통제와 장악의 소산이며 따라서 시간은 숨어 있는 외재적 차원이다. 즉, 조각품에 흐르는 시간은 상상력을 통해서만 타율적으로 부여되는 시간이기에 첨가적인 지평에 정지해 있다. 예를 들어 사진 작품은 시간을 절취하여 공간화하는데 그 안에서 흐르는 시간은 절취되었던 그 순간의 고유성을 통해서만 지속을 표상한다.

반면 음악과 연극은 공간화된 물질인 음향이나 육체의 시간적 전개를 통해서만 의미를 현전시킨다. 다시 말해서 시간 예술이다. 물론 현대 시각 예술은 질량적 표상 속에 시간을 침투시킴으로써 그 지속성과 반복성을 표현의 계기로 삼기도 한다. 그러나 그 안에 시간이 본질로 정착되지는 않는다. 결국 현상의 시간적 계기는 시간을 공간적 전개의 필수 전제로 삼는 음악을 통해 완성된다.

같은 시간 예술이지만 연극은 현상의 가시적 재현을 목적으로 한다는 점에서 비가시적 재현 예술인 음악과 다르다. 음악은 그것이 표제 음악일 경우조차 의미의 가시성을 구상적으로 표상할 수 없다. 의미는 소리의 시간적 전개의 수평적 결합을 통해 경과하지만 절취되어 분절될 수 없다. 따라서 연극은 음악보다 공간적 구상성에 있어 우월하다. 음악이 의미를 채취하여 연극과 같은 가시적 재현을 성취하기 위해선 언어와 결합되어야 한다. 그것이 시다. 그러나 시 언어는 현상의 재현 능력에 있어 단조로움을 숙명으로 한다. 즉, 그 발화는 하나의 시적 장면에 대응하는 한 사람의 목소리에 의해서만 수행되어야 한다. 반면에 연극은 동시적 발화가 가능하며 침묵하는 표정을 통해서도 단일 발화를 복수화[1]시킬 수 있다.

시간을 이리저리 절단하고 짜깁기함으로써 상황의 시간적 맥락을 창조하는 연극은 시간 질서에 존재하는 인생을 반성하는 장르다. 하지만 연극은 시간 전개를 관철시켜 줄 무대와 배우의 공간적 조건에 구속된다. 때문에 작가는 무대 바깥의 어둠 속으로 소외되어 자신이 창조한 시공간이 연출자와 배우에 의해 해석되는 것을 목도할 수 있을 뿐이다. 공간 지평에 흐르는 시간을 오로지 소유하여 철두철미 자신의 창조 시간에 복속시킬 수 있는 권한은 영화감독에게 있다. 영화의 탄생을 통해 시간은 연극이 성취할 수 없었던 직접성으로 작가의 창조적 재량에 의해 가시적으로 포착될 수 있게 되었다. 시간은 공간의 제약으로부터 비할 바 없이 해방되어 지속성을 회복하였으며 그 재현가능성의 극한을

---

1) 복수적으로 혼성되는 소설의 시공간적 속성은 바흐친에 의해 개진된 바 있다. 예컨대 3인칭 자유간접화법은 '그'의 시간에 화자 '나'가 이미 개입되어 있다. 아울러 소설에 전개되는 시간과 공간의 결합 양식, 이른바 시공소(크로노토프)에 관하여는 다음을 참조하라. M. 바흐친, 전승희 역, 「소설 속의 시간과 크로노토프의 형식」, 『장편소설과 민중언어』, 창작과비평사, 1988.

추구할 수 있게 되었다.

   소설은 영화 탄생 이전까지 세계의 공간적 조형성에 시간의 복수성을 침투시키는 가장 대표적인 서사적 재현 양식이었다. 시간의 복수성이란 메트로늄[2]을 통해 진행하는 단일 시간과 달리 작가의 시간 이해에 따라 분화되고 흩어지며 새롭게 모이는 창조적 시간이다.[3] 그런데 소설가가 현상의 공간 질서에 개입하여 창조하는 시간의 허구적 재현이란 메트로늄적 시간보다 존재자의 존재 사태를 더 본질적으로 반영한다. 왜냐하면 소설에 흐르는 시간은 세계를 투명하게 비추는 시간 기계, 즉 시계 장치의 동작을 거슬러 그 안에서 벌어졌던 낱낱의 고유한 시간성을 회복시켜 주기 때문이다. 그런 점에서 소설은 설화나 서사시의 시간 망각증을 치유하여 자질구레한 일상 시간의 다양한 가치를 재발견한 양식이며, 동시에 시간의 지배자들이 반포했던 율력의 기계적 시간을 증보하거나 삭제함으로써 이를 수정하거나 정지시킨 양식이다.

---

2) 베르그송이 『시간과 자유의지』라는 자신의 학위논문에서 자유의지로부터 약동하는 지속 시간과 구별하여 기계적인 비본래적 시간의 특성을 설명하기 위해 논의에 도입한 시간측정기. 앙리 베르그송, 정석해 역, 「시간과 자유의지」, 『세계사상전집』 제15권, 삼성출판사, 1989.

3) 다시 말해 작가에 의해 이해된 원근법적 시간이다. 이 시간 속에서 인물들은 변화하고 스스로를 재창조하며 낡아간다. 아우얼바하는 『미메시스』에서 그러한 시간 침투 방식의 기원을 『성서』에서 찾고 있다. 반면 호메로스 시의 주인공들은 영원한 현재만을 그때마다 번갈아 투사할 수 있을 뿐이다. 즉 시간은 중층적으로 파이지 않고 공간에 평면으로 포치된다. E. 아우어바흐, 김우창 역, 『미메시스─고대·중세편』(이데아총서 11), 민음사, 1987.

2. 산문의 시간과 소설 기술(技術)

소설의 시공간 구성 모델은 역사기록물로부터 온 것이다. 소설도 하나의 산문 형식으로부터 출발했던 것이 사실이고 각 산문이 소유한 서사성의 원형으로 작용했던 것이 역사기록물들의 다양한 기록성이므로 이는 재론의 여지가 없다. 그러나 소설은 시간에 대한 특별한 산문적 조작 기술(技術)이라는 점에서 역사기록과 달라졌고 궁극적으로 산문으로부터도 분화되었다.

역사 시간이란 그것이 수직적이든 순환적이든 아니면 나선적이든, 초월적 객체로서 외재하는 현상이며 존재자의 존재론적 생활 구성과 별개로 엄수되도록 미리 설계된 선험성이다. 따라서 역사기록자는 시간을 통제하는 것이 아니라 사건을 시간에 따라 배열한다. 이때 사건들이란 냉엄한 시공간적 실재로서 증명 가능한 일련의 사태들의 연관으로 집적된다. 때문에 역사서에 등장하는 사건들은 실재가능성보다는 증명가능성에 더 경도되는 수가 있다.

예컨대 ─『삼국유사』나 『삼국사기』에서처럼─ 귀신의 등장과 같은 비현실적 소재도 역사서에 기재될 수 있는데, 이는 그것이 현실에 실재했는가 하는 검증에 앞서 당대의 역사적 정황 속에서 증명될 수 있는가에 초점이 모아지기에 가능하다. 역설적이지만 역사의 현실이란 해당 시기의 시공간적 배경 속에 하나의 인식 가능한 요소로 구조 속에 등재될 때 비로소 실재로 정립된다.4) 즉, 역사의 기억이란 각 시대 지식 체계의 소산이다.5) 한편 설화는 실재가능성을 완전히 포기하고 증명가능

---

4) 레비─스트로스가 구조인류학 작업을 통해 밝힌 공시적 역사 구조가 바로 이러한 속성을 띤다. C. 레비─스트로스, 안정남 역, 『야생의 사고』(한길그레이트북스 7), 한길사, 1996.

5) 이 문제에 관련한 철학적 통찰과 역사학의 발전 상황은 다음을 참조하라. 미셸 푸코,

성에만 의존하는 담화의 양식인데, 이는 신화·전설·민담의 순으로 그 가능성이 희박해진다.

넓은 의미의 산문은 그 비공식성으로 인해 공적 증명가능성이 현격히 약화되는 반면 실재가능성, 즉 현실의 생활 구조 속에 일상적 질서로 편재될 수 있느냐 하는 검증 과정에 예민하다. 환언하면 산문은 신이나 천국과 같은 초월적 시공간을 배제한 일상적 시공간 속에서 전개되는 비공식적 양식이다.6) 소설은 일정한 검증가능성만 확보되면 그것을 실현가능한 실재의 영역으로 용납한 과거 역사기록의 탄력성에 기생하면서도 설화처럼 실재가능성을 모두 포기하지는 않았으며 이를 통해 점차 산문의 일상적 실재가능성으로 진행한 양식이다.

문제는 소설이 역사기록물이나 산문이 공유한 시간성을 돌파하고 나서야 가능했던 양식이란 점이다. 즉, 소설은 시간을 공간적으로 배열하려고 하는 역사기록물이나 그 후예인 산문의 시간성을 극복하면서 온전히 자기 자리를 확보했다. 이와 같은 견지에서 실현 불가능한 허구적 사태들을 미약한 검증가능성을 근거로 담론한다는 그런 의미에서의 설화성을 극복하는 것은 소설가로선 상대적으로 그리 힘겨운 일도 아니었다. 왜냐하면 시간을 불변의 계량적 척도로부터 현상해 오는 어떤 선험성으로 긍정하고 그 기준에 따라 사건들을 포치함으로써 소설가는 아주 손쉽게 이야기 재료를 소설답게 절취, 가공할 수 있기 때문이다. 하지만 이를 통해 그가 실현할 수 있는 것이라곤 현실의 가시적 재현에 불과하다.

소설가가 구사한 시간 기술이란 시간을 공간적 가시성으로부터 구별해 내고 이를 통해 실존의 '공간적' 구조가 마련해 주는 안정성을 스스로 파괴하는 기술이다. 환언하면 공간이란 시간을 안정시켜 주는 실존

이정우 역,『지식의 고고학』, 민음사, 2007; 헤이든 화이트, 천형균 역,『19세기 유럽의 역사적 상상력』, 문학과지성사, 1991.
6) 따라서 소품문은 산문의 역사의 필연적 귀결이라고 할 수 있다.

의 일상적 토대라 할 수 있는데, 소설가는 바로 이 일상적으로 공간화된 실존 구조를 파괴함으로써 삶의 시간적 본질을 노출시키는 기술자라 할 수 있다.7) 이를 달리 표현하면 삶에 대한 서사적 이해란 결국 시간에 대한 이해인데8) 공간은 시간을 조형화, 단일화시킴으로써 인식에 포획 가능한 질료로 변환시키고 궁극적으로는 시간 이해를 차단함으로써 삶의 본질을 응시 불가능한 미궁 속에 빠트리는 것이다. 우리는 일기를 씀으로써 가장 편안한 생활 질서를 수립하는데 역사나 산문이 하는 기능 역시 그로부터 먼 것이 아니다.

결국 시간에 대한 산문적 조작은 우주에 대한 시간적 권태를 그것에 대한 공간적 분할로 달래는 기술이다.9) 기억을 기록하여 고정시키고 담론으로 슬픔과 기쁨을 구체화시킴으로써 우리는 그것을 소유하고 보며 만질 수 있게 된다. 하나의 기억을 시간에서 찍어내어 모종의 공간에 가두어 두면 그것은 어쨌든 해석된 것으로 인정되고 잠시 망각해도 좋을 사물로 응고된다. 여행의 추억은 사진으로 액자화되고 잃어버린 사랑은 그 사진을 불태움으로써 공간화되어 소멸한다.

---

7) 이것은 하이데거가 존재 망각의 대안으로 제시한 예술 비평의 실천과 부합한다. F. W. 폰 헤르만, 이기상 역, 『하이데거의 예술철학』, 문예출판사, 1997.

8) 리쾨르는 『시간과 이야기』에서 '시간은 이야기 양태를 통해 분절되는 한에서 인간적 시간이 되며 이야기는 시간적 실존의 조건이 될 때 그 충분한 의미를 획득한다.'고 말하였다. P. 리쾨르, 김한식 역, 『시간과 이야기1』, 문학과지성사, 1999.

9) 루카치는 『소설의 이론』에서 이러한 공간적 분할을 통한 지리적 회귀가능성을 서사시적 세계 이해로 보아 매우 낙천적인 이상향처럼 제시하고 있다. 필자는 젊은 루카치가 서사시의 역사적 의미를 과장하면서 일련의 논리적 당착을 겪었던 것이 아닐까 추정한다. G. 루카치, 반성완 역, 『소설의 이론』, 심설당, 1998.

3. 시간전(時間戰) – 김시습이 한 것과 임제가 하지 못한 것

1) 시간전의 의미 – 김동인의 경우

소설이란 결국 서사가의 시간과의 분투의 기록이다. 그는 반복되지 못할 삶의 일회적 기억을 공간적으로 포착하여 관리하기를 포기하고 그것이 소유한 시간성의 불가해한 깊이를 목도하려는 자이며 끝내는 새로운 시간성을 창조하려는 자이다. 따라서 소설가에게 요구되는 제일의 덕목은 시간을 관리하는 기술이다. 늙지도 죽지도 않는 영원한 현재를 포기하고 과거와 미래로 숨가쁘게 오가며 그 중첩된 미지의 흐름을 줄타기할 수 있는 그 혹은 그녀는 그래서 신과 닮아 있다. 때문에 한국 근대소설의 상징적 기점인 김동인은 소설가를 심지어 비평가에게조차 구속받을 수 없는 권능의 소유자로 생각했다.[10]

김동인이 작가의 존엄성을 비평가의 상위에 놓은 이유는 작가 자체가 신적 존재라서가 아니라 그의 존재가 작품에 흐르는 시간의 밖에 머문다고, 즉 시간을 창조하고 있다고 생각했기 때문이다. 이는 그가 얼마나 시간에 예민한 사람이었는가를 증명하는 『창조』 동인의 테제를 통해 증명할 수 있다. 널리 알려진 바처럼 김동인은 이광수의 소설 작법을 비판하면서 그 무시간성을 지목했다.[11] 물론 그 표면적 명분은 구어체의 확립에 있었지만 '이더라', '하도다' 등의 비제약적인 시제를 '이다', '하였다'로 교체하는 것을 통해 장면의 공간적 투명성 속에 시간적 제약을 가함으로써 얻어진 창작심리상의 변모는 매우 큰 것이다.

---

10) 그는 비평가를 '활동사진의 변사' 쯤으로 취급했다. 당시 염상섭은 비평가를 재판관에 비유하곤 했는데 그러한 비평만능주의에 대한 공격이었다.

11) 『춘원연구』(신구문화사, 1956)를 통해 그렇게 하고 있다. 유관한 저서로 다음을 참조하라. 김윤식, 『김동인 연구』, 민음사, 2000.

다시 말해 이광수 소설에 나타나는 교조적이고 계몽적인 교만은 그 배면에 시간을 무제약적인 선험성으로 치지도외하고 줄거리를 공간적으로 장악하여 부조시키려는 무심한 태도에 기인하는 것이다.12) 결국 이광수의 반순문학적 단점들은 바로 세계의 시간상을 작가의 절대적 무(초)시간성을 경유시켜 마침내 건조하게 전경화된 각 장면의 공간 구조로 포치한 데에서 연유한다는 뜻이다. 그렇게 되면 주인공들의 내면이 아무리 투명하게 묘사된다 해도 그것은 분열되어 흐르는 각자의 실존적 지속을 작품 속에 구현할 수 없다.

역설적이지만 시간에 대한 작가로서의 피구속성은 작가를 시간 기술자로 이해하게 만듦으로써 그의 위치를 더욱 고양시킬 수밖에 없다. 이 것이야말로 이광수가 못하고 김동인이 한 일이다. 예컨대『무정』의 주인공들은 그들이 위치하는 공간적 상황에 따라 변덕을 부리는데 이는 그들이 무성격의 허수아비들이기 때문이 아니라 그들이 각 해당 장면에 놓일 때마다 매번 작가에 의해 새로이 규정되기 때문이다. 이를 통해 주인공들은 각자의 개별적 고유 시간을 일관성 있게 유지할 수 없음으로 인하여 작가의 의지에 끝없이 기댈 수밖에 없게 된다. 따라서 작가의 계몽적 의지가 설령 교조적인 것만은 아니었다 할지라도 이는 마침내 주인공들의 행위를 구성해 줄 건전하고 안전한 토대로서의 그 무엇, 혹은 세계의 존재 상황을 위배할 만큼 모험적이지는 않을 튼튼한 그 무엇이어야 할 필요성에 직면케 된다.

반면 김동인은 주인공들이 소유한 개별 시간의 일관성에 지속적으로 집착한다. 그 시간은 심리적 시간으로 줄거리 속에서 계속 소비됨으로써, 소설 장면을 구성하는 배경에 불과하도록 공간적으로 설계된 시간과는 상이하다. 이로 인해 김동인 소설의 주인공들은 자기 내부에 잠재하는 악마성을 드러내는데, 이는 특별히 아무 짓도 하지 않기엔 그들이

---

12) 김동인은 "현재법 서사체는 근대인의 날카로운 심리와 정서를 표현할 수 없을 뿐 아니라 주체와 객체의 구별이 명료치 못함으로 감연히 이를 배척하였다"고 쓰고 있다.

작품에서 소비하는 시간이 매우 길어졌다는 것을 의미한다. 즉, 그들은 그렇게 하지 않으면 너무나 길고도 지루하게 느껴질 정도로 아주 충분한 고유 시간을 할당받고 있다.

예를 들어 「김연실전」의 연실은 도일 유학생의 평범한 계몽학습 과정만으로는 만족될 수 없는 아주 긴 개성적 시간을 확보하고 있다. 이로 인해 그녀는 계몽과는 무관한 성적 욕망의 실현에 집착하다가 계몽의 입장에선 그야말로 쓸데없는 인생사에 휘말리게 된다. 잘게 썰린 소설의 시간은 이처럼 인물의 숨어있는 본성을 분사시킬 창구를 개방하는데 소설가란 바로 이런 쓸데없어 보이지만 인생을 더 본질적으로 규정하고 있는 미세 시간의 흐름, 또는 시간의 틈을 절개하는 기술자다.[13]

2) 임제가 하지 못한 것

임제의 문학 세계는 주지적이기보다 주정적인 유심화 경향을 띠고 있다.[14] 이는 그가 바라본 세계의 무질서에 대해 그가 택한 저항 형식의 문학적 투사로 볼 수 있다. 그런데 그의 그러한 저항은 지극한 심리적 소인(素因)에도 불구하고 매우 구체적인 이미지로 조형화되어 있다. 예컨대 영웅이나 칼, 또는 기녀나 변방의 험한 풍경 등이 그것들이다.

이러한 이미지들 사이엔 언뜻 조화되기 어려운 상반되는 자질들도 있는데 장군풍의 영웅 이미지와 은거지향적인 고독한 시인 이미지, 그리고 향렴체풍의 여성 이미지와 무기서린 남성 이미지가 대표적인 사

---

13) 김동인은 「여인」에서 자신이 겪은 일곱 명의 여자를 대정 사년(1915)에서 대정 십오년(1927)까지의 14년 안에 일곱 항목으로 순서대로 기록하고 있다. 그러나 이것은 공간적으로 볼륨화된 서로 무관한 개별 시간이 아니라 김동인이라는 인물의 여성 체험이라는 경험 시간의 지속적 발전 과정을 반영한다. 다른 작품들에서도 특정 시점을 선포하고 있는 것이 자주 발견된다.

14) 안병학, 「임제의 시세계와 부정의식」, 『민족문화연구』 16집, 고려대 민족문화연구소, 1982.

레다. 그러나 이들이 동원된 목적은 한결같다. 언뜻 상반되어 보이는 이상의 이미지들은 일상성의 무료한 지속을 파괴하는 비일상성의 초래 요소들이란 점에서 같은 목적을 지닌다.[15]

임제는 사건 없는 일상 시간을 비일상적 국면으로 조각내기 위하여 자신의 정체성 형성 지대를 아니무스에서 아니마의 상황으로 옮겨가기도 하고 내면의 불평을 해소하는 강구책으로 전쟁 상황으로 일상을 치환하기도 한다. 이 기이한 성격적 우발성과 복잡성은 현실의 이쪽 편에서 자신의 현존 양상을 무난히 수렴할 수 있는 이성적 인물에게는 나타나지 않는 특징들이다. 때문에 그는 현실과 조잡한 화해를 선택하느니 차라리 그것을 무시하거나 파괴하고자 한다.

<u>스스로를 애도하며</u>

강호에서의 사십 년 풍류
맑은 이름 실컷 세상 사람에게 날렸었지
지금 만약 학 타고 먼지 그물 벗어난다면
바다 위 선계의 복숭아 열매 새로 익었겠지[16]

스스로 지은 만시인 이 시에서 임제는 현실에서의 체류를 포기하고 '해상반도(海上蟠桃)'로 건너뛰는 이미지를 통해 가상의 죽음을 묘사하고 있다. 죽음이란 시간적 이동이다. 이를 공간적 비월로 교체한 이 수법은 언뜻 사소해 보이지만 이 시가 만시라는 특수성을 고려하면 결코 희학적일 수만은 없는 진지한 의미를 동반하게 된다. 즉, 이러한 시적 상황의 설계는 현실 너머의 판타지를 설정함에 있어서조차 그것에 대한 공간적 포착을 포기하지 않는 임제의 작가적 취향을 암시하고 있다.

---

15) 윤채근, 「임제의 시문학 : 일상과 초일상의 분열」, 『한문학논집』 제19집, 근역한문학회, 2001.
16) 『林白湖集』(『한국문집총간』58 : 이하동일) 卷3, 「自挽」, 288면. "江漢風流四十春, 淸名贏得動時人, 如今鶴駕超塵網, 海上蟠桃子又新."

　실제 임제는 고향에서의 삶에 그리 만족하지 않았으면서도 걸핏하면 백호 지역을 상상하며 스스로에게 귀거래를 재촉하기도 하고 가족을 그리워하며 여수(旅愁)를 달래기도 한다. 이는 그가 고향과 가족이라는 구상적 공간에 자족했음을 의미하는 것이 아니라 수평적으로 확대되는 의지의 현시가 좌절되는 순간마다 곧바로 이를 대체할 수 있는 모종의 또 다른 추상적 공간이 필요했었음을 의미한다.

　결국 의지의 발현이 충족되지 못하여 맞이하게 되는 결핍감과 고독이 임제 문학 사유의 본질이라 할 수 있는데, 그것은 시간적 방향으로 깊어지기보다 공간적 이동에 대한 열망으로 표현된다. 그것이 '장유(壯遊)'나 '금검(琴劍)'으로 상징되는 쾌남아의 인생이다. 그러한 방사욕구가 병으로 중단되면 그는 다음과 같이 읊조리게 된다.

　　병들어

　　금줄과 책을 버리고 홀로 병들어 신음하는데
　　온 방에 향불만이 내 외로움 함께 하네[17]

　또는 비록 그것이 한직이었다 하더라도 임무로부터 풀려난 임제는 곧바로 공간적 고립에 대한 강박적 자의식에 휩싸인다. 사실 그 내부에는 관계가 두절되고 자신만이 밀폐되는 것에 대한 두려움이 내재해 있다.

　　스님의 시축에 쓰다

　　변방일 마치고 집에 오니 반백이 되었구나
　　조용히 교외에 살며 하루하루 보낸다
　　한가한 문엔 인적 없어 예쁜 풀만 머물고
　　관의 나루엔 저물녘에 시끌벅적한 사람들[18]

---

17) 『林白湖集』 卷3, 「溪舍病中」, 306면. "業廢琴書病獨吟, 一室香燈伴孤寂."

임제는 그토록 많은 시에서 은거를 희구하고 승려의 고요한 삶을 부러워했다. 그러나 그것은 좌절된 공간의 다른 공간으로의 보상 욕구에 지나지 않는다. 그는 결국은 산을 떠나고 술을 찾으며 기녀를 만난다.[19] 그러한 만남에 대한 예민한 각성은 이별에 대한 감각적 집착으로 화하곤 하는데 그의 많은 염정시의 여주인공들이 왜 항상 임과의 이별의 순간에 시로 포착되는지에 대한 해답도 여기에 있다.

만나기 위해서 우리는 헤어진다. 따라서 공간적 이격은 그 공간의 넓이를 보장하며 새로운 이동을 가능케 한다. 무언가 많이 여기저기 흩어져 있다고 느낄 때, 혹은 성시의 불빛에서 멀리 떨어져 산 위에서 그것을 관조할 때 만남의 모험은 그 공간적 부피를 극대화시키며 엄연히 개시된다. 두려운 것은 절대적인 적막함, 새로운 일이 벌어지지 않을, 영웅도 기녀도 없는 순백의 투명한 공백 상태인데 그것이 사실은 일상성이다. 앞의 시는 그러한 일상 시간을 견디지 못하는 임제의 인격적 속성을 반영하고 있다. 그리하여 임제는 술에 빠지고 여자를 찾고 칼을 쥐고 금줄을 뜯는다. 그리고 무엇보다 그는 늘 '움직인다.'

태능스님에게

흰 바위 서늘한 물, 숲 사이로 어지러운데
조계의 문밖에 앉아 돌아가길 잊었네
진리의 원천 찾지 못했지만 세상 인연 있으니
이 물 이 몸 다같이 산을 빠져나가네[20]

---

18) 『林白湖集』 卷3, 「偶題僧軸」, 299면. "戍罷還家鬢半凋, 郊居悄悄度昏朝, 閑門客靜留芳草, 官渡人喧趁晚潮."
19) 그런 점에서 그가 「의마부(意馬賦)」에서 의(意)를 말에 가탁했다는 점은 심장한 의미를 띤다.
20) 『林白湖集』 卷3, 「次韻贈太能」, 292면. "白石淸流亂樹間, 曹溪門外坐忘還, 眞源未泝世緣在, 此水此身俱出山."

임제의 이와 같은 공간 지평에로의 경사는 「화사」와 「수성지」에 반영되어 있다. 사실 두 작품은 의인체 소설이라 할 만큼 일반 산문의 정격으로부터 벗어나 있다. 그럼에도 이를 『금오신화』와 같은 의미에서 소설이라 부르기는 힘든데, 그것은 이 작품들이 지나치게 우의적이며 동시에 우의의 대상들을 공간에 배열하면서 각자 격리시키고 있기 때문이다.

우의, 또는 알레고리는 두 대상을 공간적으로 대응시키는 수사 기법이다.21) 해석자는 등장 요소들을 세밀하게 분리하여 다른 의미에 대응시켜 나가면서 의미의 위계를 구성하게 된다. 일종의 토폴로지적인 해석이라 할 수 있다. 이 과정에서 우의의 대상이 비록 시간이라 할지라도 이러한 위상 공간에의 의미 분포 과정에 종속될 뿐이다. 따라서 「화사」는 꽃들의 역사, 즉 시간적 영고성쇠를 다루고 있지만 이들은 순환 공간에 대등하게 분포될 뿐이다. 그곳에는 진정한 의미의 시간이 흐르지 않는다. 비유하자면 루이스 캐롤이 만든 이상한 우의의 나라에서는 시간이 그 본질을 상실한 채 이상하게 흐른다. 때문에 우의 공간에서는 시간이 정지하거나 표면적으로만 흐른다. 또 시간적으로 상이한 사건이 병렬되기도 하고 상이한 인물들이 동시에 출현하기도 한다. 결국 시간은 존재하지만 필수 성분이 아니며 시간의 경과가 인물을 개조하거나 발전시킬 수 없다.

물론 우의적인 공간 설정이 현실의 시간을 교묘하게 왜곡하여 시간 속에 전개되는 삶의 본질을 투영할 수도 있다. 예컨대 카프카가 제작한 우의적 공간에서는 유별나게 이상한 시간의 지체가 연발된다. 그러나 그것은 미궁 같은 현실의 시간 질서를 상징하기 위한 것으로서 시간의

---

21) 사실 알레고리는 『성서』에 대한 해석 과정의 산물이다. 지상 세계는 신의 알레고리이며 따라서 신의 질서에 따라 해석되어야 한다. 마찬가지로 『성서』의 말씀은 신의 뜻의 알레고리가 된다. 따라서 알레고리는 해석되어야 할 원본을 지니며 그것에 의미를 의존한다.

본질을 외면하는 우의와는 질이 다르다. 다시 말해 카프카의 소설 공간은 우의를 형성하기는 하지만 시간까지 우의에 종속되어 있지는 않다.

시간성에 대한 공간적 포착의 우위는 「수성지」에서도 반복되고 있다. 이 작품의 의인(擬人)들은 심리가 공간화된 존재들로서 일정한 영역을 점유하고는 있지만 자기의 시간을 살아가는 존재들이 아니다. 또 수성에 운집하는 인물들은 그 생존연대가 각양각색인데 그럼에도 그 사실이 이 작품의 전개를 방해하지는 않는다. 이들은 그저 한 장소에 집결되기만 하면 될 뿐이다. 문제는 이들이 어느 장소에 위치를 정하고 어떻게 구조적으로 배열되느냐 하는 데에 모아진다. 이로 인해 「천군연의」와 같은 심성의인 서사체들은 각 등장인물들의 위계적 배치와 그 재분배, 즉 누가 누구를 통제하느냐 혹은 누가 어디에 앉느냐 하는 문제들을 반드시 해결하려 한다.

「원생몽유록(元生夢遊錄)」은 몽유록이 지닌 공통적인 속성을 구현하고 있는데, 그것은 등장인물들이 하나의 시점에 회집하여 모종의 문제를 놓고 토론하는 그런 구조다. 이 구조 속에는 각각 분할된 시간이 번갈아 조명되기는 하지만 그것들이 결구되어 엉키지는 못한다. 즉 한번에 한 명씩 자기 얘기를 하고 이야기 진행의 암영(暗影)으로 퇴각한다. 또 마찬가지로 그들의 공간적 배치가 중요 사안이 되기도 하며 각 인물들은 품평되거나 누군가를 품평하지만 과거와 미래를 지니는 인물들로서 시간을 살아가는 그런 존재들이 아니다. 때에 따라 그들은 이미 죽은 존재들 혹은 실존감을 결한 귀신들이기도 하다.22)

임제의 작가로서의 위상을 소설가라는 차원에서 조명할 때 우리는 조금 망설인다. 그것은 그가 우의를 구사한 작가라는 데에서만 연유하는 것은 아니다. 우의는 아주 좋은 소설적 기법으로 얼마든지 승화가 가능한 고도의 수사 장치다. 그러나 임제는 이를 소설적으로 승화시킨

---

22) 예컨대 「강도몽유록」이나 「달천몽유록」이 그러하다.

작가가 될 수는 없었다. 그의 작가적 재능이나 실존에 대한 예리한 감수성에 비추어 볼 때, 무엇보다 김시습의 경우와 견주어 볼 때 이것은 하나의 수수께끼다. 따라서 그가 남긴 서사체가 왜 하필 지금의 모습을 띠게 되었을까에 대한 답을 알 수 있다면 우리는 소설가라는 존재에 대해 더 잘 알 수도 있을 것이다. 김시습을 임제와 비교하면 조금 진상에 다가갈 수 있다.

3) 김시습이 한 것

김시습은 임제의 114년 연상이다. 그러나 시간에 대한 예리한 자각의 수준은 임제를 능가하는 점이 있다. 무엇보다 그는 자신의 고뇌를 어떤 질량화된 고정된 정체성이나 공간화된 지점을 통해 해소하려 하지 않았다. 예를 들어 그는 임제처럼 자신을 불평인(不平人)으로 규정하고 이를 검의 이미지로 고형화시켜 표현하기도 했다.23) 그러나 그에게 공간에 대한 이해란 다음과 같이 별반 본질적이지 못했다.

병이 심하여

하늘과 땅은 하나의 긴 역참일 뿐이니
내 어찌 이리저리 다니고 싶겠나24)

여기서 드러나는 그의 공간 의식이 임제의 그것과 갖는 차별점은 명료하다. 김시습은 젊은 시절 전국 각처를 떠돌던 탕유기(蕩遊期)를 거친

---

23) 『梅月堂集』(『한국문집총간』 13 : 이하동일) 詩集 卷14, 「快意行四首」, 316면. "我有一長劍, 紫氣凌斗牛, 一擬蒼崖裂, 再擊狻猊吼, 直走無當前, 旅拒無趑後, 盡芟不平者, 然後退靖守."
24) 『梅月堂集』 詩集 卷7, 「病劇不能赴程還山」, 199면. "乾坤一箇長亭耳, 那有東西我欲旋."

뒤엔 공간적 광활함이나 세계의 공간적 분열이 초래하는 실존의 서스
펜스 감정을 일소해 버린다. 그것은 그가 임제와 달리 언제나 주소가
없는 존재였음을 의미하기도 한다.

판옥에서

방이 있어도 가진 것 하나 없고
집 없는 신세는 물에 뜬 표주박
어느 곳에 정박할지 아지 못하니
근심스런 생각 속에 정녕 무료해라[25]

이 시는 회귀해야 할 정신적 장소로서의 가정을 지니지 못한 채 그저
물리적 공간에 불과한 판옥에서 살아가는 우울한 심정을 묘사하고 있
다. 즉, 방은 있어도 집은 없는, 그리고 정박할 곳 없는 표주박으로서의
삶을 드러내고 있다. 시의 어디에서도 공간적 이동에 대한 초조한 기대
는 보이지 않는다. 그리고 마지막 부분에서 시인은 근심에 휩싸인 사념
적 존재로 화하는데, 이는 어디에도 머물 수 없는 존재의 본질을 겨냥
하고 있다. 이처럼 김시습은 거주지를 소유하는, 그래서 안정된 공간을
확보한 가운데 또 다른 장소로 넘나드는 공간 차원의 어슬렁댐이 빚는
미적 쾌락을 일찌감치 추방했다.[26] 그것은 시간이 공간을 분절하자마자
찾아오는 다음과 같은 체험에 기인한다.

홀홀행

오늘 하루 홀쩍 지나가 버렸으니

---

25) 『梅月堂集』詩集 卷14, 「板屋」, 306면. "有室如懸磬, 無家似泛瓢, 不知何處泊, 愁
　　思政無聊."
26) 산책, 혹은 도시의 공간을 배회하는 즐거움의 미적 특질을 발터 벤야민이 보들레르
　　시를 분석하며 언급한 바 있다. 물론 이는 근대적 감정을 설명하기 위한 것이지만 조
　　금 다른 형태로 중세 성시 문화에도 존재했던 정서다.

내일은 또 어떻겠는가
천지 사이의 사람살이란
여관에 부쳐 사는 것과 아주 똑같네[27]

따라서 자기 인생을 어떤 형태를 통해 고정시키는 과정에 무심하며 결국 고향도 없고 자신을 대변해 줄 일정한 이미지도 없다. 이는 "끝이 있는 인생 가지고, 수고롭게 형역에 부림 받지 말지니[莫將有涯生, 苦爲形所役]"[28]라는 표현을 통해서도 확인할 수 있다. 물질적 형태의 공간적 분할 세계로부터 벗어나려는 김시습의 가없는 초극은 이를테면 다음과 같은 것이기도 하다.

눈 내리는 밤

한 칸의 방에 홀로 누워서
멀리 천고의 일을 헤아리는 마음[29]

한 칸의 방이라는 공간은 천고로 뻗는 시간의 회귀로 인해 아주 무의미한 존재 사실로 전락하고 만다. 공간은 정신을 분방하게 확산시켜 고독을 달래줄 수 있지만 시간의 틈입 앞에서 속수무책 와해되어 버린 것이다. 김시습의 그러한 자각은 시간에 대한 일상적 무자각에 대한 끝없는 자각의 산물이다. 이를 증명할 문헌상의 다른 증거는 없으나 다음 시에서 해명의 단초를 발견할 수는 있다.

깨닫지 못했네

일년 지나는 줄 깨닫지 못했는데

---

27) 『梅月堂集』 詩集 卷14, 「忽忽行三首哀世不遇也」, 317면. "今日烨已過, 明日又如許, 人生天地間, 劇如寄逆旅."
28) 『梅月堂集』 詩集 卷14, 「暗室」, 315면.
29) 『梅月堂集』 詩集 卷14, 「雪夜」, 313면. "獨臥一間屋, 緬懷千古情."

가을인 듯 하더니 지금은 겨울[30]

언뜻 싱거워 보이는 시지만 이 안에 김시습 시간 의식의 기원이 내재
해 있다. 그것은 미시적 시간의 흐름에 대한 예민한 자각이다. 이로 인
해 그는 잠시라도 시간을 망각하면 이를 기록하거나 한탄을 통해 언급
함으로써 표시해 준다. 다시 말해 시계를 확인하고 자기의 시간적 위치
를 정위하고야 만다. 이는 시간을 계량적 장치로 포획하려는 근대적 의
식이 아니라, 시간이 흐른다는 사실에 대해 반드시 이를 자각한다는 상
황 자체가 의미를 초래하는 존재론적 시간 의식이다.

이상의 사실을 그의 불교 취향이나 가족사적 비극으로부터 설명하는
것은 가능하고 또 여전히 유효하다. 하지만 김시습과 유사한 삶을 살았
거나 김시습처럼 유별난 천재라고 해서 모두 소설가가 되는 것은 아니
다. 소설가란 타고나는 것도 훈련되는 것도 아니지만 역시 아무나 될
수 있는 것은 아니다.

소설가가 시간의 기술자라면 이는 그가 글감을 시간 위에 포치하는
이야기꾼이 아니라는 뜻이기도 하다. 사실 뛰어난 이야기꾼들은 줄거리
에 출현하는 소재나 인물들을 그에 인접한 상황들에로 비유적으로 확
장시키는 자들이다. 즉 그들은 환유적 이야기 능력에 탁월한 솜씨를 보
인다. 하지만 그들은 환유적으로 얽혀 들어오는 소재들 밑에 관류하는
시간을 인지하는 데는 실패한다. 이것은 그가 인생을 이해하는데 실패
했다는 의미도 된다.

다음 시는 거의 소설가의 문턱에 진입했던 임제의 시와 유사하게
보이기는 하지만 결코 같은 모습으로는 나타날 수 없는 유형의 시이
다.[31]

---

30)『梅月堂集』詩集 卷1,「不覺」, 102면. "不覺一年過, 逢秋今又冬."
31) 이를 각주 20)에 인용된 임제의 시와 비교해 보라.

물이 불다

어젯밤 산 속에 시냇물이 불었는데
돌다리 기둥 아래 옥 부딪치듯 울며 가네
가련하구나, 흐느끼며 슬피 우는 뜻이
응당 흘러가면 다시 못 오기 때문일 테지[32]

번역에 노출되었듯 이 시는 시간을 주제로 포착한 작품이다. 공자에게도 서수지탄(逝水之歎)이 있었듯이 동서고금을 막론하고 유한한 인생을 슬퍼하지 않은 문인은 없었을 것이다. 그러나 이 시는 물을 의인화하여 작가의 유한성에 대한 감정을 더욱 심각하게 투사하고 있다. 다시 말해 여기서 우는 자는 작가이며 그렇다는 사실을 어떤 우아한 보조 장치의 여과 없이 묘사하고 있다. 지상의 무상성을 관조하는 달도, 역사의 허망함을 증명하는 폐허가 된 유적지도 없이 새로 불어난 물소리에서 곧 시간성으로 전이한다. 사실 「신창(新漲)」이라는 제목이 무색할 정도다. 그것은 김시습이 자신이 몸담고 있는 현존이 불가역적 시간성으로 매순간 흐르고 있음을 자각했기에 가능한 것이다.

새들은 빛을 향해

동네 어귀 온갖 새 우짖는데
마을 안엔 새 소리 들리지 않네
수목들 점점 우거져 가자
점점 높은 봉우리 올라가 우네
오만 새들 제멋대로 지껄이고
두견은 제 이름을 불러대네
하나 하나 세월을 울어대니

---

32) 『梅月堂集』 詩集 卷4, 「新漲」, 157면. "昨夜山中溪水生, 石橋柱下玉鏘鏗, 可憐鳴咽悲鳴意, 應帶奔流不返情."

시간을 흐르게 해 사람이 늙어가네
따스한 봄빛 문득 변하니
몇 사람이나 오뇌에 빠졌었던가
오뇌는 다시 말하지 말고
마땅히 세상 벗어날 도리나 닦아야겠지[33]

이 시는 앞부분만 보면 세리(勢利)를 좇는 속인들에 대한 우의 같기도 한데 중반 이후론 완전히 시간에 대한 담론으로 점철되고 있다. 사실이로 인해 시 전반부의 의미는 지리멸렬해지고 후반부의 의미만이 강렬하게 살아남는다. 여기서 새소리는 사람을 늙게 만드는 시계추의 진자 운동과 동일한 기능을 하고 있다. 즉, 수많은 새들이 지저귈 때마다 초 단위의 시간이 흘러간다. 그래서 봄날 좋았던 빛이 소멸하듯 청춘도 저물어 간다. 진자의 반회전이 돌 때마다 조금씩 시간이 축적되고 마침내 죽음이 찾아온다. 그것이 오뇌의 정체다. 김시습은 그리하여 시간과 죽음의 오뇌를 중지하고 세상 벗어날 궁리를 한다.

어떻게 세상을 벗어난다는 말일까? 그것은 일차적으로 시간을 망각함으로써 가능해질 것이다. 시계와 달력을 포기한다면 문명의 조건은 붕괴하겠지만 시간은 이제 타율적으로 엄습해 오는 그 무엇이지 않고 주체가 자발적으로 창조하는 영원한 현재의 재현으로서 그 고유한 낙천적 성격을 회복할 것이다.[34] 예컨대 다음 시가 그렇다.

취하여 스님에게

산 속에서는 시간의 기록 없지만

---

33) 『梅月堂集』詩集 卷5, 「禽鳥向榮木以隨鳴」, 168면. "洞口百禽號, 洞裏無鳥聲, 樹木漸向榮, 漸入高峰鳴, 百舌語千般, 杜宇呼自名, 一一叫年光, 催換令人老, 韶華倏以變, 幾人生懊惱, 懊惱勿復道, 宜修超世道."

34) 니이체가 말한 이른바 영겁 회귀와 같다. 니체의 이 개념 속엔 아무래도 인도 철학의 냄새가 짙게 난다. 그런 점에선 불교도였던 김시습과 무관하지도 않다.

주변 모습으로 알 수 있다네
해 따스하면 들꽃이 만발하고
바람 훈훈하면 처마 그림자 길어지지[35]

해가 따스해지고 바람 훈훈한 것은 사실 시간 자체의 표징은 아니다. 시간은 김시습이 앞선 시에서 묘사했듯이 결코 똑같이 반복될 수 없는 환원불가능성이며 그 어떤 것으로도 하나를 나머지로 대체하는 것이 불가능한 개별적으로 고유한 유일무이성이고 오직 추체험만 가능하다는 견지에선 강고한 추상성이다.[36] 그러나 달력을 포기하고 자연의 순환에서 시간을 발견하면 그것은 매번 똑같이 반복된다. 세속의 시간이 포기되면 초조히 아쉬워할 일도 없고 들에 핀 꽃을 내 인생의 단 하루라는 절박함으로 바라볼 이유도 없다. 이 시가 시간을 발견한 방식이 바로 그러한 것이다. 그런데 세속 시간을 초월하는 다른 방법으로는 시간의 폭을 늘리는 길이 있다.

사람을 보내며

어리석은 나는 뜻만 가득해
홀로 외톨이라 누가 함께 해주랴
그대들 은혜롭게 잘 대해 주어
손잡고 수레에 태워 줬다네
돌아가자 또 돌아가자꾸나
돌아가되 저 태초로 가자꾸나[37]

---

35) 『梅月堂集』詩集 卷3, 「醉次四佳韻贈山上人」, 135면. "山中無紀曆, 景物可能知, 日煖野花發, 風薰簷影遲."

36) 이것이야말로 성 어거스틴이 『고백록』에서 두려움 속에 직면했던 시간의 불가해성이기도 하다.

37) 『梅月堂集』詩集 卷6, 「送人之餘航五首」, 190면. "愚人志自滿, 孑然誰與從, 弟兄惠而好, 携手言同車, 歸歟復歸歟, 言歸歸大初."

태초로 회복되면 일상 시간은 그 거대함에 녹아버리고 의미를 상실할 것이다. 짧은 인생에 미련을 가질 필요가 없으며 잠시 놀다 가면 그뿐이다. 이런 인격은 소설을 쓰지 못한다. 왜냐하면 그는 세상을 멸시하며 놀이터처럼 볼 뿐이지 그 곳에 무언가 주고 갈 필요를 느끼지는 못하기 때문이다. 이 시 속에 그런 면모가 없지는 않으나 그것은 시간의식의 진행 과정의 한 단계이고, 따라서 그가 돌아가고자 한 곳은 결코 태초 자체는 아니었다. 그것은 유한한 삶의 구속성을 초월하려는 상징 기제에 불과하며 결국 시간에 대한 대규모의 포착일 뿐이다.

그리고 설령 시인이 지향한 지점이 일시적으로 태초였다고 해도 그는 조만간 설잠(雪岑)에서 김시습으로 회복될 존재였고 따라서 시간의 부피만을 비대하게 만든, 즉 공간적으로 비유되는 저 무한의 심연은 그에게 진짜 재미있는 세계도 아니었다. 비극이 난무한다 해도 대승적 의미에서의 속세야말로, 그리고 그 의미 없는 일상의 본질이야말로 주체의 시간적 실존을 가능케 한다.

소설가란 우주를 두고 도박을 거는 인정머리 없는 천재가 아니라 우주에서 자신만을 도려내고 그렇게 할애된 진공 안에 세계를, 또는 시간의 주름을 창조하는 자다. 즉 소설가가 시간을 절단하여 하나의 현실을 창조하기까지는 시간 존재로서 자신을 무로 체험하는 순교의 과정을 겪어야 한다. 그리고 나서야 타자는 나와 대등한 어떤 존재로 시간의 지평 위에 솟아오른다.

추강과 이별하며

옛 사람은 지금 사람과 같았고
지금 사람은 미래의 사람과 같으리
세간의 삶은 흐르는 물과 같아
유유히 가을과 봄 바뀌어 가네
오늘 소나무 아래에서 술 마시지만

내일 아침엔 첩첩산중으로 향하겠지
첩첩산중 푸른 봉우리 그 속에서
네 생각에 마음이 서리리라38)

남효온과 이별하며 김시습은 과거 / 현재 / 미래의 세 차원을 논하고
있다. 이 세 차원은 흐르는 물처럼 서로 연결되어 있다. 그러하기에 그
시간적 연대에 대한 의식은 보이지 않는 미래를 예측케 한다. 즉 소나무
아래에서의 오늘은 기필코 첩첩산중에서의 내일로 옮겨 갈 것임을 알
수 있게 한다. 이런 판명한 사실을 안다는 것이 중요하기보다 그것을 담
론한다는 것이 중요하다. 지금의 내가 과거의 나이며 따라서 미래의 나
일 수밖에 없다는 담론은 지금의 너, 또는 너희들이 과거의 그들이며 결
국 미래의 그들로 변하리라는 시간 예측, 즉 시간적 실존감을 동반한다.
　이상의 시간 판단으로부터 사라진 것과 사라지고 있는 것을 미래에
사라질 것에게 가시적으로 남기려는 아주 특별한 서사적 관심이 출현
하게 된다. 그것은 어떤 사실들의 물리적 기억 장치도 아니며 그렇다고
사실무근의 판타지도 아니다. 분명 외부의 대상들을 반영하고는 있으나
대상 그 자체로서는 아니며 마치 꿈처럼 등장하지만 현실보다 절실하
게 현실을 되비춘다. 그것이 시간을 타고 흐르는 재현 예술로서의 소설
의 본질이기도 한데, 이 모든 것은 소설가가 시간을 다룰 줄 알 때만 가
능해진다.

---

38) 「別秋江」, 『梅月堂集』 詩集　卷6, 192면. "昔人似今人, 今人猶後人, 世間若流水,
　悠悠秋復春, 今日松下飮, 明朝向嶙峋, 嶙峋碧峯裏, 思爾情輪囷."

4. 소설가, 우울한 시간의 투사(鬪士)

소설가는 공간적으로 포착되는 사태들을 다루지만 그것을 특별히 시간적인 배려 속에 수행한다. 아니 소설은 그 발전 단계의 어느 지점에 이르면 공간적 배경 자체를 포기하고 오직 시간의 흐름으로만 살아남기까지 한다.[39] 이 글은 그러한 시간 기술인 소설 작법이 어떠한 소설 인격으로부터 출현했는지를 살펴 본 글이다. 임제나 김시습이 시간과 공간에 대한 담론이나 소설론을 남겨 놓지 않았기에 불가피 그들의 시를 통해 논의를 전개했는데, 이를 통해 중세 소설가라는 존재에 대해 새롭게 살펴보았다.

임제는 자신이 직면한 시간성과 철저하게 싸우지 않았다. 따라서 그에겐 시간을 통과하며 해결해야 할 것조차 공간적으로 이해되었고 그로 인해 그는 장군의 의장을 걸치기도 하고 이별한 기녀의 심정도 되어 보면서 일상의 권태를 유예했지만 그것은 공간적으로 격리시켜 몰아내고 또 쓸어버린다고 해서 사라질 성질의 것들이 아니다. 왜냐하면 임제가 겪은 권태는—혹은 삶의 우울증적 실체는—임제만이 아니라, 물론 임제와 같은 이가 더 강렬히 감수했겠지만, 누구나 운명적으로 겪어야 하고 겪고 있는 것이었기 때문이다. 이러한 실존의 보편성은 공간적 구획과 이동을 선호하는 외향적 인격에겐 눈에 잘 안 띄는 법이다.

반면 김시습은 공간적 세계 인식의 한계를 일찌감치 각성했고, 때문에 그가 살지 않은 인생을 자기 내부에 끌어들일 시간의 소우주를 건설할 수 있었다. 조각처럼 응고된 채 무언가를 지시하는 것이 아니라 시간을 타고 출렁이며 움직이는 허무한 인생 그 자체, 그러나 실제 인생

---

39) 제임스 조이스나 마르셀 푸르스트가 그러했지만 근대 소설가인 이상이 그러했다. 사실 현대소설이란 시간을 주물러대면서 메타 픽션으로 전개되어온 그런 도정의 역사를 지니고 있다.

과 달리 시간이 조작되는 그런 인생을 창조할 수 있었다.[40] 임제가 왜 산문과 소설의 어느 어름에서 멈췄는지 이제 조금 해명되었으리라 기대한다.

물론 오늘의 입장에선 『금오신화』가 만든 시간의 웅덩이는 그 깊이가 불만스럽고 주름진 시간의 결은 너무 성글게만 보인다. 그러나 김시습으로선 그 이상으로 더 잘게 썰 시간의 미시 단위가 없었다. 비록 그의 주지적인 이성의 냉철함이 세계의 시간적 본질을 깨닫도록 했을지언정 그에겐 아직 현재적 의미의 그러한 세밀한 일상생활은 존재치 않았고 그런 견지에선 시인에 가까운 인물이었다. 이런 한계를 고려하고 본다면 김시습이 얼마나 놀라운 통찰력으로, 동시대나 뒷시대의 그 누구보다도, 시간의 서사적 본질을 잘 깨닫고 있었는가를 목도할 수 있다.

---

40) 이 문제는 작가 김시습의 우울증 코드와 긴밀히 연관된다. 이 글 전체를 통해서 암시로만 서술된 이 측면에 대해서는 본서에 수록된 「김시습과 『금오신화』 : 존재불안의 서사적 탐구—히스테리와 우울증을 중심으로」를 참고하라.

제7장

한국 한문소설의 낭만성의 구조

플롯의 특징을 중심으로

1. 낭만성과 낭만적 픽션

낭만성을 운위할 때 흔히 고전주의적 이성에 반발한 낭만주의적 감성의 분출이라는— 19세기 독일 근대문학에 그 진원지를 두고 있는— 문학사적 드라마를 머리에 떠올리는 경우가 많다. 결코 잘못된 관점은 아니지만 낭만성 개념을 이해하는 과정에, 특히 그 문학적 의미를 논구하는 과정에 너무 깊이 각인된 편견으로 작용하곤 한다. 낭만성 개념을 19세기 유럽의 문예사조하고만 결부시킴으로써 그 용법을 지나치게 한정시키는 이러한 입장과 더불어 이 개념을 '이성 / 비이성'의 큰 범주적 격식에서 산화시켜버리는 거시적 관점 또한 재고되어야 한다. 낭만성을 19세기 낭만주의로부터 떼어놓는다고 해서 이 문예 용어의 특수한 쓰임새를 결코 무시할 수 없기 때문이다.

결국 낭만성이란 19세기 유럽에서 낭만주의라는 사조로 한 차례 응결된 된 바 있는 모종의 초시대적인 문예적 태도를 지칭하는 용어라고 정의할 수 있다. 문제는 낭만주의 개념의 특수성과 낭만성 개념의 보편성 양자를 희생시키지 않으면서 이른바 '낭만' 계열의 개념을 구사해야 한다는 데에 있다. 특히, 한국고전문학을 다루면서 이 개념을 활용할 때는 더욱 섬세한 주의가 필요한데, 나쓰메 소세키를 통해 일본문학사를 점검하면서 가라타니 고진은 우리가 처한 것과 유사한 난점을 다음처럼 언급했다.

> 리얼리즘에 의해 '묘사'된 것은 풍경 또는 풍경으로서의 인간이지만, 그와 같은 풍경은 낭만파적인 전도에 의해서만 존재할 수 있기 때문이다. 예컨대 쉬클로프스키(Victor Borisovichi Shklovskii)는 리얼리즘의 본질이 비친화화(非親和化)에 있다고 한다. 요컨대 눈에 익었기 때문에 사실상 보이지 않는 것을 보게 된다는 것이다. 따라서 리얼리즘에 일정한 방법은 없다. 그것은 친화적인 것을 항상 계속해서 비친화적으로 만드는 끊임없는 과정일 뿐이다. 이런 의미에서 이른바 반리얼리즘, 예컨대 카프카의 작품도 리얼리즘에 속한다. 리얼리즘이란 풍경을 묘사하는 것이 아니라 늘 풍경을 창출하지 않으면 안된다. 그때까지 누구도 보지 못하고 있던 풍경을 존재케 하는 일이기에, 리얼리스트는 언제나 '내적 인간'이다.
> 바꾸어 말하면 낭만주의와 리얼리즘을 단지 대립적으로만 볼 수는 없다(강조-필자). 또 그것들은 과거 '문학사'의 사실에 그치지 않는다. 어떤 의미에서 우리는 낭만주의를 빠져 나올 수 없는 것이고, 또 다른 의미에서는 리얼리즘을 빠져 나올 수 없는 것이다.[1]

고진에 따르면 낭만성을 사실성의 반대명제로 활용하는 것은 불가능하다. 낭만성의 근저에는 내면으로 물러나 풍경을 관찰하는 주관적 인간, 대상들의 보이지 않는 부분을 관찰하는 리얼리즘적 인간이 도사리

---

1) 가라타니 고진, 김경원 역, 「문학에 관하여-나쓰메 소세키론 Ⅱ」, 『마르크스 그 가능성의 중심』, 이산, 1999, 187면.

고 있기 때문이다. 아울러 한국과 일본은 서구문학사처럼 낭만주의와 사실주의를 순차적으로 전개시키지도 않았다. 그렇다면 우리는 묘사나 기술의 수준에서, 또는 역사적 사조의 측면으로서 낭만성을 규정할 수 없다는 명백한 사실을 인정하지 않을 수 없다. 즉, 낭만성은 사실적인 묘사를 통해서도 구현될 수 있는, 세계를 읽어내는 모종의 보편적 태도라 할 수 있다.

낭만성과 결합된 또 다른 편견은 이 용어의 어원이 되는 'romance', 즉 중세 로망스 작품들의 어떤 측면과 긴밀히 결합되어 있다. 로망스는 신비로운 여성과의 달콤하고도 환상적인 사랑을 그 배경으로 하고 있는데, 덕분에 낭만성 개념 속에는 그러한 낭만적 사랑의 판타지가 뿌리 깊게 드리워져 있다. 하지만 이는 중세적인 여성 예속의 산물로서 실제로 그러한 여성에 대한 신비화는 일어난 적이 없었다고 보기도 한다. 이에 대해 케이트 밀렛은 다음과 같이 언급한다.

> 궁정 연애사를 연구하는 사가들은 시인들의 열광적인 여성 찬미가 여성의 법적, 혹은 경제적 지위에 아무런 영향을 미치지 못하였으며 사회적 지위에 관해서도 별로 영향을 미치지 못하였다는 사실을 강조한다. 사회학자인 휴고 베이젤(Hugo Beigel)이 관찰한 바와 같이 궁정 풍의 사랑과 낭만적인 사랑은 모두 남자가 그의 전권력 중에서 조금 양도한 "희사(grants)"에 불과하다. (…중략…) 여성에게 성행위가 관용되는 (이념적으로) 유일한 경우는 사랑이기 때문에 낭만적 사랑의 개념은 남자가 자유롭게 착취할 수 있는 정서적 조작의 방편을 제공한다. 낭만적 사랑에 대한 신념은 여성이 성적 금지에 대하여 받아 온 훨씬 더 강한 조건화를 극복할 수 있는 유일한 조건이기 때문에 남녀 쌍방에 있어서 모두 편리한 것이다. 낭만적 사랑은 또한 여성의 지위와 실태와 경제적 의존의 짐을 애매하게 한다.[2]

따라서 작품 속의 판타지 요소로서 낭만성을 작게 규정하는 경우가

---

2) 케이트 밀렛, 정의숙 역, 『성의 정치학』(상), 현대사상사, 1976, 74~75면.

아니라면 남성적 판타지로서의 낭만적 사랑이라는 유서 깊은 역사적 이미지는 학술적 개념의 영역에서 비판적으로 반성되어야 한다. 이 또한 낭만성 개념에 무의식적으로 결부되는 편견으로서 이 개념을 순진무구한 이성애적 열광으로 동치시키는 결과를 빚기 때문이다. 따라서 낭만성 개념을 남녀의 역할이나 지위의 면에서 빚어질 성적 편견으로부터 탈구시켜서 이를 메타적 지평에 올려놓는 것이 매우 중요하다. 그런 뒤에 낭만적 사랑의 요소는 서사의 하위 단위로 첨보될 수 있을 것이다. 그렇지 않고 낭만적 사랑을 낭만성의 탄생지나 개념적 유래 혹은 본질로 볼 경우 우리는 큰 시련에 봉착하게 될 것이다.

남성과 자연, 남성과 여성 간의 양극화된 관계의 역사에 관한 한 우리는 유럽에서 행해졌던 마녀사냥이란 이름의 여성대학살을 다시 생각해보아야 한다. 이 사건은 근대 계몽주의시대의 개막으로 찬양되는 바로 그 세기와 시기적으로 일치한다.

계몽주의시대, 18세기 말까지 계속된 여성에 대한 이 폭력의 향연 이후, 18세기 문학과 예술에는 '여성적인' 것에 대한 새로운 동경, 여성을 낭만적이고 감상적인 것과 일치시키는 새로운 동경이 등장한다. 진정으로 생기 있고 강하고 독립적인 여성이 육체적으로 파괴되고 제거된 후에야 새로운 부르주아계급의 남성들이 여성성에 대한 새로운 낭만적 이상을 만들어낼 수 있었던 듯하다. 이 이상에서는 약하고 순종적이고 감상적인 여성, '부양자이자 보호자'인 남성에게 의지하는 여성, 이성의 세계가 아니라 감성의 세계를 대표하는 여성이 주역을 맡는다. 실라 로우보담(Sheila Rowbotham)의 말처럼 19세기 내내 그리고 심지어 오늘날에 이르기까지 여성성에 대한 이런 낭만적 이상은 남성들의 갈망을 위한 '욕망공간'이었고 아직까지도 남녀관계를 대체로 규정하고 있다.[3]

낭만주의가 강조한 핵심이 문명에 대한 자연, 남성성에 대한 여성성

---

3) 마리아 미스·반다나 시바, 손덕수 역, 「폭력과 욕망」, 『에코페미니즘』, 창작과비평사, 2000, 172~174면.

이었다는 명확한 사실을 회피할 수 없기에 우리는 낭만성 개념이 숙명적으로 떠안고 가야 할 페미니즘적 비판에 겸허해야 한다. 특히 19세기에 발흥한 문예사조가 음험하게 이중화한 여성에 대한 잣대는 다소 과격하게 재진단될 필요가 있다. 우리는 그 이후에서 한걸음을 내디뎌야만 한다. 그런 관점에서 이제 페미니즘의 시료를 거치며 메타화된 낭만성 개념이 어떤 것일 수 있는지 다른 방식으로 모색해 보자.

예컨대 낭만적 사랑을 페미니즘적인 연관으로부터 분리하여 18세기 소설 서사의 동력으로 본 앤서니 기든스 같은 학자가 있다. 그는 낭만적 사랑이야말로 18세기 이후 성립된 근대적 사랑과 결혼의 모델을 제공했다고 주장했다. 이 주장은 18세기 이후 서사문학에 등장하는 낭만성의 하위 요소로서 낭만적 사랑의 서사를 연구하는데 도움이 될 것이다. 다만 이 역시 보편적인 낭만성 개념의 기준이 되기에는 지나치게 역사적이라는 한계가 있다.

> 18세기 후반에 나타나 현재까지 존재해 온 낭만적 사랑은 바로 이러한 이상들(기독교적 가치와 연관된 사랑의 이상들—필자)에 뿌리를 두고 여기에 열정적 사랑(amour passion)의 요소들을 합친 것이다. 그러나 그럼에도 불구하고 낭만적 사랑은 숭고한 사랑(sublime love)과 열정적 사랑 둘 다로부터 구분된다. 낭만적 사랑은 개인의 삶에 어떤 서사(narrative)의 관념을 도입하는데, 이것은 숭고한 사랑이 가진 성찰성을 근본적으로 확장한 형식이다. 사실 '로맨스'라는 말 자체가 '이야기를 한다'는 의미를 가지고 있기도 하다. 그러나 이 이야기는 이제 개인화되어, 더 넓은 사회적 과정에 대해서는 어떠한 준거점도 가지지 않는 어떤 개인적 서사 안에 자아와 타자를 삽입하는 그런 이야기가 되었다. 낭만적 사랑의 발생은 소설의 출현과 얼마간 일치한다. 이 둘의 결합은 새로 발견된 서사 형식의 하나(소설—필자)였다.[4]

---

4) 앤소니 기든스, 배은경 역, 『현대 사회의 성 사랑 그리고 에로티시즘』, 새물결, 1996, 78~79면.

기든스는 18세기 낭만적 사랑의 형식에서 근대적 서사 구조, 즉 소설
(novel)이 출현했음을 암시하고 있다. 이는 중세 로맨스 문법에서 낭만적
사랑의 원형을 본 밀렛과 다른 차원이긴 하지만 18세기적 낭만성의 분
열 과정을 설명하는데 도움이 된다. 근대적 낭만성이란 결국 개인이 전
체로부터 원자적으로 분열했음을 의미하기 때문이다. 그/그녀는 가족
과 공동체의 후원으로부터 벗어나 각기 나름의 비밀스런 '낭만적' 사랑
을 꿈꾸게 된 것이다. 그런 의미에서 낭만적 사랑은 개인화된—때문에
할말이 많아져 서사화되곤 하는—사랑을 의미하기도 한다. 이 측면은
중세적 낭만성과 근대적 낭만성을 아우를 '낭만적인 것'의 성격을 규정
하는데 좋은 참고 사항이 될 수 있다.[5]

여기서—앞선 논의와 어쩔 수 없이 일부 중복될지라도—몇 가지
전제되어야 할 사실들을 추가하면서 논의를 우회하고자 한다. 우리는
낭만성과 낭만주의에 대해서 철학적 관점과 문학적 관점을 새삼 구분
해 살펴볼 필요를 느낀다. 양자가 긴밀히 연관되긴 하지만 그 개념적
차이를 이해한 상태에서 낭만성 문제에 접근하는 것이 개념적 혼란을
피하는데 도움이 될 것이기 때문이다. 철학에서 이른바 낭만주의라 지
칭하는 개념의 실체는 주로 무한 개념과 연관되는데, 이는 경험적 현실
에 대한 비극적 이해 위에서 그러한 현실의 빈틈으로 존재하는 다른 것
(타자)들을 추구하는 일체의 사유 활동을 의미한다.

따라서 현실적인 것을 초월하는 것에서 그치지 않고 현실적인 것의
틈새에 감추어져 있는 현실 배후의 사태들을 비정하려는 인식과 태도
라면 낭만적이라 규정할 수 있다. 이렇게 되면 '여기 아닌 다른 먼 곳'
으로서 자연으로 회귀하건, 아니면 무한한 과거로 복귀하건, 또는 현실
원리의 이면에 잠복해 있는 보다 근원적인 비의(秘義)의 세계로 환원되

---

5) 우리 논의가 전개되면서 이러한 낭만적 사랑의 요소가 한문소설의 낭만성의 하위
   요소로 편입되게 될 것이다. 다만 케이트 밀렛의 비판적 관점을 최대한 유념하면서 이
   개념에 담긴 젠더(gender) 정치적 속성을 최대한 탈색시키고자 할 것이다.

건 그 모두는 낭만적 사유로부터 발생했다고 하는 포괄적 규정이 가능하다. 이로써 낭만성 개념에 대한 작금의 철학사적 혼란이 초래되었다.

예컨대 헤겔(Hegel)과 라캉(Lacan)은 그 논리의 질서가 다르지만 동일한 낭만적 사상의 흐름 위에 배열될 수 있게 된다. 심지어 루소(Rousseau)와 하이데거(Heidegger)는 비관적 경험 세계 너머에 비문명적 이상을 설정한다는 점에서 동일하게 플라톤적이며 따라서 낭만적인 형이상학자들일 수 있다. 다른 누구보다도 데리다(Derrida)야말로 낭만주의적인 반이성주의 철학자다. 이러한 판단 내부에 각 철학자의 고유한 철학 논리를 꼼꼼히 구별하는 심각한 배려란 존재하기 힘들다. 그로 인해 낭만적 철학사조의 어떤 측면과 카톨릭적 상상력은 계몽 이성의 합리성에 반기를 든다는 이유로 같은 편에 배속되어 서로 융합하기도 한다.6)

한편 문학사적으로 낭만주의의 어원은 보다 구체적이다. 이는―앞서 설명한 바처럼―근대 계몽 이성의 성립과 무관하게 이미 중세부터 존재해 왔던 로맨스(Romans) 문학7)에 그 근원을 두고 있다. 이는 중세 후기 로맨스 장르가 장편 운문 형식에서 기사도를 주요 제재로 취급하는 모험과 연애의 산문 형식으로 정착되면서 분명한 자기 의미를 확정했다. 괴테(Goethe) 시대의 질풍노도 운동과 같은 독일적 낭만주의 개념은 그러한 로맨스 문학이 지닌 파토스적 격렬함이나 라틴적 발랄함 등의 속성을 비유적으로 확장한 경우다.

그리고 이 유럽적 낭만주의 현상들은 보수적 종교와 결합하면서도 동시에 종교에 의해 억압된 인간적 본능과 감정을 해방하는 기폭제가 되기도 했다. 물론 이 모두를 종합할 수 있는 단일한 틀을 마련하기는 쉽지 않다.8) 따라서 문학에 있어 낭만주의 사조를 근대 이성(계몽주의)의

---

6) 그렇다고 철학적 낭만주의가 계몽 정신과 배치되기만 하는 것은 아니다. 예를 들어 루소가 그렇다.

7) 라틴어 방언인 로망스어로 지어진 문학 일체를 지칭했다. 당대로 본다면 통속어로 지어진 비속한 문학이라는 의미를 가졌다.

8) 이 문제에 대해선 다음의 논의를 참고하라. Lilian R. Furst, 이상옥 역, 『낭만주의

성립과 대조시켜 논의할 만한 단서는 곳곳에 존재하지만—가라타니 고진이 언급했듯이—이를 이념적으로 응집시킬 논리를 마련하기는 쉽지 않다. 다시 말해 낭만주의를 서구문학사의 사조로 규정하는 것은 얼마든지 가능하지만, 범세계적 이념형이나 이론적 구성물로서 '낭만성'을 다른 개념들과 구별할 경우에 결국 파편적 논리에 의존하게 된다.[9]

낭만주의나 낭만성 개념은 아니러니 개념과도 밀접한 관련을 갖는다. 낭만주의 사조를 구성하는 강력한 수사법이 바로 '낭만적 아이러니(이로니)'였기 때문이다. 이것은 무한한 절대자의 영원성을 유한한 언어 형식 속에 유폐시키지 않기 위해 선택한 일종의 자기 파괴의 양식이라 할 수 있다. 이를 본받아 키에르케고어(Kierkeggard)는 절대자인 신의 존재를 이성의 한계를 초월하는 방식으로 드러내기 위해 이 개념을 구사했다. 흔히 잘못 알려져 있는 것과는 반대로, 낭만적 아이러니는 세계를 몽상적이며 불확실한 것으로 바라본 결과가 아니라 이처럼 세계를 자신들이 믿는 본질에 최대한 가깝게 드러내기 위한 명징한 수단에 불과했던 것이다.[10]

결국 문학 작품에 있어서의 낭만성이란 '이성 / 감성'이라는 예에서처럼 지나치게 추상적이거나 이념형적인 대립 개념에 의존할 수 없음이 명확해 보인다. 우리는 이러한 논리적 한계를 염두에 두면서 소설 양식에서의 낭만성 개념에 접근해야 한다. 그렇다면 우리는 차선책으로 각 시대의 낭만적 픽션들에 나타나는 이른바 낭만적 특성들을—지금까지

Romanticism』, 서울대 출판부, 1985.

9) 문학·예술적 낭만주의를 17세기 신고전주의에 대한 18·19세기적 반동으로 보는 것이 일반적이다. 이런 예술사적 이해는 상식으로서 참고할 만하지만 사실 낭만성의 본질에 대해서 몇 가지 카테고리만 제공해 주는 한계를 벗어나지 못한다. 보수와 진보, 혁명과 반동이라는 이분법을 벗어나려 한, 그리하여 낭만주의의 본질을 그 복잡한 정치적 혼미로부터 구출하려 한 아르놀트 하우저(A. Hauser)도 이 문제를 크게 개선하지는 못했다. 아르놀트 하우저, 백낙청 역, 『문학과 예술의 사회사─근세편 하』, 창작과 비평사, 1985, 193~261면.

10) 때문에 헤겔이 오해한 것처럼 낭만주의자들이 이성을 불신하여 자아 속으로 몰입했던 것만은 아니었다.

기술해 온 특성들을 참작하여─종합하고 여기서 일련의 공분모를 도출함으로써 한국 한문소설의 낭만성을 규정할 수 있을 것이다. 특히 우리는 서사 전개의 기본 골격이라 할 수 있으며, 작품별 분석 기준의 차이를 최소화할 수 있는 구조적 요소로서 플롯에 초점을 맞추게 된다.

중세 후기에 등장한 로맨스 문학은 통속적인 현실과 초현실적 숭고함을 야릇하게 결합시킨 일종의 판타지 문학이었다. 그 안에는 귀족적 우아함과 숭고에 대한 열정, 그리고 각 지방적 특색들이 담겨 있으며 부르주아지들이 개발한 정교한 계산표, 즉 세계에 대한 수리적 이해는 존재하지 않았다. 단적으로 로맨스 문법은 궁정에서나 벌어지는 중세 귀족의 문법이었고 그들의 정신적 고결함을 승화시키는 언어적 장치였다.

그런데 부르주아지가 상업적 세계 정복에 나서면서 직면한 우주의 다양성과 광대함은 새로운 호기심을 불러일으키게 되는데, 이런 인식은 일종의 엑조티시즘(exoticism)의 감각을 형성시킴으로써 새롭고 독특한 낭만적 성격을 첨부했다. 『로빈슨 크루소우』나 『정글북』이 그러한 예인데, 미지의 세계를 개척하는 '남성' 탐험가의 플롯은 이후 주울 베르느(Jule Verne)의 소설에서 보는 바와 같은 자연과 우주에 대한 정복담으로 발전해 간다. 스페이스 오페라로 불리는 이 장르는 현재 정통 장르의 위상을 획득했다. '낭만성'이라는 개념에 담긴 이런 후대적 함축을 무시할 수 없다.

중세 후기 로맨스 문학에서 현대의 할리퀸 로맨스에 이르는 로맨스 픽션의 플롯에는 몇 가지 공통점이 있다. 이를 나열해 보면 다음과 같다.

첫째, 권태로운 일상에 대한 배제
둘째, 현실적 시간과 공간 감각에 대한 일정한 망각
셋째, 이성(異性)에 대한 신격화
넷째, 미지의 사건에 대한 끝없는 충동

여기서 중세 로맨스의 주인공이 최종적으로 거머쥐는 부와 명예, 그리고 절세의 미녀를 자본주의적 욕망의 대상으로 대체해본다면, 숭고한 이상을 열정적으로 추구한 귀족적 세계관과 이를 구현하던 로맨스 플롯이 어떻게 부르주아지적으로 변화해갔는지를 유추할 수 있다. 그것은 부르주아지의 세속화 경향을 상징하는데, 로맨스 플롯이 현실적 불행을 비현실적으로 대리 충족하려는 일종의 보상 기제로 화하는 모습을 보게 된다.

이 지점에서 우리는 낭만적 이로니에 맹공을 퍼부었던 헤겔의 후신을 만나게 되는데, 그가 바로 칼 마르크스였다. 마치 헤겔이 슐레겔의 낭만주의 이론이 지닌 반역사적 주관화의 위험성을 경고했듯이, 마르크스는 부르주아지 세계관이 건설해 놓은 우민화의 환상 장치들을 배척하였다. 이른바 근대 부르주아지의 낭만성이란 일련의 물화(reification)를 동반한 퇴행적 낭만성으로 귀결되었기 때문이다. 우리가 간혹 ‘낭만적’이란 용어를 냉소적으로 구사하는 것도 바로 이 때문이다.11)

2. 낭만적 플롯의 특징

한국에 낭만주의 사조가 수입된 것은 20세기 초반이었는데, 이는 주로 명치 시대 일본의 현대문학 사조를 수입하면서 시작된 것이다. 따라서 시인이건 소설가건 낭만주의의 낭만(浪漫) 개념을 Romans라는 원의에

---

11) 이렌느 시쑤(H. Cixous)는 케이트 밀렛을 이은 페미니즘 시각에서 이러한 로맨스 플롯을 남성주의적인 글쓰기로 조롱한다. 엘렌 식수, 박혜영 역, 『메두사의 웃음』, 동문선, 2004.

기초해 반성한 사례는 희소하다. 때문에 낭만주의의 혁명적 활력[12]이 이미 소진된 그 잔영들, 즉 퇴폐주의나 유미주의의 감상적 격정의 분출을 낭만주의의 정수로 오해하였다. 예컨대 낭만주의는 그 정치적 혁명성의 뇌관은 철저히 봉인된 채로 수입되었다 이에 따라 낭만주의는 수설 형식의 혁신보다 시 형식의 감상적 실험을 통하여 문단에 파급된다.

그런데 19세기에 등장한 낭만주의의 소설적 실험은 괴테의『젊은 베르테르의 슬픔』이나 욱달부(郁達夫)의 단편들에서 보이는 바처럼 사회적인 삶으로부터 내적 삶으로의 과격한 결별, 개인의 내존(內存)을 확보하려는 주체의 세계에 대한 심리적 과잉 방어를 그 특징으로 한다. 따라서 중세 후기의 로맨스 문학이 현실을 벗어난 어딘가 다른 시공을 꿈꾸었듯이 낭만주의 작가들은 정치 현실에 마주 대하기를 철저히 기피하며 자기 안의 삶을 살아가기로 결의했던 것이다.[13] 그런 점에선 로맨스 문학에 나타나는 기사도의 삶과 베르테르나 이인(伊人)[14]의 삶에는 어딘가 서로 흡사한 구석이 많다. 우리가 한국 한문소설에서 보편적 의미의 낭만성을 운위하려면 이 측면을 강조할 수밖에 없다.

사실 삶에 대한 리얼리스틱한 이해의 반대말 정도로 낭만성 개념을 구사하는 것은 그 본래 의미의 비유적 확장이나 모멸적 비웃음의 용례를 넘어서지 않는다. 그러므로 낭만주의와 마찬가지로 낭만성 개념은 작품 분석 과정에서 엄밀히 규정되어 사용되어야 한다. 그런데 앞에서 보았듯이 낭만성 개념 자체는 그 연원으로부터 너무 많은 뉘앙스를 포함하게 되면서 — 그리고 19세기 특정 철학 경향이나 문예 사조의 명칭

---

12) 주지하듯이 낭만주의의 사조적 힘은 1789년 프랑스 대혁명의 정신과 연계되어 있었다.

13) 당연히 일본 사소설(私小說)의 특징과 닮은 점이 많다. 일본 소설에서 주체 내면으로 침잠하는 사색적 경향은 전후(戰後)에 일종의 낭만적 과격성을 띤 하드보일드의 탄생으로 연결된다. 이를테면 모리무라 세이이치의『증명』시리즈가 있는데, 무라카미 류 세대는 이와 멀지 않은 자리에 존재한다.

14) 욱달부의 소설『조라행(蔦蘿行)』에 나오는 내성적이고 관념적인 주인공. 욱달부 소설의 주인공들은 대부분 이인처럼 우울한 내적 시선을 지닌 인물들이다. 때문에 아시아문학에서 이인은 동양의 베르테르로 불렸다.

으로 사용되면서 — 이제는 삶의 총체적 국면을 분할하는 거대 담론, 혹은 수사적 범칭이 되어 버렸다.15) 때문에 우리는 낭만성 개념을 한문소설에 적용하면서 이를 플롯의 차원에서만 정의하고자 한다.

낭만성을 플롯에만 한정하는 이유는 또 있다. 이제는 낭만성 개념의 근원이 중세 서유럽의 라틴어 방언, 즉 로맨스어로 된 장편 운문 문학이었다는 이유로 이 개념의 태생적 외래성을 시비 걸 사람은 드물게 되었다. 하지만 그럼에도 유럽에는 유럽 나름의 낭만성 혹은 낭만적 정감이, 동양에는 동양 나름의 낭만성 혹은 낭만적 정감이 형성되어 왔음을 부정할 길 없다.16) 플롯 개념의 보편성은 이러한 문화적 특수성에서 빚어질 개념 사이의 착종을 회피할 수 있는 유일한 대안이다.

낭만적 플롯과 뒤섞여 동일한 것으로 오해받기 십상인 플롯에 판타지 플롯이 있다. 사실 로맨스 문학에는 비현실적인 요소, 이른바 환상성이 개입되어 있었고 이것이 동양의 지괴성(志怪性)이나 전기성(傳奇性)과 공통적인 부분이 많기에 이를 한 묶음으로 엮어 '낭만성≒비(초)현실성'으로 정형화시키기 쉽다. 물론 동양 중세 소설을 괴기성의 관점에서 명명해 온 데에도 문제가 없지 않지만, 로맨스 문학을 그 판타지적 성격에만 주목하여 규정하는 것은 더 큰 문제가 있다. 단적으로 괴기 소설이나 환상 소설의 특징이 로맨스 문학이나 동양의 전기(傳奇) 문학에 없는 것은 아니지만 그것이 해당 문학 작품에 낭만성을 초래하는 본질은 아니다.

더욱이 중세 로맨스 작품들의 특징 가운데 그 환상성과 기괴성을 추출해 낭만성과 동일한 의미로 사용했던 예를 — 낭만주의 운동이 가장 활발했던 — 19세기 유럽의 경우에서조차 찾아 볼 수 없다.17) 그리고 그

---

15) Lilian R. Furst, 이상옥 역, 앞의 책.
16) 가라타니 고진, 김경원 역, 앞의 책.
17) 낭만성의 요소로서 그로테스크함이나 초현실성이 갖는 지위는 항상 부분적이거나 무시할 만한 수준에 불과했다. 게다가 그것은 주로 시에서 나타났는데, 그것도 가장 뒤처졌던 프랑스 낭만주의 운동의 제일 끝자락에 쉬르레알리즘(surréalism)의 모습으로

것이 사실이라면 환상성과 기괴성으로부터 낭만성 개념을 구성하려는 태도는 모두 이 개념을 안이하게 이용하려는 편의적 발상에 지나지 않는다. 결국 로맨스 문학이 판타지 문학일 수 있다는 사실이 곧 로맨스의 판타지적 특징이 로맨틱함의 주요 근원이라는 것으로 오해될 수는 없다.

로맨스에 나타나는 비현실적(판타지) 요소는 로맨스의 특징이기보다 이 장르의 설화적 속성을 반영하는 것이다. 때문에 로맨스가 아니더라도 비슷한 시기에 탄생한 다른 지역 서사 문학 역시 로맨스와 유사한 판타지적 성격을 공유하고 있다. 이를 지괴성이나 전기성, 혹은 환몽성이라 달리 불러도 그것들이 지닌 의미의 위상은 로맨스에 나타나는 판타지와 동일하다. 따라서 로맨스의 비현실성은 이른바 노블(novel)의 탄생 이전에 모든 서사 문학이 갖는 설화적 숙명이었다. 이런 이유로 후대 문학사에서 비현실적(판타지적) 속성을 낭만적인 것으로 통칭한 사례를 찾아볼 수 없게 된 것이다.

결국 지금의 우리가 낭만적이라 부르는 문학, 특히 서사 문학의 어떤 성격은—물론 그런 자질도 부분으로 포함하지만—로맨스가 지닌 비현실성과는 다른 속성으로부터 연원했다. 그것은 우선 연애 플롯을 의미했다. 연애 가운데서도 가장 이상주의적 연애, 즉 주인공이 발견하려는 생의 목적과 연관된 연애[18]야말로 로맨스적 연애에 해당한다. 때문에 로맨스의 주인공은 절제를 모른다. 그/그녀의 관심은 어쩌면 이성으로서의 배우자에 있다기보다 그 배후에 잠복된 영원성에 대한 열망에 있는 것처럼 보이기도 한다. 예컨대 카사노바와 같은 인물은 전형적으로 낭만적인 인물이라 할 수 있으며 실제로 19세기 낭만파 문인들에게 자주 이용된 소재이기도 했다.[19] 이제 이것을 실마리로 문제를 풀어가 보자.

출현했다.

18) 이 논점에서 남녀의 성적 역할을 배제한다는 점은 케이트 밀렛의 저술을 인용하면서 이미 기술되었다.

19) 루소와 괴테의 여성 편력을 상기해 보라. 그들에게 여성이란 현실 너머의 영원한 이상, 혹은 하나의 완전한 미의 세계를 의미했던 것이다. 낭만주의자들이 연애에 대해

중세 기사도 소설의 주인공과 베르테르, 그리고 이인(伊人) 사이에는 어떤 공통점이 있다. 그들은 모두 연애를 해야만 살 수 있다. 그런데 그 연애란 것이 땀내 나는 일상적 연애가 아니라 아주 비범한 연애, 즉 목숨을 걸어야 하거나 금지되었거나 혹은 실패를 전제로 하는 불가능한 연애들이다. 왜 연애가 그토록 험난함의 숙명을 동반해야만 하는가? 연애야말로 근엄한 공식 문화로부터 어딘가 다른 곳, 혹은 별세계로 주인공을 인도하는 사건의 문턱이기 때문이다. 이 문턱을 통과함으로써 중세 기사는 자신의 정체성을 확인하면서 삶의 환희를 만족시킬 수 있는 모험의 여정에 돌입하고, 베르테르는 남과는 다른 사랑하는 자로서의 자신의 존재성을 유감없이 확인한다. 이처럼 개별 존재로서 '나'의 확인이란 다소 몽상적인 로맨스적 플롯이 추구하는 근본 목적이다. 이 과정에 악룡을 만나건 마법사와 투쟁하건 그 모든 절차들은 생의 숭고한 목적을 달성하기 위한 여정을 장식할 설화적이며 서사시적인 화소(話素)들에 불과하다.[20]

이 과정을 따라감으로써 독자들은 세계의 다채로움 속에 유일무이하게 존재하는 주인공 '나'를 발견하고 일상 속에서 자주 소실 위기에 처하는 스스로의 존재감을 회복한다. 중세 로맨스 문학 단계에서 이것은 동일시 효과에 불과했으나 베르테르 단계에서는 아예 자신을 베르테르 그 자체로 변형시키는 일치화의 극단이 초래됨으로써 연이은 자살 소동으로 번져 나갔다. 마찬가지로 이인(伊人)을 비롯한 욱달부 소설[21]의 주인공들은 자신의 내성적 삶에 침몰하여 야릇한 연애 감정에 휩싸이

갖는 이 열정과 관심은 결코 과소평가될 지엽적 성분이 아니다. 그것은 당대 남성주의적 시각에서는 존재론적 차이 — 남성의 타자인 여성, 문명의 근거인 자연, 유한함을 초월한 무한 등등 — 를 유발하는 상징이었다.

20) 그러한 로맨스적 플롯의 가장 현대적인 변용이 바로 제임스 본드 시리즈라 할 수 있다.

21) 『망망한 밤』·『침륜』 등의 주인공들이 대표적이다. 이들은 환상적 여인을 대상으로 방황하거나 거부할 수 없는 수음(手淫)에 빠져 번뇌한다.

고 낯선 여인과 동침한 후 한없는 감상성에 침울해 한다. 이 모든 정체 불명의 비탄 뒤에는 포화 상태가 된 '나', 개별화로 후퇴한 주체의 자기 감정이 놓여 있는 바, 이는 바로 소외된 도시인의 근대적 자아 감정과 도 무관한 것이 아니다.[22]

사실 낭만주의가 '여기와 다른 낯선 어딘가'로 자연과 전원을 열망했 다는 점은 주체가 자신의 자기동일성을 획득할 어딘가 다른 환경을 동 경했다는 것을 의미한다. 그것은 문명 너머의 이상향이기도 했지만 곧 이어 보들레르(Baudelaire)적 도시성으로 탈바꿈할 그러한 것으로서 결코 자연주의와 완전히 동일시될 수 없는 어떤 것이었다. 따라서 낭만적 플 롯의 핵심은 연애나 전원 또는 도회풍의 산책에 있는 것이 아니라 바로 일상을 벗어난 주체의 자기 존재 감정에 있다고 하겠다.

우주에 유일무이하게 존재한다는 감정, 이것이야말로 낭만적 플롯이 요청하고 기도하는 서사적 감정이며 이를 수반하는 그 어떤 소재도 용납 되는 것이 이 플롯의 관대한 융통성이다. 환언하면 이는 일종의 고독의 감정이며 주인공의 고독은 이윽고 여행이나 열애 또는 '지금과 다른 것' 에 대한 열망으로 이동한다는 것이다.[23] 이것이 우리 논의의 핵심이다.

그런데 지금 여기에 존재하는 나와 다른 것, 즉 타자성을 추구한다는 것은 정신분석적 관점에서는 주체의 여성(타자) 숭배라는 강박증적 증상 으로 재해석될 수도 있다. 이질적이고 미지의 존재로 설정된 타자를 한 없이 추구하기만 할 뿐 결코 가질 수 없는 주체, 다시 말해 이상적 대상 에 한없이 다가가기만 할 수 있도록 설계된 주체가 강박증적 주체라면 우리가 거론해 온 낭만적 플롯 속의 주체는 언제나 다소 강박적인 주체

---

22) 때문에 현대화된 로맨틱 플롯에는 도시의 바(bar)처럼 술렁대는 대중들의 도심 풍경 이 흔히 등장한다. 아마 마르크스라면 이를 부르주아지 문화의 퇴폐성으로 간주했을 것이다. 실제로 그러한 낭만적 감정이입으로부터 이념적 각성 상태를 유지하기 위해 B. 브레히트는 이른바 '서사극' 이론을 도입했다.
23) 바로 이 때문에 17세기 데카르트적 주체의 반성이 낭만주의와 결부되는 것이다. 즉, 우주 전체에 자아만 고립되어 존재한다는 악마적 환상이라는 측면에서 그러하다.

일 수밖에 없기 때문이다.24)

강박증 환자는 여자에게 거리를 유지하므로 그의 여자는 존재한 적이 없는 이상적 여자(la Dame)이다. 물론 이러한 궁정풍의 사랑(amour courtois)을 모두 강박증으로 환원시킬 필요는 없다. 하지만 궁정풍의 사랑에서는, 대타자 속에 존재하는 것을 대면하는 위험을 무릅쓰지 않고서 (여자를) 숭배할 수 있도록 해주는 이러한 (강박증 환자에 의한 여자의) 이상화가 형성된다.25)

결국 낭만적 플롯 속의 주인공은 이상화된 대상 또는 대상 a에 집착하면서 그것에 자신의 실존적 의미를 투사한다. 이 존재론적 방황의 와중에 자신의 전존재를 소진하면서 그/그녀가 추구하는 것은 일상 현실의 거짓과 위선을 폭로함으로써 진리의 세계, 혹은 진리라고 가정된 미지의 세계로 도약하는 것이다. 적어도 이상적인 어떤 세계나 존재, 자신의 생을 걸어도 좋을 만큼 가치 있다고 여겨지는 대상이 저기 먼 곳에 실재한다고 믿는 한 삶은 파국을 모면하며 유지될 수 있다. 따라서 강박증의 질문은 존재 질문이기도 하다.

이러한 의미에서 강박증 환자는 이상화된 대상에 대해 존재의 낭만주의자—하지만 존재는 (이미) 비존재에 의해 삼켜졌다. "대상 a는 존재가 아니기" 때문이다—로 행동한다고 말해도 큰 무리는 없을 것이다. 그러므로 그는 다음과 같은 근본적인 질문을 던진다. "나는 죽었는가 살았는가? 나는 대상인가 주체인가?"26)

자신의 존재의 자리를 묻고, 또 자신의 삶의 진실성에 대해 의심하는 강박증자는 이처럼 자신의 내면의 고독 속에서 반복적으로 이상적인

---

24) 강박증의 전형적인 승화 형태가 바로 끝없는 지식욕, 혹은 타자에 대한 앎에의 욕구라는 점을 고려해야 한다.
25) 드니즈 라쇼, 홍준기 역, 『강박증—의무의 감옥』, 아난케, 2007, 289면.
26) 위의 책, 294~295면.

동경의 세계를 탐구한다. 그것은 존재론적 낭만주의자의 모습을 띠고 있다. 한문소설의 낭만적 플롯의 뼈대를 형성하는 심리적 충동의 기저는 결코 이와 무관할 수 없다.

이상의 논의를 요약하여 우리는 낭만적 플롯의 충족 요소로 아래의 다섯 가지를 상정한다. 물론 반드시 이 다섯 요소여야만 하는 것은 아니지만 이 가운데 적어도 세 개 이상의 공분모를 지녀야만 명실상부하게 낭만적이라 칭할 수 있을 것 같다.

① 주인공은 스스로 고독하거나 타율적으로 고독한 상황에 직면한다.
② 주인공은 고독을 보상할 모종의 (심리적) 사건에 직면하여 변화한다.
③ 주인공은 시간과 공간상의 비일상적 착란이나 단절(초월)적 이동을 체험한다.
④ 주인공은 사건을 경과하며 매우 중요한 인물로 자각된다.
⑤ 주인공은 자아에 대한 절대 체험을 통해 균질적 일상을 거부한다.

이 가운데 ②에 채워 넣어질 내용은 기사도적 무용담이나 광적인 연애담일 수 있으며 서스펜스 가득한 모험담일 수도 있다.[27] 그에 따라 해당 소설은 환상 소설이나 모험 소설, 혹은 연애 소설이 될 수 있을 것이다. 결과적으로 이 모든 하위 장르의 소설들은 공히 낭만성을 가질 수 있는 것인데, 그것은 이들이 낭만적 플롯을 활용했기 때문이며 이런 점에선 동양과 서양 사이의 근본적 차별이란 존재하지 않는다.

---

27) 이때 ③이 ②의 내용을 채우는 질료의 전부일 때, 이는 '낭만적'이란 말의 의미에 담기게 된 조롱 섞인 비아냥거림, 즉 '몽상적', '비현실적', '들뜬', '이성을 잃은' 등의 뉘앙스의 원인이 된다.

3. 아이러니

낭만적 플롯이 이른바 무한성의 차원에 직면할 때 이는 곧바로 아이러니로 전화한다. 낭만주의 사조가 곧바로 아이러니와 결부되는 것은 이 때문이다. 무엇보다 우주의 광대함과 영원성에 대치하여 도드라지게 강조된 개인은 급기야 자신의 존재의 본성이 지닌 무근거성에 도달하게 된다. 현존과 이상, 개인과 전체, 무한과 유한 사이에 피할 수 없는 모순이 빚어지면서 낭만적 플롯에 놓여진 주인공은 삶의 환상적 허구 안에서 자족할 수 없는 문제적 주체가 된다. 그리고 이 주체는 픽션을 가공한 작가의 손아귀에서 빠져 나와 작가가 소속한 현실을 되비추며 이를 반성에 몰아넣기도 한다.[28] 낭만주의가 탄생시킨 아이러니란 바로 이와 같은 문학적 반성에 기초하며 이 내부에는 순박성에서 감상성[29]으로 전이해 가는 근대 문학의 분열의 역사가 숨어있다.

문학사적으로 아이러니의 감정은 낭만주의의 절정기인 18~19세기적인 현상이지만 실은 그 이전의 문학 작품들, 예컨대 그리스 비극에서 발견되는 것이기도 하다.[30] 따라서 낭만적 플롯을 소유한 비유럽권 소설에서도 이 요소는 얼마든지 검출 가능하다 하겠다. 사실 낭만적 플롯이 소설사에 가져다 준 최대의 기여는 그 존재론적(실존론적) 반성과 더불어 삶에 대한 아이러니한 감수성의 개발에 있다 해도 과언이 아니다.

---

28) 때문에 낭만적인 작품에서 작가가 작품 내부에 들어가 작품의 완결성을 파괴하기도 한다. 이는 작품 속의 현실이 작품 밖의 본질 세계를 다 담을 수 없으리라는 인식의 좌절감으로부터 연유한다. 우리는 누보 로망 계열의 작품들, 예컨대 존 파울즈의 『프랑스 중위의 여자』에서 그 현대적 구현을 목도할 수 있다.

29) 프리드리히 쉴러, 장상용 역, 『소박문학과 감상문학』, 인하대 출판부, 1996.

30) 그로 인해 '비극적 아이러니'는 그리이스 비극과 셰익스피어 연극에도 적용될 수 있다. 낭만주의 이론가들은 그러한 선대 문학 작품들에 대한 분석을 통해 아이러니 개념을 구성했던 것이다. D. C. Muecke, 문상득 역, 『아이러니*Irony*』, 서울대 출판부, 1986, 34~43면, 122~127면.

아이러니 속에서 삶은 주어진 것으로 긍정되지 않고 실험되며 그 불가해한 모호성을 노출한다. 이 프로이트적인 심리적 존재, 아이러니한 주체의 밀도 속에는 이제 더 이상 로맨스 문학 단계의 유쾌한 모험의 여정은 존재하지 않는다. 그러나 그 모든 배아는 르네상스 이전에 로맨스 문학의 내부에서 오래 잠자고 있었던 동일한 충동에 기원하고 있었던 것이다. 문학의 위상이 낭만주의와 더불어 혁명적 상승을 이룩한 것은 이런 점에서 의미심장하다. 어쩌면 낭만주의를 거치면서 문학 현상은 비로소 의미 있는 독자적 현상으로서 자신을 역사 속에 분절시켰다고 해야 옳을는지 모른다.

4. 한국 한문소설의 낭만성의 구조

1) 한국 한문소설에서의 낭만적 플롯

낭만성 개념을 의미론적 진공 속에 산화시키지 않기 위해 우리는 이를 소설의 플롯에 한정했다. 그러나 이는 플롯 자체에서 낭만적 특징이 주조된다는 뜻은 아니다. 낭만성을 구성하는 틀로서 낭만적 플롯이 존재하며 소설에서의 낭만성은 이 틀을 뼈대 삼아 이차적으로 구성된다. 그 과정에서 민족적, 문화적 특질이 가담되어 각 문화권 나름의 독특한 낭만성의 종차가 발생한다. 하지만 그럼에도 불구하고 낭만성의 보편적 기준은 바로 플롯으로부터 기원한다는 사실에는 변함이 없다. 따라서 한국 한문소설의 낭만성으로 거론되는 모든 사항들은 다른 문화권의 경우에도 거의 동일하게 적용되며, 또 동일하게 적용되어질 수 있어야 마땅하다.

한국 한문소설의 낭만성은 『금오신화』 이전과 이후로 그 세부 성격이 다소 바뀐다. 그러나 이들 사이에 공통되는 자질이야말로 한국 한문소설이 지닌 낭만성의 핵심적 본질이다. 이제 그 플롯상의 특질을 몇 가지 구조적 모형으로 나누어 설명해 보겠다.

(1) 이성애를 통한 자기 신원의 확인

한국 한문소설의 대다수는 이성애를 주제로 삼아 주인공의 변모 과정을 탐색한다. 이때 남녀 주인공의 이성애적 결합은 운명적인 것이라기보다 우연적인 것이다. 때문에 천상에서부터의 인연이라거나 만남의 필연적 예징과 같은 대목은 따로 성립되어 있지 않으며 단지 사후적으로 암시될 뿐이다. 다만 사랑에 빠진 남녀는 자신들의 우연한 조우를 영원한 것으로 이해하려는 경향이 있다. 그리고 그것을 자신들이 파멸에 이를 때까지 추구하려는 맹목성을 가진다.

여기서 주인공들의 과격한 사랑은 육체적 관계로부터 점차 상징적인 다른 부면으로 발전해 가려는 관성을 갖는다. 「쌍녀분기」나 「이생규장전」이 대표적인데, 표면적으로는 육욕 그 자체를 다루고 있는 듯한 「주생전」과 「위경천전」 역시 이성애가 초래하는 삶의 부조리성과의 파괴적 대면을 묘사한다. 따라서 이성애는 결코 행복한 결말로 끝나지 않는다. 이 과정에서 강조되는 것은 주인공이 얼마나 고독한 삶을 살아왔으며 살아갈 수밖에 없는가 하는 운명에 대한 깨달음이다. 사실 육체는 그 자체로 완결된 쾌락이며 그 너머의 의미의 진동을 몰고 올 하등의 사변적 함축도 지니지 않는다. 한문소설의 경우 「조신」이나 「김현감호」에서부터 그와 같은 육체에 대한 낙천적 향유란 존재하지 않았다.

그런데 한문소설 주인공들이 겪는 이 비극적 사랑은 전적으로 개인의 책임 하에 방치된다. 스토리의 전개 과정에서 제삼의 인물들, 대표적으로 가족들이 남녀의 만남을 결정적으로 조장하거나 방해하는 사례가 보이지 않는다. 물론 「김현감호」의 노파나 「이생규장전」의 이생의 아버지, 또는 「운영전」의 안평대군이 있어 남녀의 결합을 방해한다. 그러나 이들의 권위는 남녀 주인공의 사랑 자체를 겨냥한 어떤 본질적 위협도 가할 수 없게 되어있다. 즉, 이생 아버지의 방해는 다분히 상투적이며 이생의 나이를 고려할 때 너무나 당연한 것이기도 하다. 더구나 그는 혼인 전후에 잠시 나타났다 소멸하는 후경적 존재에 불과하다. 안평대군의 경우도 그 자신 운영을 사랑하는 애정의 경쟁자로 부각되지 않고 항상 수성궁의 삶을 무겁게 억누르는 우울한 배경적 시선으로 남아 있을 뿐이다.

단적으로 한문소설의 주인공들은 「만복사저포기」의 양생이나 하씨 처녀처럼 가족 없는 고아거나 가족과 무관한 상태에 방치된 존재들이다. 따라서 그들은 사랑의 결구 과정 전반을 오직 자신 스스로만 관장하는 독아적 존재들인 것이다. 이는 「주생전」의 경우도 예외는 아니라서 주생과 배도, 그리고 선화는 마치 가족이라는 것은 애초에 가져 보지도 못한 사람들처럼 독자적으로 행동한다. 그들에겐 삶의 전결권이 주어져 있지만 그만큼 그들의 삶은 안전장치 없는 위태로운 것으로 드러난다. 가족과 친구라는 배경 존재가—미약하게나마—주인공의 애정 관계에 본질적으로 간섭하는 것은 전기소설의 후미를 장식하는 「심생전」에 와서나 가능해진다.

결국 남녀 주인공의 애정 행각이 가족과 사회라는 태반에서 양육되지 않기에 그들의 사랑은 윤리성, 혹은 사회성의 감각으로부터 상대적으로 자유롭다. 그들의 사랑은 가문의 성장이나 몰락과 무관한 오직 개인사일 뿐이며, 그럼으로써 오직 개인적 삶의 의미만이 그들의 문제일 뿐이다. 이를 가문소설과 비교해 보면 그 차이는 분명히 드러날 것이다. 이런 견지에서 「하생기우전」의 사랑은 결코 낭만적이라 할 수 없다.

이 작품은 한미한 출신의 사내가 자신의 가문을 부흥시키는 수단으로 명문가 규수를 쟁취하는 과정을 보여주고 있는데, 그 안에는 낭만적 사랑의 열병 대신 치밀한 보답의 논리(적선여경 積善餘慶)가 자리 잡고 있기 때문이다. 낭만적 사랑의 플롯에는 지구상에 단 하나뿐인 그와 그녀가 나타날 뿐이다.31)

(2) 비일상성의 일상성에 대한 압도적 우위

모든 소설에는 일정 정도의 비일상성이 개입되어 그것이 사건의 매듭이 되며 이어지는 스토리가 그 매듭을 천천히 풀어나가게 된다. 그런데 낭만적인 한문소설의 경우 차분하게 풀려 갈 하나의 매듭 따위는 애초에 존재하지 않는다. 매듭은 하나의 파국적 국면으로서 스토리의 초반, 중반, 후반 어디에서나 돌발적으로 출현할 수 있다. 그리고 그것은 일종의 일상성과의 단절로 체험되는데 이는 그 매듭이 일상의 논리로는 해결할 수 없는 이질적 세계로의 문턱이기 때문이다.

「김현감호」·「만복사저포기」·「운영전」 등은 매듭의 풀림 작용이 후반부에 설정되어 있어 서스펜스 효과를 유발하고 「취유부벽정기」·「남염부주지」·「용궁부연록」 등은 초반부에 설치되어 일상성과의 격렬한 단절감을 초래한다. 또 「최척전」처럼 비일상적 사건의 연속으로 구성된 경우도 있다. 이때 우리가 가장 인상적으로 기억하는 플롯은 서스펜스 감정을 환기시키는 첫 번째 경우다. 왜냐하면 이 플롯은 '사건의 역전과 진상 발견의 미학'이라 할 수 있는, 통상 단편소설이 공통적으로 구비한 가장 인상적인 요소들과 결부되기 때문이다.32) 하지만 '놀라움과 경이'를 유발하기 위한 플롯상의 이러한 안배는 낭만성의 특징과 직접적 연관은 없다. 낭만적인 것의 발현은 비일상성이 모든 일상의 논리를

---

31) 물론 그것이 여러 명의 상대를 만나며 반복될 수는 있다. 예컨대 주생과 배도, 주생과 선화의 관계가 그렇다.

32) 이를 최초로 제시한 것은 단편소설과 추리소설 기법의 창시자인 애드가 앨런 포이며 이른바 발견의 미학을 완성시킨 사람은 기 드 모파상이다.

전복시키고 기존의 생활 질서 전부를 쇄신하는 과정에서 발현된다.

낭만적 플롯의 비일상성은 일상적 사건들의 배후에서 점차 자라나는 혼돈이나 공포와는 관계가 없다. 즉, 비극의 플롯과 무관하다. 낭만적 비일상성은 논리적 매개나 단계적 절차를 무시한 순간적 비약에서 출현한다. 그 비약은 합리적 설명을 필요로 하지 않는 비인과적 단절이라서 매우 엉뚱해 보이지만 나름대로의 원칙이 있다.

우선 낭만적 비일상성은 일상성의 원리를 무효 처분시키는 압도적인 장악력을 소유한다. 때문에 그것은 현실 원리 이면의 더 본질적인 원리이거나 그 상층에 속하는 초월적 원리이기가 십상이다. 예컨대 죽음이나 꿈의 세계, 혹은 신선 세계 같은 것이 그것이다. 하지만 반드시 그러한 비현실적 허구만을 필요로 하지는 않는데, 이를테면 「최척전」에 충만한 기연(奇緣)이나 「온달」에 나타나는 급격한 신분 이동, 혹은 「심생전」에 보이는 이성을 향한 놀라운 집착 등도 낭만적 비일상성의 구성 요소가 될 수 있다. 이런 요소들은 한번 도입되면 나머지 스토리를 지배하며 독점적 지위를 차지하게 되는데 작품이 끝날 때까지, 그리고 작품에 대한 독서가 완결되고 나서도 주로 기억되는 것은 그러한 측면들이다.[33]

아울러 하나의 특정한 낭만적 비일상성은 플롯에서 단지 한 차례만 출현한다. 다시 말해 박생은 염부주에 두 차례 이상 드나들 수 없다. 그는 소설에서 소비되는 인생에 걸쳐 오직 한 번만 염부주에 갈 수 있다. 때문에 이 경험은 플롯에 있어 절대적인 권위로 부각되며 그 일회성의 가치로 인해 스토리가 우스꽝스럽게 희극화되는 것을 방지한다.

박생이 염부주에 자주 들락거릴 수 없다는 점, 홍생이 기씨녀와 재회

---

33) 예를 들어 「운영전」은 후반부의 액자로 인하여 찬란한 낭만적 색조를 부여받는다. 액자가 초래하는 원근감이 운영과 김진사의 사랑을 더욱 절대적이며 수정 불가능한 신화처럼 부조시키기 때문이다. 죽음과 영혼의 회귀라는 비일상성의 도입이 없었다면 이는 불가능했을 것이다.

할 다른 기약을 가지지 못한다는 점, 한생이 용궁에 주기적으로 초대받는 인사가 아니라는 점, 무엇보다 비일상적인 기적의 체험(만남과 사랑)을 결코 되풀이할 수 없다는 점은 매우 중요하다. 왜냐하면 낭만적 세계 이해란 어떤 견지에선 현실의 불가역성과 찰나적 일회성에 대한 예민한 감각이라 할 수 있기 때문이다. 못 다한 사랑이나 못 이룬 꿈, 또는 실패한 영웅의 삶이 미묘한 낭만성을 초래하는 이유가 여기에 있다. 무엇보다 우리는 그것이 얼마든지 되풀이 재현 가능한 것이라고 느낄 때는 결코 낭만적 감정에 젖지 않는다.

(3) 상실감과 회귀불가능성, 그리고 모호한 향수

낭만적 플롯의 또 다른 특징은 그것이 무언가를 상실하거나 박탈당한 상태에서 출발하여 궁극적으로 그러한 상실감이나 박탈감이 더욱 고양된 상태로 끝난다는 점이다. 예컨대 「쌍녀분기」의 최치원은 고향을 상실한 자인데 여귀들과의 허무한 백일몽적 사랑을 경유해 그러한 상실감은 보상되기는커녕 더욱 심화된다. 「조신」의 조신이나 「만복사저포기」의 양생, 「취유부벽정기」의 홍생 역시 무엇인가를 회복해야만 할 공복감에 사로잡힌 인물들이지만 그것에 근접하자마자 상실함으로써 더 강력한 박탈감에 빠지고 만다.

이는 일시적으로 삶의 목적을 쟁취한 김진사와 운영, 주생과 배도에게도 동일하게 찾아드는 운명이다. 또 「남염부주지」의 박생은 인생의 진상을 알아냄으로써 호기심을 충족하지만 곧바로 삶의 의미를 잃어버리는 자이며 「김현감호」의 김현은 이류(異類)인 아내를 얻지만 세속적 출세 이외의 단란한 가정적 행복으로부터 멀어지고 「용궁부연록」의 한생은 현란한 이계를 탐방한 뒤로 이승에 뜻을 잃는다. 물론 「최척전」의 최척과 옥영, 「수삽석남」의 최항과 그의 첩처럼 소기의 목적을 달성하고 행복한 결말을 맞이하는 인물들도 있지만 예외적이다. 18세기 이전에 씌어진 한문소설 대부분은 상실감을 플롯의 주동력으로 삼고 있다.

그런데 이러한 상실감의 배후에는 「최척전」을 극단적 예외로 하는 근원적 회귀불가능성에 대한 인식이 자리 잡고 있다. 그렇다고 주인공들이 돌아갈 구체적 고향이 없다는 의미는 아니다. 그들에겐 고향이 있을 수도 있고 또 고향이 없더라도 딱히 얹혀 살 곳이 없는 것도 아니기 때문이다. 예를 들어 전쟁으로 모든 것을 상실한 이생은 아내와 살던 옛 집터에 찾아 들어 한 동안 머물고 있다. 하지만 그 곳은 이생에게 있어 더 이상 회귀해야 할 삶의 중심이 아니며 고작해야 과거를 추억하는 회한 서린 유적에 불과하다. 또 조선 전쟁에 동원되어 타향을 떠도는 주생은 이미 돌아갈 마음의 고향을 상실한 나그네이며 김진사와 운영은 죽음 이후에도 안식처를 소유하지 못한 채 옛 수성궁 터를 배회하는 과거의 화신들이다. 그들에게 지속적으로 회귀해야 할 안전한 고향이란 존재하지 않는다.

무엇보다 이들에게 상실된 것이 구체적인 공간이나 사물이 아니라 심리 속에만 존재하는 기억이라는 점은 그들이 찾는 삶의 목표를 매우 모호한 것으로 만든다. 소설 속의 주인공들은 자신에게 의미 있었던 어떤 과거의 상황이나 최근의 기억을 잊지 못한다. 이 실체를 알 수 없는 모호한 향수는 따라서 회귀 불가능한 것이다. 현재에 없고 미래에도 없을 것, 혹은 영원히 현실 속에는 있을 법하지 않는 모종의 상태를 그리워한다는 것은 마치 죽은 아내나 먼 다른 별의 공주를 그리워하는 것과 마찬가지로 허무한 것이다. 이것이야말로 낭만적 노스탤지어(nostalgia)인 셈이다. 중요한 것은 이 모호한 향수 의식이야말로 소설 속의 주체로 하여금 스스로를 각성시켜 변화하도록 하는 원천으로 작용한다는 사실이다.

낭만적 플롯에서 주인공들은 모종의 변화를 겪는다. 그것은 윤리적으로 더 선해지거나 자신이 몸담은 현실을 보다 살 만한 곳으로 고쳐 보려는 정의감과 무관한 매우 개인적인 깨달음과 연관되어 있다. 예를 들면 낭만성과 가장 거리가 먼 『기재기이』의 경우에도, 특히 「최생우진기」의 최생의 경우, 주인공은 자신의 여행 체험으로부터 나머지 인생을 구속받는다. 일종의 유토피아 탐방담과 결부된 이런 유형의 작품에서 주인공이 겪는 회피 불가능한 향수는 결국 현실의 의미를 각성한 '아는 자'의 고독에서 유래하는 것이다. 따라서 낭만적 플롯은 유토피아를 핑계로 주인공을 실종시켜 버리거나 죽음으로 몰아가게 된다.

(4) 시공간의 왜곡

한문소설, 특히 전기(傳奇)소설에서 낭만성은 특정한 시간과 공간의 후원 없이 성취된다. 사실 낭만적 플롯은 소급 불가능한 인생의 한 순간을 그 일회성의 각도에서 소묘해 냄으로써 역사 시간의 사이클을 무시하며 주인공에게 의미 있었던 절대적 체험의 현장은 그 재현 불가능한 신성성으로 인하여 공간으로서의 실재성을 상실한다. 따라서 시간과 공간은 주관에 의해 왜곡되어 있다.

이렇게 낭만적 시간은 정지하거나 혼류되며 그 공간은 객관적 척도를 잃고 얼마든지 신축된다. 이는 역사적 실재 사건을 소재로 하는 몽유록이나 전계 소설들에서 나타나는 엄격한 시공 구조와는 대조적이다. 예를 들어, 낭만적 플롯 속에서 주인공들은 여간해선 늙은 모습을 보이지 않는다. 그들은 찬란했던 한 지점의 그 때 그대로 존재한다. 김진사와 운영은 꽃다운 청춘으로 멈춰 있고 이생과 아내는 시간을 거역하며 처음 연애를 시작했던 장소에서 사랑을 지속한다. 그들 삶의 생로병사의 구체적 과정은 이처럼 생략된다. 즉, 그들은 여간해선 병들거나 늙어 죽지 않는다.[34] 다시 말해 그들의 시공간적 현존은 객관적 시공간에 의지해 있다기보다 그들의 운명이 전개되는 플롯 내부에 의존해 있다.

---

34) 조금 우스운 비유로 그들은 변비에 걸리지 않는다.

2) 낭만성의 변경 양상

(1)『금오신화』이전의 낭만성

『금오신화』가 탄생하기 이전의 소설사에서 낭만적 플롯을 초기적으로나마 드러내는 작품에는「김현감호」와「쌍녀분기」가 있다.「온달」과「조신」을 첨가하고 싶지만 앞에서 우리가 세운 기준을 문맥 속에 충분히 갖추고 있지 않다. 여기에선 무엇보다 낭만성을 설화성과 혼동하지 않는 것이 중요한데, 설화성은 낭만성과 달리 미숙한 소설성에 다름 아니기 때문이다.[35] 이렇게 설화성의 잔영이 우세하면서 낭만적 분열의 플롯이 희소하다는 사실은 이 시기가 결코 온전히 낭만적일 수 없는 지점임을 보여준다. 또 그것은 이 시대의 주체가 자신을 현실세계와 낭만적으로 분리할 수 없는 공동체적 주체였음을 암시하는 것이기도 하다.

이 시기 낭만성의 발현 과정은 종교적인 원인과 깊이 연루되어 있다는 특징을 지닌다.「김현감호」는 재언을 요하지 않으며,「쌍녀분기」의 경우 그 마지막 부분의 장시가 그려 보이는 세계관 속에 삶을 꿈으로 이해하는 매우 불교적인 관점이 관철되고 있다. 즉, 나말여초 한문소설의 낭만성은 불교적 인생 이해, 즉 일상적인 현실로부터 초세속적인 지평으로의 시공간적 도약이라는 테마에서 결정적인 자양분을 공급받고 있음이 확인된다. 이 영향은 후대에까지 지속될 것이긴 하지만『금오신화』를 경유하면서 점차 변모되어 간다.

(2)『금오신화』의 낭만성

『금오신화』에 드러나는 낭만성은 나말여초 시기에 전개되었던 불교적 세계관의 극단적 실현 과정으로부터 발생한다. 물론 낭만적인 소재

---

35) 윤채근,『소설적 주체, 그 탄생과 전변－한국전기소설사』, 월인, 1999, 22~51면.

나 분위기야 모든 한문소설에 얼마간 존재할 수밖에 없는 보편 성분이
지만, 주제의 구조적 축조 과정 전체가 낭만적 관점을 실현한 사례는
『금오신화』가 최초이며 그 아이러니함의 강도에선 거의 유일무이하다
고 할 만하다.

　『금오신화』의 다섯 작품은 각기 주인공의 실존적 성숙을 몰고 올 관
념적 반성 구조를 지니고 있다. 「이생규장전」은 삶과 죽음의 대비를 통
한 삶의 한시성에 대한 각성을, 「만복사저포기」는 인연의 무상함에 수
반되는 윤회의 깨달음을, 「취유부벽정기」는 무한성에 직면한 주인공의
숭고 감정을, 「용궁부연록」은 무절제한 유머 배후에 담긴 홍진비래로서
의 비극성을, 그리고 「남염부주지」는 현실의 반세계인 염부주의 존재를
통해 이승의 지옥상을 보여 주고 있다. 이들 작품들에는 현재 우리가
습관적으로 알고 있는 낭만적 분위기라든가 낭만적 배경 묘사, 혹은 신
비한 이성과의 비현실적 연애가 전폭적으로 관철되어 있지는 않다. 그
러나 그러한 상식적 개념의 남용으로부터 후퇴하여―이 글을 통해 지
금까지 설명해 온 바처럼―'낭만적'이라는 개념의 의미를 엄밀하게 고
려한다면, 『금오신화』가 얼마나 치열하게 낭만적 정신을 추구한 소설집
인가가 밝혀진다.36)

　무엇보다 『금오신화』에 구현된 낭만성의 가치는 이 소설집의 전체
구조가 하나의 거대한 아이러니적 세계관에 의해 견인되고 있다는 사
실에서 발견된다. 물론 이를 18~19세기 서유럽에서 발흥한 낭만적 아
이러니(이로니)와 직접적으로 대응될 수 있는 소질이라고 할 수는 없다.
그러나 양자 사이에는 매우 깊은 유사성이 존재하며 그것은 동과 서,
15세기와 18세기의 격차를 뛰어 넘는 문학적 보편성에 기반하고 있는
것 같다. 또 다른 각도로 보면 르네상스의 분위기가 봇물을 이루기 직
전인 유럽의 15세기에 비해 조선의 15세기가 훨씬 정신문화적으로 앞

---

36) 다른 지면을 통해 이런 성분에 대한 분석을 개진한 바 있다. 윤채근, 위의 책, 123~
　　245면.

서 있었다고 볼 수 있다.37)『금오신화』의 주인공들은 범속한 세속으로부터 아이러니하게 단절되어 있으며 현실을 능가하는 초월적 지점에서 자기 존재와 삶의 의미를 반성하고 있다.

(3)『금오신화』이후의 낭만성

『금오신화』이후 우리가 낭만적 소설이라 부를 만한 한문소설로는 주로 17세기 전기(傳奇)소설들이 여기에 해당한다. 16세기『기재기이』에는 앞 절에서 제시한 기준을 모두 통과해 살아남을 작품이 별로 없다. 비록「하생기우전」이나「최생우진기」가 일부 낭만적 특징을 띠고 있긴 하지만 두 작품을 낭만적 소설로까지 규정하기 힘들다. 양자 모두 현실 세계에 대한 우의적 타협으로부터 자유롭지 못하고 궁극적으로는 일상의 회복에 관심이 있기 때문이다.

이 점은 임제의「원생몽유록」이나「수성지」에 대해서도 마찬가지다. 임제야말로 낭만적 정신의 소유자라 할 만하고, 또 그의 한시 작품에 낭만적 정신이 스며있는 것이 사실일지라도 그가 지은 소설 작품의 플롯까지 낭만적이라고 할 근거가 되진 못한다. 그의 작품들은 '역사적 정의'와 '심리적 평정'으로 상징될 일상계의 질서를 회복하고자 하는 지극히 명분론적 관념들이 지배하고 있다.

17세기 전기소설은「최척전」을 제외하면 모두 불꽃같은 사랑을 다루고 있다.38) 그런데 이들은『금오신화』에 비해 그 관념적 상징성의 도가 현격히 줄고 그 대신 육체성에 대한 관심이 상대적으로 강화되어 있다. 사실 낭만적인 것은 물질적인 것이 아닌 정신적인 것, 사물의 배후에 있

---

37) 유럽의 중세를 비교적 밝게 묘사하려고 한 호이징하의『중세의 가을』만 보아도 이 무렵의 서유럽이 — 일부 신학의 엘리트들을 제외하면 — 문화적으로 얼마나 미개한 상태였는지 여실히 증명된다. 지금의 서유럽이 세계사 속에 부각된 것은 17세기 산업혁명 이후였다. 요한 호이징하,『중세의 가을』, 문학과지성사, 1997.
38)「최척전」의 낭만성에 대해서는 보다 복잡한 고찰이 필요하다.

는 보다 심오한 존재의 근원성을 향하는 충동이라고 할 수 있다. 때문에 프랑스 낭만주의는 상징주의로 계승되었던 것이다. 그렇다면 이 무렵 「위경천전」·「운영전」·「주생전」 등에서 개안된 육체적 관능성이나 욕망의 발견 등의 특성들은 전대의 낭만적 요소들을 상당히 간직하면서도 사실주의나 자연주의로의 이동 앞에 직면해 있었다고 할 수 있다.[39]

한편, 더 후대에 출현한 「심생전」은 그 기본 골조의 낭만적 성격에도 불구하고 결코 낭만적 플롯을 완성하지 못하고 있다. 심생은 육욕 앞에 무너지고 그 이후 별다른 사태의 진전을 보지 못하다가 어처구니없게도 순진한 소녀의 죽음을 초래한다. 그리고 그는 이를 통해 어떤 생의 비밀도 깨닫지 못하며 당연히 스스로를 우주 속에 도드라진 중요한 존재로 파악하지도 못한다. 이는 낭만적 플롯의 자연주의적 패배이며 그것에 대한 근본적 희화화라 할 수 있다.

더 나아가 「오유란전」에 이르면 낭만적 사랑은 풍자의 대상이 되고 급기야 18세기 『절화기담』과 19세기 『포의교집』에 이르면 그것은 현실에서 실현될 수 없는 욕망에 대한 부질없는 탐닉으로 전락하고 만다. 그리고 그 자리에 남는 것은 거래의 대상으로 화한 낭만적 사랑, 완결될 수 없는 욕망의 불가능성이다. 바로 이것이 육체(유한성)에 대한 근대적 탐욕의 정체이며 마침내 치정으로 귀결될 근대인의 무모한 애정 행각의 원인이 된다.[40] 이제 낭만성과 낭만적 개인, 그리고 낭만적 사랑은 20세기 댄디들의 삶이나 부르주아지의 세계관에 젖은 도회인의 삶 속으로 투사되어질 것이다.

---

39) 이처럼 동아시아 문학의 낭만성은 근대성을 향해 진행되면서 자연주의나 사실주의적 측면들과 혼재되는 경향을 띤다. 가라타니 고진, 김경원 역, 앞의 책.
40) 이와 결부된 논의는 본서에 수록된 「조선 후기 한문소설과 근대적 사랑의 경제―『주생전』과 『절화기담』의 사랑의 방식을 중심으로」를 참고하라.

5. 결론―소설사에서 낭만성이 갖는 의미

　문학 연구에서 낭만주의라는 애매모호한 개념을 배제하자는 의논이 유럽에서 일어난 적이 있었다. 그만큼 이 개념이 일으키는 혼돈에 비해 얻어지는 수확이 적었다는 뜻이다. 그럼에도 이 개념이 필요했다면 그것은 문학에 있어서 낭만성의 개념, 혹은 낭만주의 사조만큼 문학의 독립적 위상을 드높여준 사례가 없었기 때문일 것이다. 즉, 낭만성 개념은 전통적 문학성의 근대적 와해―작가의 직업화와 작품의 상품화―를 방지하려는 작가들의 위엄 있는 저항을 함축하고 있다.

　그런데 낭만성을 소설문학을 통해 확인하는 것은 시문학을 통해 그렇게 하는 것보다 매우 지난하다. 왜냐하면 시적 언어는 정서의 민감한 차이를 포착할 수 있는 섬세한 국면을 제시해 주는데 반해서, 소설 언어는 그런 섬세한 정서의 차이를 언어 자체 속에서 좀체 드러내 줄 수 없기 때문이다. 따라서 소설의 낭만성은 결국엔 플롯 단위, 다시 말해 구조적 층위에서 검증하는 수밖에 없다.

　소설의 플롯은 화소들의 일정한 연쇄를 통해 결구되는데 이 배치 방식과 배치되는 내용의 결합 과정에서 나름의 독특한 서사적 효과가 발생하게 된다. 이때 소설의 고유한 미적 특질은 단순히 화소들 사이의 결합 순서나 그것들의 교체 과정으로부터만 얻어지지 않는다. 그것으로부터 획득될 것은 고작해야 설화 연구를 통해 얻게 되는―프로프의 민담 연구가 보여주듯―유형학적 기능 요소들에 지나지 않을 것이다. 따라서 플롯 속에 담긴 세계관의 배후가 더불어 탐구되지 않으면 안 된다. 우리는 낭만적 플롯이 있다는 가정 하에 낭만적 사유 방식이 만약 소설화된다면 어떤 구조로 구성될 것인지 유추해 보았다. 이 과정에서 낭만주의적 세계 이해가 갖는 다양한 특성들을 검출했다.

    한국 한문소설의 낭만성은 『금오신화』를 극점으로 하여 19세기까지 일단 사양길에 접어드는데, 이는 낭만적 특징이 지닌 관념적 성격에 연유하는 바 크지만 낭만성 주조의 중핵이라 할 개인적 삶의 분열상에 대한 각성이 적어도 소설을 통해서는 매우 더디게 찾아 왔음을 의미하는 것이기도 하다. 서사적 삶 속에서 사회로부터 단절된 개성, 혹은 이념으로부터 분열된 개인의 소외를 발견하면서 주체의 내면적 반성 공간을 확립한다는 것은 따지고 보면 근대적 주체성의 확립과 무관한 것이 아니다. 우리 문학사에 있어 그러한 과정은 아주 긴 실험 기간을 거치고 나서야 가능했던 것 같다. 낭만성의 본질과 의미에 대한 탐구가 계몽의 목소리로부터 비교적 자유로워졌던 시점, 다시 말해 20세기에 이르러서야 『금오신화』와 17세기 전기소설의 낭만적 실험은 제대로 된 계승자를 맞이했기 때문이다.

제8장

중세 동아시아 소설에 나타나는 방황과 미로의 유형들

『금오신화』·『전등신화』·『전기만록』·『기재기이』를 중심으로

1. 미로의 법칙

설화나 소설에 등장하는 미로는 각기 제가 맡고 있는 역할이 있다. 소설 『이상한 나라의 앨리스 *Alice in Wonderland*』[1]에서 미로는 이 소설의 주제 자체다. 앨리스는 회중시계를 보며 바삐 뛰어가는 토끼의 뒤를 쫓다 미로의 시공간 안에 갇히게 된다. 다시 말해 시간과 공간이 재편성된 별세계에 직면하게 된다. 그곳은 '안생일'을 축하하는 곳이며 트럼프들이 사람처럼 행동하는 세계다. 여기서 이상하게 왜곡된 원더랜드는 현실을 닮았으면서도 현실을 부조리하게 비켜가기에 논리적으로 그로테스크하다. 즉 현실 세계의 논리가 지닌 역선(力線)이 과격하게 꺾여 있다.

---

1) Lewis Carroll, *Alice in Wonderland*, W. W. Norton & Company, Inc. U.S.A. 1971.

무라카미 하루키의 『세계의 끝과 하드보일드 원더랜드』2)는 우물로 연결된 별차원의 두 세계가 야릇하게 굴절된 시간 질서 속에 병치된다. 디즈니(Disney)적 판타지라기보다는 묵시록적 권태에 휩싸여 있는 이 소설 공간 역시 현실계의 논리를 두절시키고 그 질서를 파괴한다는 점에서는 앨리스의 시공간과 동일하다. 인과의 시간과 계서적(階序的) 공간 분할이 증발되었다는 점에서 그렇다.

이상에서처럼 현대 소설에 등장하는 미로 공간은 현실의 시공을 파열시킴으로써 현실을 당연한 것이 아닌 '발견되어야 할' 혹은 '탐사되어야 할' 낯선 곳으로 변형시켜 준다. 즉 미로를 통해 발견되는 곳은 다른 의미로 치환된 현실이며, 그 현실을 경유한 탐방자는 새로운 깨달음과 인격의 변경을 체험하게 된다. 이는 고전소설의 경우도 예외가 아니라서 몽유 체험을 통해 현실의 허무를 자각한다는 도가적 모티브는 동아시아 소설에 흔히 나타난다. 「남염부주지」처럼 물리적 공간 이동이건, 『구운몽』과 같은 차원 이동이건 이 모두는 현실에 대한 반성을 일차적으로 요청하고 있다.

그런데 설화적인 미로 테마는 문제 해결적이라는 점에서 소설의 그것과 차이가 난다. 예컨대 크레타 섬의 미노스 궁전에 잠입한 테세우스는 미로를 거쳐 괴물을 퇴치하고 그 미로를 빠져 나옴으로써 확고부동한 영웅이 된다. 여기서 아리아드네의 실은 이 미로가 근원적인 미로가 아님을 상징한다. 미로는 돌파되고 해체되어 주인공에 의해 개척지로 전환되었다. 그러한 견지에서 설화적 미로는 주인공들에 의해 매듭이 풀리는 신기한 실타래에 다름 아니다. 따라서 시원스럽게 풀려지지 않는 설화의 수수께끼는 독자적 존립 근거가 없다. 반대로 소설 속의 미로는 밀봉된 수수께끼이며 주인공은 자기를 부정하지 않고 그 해답을 손에 쥘 수 없다. 주체의 자기희생 없는 봉인 제거를 원천적으로 차단

---

2) 무라카미 하루키, 김진욱 역, 『세계의 끝과 하드보일드 원더랜드』, 문학사상사, 2000.

한 것이 소설 속의 미로가 지닌 악무한성이다.

결국 소설의 미로는 주인공이 디디고 있는 현실의 시공간을 변혁하고 재조정함으로써만 그 의미가 잠정적으로 응결된다. 잠정적이라고 하는 것은 소설의 미로가 완전무결한 해석을 제공하는 매끈한 의미의 다발이 아님을 지시한다. 희생의 대가로 의미는 포집되지만 이는 일회적일 뿐이다. 미로는 현실이 소유한 의미의 질서를 교란하고 그것을 능가하는 비의미를 의미화시키려는 한시적인 장치이므로 늘 낯선 해석의 잉여가 잠복하고 있다.

신재홍은 츠베탕 토도로프의 이론을 빌려 고전소설에 나타나는 환상 체험이 항상 주인공의 머뭇거림을 대동하고 나타난다는 점을 지적한 바 있다.[3] 맞는 지적이다. 환상세계를 포함하여 모든 불가해한 미지의 시공간으로의 이동은 다른 무엇보다 두려운 경험의 시발점이기에 주인공들은 주저하면서 어리둥절한 기분에 빠지지 않을 수 없다. 그 환상적 변조의 임계점을 극적으로 상징하곤 하는 것이 바로 미로다. 하지만 미로가 엄연히 존재하는 환상 체험과 그렇지 않은 환상 체험 사이에는 분명한 차이가 존재할 것이다.

미로가 존재하는 시공간의 변동 체험은 그렇지 않은 체험보다 현실과의 관련성이 높다. 이는 미로 현상이 현실계와 비현실계 사이의 차이를 억압하면서 동시에 중재하는 일정한 과도적 절차로 작용하기 때문이다. 다시 말해 현실을 이탈하기가 수월치 않은 서사적 조건이 작가의 의식과 무의식에 설정되어 있기에 별세계로의 이동이 미로라는 힘든 단계를 거치는 것인데, 이는 다시 말하면 두 세계 사이의 교섭 과정이 작가에 의해 무시될 수 없었음을 드러내는 징후이기도 하다. 이는 신경증의 양상을 닮아 있다.

우리가 경험하고, 또 그로부터 우리가 즐거움을 이끌어내는 고통의 근원이

---

3) 신재홍, 『한국몽유소설연구』, 계명문화사, 1994.

거의 동등한 두 의식적인 충동 사이의 갈등에 있는 것이 아니라 하나의 의식
적인 충동과 또 하나의 억압된 충동 사이의 갈등에 있는 경우, 심리극은 정신
병리학적 극(사이코 드라마)으로 바뀌게 된다.[4]

극의 주인공들이 심리적으로 갈등을 겪는 경우, 이는 주인공이 의식
수준에서는 스스로 발견할 수 없는 억압된 충동이 현실적 자아의 향유
와 대치하기 때문이다. 따라서 프로이트는 억압된 충동을 얼마간 폭로
함으로써 쾌락을 얻어낼 수 있다고 가정했다. 신경증 환자는 이 쾌락을
통해 억압으로부터 빠져나오지 못하고 억압을 다시 반복한다는 특징을
가지며 그러한 점에서 일반적인 극의 관람(창조)자와는 다르다. 그런데
미로와 같은 서사적 설계물이 일련의 심리적 억압을 노출하면서 동시
에 가리는 방어 기제라면 이를 문학적 장치로 전환된 신경증적 투사 현
상으로 간주하는 데에는 크게 무리가 따르지 않을 것이다. 이를테면 세
익스피어가 창조한 『햄릿』의 극적 상황에 대해 프로이트는 다음처럼
설명했다.

> 의식 속에 떠오르려고 애를 쓰는 충동은, 우리가 그것이 무엇인지 아무리 분
> 명하게 인식하려고 해도, 뭐라고 정확히 이름붙일 수가 없다는 사실이 바로 이
> 작품과 같은 예술형식의 필요 전제 조건이다. 따라서 관객들에게서도 역시 이
> 과정은 회피된 관심 속에 이루어지게 되며, 관객은 벌어지고 있는 일을 자세히
> 살펴보기보다는 자신의 감정의 소용돌이에 휘말리고 만다. 이런 식으로 어느
> 정도의 저항심이 수그러들게 되는데, 이것은 분석 치료에서 억압된 요소의 여
> 러 파생물들은 반발의 강도가 낮기 때문에 의식 속으로 진입할 수 있지만 억
> 압된 요소 그 자체는 그러지 못한다는 사실에서도 찾아볼 수가 있는 것이다.
> 결국 『햄릿』에 나타난 갈등은 정말 효과적으로 감춰진 것이기에 그것을 드러
> 내는 일(폭로하는 일)은 관객 자신의 몫으로 남겨지게 된다.[5] (강조—필자)

---

4) S. 프로이트, 정장진 역, 「무대 위에 나타난 정신이상에 걸린 등장인물들」, 『예술과
   정신분석』(『프로이트전집』 17), 열린책들, 1997, 271면.
5) 위의 책, 272~273면.

작가의 내면에 억압된 충동을 서사적으로 의식화시키고자 하는 것이 소설 창작의 한 심리적 요소라면, 우리는 그 의식화의 저항선을 밝혀 이른바 '효과적으로 감춰진' 작품의 의미를 이해할 수 있을 것이다. 미로리는 장치는 바로 그 저항선을 상징하는 하나의 반어 기제이면서 동시에 노출 기제이기도 하다. 이 기제들에 대한 분석 대상은 구태여 『햄릿』이여야만 되는 것은 아니며 모든 서사적, 극적 전개의 중요한 분석 요소로 상정 가능하리라고 생각한다. 결국 우리는 미로라는 소재를 통하여 해당 작품 속에 담겨있는 작가의 무의식적 충동과 그 향유 방식 그리고 그것이 서사적으로 기획되는 양상들을 엿볼 수 있을 것이다.

여기서 미로가 등장하는 작품과 그렇지 않은 작품 사이의 차이점을 좀더 논해 보도록 하자. 우선 미로의 등장이 곧바로 억압된 충동이나 그것에서 비롯된 심리적 저항선의 존재를 증명해 주지는 못한다는 점을 지적해야 한다. 미로 소재의 등장과 심리적 억압과의 관련성은 가능성의 관계에 지나지 않는다. 하지만 충동의 억압이나 심리적 저항이 동일하게 드러난(감추어진) 작품들이라면, 미로가 등장하는 경우가 더욱 '노골적'이면서도 심각하게 저항을 은폐(노출)하는 경우라고 말할 수는 있다. 마찬가지로 미로가 전혀 등장하지 않거나 단순한 소재로서만 등장하는 작품보다는 미로가 중요한 장치로 사용되는 작품에 일련의 심리적 저항선이 잠복되었을 확률이 더 높다.

따라서 미로를 거친 주인공은 그런 과정이 없거나 있다 해도 약식으로 거친 주인공에 비해 단순한 공포나 인지상의 머뭇거림 이상의 자기 탐구 과정, 혹은 현실계 속의 자아에 대한 숙고와 검열 과정을 더 겪은 자일 수밖에 없다. 물론 그 검열의 강도에는 차이가 존재한다. 미로 찾기 과정이 압축되거나 형식적 비중에 멈춘 별세계 탐방 체험은 결국엔 인정(認定)과 지우(知遇)를 전제로 한 '초빙과 초대의 형식'6)을 갖추게 된

---

6) 윤재민, 「전기소설의 성격」, 『한국한문학연구』 창립20주년기념특집호, 한국한문학회, 1996, 323~367면.

다. 이런 종류의 작품은 자신의 충동을 억압하는 서사라기보다는 그 충
동을 극대화(상징화)하기 위한 수단으로 차원 이동이나 미지의 장소로의
탐방을 설계한 서사다. 물론 이 과정에도 다양한 검열 수단이 존재하겠
지만 충동이나 소망은 비교적 직접적으로 작품 속에 구현된다.

이처럼 다수의 고전소설 주인공들은 별세계로부터의 직접적, 간접적
인 초대에 응하거나 강제로 구인됨으로써, 미로 체험 없이, 현실과 다르
면서도 같은 상징계로서의 낯선 시공간으로 입장한다. 이것이 환상소설
의 통상적 문법인 '발견의 경이로움'이다. 토도로프가 지적한 환상적 서
사의 법칙이 여기에 해당한다. 반대로 미로가 작품 해석의 주요한 관건
으로 수반되는 몇몇 소설의 경우에는, 충동이 억압되어 있는 현실 상황
의 착잡한 맥락을 여전히 보유한 상태로 그것을 의미로 고정할 별세계
로 이동하려 한다. 때문에 발견의 과정이 모호하고 더딜 뿐 아니라 그
것이 단순한 수동적 경이로움에서만 멈추지 않는다.

이러한 미로로서의 서사 상황은 표면적으로는 풍자나 우의(allegory)를
거느리기도 하지만 실제로는 단순히 대상에 대한 풍자나 우의로 해석
이 응결되지 않는다. 일종의 '해석에 대한 저항'이 존재하는 것이다. 이
때 미로는 의미화가 불가능했던 상징 공간으로 건너가는 문턱이나 틈
이기도 하다. 따라서 이 틈을 길게 경유하면서 기이함을 목도하는 충격
은 이완되는데, 미로 안에서는 단일한 의미의 질서가 해이되어 있기 때
문이다. 즉, 다양한 기표들을 양산하도록 설계된 중층적 의미화 작용 덕
분에 하나의 의미는 그 고유 가치가 희석되거나 수시로 변경된다. 또
발견의 경이나 두려움의 감정은 그 유발 대상의 출현에 의해 종결되지
않고 오히려 기이하게 변형된 채 가중되거나 복잡화된다. 의미 생성 과
정이 하나의 기의로 종결되지 않고 다른 기표들을 발생시키는 엔진 역
할을 하는 셈이다.

결국 미로가 소설에서 갖는 의미는 현실과의 기묘한 재직면이라는
지점에서 성취된다. 이것이 카프카(Kafka)적 우의 세계가 되건, 스위프트

(Swift)적인 풍자 세계가 되건 모두 현실과의 의식, 무의식적 연관 고리를 결코 떼어내지 못한다. 미로는 현실계의 주체가 겪는 심리적 방황과 비의미로의 탈선 과정 그 자체다. 물론 미로가 없는 소설도 그와 같은 현실계와 비현실계 사이의 경계에서 줄타기하는 서사의 역정을 그려낼 수 있지만 전근대 소설의 문법에서는 도달하기 어려운 경지였다.

이를테면 차원 이동을 활용한 탁월한 작품들인 김시습의 「남염부주지」와 「용궁부연록」, 그리고 나말여초의 「쌍녀분기」는 초대와 환대의 형식을 구사하여 현실과 단절된 이상한 시공간을 연출했지만 이는 현실계의 부단한 간섭이 잠시 침묵하는 자족적이며 초월적인 상징 세계로의 몰입을 전제로 하는 것이다. 때문에 현실과의 연관성은 작품 전체를 통관하는 메타적 시선—독자의 초월적 시선—을 통해 드러나며 작품 내부에 설치된 저항 기제와 그것이 현실과 맺는 교착 관계로부터 드러나지 않는다. 그런 견지에서 『기재기이』야말로 우리가 주목할 만한 작품집이다.

2. 초월계로부터의 초대–『금오신화』의 경우

김시습 소설 문학의 주제가 세계에 대한 아이러니한 통찰에 기반을 두어 있다는 점을 논의한 바 있다.[7] 이는 여타의 서사 장치들에 힘입고 있는 것이기도 하지만 우리의 논지에 비추어 보자면 현실계로부터의 단절적인 이탈에 기인하는 것이다. 즉, 『금오신화』에서 현실 장면으로

---

7) 윤채근, 『소설적 주체, 그 탄생과 전변–한국전기소설사』, 월인, 1999, 123~246면.

부터 비현실적 장면으로 이동하는 과정은 매우 급격한 호흡으로 약술되고 있다. 어찌 보면 현실 차원에서 살고 있던 주인공들의 이전 생활은 부수적인 것으로 무시되어 있다고도 할 수 있을 정도다.

예컨대 초월계로의 이동을 소재로 삼고 있지 않은 「이생규장전」과 「만복사저포기」를 예외로 한 나머지 세 작품의 주인공인 홍생·박생·한생은 초월 세계와 조우하기 직전까지는 삶 자체가 의미 없었던 사람들처럼 그려지고 있다. 이들은 재주와 풍류는 갖췄지만 현실에선 이를 실현해 보지 못하다가 초월계와 조우하여 자신의 잠재역량을 유감없이 드러낸다. 이런 비현실적 장면에서야 그들은 진짜 '살고' 있다. 따라서 일상 세계에서의 그들의 삶은 애매하게 압축되어 형식적으로만 제시된다.

이상의 사실은 소설 속에서 초현실계가 차지하는 비중을 비상하게 격상시켜 놓는 결과를 낳는다. 이는, 주인공들이 초현실계에 의해 선택된 '초대받은 특별한 손님들'이라는 점과 더불어, 작품의 의미 지향이 현실과 비현실 사이의 극적 대비를 통해 추구되고 있음을 보여주고 있다. 결국 갑작스런 초대는 미증유의 놀라운 체험을 거쳐 현실에 대한 급격한 반성, 즉 현실의 가치 하락을 이끌고 일단 반성에 회부된 현실은 더 이상 예전과 같은 '의미의 세계'로 인식될 수 없게 된다. 그것은 더 이상 고려하거나 집착할 필요가 없는 의미의 종료 지점에 다름 아니다. 때문에 주인공들은 갑자기 죽거나 증발한다. 한문소설의 결말이 보여주는 실종담이야 흔한 것이지만 특히 이들의 실종과 죽음은 염세적 성격을 갖지 않을 수 없게 되어 있다.[8]

결국 『금오신화』는 현실을 비의미화 시킬 수단으로 '발견되어야 할 다른 세계'를 설정함으로써 현실의 파국적 국면을 창조하고 있다. 그런 견지에서 현실은 저항의 대상이긴 하지만 진정 억압되어야 할 만큼의 '가치 있는' 세계일 순 없다. 『금오신화』에서 묘사하는 현실이 억압된

---

[8] 이로 인해 주인공의 성격은 매우 고독한 정서로 휩싸여 있다. 전기적 인물의 고독에 관해서는 다음을 참고하라. 박희병, 『한국 전기소설의 미학』, 돌베개, 1997.

듯 보이는 것은 그 최종 운명, 즉 현실계가 의미의 파국을 맞이하기 직
전까지는 그것이 형식적으로는 여전히 욕망의 대상 a[9]인 것처럼 설정
되어 있다는 사실에 기인한다. 하지만 그것은 붕괴되고 무시되기 위해
임의로 설정된 대상 a일 따름이며 결코 억압된 소망의 반영은 아니다.
따라서 『금오신화』의 차원 이동 과정은 신경증적 억압의 어느 단계를
반영하고는 있지만 그것은 이미 우울증의 형식으로 전화되었거나 착종
되어 있다.[10] 주체의 존재 질문은 우주의 붕괴를 통해 이미 이 세계의
문법을 초월하고 있기 때문이다.

　작품으로 돌아가 보자. 우리가 언급한 세 주인공들은, 그 가운데 박
생과 한생이 더욱 인상적인데, 현실로부터의 우발적 이탈을 통해 현실
전체를 아이러니한 지점에서 성찰하는 깨달음에 봉착한다. 이 깨달음은
주인공들의 현실을 착잡하게 물고 들어가 달성된 것이 아니라 그것을
거대한 반사경에 왜곡시켜 비춤으로써 단번에 도달된 것이다.[11] 이때문
에 이들은 현실을 벗어나는 번거로운 점이 과정 없이 곧바로 초월계(무)
에 마주치도록 설정되었다. 그리고 그 깨달음은 마치 종교적 각성의 찰
라적 속성을 닮아 있기도 하다. 이것이 이른바 현실로부터의 반성적 이
탈을 초래하는 '초대의 형식'의 한 국면이다.

---

9) 라깡이 말한 objet a. 오이디푸스 단계를 통해 상징적으로 거세된 주체가 초기에 박
　탈당했던 욕망의 대상인 어머니를 대체하여 설정하는 또 다른 욕망의 대상들. 이것이
　욕망의 환유적 운동을 가능케 한다.
10) 김시습의 우울증과 관계된 문제는 이 책에 함께 수록된 「김시습과 『금오신화』: 존
　재불안의 서사적 탐구」를 참조하라.
11) 「남염부주지」의 경우는 지옥으로 투사된 현실의 반세계(反世界)를 통해, 「용궁부연
　록」의 경우는 근심이 극단적으로 배제된 기쁨의 향연을 통해 그와 같은 지적 반성과
　통찰이 수행되고 있다. 윤채근, 앞의 책, 같은 면.

3. 우발적 방황과 탐방의 형식–『전등신화』의 경우

초대의 과정과 부분적으로 흡사하면서도 그것과는 또 다른 세계 이동의 방식이 있다. 이는 갑작스러운 초빙의 형식보다 더 보편적이고 흔한 방식일 수 있는 '방황과 탐방의 형식'이다. 그 기원을 거슬러 올라가다 보면 끝이 없겠지만 대충 도연명(陶淵明)의 「도화원기(桃花源記)」를 소재의 원천으로 하는 이미지와의 조우 방식은 일견 매우 평범하다. 때문에 별세계의 사자가 방문하여 주인공을 모셔 가는 평이한[12] 초대 형식과 애써 서로 구별할 필요조차 없는 경우도 있다.

먼저 『전등신화』[13]의 「천태방은록(天台訪隱錄)」을 살펴보자. 주인공인 서일(徐逸)은 단옷날에 천태산으로 약초를 캐러 들어간다. 동행자들과 떨어져 자꾸만 깊은 산 속으로 들어간 그는 문득 날이 저물 무렵 길을 잃고 방황한다. 그를 인도해 준 것은 시냇물에 떠내려 온 커다란 표주박이다.[14] 이것은 「도화원기」에서 물에 실려 떠내려 온 복사꽃과 동일한 역할을 담당하고 있다. 때문에 그의 방황은 미로에서의 암중모색이 아니라 곧이어 이계 탐방으로 손쉽게 연결되고 있다.[15] 그의 총 탐험 여정은 고작 일리(一里)에도 미치지 못하는 짧은 거리의 이동으로 주파된다.

이상의 사실이 의미하는 것은 주인공이 발견하게 될 별세계가 그야말로 현실을 벗어난 가공의 별세계일 뿐이라는 것, 그 이상의 모종의 의미의 혼란, 이를테면 현실계와 비현실계 사이에 성립될 의미의 중첩

---

12) 특별히 '평이한'이라 기술한 것은 '초대의 형식'이 늘 『금오신화』와 같은 '비범한' 통찰로 연결되는 것은 아니라는 사실을 전제하기 위해서다. 상식이지만 어떤 특정 형식이 특정 주제의 종류와 깊이를 자동적으로 담보하지는 않는다.

13) 垂胡子(林芑) 集釋, 『剪燈新話句解』, 고려대 도서관 「薪菴文庫」 소장본.

14) "忽澗水中, 有巨瓢流出."

15) "遂沿澗而行, 不里餘, 至一衖口, 以巨石爲門."

관계가 부재하거나 그 밀도가 엷다는 것이다. 이는 서일이 직면하는 별세계가 「도화원기」를 패러디(parody)한 관습적 이상향에 불과함이 드러나는 후반부 내용을 통해 거듭 확인된다. 「도화원기」에서 도화원을 창설한 집단이 진(秦)나라의 학정을 피해 도망한 유민들이었다면 「천태방은록」의 유민들은 원나라의 득세를 피해 숨어사는 송나라의 유민들이다. 시점은 다르지만 동일한 논리적 형태를 반복하고 있는 셈이다.

「천태방은록」은 『금오신화』가 현시하는 현실에 대한 단절적 반성을 도출하지 않는다. 이는 주인공의 현실로부터의 이탈이 미로와 같은 우여곡절도, 급작스러운 차원 이동이나 초대 과정도 생략된 그야말로 우연한 탐방인 데에서 연유하는 당연한 현상이다. 때문에 작품 말미에서 주인공은 어떠한 자기반성이나 현실 삶에 대한 각성도 겪지 않고 있다. 물론 죽거나 실종되지도 않는다. 결미는 다음과 같다.

> 서일은 생각하기를, '마을의 장로가 송나라 가희(嘉熙) 연간의 정유년에 태어났다고 스스로 말했으니 지금 나이가 백 사십 세다. 그런데도 안색과 용모가 쇠하지 않았고 말과 행동이 섬세하고 유연하여 그저 오륙십 세 정도처럼 보였다. 아마도 도가의 무리가 아닐까' 하였다.16)

결국 이 작품이 추구한 것은 이상한 별천지를 발견하는 기쁨, 일종의 낭만적이면서 회고적인 엑조티시즘(exoticism)에 불과한 것이다. 그리고 마을 사람들과 역사적 인물들을 거론하며 포폄하는 중반부 내용17)은 다분히 지식 추구적인 성격을 띠고 있는데, 이것은 일련의 역사적 사실들을 재음미하면서 이를 평가하는 옛 선비들의 고도의 지적 유희의 일환이기도 하다.18) 특히 포폄의 대상들이 작가인 구우(瞿佑)의 시대인 명(明)

---

16) "逸念上舍, 自言生於嘉熙丁酉, 至今則百有四十歲矣. 而顏貌不衰, 言動詳雅, 止若五六十者. 豈有道之流歟!"
17) 몽고족으로부터 송나라를 제대로 지켜내지 못한 역사적 원통함을 당대 인물들을 중심으로 서술하고 있다.
18) 이런 방식으로 역사적 사건을 재음미하며 이를 교훈적으로 반성하는 성격은 조선

의 입장에서 그 시비 판단이 너무나도 분명한 송대 말기와 원대 초기의 인물들이므로 이 사이에 어떤 이념적 갈등도 개재될 여지가 없다. 화이론(華夷論)의 중세적 명분에 저항할 어떤 다른 의식도 애초에 존재할 수 없기 때문이다.

『전등신화』의 「감호야범기(鑑湖夜泛記)」는 별세계로의 이동이라는 상황을 활용하여 각종 전고를 결합하고 재편집함으로써 얻게 되는 지적 유희의 극치를 보여 준다. 그런 점에서 「천태방은록」보다 더욱 노골적으로 유희적이다. 물론 소설의 목적이 적당한 심리의 이완과 지적 향유에 있었음을 감안하면 이를 비판할 이유는 없다. 하지만 중세 한문소설, 특히 몽유록 계열의 작품들이 소유한 이념성에 비교하면 이 점을 유념할 필요가 있다.

「감호야범기」의 주인공인 처사 성영언(成令言)은 놀기 좋아하는 인물이다. 회계 지역인 감호 인근에 눌러 살며 유람과 음풍농월로 세월을 보내는 인물이다. 그 자세한 풍정이 비교적 소상히 묘사되고 있는데 이는 소동파(蘇東坡)의 「적벽부(赤壁賦)」와 「후적벽부(後赤壁賦)」가 지닌 풍취를 모사하고 있다.19) 이 작품의 주제 기반이 문예적·희작적 분위기에 감싸여 있음을 암시하는 것이다. 여기서 무엇보다 주인공이 직녀신(織女神)이 살고 있는 은하수의 궁궐로 이동하는 과정이 이동 후에 그가 체험할 광경의 경이로움과 화려함20)에 견주어 지나치게 싱겁다는 점을 강조해야 하겠다. 그것은 다음과 같이 요약적으로 묘사되어 있다.

배가 갑자기 저절로 움직이는데 그 가는 것이 몹시 빨랐다. 바람과 물이 휙

후기 몽유록계 전기소설이 이어받고 있다. 이 모두가 고도의 지적 유희라고 단정할 수는 없겠지만 역사에 대한 이념적 교정이라는 행위도 어떤 의미에서는 소급 불가능한 역사를 대상으로 한 지적 혹은 서사적 판타지의 산물이다.
19) "飄飄然, 有遺世獨立·羽化登仙之意."
20) "寒氣襲人, 清光奪目, 如玉田湛湛, 琪花瑤草, 生其中, 如銀海洋洋, 異獸神魚, 泳其內, 烏鴉群鳴, 白楡亂植."

획 지나갔고 순식간에 천리를 가서 마치 어떤 물건이 끌고 가는 듯했다.[21]

지상에서 은하수로의 이동은 마치 예삿일처럼 간단히 이루어지고 있다. 이는 이 작품이 이후 전개할 내용 자체가 주인공의 차원 이동 과정에 애써 공들일 필요를 느끼지 못하도록 견인했음을 암시한다. 다시 말해 주인공은 빨리 장소를 옮겨 재미난 사건에 연루되기만 하면 족했던 것이다. 실제로 직녀가 자신을 정숙치 못한 여인으로 매도한 지상의 문인들을 차례로 비판하는 내용은 무슨 심중한 주제 의식을 깔고 있다기보다는 문자 속 꽤나 있는 독자들과 작가가 마음으로 공유하는 지식 향유의 쾌락을 예고한다. 소수의 계층이 더불어 알고 있는 지식을 기발하게 결합하여 서로서로 은밀히 향유하는 기쁨이야말로 중세 지식층의 태깔 나는 가사(嘉事)였을 것이다. 이는 한시를 창작하며 지배층이 공유했던 선민의식과도 흡사하다.

「감호야범기」의 결말은 이상의 이유로 천진난만한 에피소드로 장식된다. 성영언은 상서로운 비단을 하사 받고 지상으로 귀환하는데 이 비단의 신비한 성질을 서역의 상인의 입을 통해 길게 부연 설명하고 있다. 이어서 속세로부터 잠적한 성영언을 누군가가 만났는데 바람을 타고 날아다니는 신선이 되어 있더라는 언급이 나온다. 별세계는 주인공을 그저 불로의 신선으로 탈바꿈시켰을 뿐 그의 삶의 본질에는 아무런 영향도 주지 못한 것이다. 이것이 현실을 초월의 시계(視界)에서 아이러니하게 반성하지도 못하고, 또 현실의 무게를 별세계로 짊어지고 들어가지도 못한 소설 서사가 겪은 '가벼움'의 미학이다.

---

21) "舟忽自動, 其行甚速, 風水俱駃, 一瞬千里, 若有物引之者."

4. 우발적 이동과 미로 사이의 경계—『전기만록』의 경우

베트남 전기소설 가운데 앞서 분석한 「감호야범기」의 서사 수법을
모방한 작품이 있어 흥미롭다. 그것이『전기만록』에 수록되어 있는 「서
식선혼록(徐式仙婚錄)」이다.22) 양 작품은 별세계의 성격이 다르고 그곳
에서의 세부 체험이 다르다는 점 등을 제외하면 매우 흡사한 구조를 공
유하고 있다. 주인공이 벼슬에 뜻을 잃고 음풍농월한다는 점, 마음대로
노닐다가 우연한 기회에 별세계로 이동하여 놀라운 체험을 한다는 점
등 굵은 서사 구조들이 그러하다. 문체 면에서도 흡사한 점이 매우 많
이 발견되는데, 일례로 성영언이 직녀와 마주치는 장면의 묘사가 그렇
다. 직녀가 왜 이리 늦었느냐23)고 묻는 대목에서 어리둥절해진 성영언
이 길게 자신의 처지를 늘어놓으며 자신이 어떻게 알겠냐고 하자 직녀
는 이렇게 대답한다.

> 하긴 그대가 나를 어찌 알까?24)

이런 묘사는 그리 흔치 않은 사례에 해당한다. 그런데 「서식선혼록」
의 주인공 서식도 이와 유사한 조우 과정을 겪고 있다. 난데없이 별천
지로 떨어진 그에게 선녀인 위부인(魏夫人)은 역시 뜬금없이 이곳과의
인연을 기억하지 못하느냐25)고 묻는다. 성영언의 그것과 유사한 서식의
긴 변명을 듣고 위부인 역시 웃으며 이렇게 말한다.

---

22) 陳慶浩·王三慶 主編, 『傳奇漫錄』(越南漢文小說叢刊 第一冊), 臺灣學生書局,
    1985, 205~234면.
23) "處士, 來何以遲?."
24) "卿, 安得而識我乎!"
25) "夤緣契遇, 獨不記之乎?"

하긴 그대가 그것을 어찌 알까?26)

어조사의 사소한 표현차이를 고려에서 제외한다면 두 대사 사이의 차이는 오직 '아(我)'와 '지(之)'라는 단 한 글자 차이에 불과하다. 이러한 미장센을 갖춘 조우 장면이 흔하지 않다는 점과 조우의 전후 맥락이 혹사하다는 짐을 두루 감안할 때 두 작품이 모방 관계를 갖고 있음이 분명해진다.27) 그런데 『전등신화』의 베트남적 변모 양상이라 할 「서식선혼록」은 자신의 모본과 조금 다르다. 이 다른 점을 강조해 부각시키기 위한 방편으로 우리는 그 공통성을 드러내기 위해 조금 우회하였다.

「서식선혼록」은 꽃을 꺾다 적발된 한 소녀를 대속(代贖)해 준 인연으로 마침내 후일 선녀임이 밝혀질28) 그 소녀와 선계에서 혼인하기까지에 이르는 한 사나이의 사랑 이야기다. 현실계에서 모란꽃을 꺾은 소녀와 서식 사이의 인연은 옷을 팔아 꽃값을 대신 치러준다고 하는 일견 사소한 것에 지나지 않는다. 그러나 이 사소한 사건은 서식이 이상한 동굴로 들어서는 순간 그의 삶을 바꾸는 운명적 사건으로 화한다. 이런저런 곡절을 거쳐 서식은 끝내 선녀들의 축복을 받으며 위부인의 딸 강향(絳香)과 혼인을 맺기 때문이다. 이러한 운명의 전환29)을 설명해 주기 위하여 서식의 선계 진입 과정은 미로 찾기와 흡사하게 설정되어 있다.

그런데 서식의 선계 방문이 지난한 미로 경험을 동반해야 할 또 다른 이유가 있다. 그것은 이들의 사랑이 비극으로 끝나기 때문이다. 비극의 전말은 이러하다. 일년간 꿈같은 신혼 생활을 보내던 서식은 갑자기 고

---

26) "卿, 安得而識之耶?"

27) 당연히 16세기 이후에 창작되었을 『전기만록』이 『전등신화』를 참고했을 것이다. 『전기만록』 앞부분에 있는 「출판설명」에 따르면 작가인 월남인 완서(阮嶼)는 15세기 말경에 태어나 16세기에 활동했을 것으로 추정된다. 때문에 『전기만록』 창작의 추정 상한 및 하한선을 각각 1458년과 1547년으로 잡고 있다. 이외에도 『전등신화』의 영향은 도처에 완연히 드러난다.

28) 위부인의 딸로 등장한다.

29) 이런 점에서 성영언과 직녀의 만남과 대조적이다.

향을 그리는 향수병에 걸리게 된다. 이 사실을 알게 된 강향은 서식에 대한 사랑의 감정으로 애써 그를 놓아준다. 이 단순해 보이는 이별이 영별이 되리라는 사실은 강향만이 아는 것으로 설정되어 있기에 서식은 그녀가 나중에 열어보라고 전해준 편지30)를 개봉하고서야 이를 뒤늦게 깨닫는다. 사실 비극의 본질은 이러한 이별에 기인하는 것이 아니라 주인공이 상황을 돌이킬 수 없게 되는 시점까지 진실을 눈치 채지 못한다는 점과 이를 후회하게 된다는 점31)에서 발생한다. 인간세상은 그 시간이 선계와 다르게 흘러 이미 삼대 후손들이 살고 있는 미래가 되어 있었기에 서식은 이제 갈 곳 없는 미아의 처지에 놓이게 되는 것32)이다.

이상에서처럼 「서식선혼록」의 사랑은 순간의 선택이 인생의 향방을 완전히 뒤바꾸게 될 위기의 계기들로 구성되어 있다. 그런 점에서 주인공 서식은 성영언에 비해 능동적 성격을 띤다. 그리고 선녀들이 사는 초월계는 현실계를 포기하고서야 획득되는 양자택일적 이상향이라는 점에서 일종의 딜레마 역할을 한다. 잠시 놀다 갈 수 있는 곳이 아니라는 뜻이다. 그러하기에 오히려 역설적으로 현실계가 갖는 존재감은 작품 전체에 묵직하게 영향을 주고 있다. 또 때문에 현실을 완전히 타도하지 못하고 별세계로 진입하는 초기 과정은 아래와 같이 여러 겹으로 복잡하게 구성될 수밖에 없었던 것이다.

> 배회하며 두리번거리는데 마치 기다리는 사람이 있는 것 같았다. 문득 암벽 사이로 갈라진 둥근 틈이 보였는데 그 지름은 한 장 가량이었다. 옷을 걷어 올리고 장난삼아 들어섰는데 몇 걸음 가지 못해서 입구가 닫혔다. 어둠침침하여 마치 암흑세계로 빠져든 듯 하였고 당황하여 어쩔 줄 몰라 했으니 거의 살

---

30) “娘以帛書一緘見授, 且曰, 異日見此, 無忘舊情.”
31) “徐方憎恨, 欲再上雲車(강향이 준 수레-필자), 已化爲翔鸞飛去.”
32) “物換星移, 人民城郭, 一一非舊’·‘皆(서식의 늙은 후손들-필자)曰, 我少時聞, 三代祖父與君同字, 落脚山間, 八十餘年.”

길이 없어 보였다. 다만 손으로 이끼를 쥐고 움직였는데 앞에 구불구불 이어진 작은 길이 있음을 깨달았다. 얼마를 힘겹게 가다보니 절벽에 돌다리가 걸려 있어 허공을 따라 위로 이어져 있었다. 한 걸음씩 오르자 주변이 점점 넓어지기 시작했다.[33]

결국 속계 남지와 선녀 사이의 이루어질 수 없는 사랑의 행보는 그 단절성을 미로에 의해 일찌감치 상정해 두고 있었던 것이다. 초월계에 의해 완전히 무시되지 못하는 현실계의 존재감, 그리고 그에 비례하는 중량감으로 양 세계 사이에 가로놓인 격절성(隔絶性)이야말로 이 미로가 지닌 의미 기능의 본질이다. 그리고 그 기능에 의해 선계의 삶은 현실과 무관한 가공의 세트장이 아니라 비록 현실가능성은 없지만 현실과 유관한 의미 맥락 속에서 한번은 꿈꾸어 봄직한 삶의 양식으로 설정된다. 바로 이 현실과의 잠재적 유관성이 이 작품의 탐방 과정을 단순한 공간 이동으로부터 변조된 유사 미로 찾기 형식으로 유도하고 있다.

5. 의미와 비의미의 혼돈으로서의 미로―『기재기이』의 경우

미로가 지닌 소설적 의미가 구체적으로 실현된 작품은 『기재기이』 소재의 「안빙몽유록(安憑夢遊錄)」과 「최생우진기(崔生遇眞記)」다.[34] 이들 작품들이 작가의 정치적 무의식이 우의적으로 산포되면서 초래된 의미

---

33) "徘徊顧望, 若有所候, 忽見石壁間拆開一穴, 其圓徑丈, 褰裳戲入, 未及數步, 則穴隨閉矣. 昏昏默默, 如忽墮黑幽之境, 倉皇失措, 度無生理. 但以手摩挲蒼蘇, 前覺有小蹊, 如羊腸屈曲. 潛行里餘, 見飛磴懸崖, 緣空而上. 步寬一步, 漸漸軒豁."
34) 申光漢, 『企齋記異』, 고려대 대학원 도서관 「晩松文庫」 소장 귀중본.

의 모호성을 주요 특징으로 한다는 관점을 이미 제시했던 바 있다.[35] 또 이런 애매한 속성 때문에 저간에는 『기재기이』를 작가의식이 결여된 실패작으로 보기도 했고[36] 역설적으로 수신(修身)의 도덕규범이나 신하로서의 수양론적 처세관을 드러낸 이념적 작품으로 평가하기도 했다.[37] 그런데 이 모든 의문의 중심에 자리 잡고 있는 상징적 매체가 바로 두 작품에 등장하는 미로의 형식이다.

「안빙몽유록」은 「서식선혼록」에 비교해도 미로로서의 형식적 장치가 대단히 탄탄한 작품이다. 서식이 동굴 탐사라는 특이한 방식으로 수행하긴 했지만 근본적으로는 「도화원기」가 지닌 의미의 자장을 탈피하지 못한 반면, 신광한은 몽유 기법을 창조적으로 이용하면서 '주인공의 호기심'이라고 하는 심리적 기제를 미로 모티브에 곁들여 넣고 있다. 주인공 안빙은 실제로 깬 것도 아니고 잠든 것도 아닌 이상한 상황에서[38] 나비를 발견하고 이를 괴이하게 여겨 추적하게 된다. 이는 '누군가를 기다리는 듯 보였던' 서식의 상황과는 많이 다르다. 그리고 단숨에 초월계로 주파해 가는 『금오신화』의 주인공들과도 전혀 다른 모습이다.

안빙은 의문을 풀기 위해서, 하지만 그 의문의 동기도 확인하지 않은 (못한) 채 나비를 쫓는다. 동기가 있다면 그것은 고작해야 나비가 마치 안빙을 오라고 유도하는 듯 보였기 때문이다.[39] 이는 주인공을 초대하거나 유인해 들일 만반의 사전 준비를 갖추고 있었던 것처럼 보이는 『금오신화』와 『전기만록』의 소설 상황과 대조적이며, 관습적인 이상향

---

35) 윤채근, 「『기재기이』—우의의 소설미학」, 『한국한문학연구』 제24집, 한국한문학회, 1999, 159~187면.
36) 김종철, 「전기소설의 전개양상과 그 특성」, 『민족문화연구』 28, 고려대 민족문화연구소, 1995, 42면.
37) 유기옥, 「신광한의 기재기이 연구」, 전북대 박사논문, 1990, 74면. 신해진, 「안빙몽유록의 주제의식 고찰」, 『한국한문학연구』 제20집, 한국한문학회, 1997, 211~243면.
38) 물론 작품 결미부에 이르면 모든 것이 꿈으로 밝혀지지만 본문 내용은 가상과 현실 사이의 어딘가를 묘하게 디디고 있다. "徒倚閒, 忽思假睡, 初覺."
39) "或近或遠, 若導而行."

탐사의 규약을 따르고만 있는『전등신화』의 주인공들의 환경과도 이질적이다. 안빙은 말하자면 꿈과 현실이 중첩되는 전의식의 들판, 또는 의식과 무의식 사이의 교섭 지역을 건너가기 위한 통과의례를 겪고 있는 것 같다. 물론 이는 화원의 물상들을 의인화한 이 작품의 우의 기법이 본질적으로 안고 있는 비유적인 창작 의식에 근거하는 것이기도 하지만 말이다.40)

안빙의 뜻 모를 여정은 연이어 이어지는데 두 번째로 등장하는 인도자인 청의동자(靑衣童子)의 출현에 앞서 이상한 표현이 나타난다. 다음과 같다.

> 한 마을 입구에 당도하였는데 복사꽃과 배꽃이 만개해 있었다. 그 아래 샛길이 있어 방황하며 집으로 돌아가려 했지만 조금 전에 쫓던 나비는 갑자기 사라져 보이지를 않았다.41)

안빙은 복사꽃과 배꽃이 흐드러지게 피어 있는 곳 앞에서 집으로 돌아가려고 한다. 주저하거나 두려워한 것이 아니라 귀가를 서두르고 있는 것이다. 복사꽃 등이 피어있는 곳이라면 그곳이 어떤 우의 대상을 표상한다고 해도 결국은 도화원과 같은 별세계임이 분명할 텐데, 안빙은 나비에게 보였던 호기심을 갑자기 상실한 사람처럼 물러나려 한다. 이러한 거리감은 주인공이 이후 겪게 될 별세계가 현실의 작가가 모종의 심리적 부담감을 느낄 수밖에 없는 실재계이거나, 실재계의 영향력을 어떤 형태로건 담지하고 있는 그러한 곳이기에 형성된 것이다. 말하자면 나비가 인도한 곳은 현실 세계를 잠시 접어두고 관념을 통해서 유

---

40) 이를 정신분석 용어로 '은폐 기제'라 볼 수 있다. 환자의 현실 대면이 늘 비유적으로 간접화되기만 할 때 이른바 '응축과 치환'이라고 하는 은폐 작용에 휘말린다. 이는 환자에게만 발생하는 현상이 아니라 일상 언어 현실에서도 반복되는 무의식의 관습적 작용 방식이다.
41) "抵一洞口, 桃李爛開, 其下有蹊, 彷徨欲回, 向來所逐蝶, 焂亦不見."

람할 수 있는 초현실의 상징적 유희장이 아니다.

안빙의 입몽 과정, 혹은 화원계로의 입장 과정이 현실을 착잡하게 물고 들어가는, 혹은 의식과 무의식의 교란적인 겹침 작용이라는 사실은 다음 인도자인 청의동자와의 관계에서도 확인된다. 동자는 '안공이 오셨네.'라는 말만을 남기고 쏜살같이 사라지는 인물이다. 안빙은 그를 모르는데 그만이 안빙을 잘 알고 있다. 즉, 안빙은 상황에서 소외되어 관찰되는 존재로 전락한다. 그런데 이상한 것은 이 상황에 적응하지 못하는 안빙이 동자를 무작정 따라가고 있다는 점이다. 발견하고 싶기도 하고 덮어두고 싶기도 한 갈등 상황을 보여준다고 밖에는 달리 설명할 길이 없다.

안빙은 이어서 시녀인 강락(絳樂)과 안류(安留)를 차례로 만나 모란 여왕에게 인도되고 있다. 두 여인도 아직 안빙에게는 미지의 인물들일 뿐인데 이들의 작품 내 역할은 불투명한 채 내내 방치된다. 그리고 모란 여왕을 중심으로 다양한 인간군상이 등장하기 시작하는데 이들 역시 어떤 의미 기능을 담당하고 있는지 지극히 애매한 모습으로 출현하고 있다. 이는 작품 후미부인 출당화(黜堂花) 등장 장면에 이르기까지 개선되지 않는다. 작가가 몸담고 있는 현실이 허구의 소설 공간 안으로 말려들어가긴 했지만 의미의 지시 관계를 맺지 못하고 파편적으로 모아져 있을 뿐이다. 이렇게 이상한 비의미적 요소들이 남발되는 서사적 상황은 바로 주인공이 초반에 겪은 미로 체험 속에 예비되어 있었던 것이다.

한편 「최생우진기」에서 용추동 절벽 아래로 떨어진 최생의 용궁 입장 과정은 언뜻 「서식선혼록」의 탐방 과정과 동일해 보인다. 절벽 속의 어두운 동굴을 관통해 위기를 벗어나며 별세계에 직면한다는 점에서 그렇다. 하지만 최생이 용궁에 도달하는 과정은 작가에 의해 여러 겹으로 교란되어 있다. 환언하면 어떤 의도에서인지 알 수 없는 심각한 망설임이 존재한다.

우선 이 작품은 서두에 용추동의 경개와 그 험준함에 대해서 증공(證

空)의 입을 빌려 장광설로 묘사한다. 또 용추동 행차를 결심하기까지 증공과 최생 사이엔 다소 지루한 대화가 진행되고 있다. 그리고 최생이 절벽에서 추락한 뒤에는 사건 이후의 증공의 행적을 매우 길게 나열하고 있고, 게다가 살아 돌아온 최생은 몇 차례의 답답한 질문 과정을 거치고 나서야 자신의 용궁 체험을 실토한다. 이 작품의 본론에 해당할 탐사 장면은 작품의 중반에서야 시작되고 있는 것이다. 때문에 작품 주제 전달에 긴요치 않은 인물인 증공의 작품 내 역할이 이상할 정도로 비대해지고 용궁 장면은 상대적으로 축소되는 결과를 빚고 있다.

이상에서처럼 용궁으로의 진입과 그 묘사를 계속 미루게 만든 작가의 알 수 없는 의도를 비교에 포함한다면 「최생우진기」의 미로는 「서식선혼록」에 비할 바 없이 공들여 설계된 것임을 알 수 있다. 결국 이 작품의 전반부 내용 전체가 하나의 미로 역할을 담당하고 있는 것이므로, 최생이 겪는 절벽 타기나 동굴 탐사 등에 대한 묘사는 그 분량이나 문체의 꼼꼼함을 고려하지 않더라도 이미 특별한 의미상의 비중을 차지하게 된다. 작가는 「안빙몽유록」에서와 마찬가지로 발견하고 싶은 욕망과 닫아버리고 싶은 욕망 사이에서 흔들리고 있다. 문제는 작가 스스로는 이 사실을 애써 의식에 부상시키지 않으면서 무의식의 문법을 활용하여 소설을 쓴 것 같다는 점이다. 이는 이 소설의 용궁 장면에서 드러난다.

여러 차례 뜸을 들이며 비로소 정체를 드러낸 용궁은 그러나 별세계를 다루는 평범한 작문 전통을 크게 벗어나지 않는다. 용왕과 신선들은 긴장 없는 대화를 나누고 있고 펼쳐지는 연회는 「용궁부연록」에 비해 초라해 보인다. 마지막 부분에 등장하는 늙지 않는 약은 그나마 미약하게 존재하던 작품의 정치적 해석가능성을 설화적 수준으로 꺾어버린다. 이로 인해 '그렇다면 미로를 동반한 소설 서두의 그 많은 도입 장치들은 왜 필요했던 것일까?'라고 하는 의문이 들지 않을 수 없다. 그런데 무엇이 그리 비밀스럽고 노출하기 어려웠던 것인지 작가 스스로도 명확히 모르고 있(싶)었다고 한다면 이 의문이 조금 풀린다.

현실을 우의적으로 물고 들어간 두 작품은 작품 창작 자체가 억압되어 있는 금기에 대한 접촉이다. 두 작품 모두 대궐을 형상화한 작품들인데, 이렇게 궁궐을 작품 소재로 끌어들인다는 행위부터가 이미 작가에겐 쉽게 의미화시키기 어려운 난감한 작업이었음이 분명하다. 그럼에도 불구하고 작가의 눈앞에는 아주 손쉽고 간편한 해결책 또는 은폐책, 즉 전기(傳奇)의 관습이 존재했던 것이다. 신광한은 이를 전략적 의도의 노출 없이 비조직적으로 활용했을 터인데, 그 활용 과정에서 그의 무의식을 끝없이 사로잡고 있던 강박 관념, 바로 기묘사화의 기억이 개입되면서 작품 내 인물들은 의미화를 저지당하고 마침내 주제 의식까지 이면으로 접히는 결과를 빚은 것이다.42) 이렇게 비의미의 여분이 많은 덕분에 이 작품들이 오히려 해석의 의미화 가능성을 넓혀 놓게 되는 기이한 현상이 발생하게 된다.43)

『기재기이』는 의미화되지 못하는 잠재 의미들이 이상한 비의미를 남발하는 그야말로 이상한 소설집이다. 이 배경에는 「기재기(企齋記)」에 나타나는 바와 같은 훈구파로서의 혼란한 자아 정체성이 자리 잡고 있다.44) 몰락해가고 있던 세력인 16세기 훈구파의 일원으로서 신광한은 몹시 복잡하고 불확실한 정치적 상황에 처해 있었다. 그 불안이 그를 조광조(趙光祖)와 가깝게 만들었을 것으로 추측된다. 어쨌든 이처럼 자기 존재에 대해 느끼던 착잡한 불안은『기재기이』창작의 긍정적 원동력이자 동시에 장애 요소이기도 했던 것이다.

---

42) 이 부분과 연관해서는 필자의 기존 관점을 수정한 「『기재기이』의 창작배경과 그 소설적 의미―분열증적 수사를 중심으로」(본서 수록)를 참고할 것.

43) 윤채근, 앞의 책, 362~365면.

44) 윤채근, 「기재 신광한 한시 연구」, 『어문논집』 36, 안암어문학회, 1997, 219~221면.

6. 미로의 수사, 혹은 리좀(rhizome)

우리는 별세계로부터 초대받는 조월 형식의 자원 이동과 우연한 탐
방의 여정, 그리고 탐사와 미로의 경계에 있는 방황의 양식을 거쳐 의
미의 미궁을 상징하는 미로의 형식에 이르기까지 다양한 '방황과 미로'
유형에 대해 살펴보았다. 이 가운데 『기재기이』는 억제된 자의식의 분
출이 다양한 검열 과정의 여파로 비의미화의 혼돈으로 변모하는 미로
유형의 대표적 작품으로 나타났다. 이때 미로는 의미의 산란과 비응결
화를 상징하는 현상이다. 의미의 비응결이란 단순히 소설 서사의 미숙
함이라거나 주제 의식의 불철저에만 기인하는 것은 아니다. 그것은 자
기 존재와 현실이 의미론적으로 늘 어긋나는 모순적 상황에 의해 잉태
된 몹시 소설적인 상황이기도 하다. 즉, 현실은 존재하되 수렴되지 않는
다양한 의미의 중복으로서만 존재한다.

소설은 현실을 그저 반영하기만 하는 양식이 아니다. 소설은 현실을
의미화시키면서 동시에 비의미화시킨다. 이 리좀적[45]인 의미의 산종을
단일한 의미로 정돈하려고만 든다면 그것은 소설 연구자로서 바람직한
태도는 아닐 것이다. 따라서 『기재기이』의 미로가 드러내는 의미의 분
산성을 결코 가볍게 넘길 수 없는 것이다. 특히, 비록 『기재기이』가 가
장 흥미롭게 구현하고 있기는 하지만, 대부분의 미로와 방황의 체험이
란 결국은 모종의 무의식의 균열이 시작되는 지점이라는 점을 염두에
두어야 한다.

발견되어야 할 혹은 노출되어야만 할 진리가 하나의 목표 지점으로
서 명확히 존재한다고 믿는다면, 그리고 그것을 당장 구현할 수 있어야

---

45) '리좀' 개념에 대해서는 이 글의 각주 41)에 제시한 본서 수록 논문과 다음 저서를
참고하라. 질 들뢰즈·펠릭스 가타리, 『소수집단의 문학을 위하여─카프카론』, 문학과
지성사, 1992.

한다는 초조함으로부터 서사가 구동된다면 아마 그것은 신경증적인, 또는 히스테리적인 서사가 되어버릴 것이다. 우울증으로 전이되고 있는 『금오신화』 서사의 어떤 측면이 그런 사례다. 반면에 『기재기이』는 그러한 발견되어야 할 진리를 포기하고 있는 서사처럼 보인다. 무의식을 아무리 털어내도 진리는 종결되지 않는다는 점, 확인할 수 있는 사실의 세계는 하나의 의미로 수렴될 수 없다는 점 등이 『기재기이』가 구현하고 있는 비의미의 세계가 가진 독특성이다.

　이상의 견지에서 『기재기이』의 수사는 도착증적이면서 동시에 분열증적이다. 신광한은 오직 리좀적인 발화를 통해서만 진실을 이야기하므로 『기재기이』 내부에는 어쩌면 진리란 존재하지 않는 것이나 마찬가지다. 그리고 진리가 그렇게 불확정적이고 끝없이 유예되기만 할 수 있다면 이는 담화 세계에 대한 지독한 불신, 음험한 냉소를 품고 있다고 보아야 할 것이다. 이처럼 신광한에게 의미의 세계는 소멸되어 있다. 『기재기이』를 창작할 즈음에 그는 의미를 포기하면서 기호의 놀이로써 이를 교체한 것이고, 이를 통해 의미가 없는 세상을 리좀적으로 골려먹고 있었던 셈이다.

제9장

『기재기이』의 창작 배경과 그 소설적 의미

분열증적 수사를 중심으로

1. 서론

『기재기이(企齋記異)』는 그것이 학계에 본격적인 연구 대상으로 부각된 70년대 말[1]부터 작품 주제와 연관한 논의가 끝없이 제기되어 왔다. 구체적으로 일별하지는 않겠지만 대략 작가 신광한의 당대 정치적 처경과 더 밀접하게 유관시켜 해석하려는 경향[2]과 그보다는 작가가 지닌 윤리적 소신이나 세계관 또는 사유 취향과 같은 관념적 부면에 더욱 중점을 두어 해석하려는 경향[3]으로 크게 나눠볼 수 있다. 물론 양자는 일

---

1) 소재영, 「신광한과 기재기이」, 『숭실어문』 3, 숭실대 국어국문학과, 1979.
2) 차용주, 『몽유록계 구조의 분석적 연구』, 창학사, 1979; 소재영, 『기재기이연구』, 고려대 민족문화연구소, 1990; 신재홍, 『한국몽유소설연구』, 계몽문화사, 1994; 윤채근, 『소설적 주체, 그 탄생과 전변－한국전기소설사』, 월인, 1999.
3) 유종국, 『몽유록소설연구』, 아세아문화사, 1987; 유기옥, 「신광한의 기재기이 연구」,

정하게 서로 논의의 어떤 지점을 호환하고 있으나, 비록 전체 해석의 일부분으로서 일망정, 『기재기이』를 윤리적 담론으로 보느냐 혹은 그렇지 않으냐는 매우 중요한 해석학적 차이를 유발한다.

예컨대 『기재기이』로부터 수신(修身)과 같은 전통적인 윤리 담론을 유추하려는 해석은 비록 작품들 저변에 놓인 정치적 문맥을 고려하고는 있지만 결국은 이 소설집을 '개인'의 문제로 환원하려는 경향으로 귀결될 수밖에 없다. 따라서 저자 신광한이 개인으로 환원될 해석적 논리를 전제로 하여 정치 사회적 심급의 주제를 개인적 일상성의 차원으로 제한했다고 간주한다면 『기재기이』는 당연히 소설적으로 열등해 보이게 된다.[4] 물론 그런 부정적 측면을 전적으로 부인할 수 없겠지만 『기재기이』를 보다 적극적으로 독해하는 다른 길을 모색하고자 한다면 이러한 윤리적, 개인적 심급의 지나친 해석적 반영을 억제해야 한다. 환언하면 『기재기이』를 일련의 복잡한 정치적 무의식의 산물로 규정하고 바라볼 때 보다 다양한 심층적 의미를 호출해 낼 수 있다.

우리는 이미 정치적 무의식이라는 관점에서 『기재기이』가 지닌 유별난 의미의 모호성과 주제의 산만성을 미로라는 소재를 통해 접근한 바 있다.[5] 그런데 미로로 상징되는 소설 장치가 현실과의 복잡한 대면 과정을 지체시키고 때론 결락시키는 무의식적 강박 기제임을 밝히면서 몇 가지 석연치 않은 점을 해결하지 않은 채 남겨 두었다. 그것은 첫째, 당대 사람들이 신광한에게 부여했던 정치적 정체성과 당연히 이를 기

전북대 박사논문, 1990; 신해진, 「「안빙몽유록」의 주제의식 고찰」, 『한국한문학연구』 제20집, 한국한문학회, 1997, 211~243면.

4) 김종철은 유사한 관점에 입각, 『기재기이』의 소설적 한계를 지적한 바 있다. 김종철, 「전기소설의 전개양상과 그 특성」, 『민족문화연구』 제28호, 고려대 민족문화연구소, 1995.

5) 윤채근, 「『기재기이』의 미로에 대하여」, 『제7차 전국학술대회 발표요지집』, 성심어문학회, 2003, 41면~50면; 윤채근, 「중세 동아시아 소설에 나타나는 방황과 미로의 유형들과 그 의미-『금오신화』·『전등신화』·『전기만록』·『기재기이』를 중심으로」, 『한문학논집』, 근역한문학회, 2003, 105~124면.

반으로 성립되었을 소설가 신광한의 스스로에 대한 정치적, 문화적 이마고(imago)의 문제와 둘째, 그러한 정체성 구성이 생애를 통해 일관적일 수는 없었으리라는 점에서 매우 중요할『기재기이』의 정확한 창작 시점의 문제다. 이 글은『기재기이』의 창작 배경과 유관한 이런 점들에 대해 비판적 관점에서 집중적으로 논구하고자 한다. 아울러『기재기이』의 창작 배경을 새롭게 설정함으로써 그와 연동하여 초래될 이 작품집의 소설적 의미 변화에 대해서도 수사적 논의를 통해 의견을 개진하고자 한다.

2.『기재기이』의 창작 배경

1) 소설가로서의 신광한의 위상

『기재기이』의 창작 배경을 고찰하기 위해서는 다른 무엇으로서가 아니라 먼저 '소설 작가'로서 신광한이 처해 있던 정치 문화적 위상을 고려해야 한다. 아울러 동시대 타자들의 규정으로부터 스스로 구성했을 자아상 혹은 이마고를 구체적으로 해명해야 한다. 그간 신광한은 '중간자'나 '경계인' 등의 관점에서 주로 부정적으로 평가되어 왔다.[6] 이는 신광한의 어떤 측면을 적확하게 표현한 개념이지만 결국은 그를 의식

---

6) '중간자' 문제는 신재홍이『한국몽유소설연구』(계명문화사, 1994)에서 최초로 주장하였다. 이후 필자도 이 관점을 한시 분석을 통해 재확인하면서 동일한 입장을 견지했다. 이는 신광한의 시인적 측면을 과도하게 강조한 결과였는데, 돌이켜 보면 그의 소설가적 위상을 독립적으로 평가해 주지 못한 측면이 있다. 윤채근, 「기재(企齋) 신광한 한시 연구」,『황혼과 여명—16세기 문학사의 맥락』, 도서출판 월인, 2002, 192~235면.

적, 무의식적 회색분자로 간주하는 결과를 빚는다. 이런 관점을 소설가
로서의, 즉 『기재기이』의 작가로서의 신광한이라는 인격에 수정 없이
적용하는 것이 과연 타당한가?

우선 전제해야 할 사항은 관각 시인 신광한과 소설가 신광한이 서로
극단의 모순을 빚는 관계일 수 없는 것과 마찬가지로 서로 정확히 일치
할 수 없다는 사실이다. 두 차원은 상당 부분을 공유하면서도 부분적으
로는 차이를 빚는다. 관각 시인 신광한이 어설픈 사림파 경력을 소유한
우유부단한 훈구파 관료라는 기본적 틀을 벗어날 수 없었다면, 소설가
로서의 신광한은 그러한 전제된 자기정체성으로부터 일정한 일탈을 감
행해야만 수립될 어떤 제이의 인격을 상징하기 때문이다. 그가 한시라
는 하나의 장르로 자기를 모두 표현해 낼 수 있었다면 또 다른 장르인
소설을 필요로 하지는 않았을 것이다. 결국 장르의 이동은 수사의 이동
이고 그래서 궁극적으로는 정신의 일정한 이동이게 마련이다.

사실 신광한을 관료 시인의 견지에서만 본다면 당대의 가장 주류적
인 흐름인 사장 그룹의 한 가운데 위치시킬 수밖에 없다. 예를 들어 그
에 관한 후배 시인 홍섬(洪暹)의 다음과 같은 평가를 보자.

> 그가 시를 지을 때에는 시경에 근본을 두었으며 두보와 강서시파(江西詩派)
> 를 조종으로 삼았다. 그래서 기운은 혼일하고도 웅엄했고 운율은 풍섬하면서
> 도 넉넉했다. (…중략…) 사람들은 그를 노성한 두보를 잘 배운 사람이라 여겼
> 다.7)

이 시기 두보에 대한 학습 열풍은 단지 당풍(唐風)에 대한 경도 상황
하고만 유관한 것이 아니라 일련의 중국 사신 접대, 즉 접반 과정에서
의 필요에 부응한 측면도 없지 않다. 율시에 대한 강렬한 집착과 반복

---

7) 『企齋集』(『韓國文集叢刊』 22 : 이하동일) 卷14, 「文簡公行狀」, 383면. “爲詩, 本諸
三百篇, 祖少陵而宗江西, 氣渾而雄, 律贍而富……人謂善學老杜.”

훈련을 통해 이 시기 최고의 접반 시인들은 강서시파(江西詩派)의 시풍에 점차 매료될 수밖에 없었다.[8] 신광한이야말로 16세기의 그러한 사장 취향에 잘 부응했던 인물이다.

그런데 그런 배경을 후경에 놓고 살피자면, 소설가로서의 신광한은 한국소설사 가운데 매우 특이한 위치에 놓이게 된다. 우선 문학사를 수놓았던 선배 소설가들을 일별해 보면, 「쌍녀분기」의 저자인 최광유(崔匡裕),[9] 『금오신화』의 저자인 김시습이 있는데 모두 당대 주류 문화에서 일정하게 일탈을 감행했던 인사들이다. 또한 후배 소설가들을 살펴보아도 『주생전』의 권필, 『최척전』의 조위한, 「원생몽유록」의 임제 등으로서, 마찬가지로 정치 문화의 비주류에 몸담고 있었던 인물들이 대부분이다. 결국 신광한이 시인으로서 갖춘 주류적인 자기정체성은 소설작가로서 변신하는 데에는 결코 유리할 수 없었던 악조건이었다. 그럼에도 그는 왜 자기와 어울릴법하지 않은 소설을 짓게 되었던 것일까? 환언해서 관각 시인 신광한은 도대체 어떤 이유에서 『기재기이』의 작가가 되었는가?

중년 이후 신광한이 정계에서 획득한 정치적 위의의 상당 부분은 사실 자신의 시적 재능에 기인한 것이었다. 즉, 사화 체험 이후의 신광한은 시인 이외의 자질로는 단 한 번도 당대의 명사 반열에 오를 수 없었다. 이는 기묘사화에 연루되면서 정치적으로 가장 부담이 적은 한시 문예적 방면에로만 자신의 경력을 집중시킨 그의 조심스런 행보에 일차적으로 기인한다.

그런데 젊은 시절의 그는 인생 후기의 삶의 양상과는 달리 매우 도전적이고 진취적인 신지식인에 속해 있었다. 이른바 기묘사류로 알려져 있던 일군의 신진 사림들과 깊은 교제를 맺으며 일정한 그룹을 형성하

---

8) 李鍾默, 『海東江西詩派研究』, 太學社, 1994; 林采明, 「企齋 申光漢 漢詩 研究」, 단국대 박사논문, 2004.

9) 李東歡, 「「雙女墳記」의 作者와 그 創作 背景」, 『民族文化研究』 제37호, 고려대 민족문화연구원, 2002(온라인 저널이므로 면수 표시 생략).

고 있었고 특히 조광조(趙光祖)와의 교분은 남달랐던 것으로 추정된다.[10]
같은 견지에서 홍섬의 다음과 같은 평가를 검토해 보자.

> 학문의 연원을 보자면 육경에 근본을 두었고 사서에 더욱 정밀하였다. 마음
> 깊이 이해하여 높은 경지에 도달하였으니 원근의 배우는 자들이 매일 모여
> 스승으로 받들었다.[11]

퇴계 시대 이전의 16세기 조선 성리학의 일반적인 수준은 몇몇 정상
급 학자들을 예외로 한다면 해당 세기 전체가 갖는 밀도의 평균치에 미
치지 못했다. 때문에 신광한 시대에는 사서와 육경을 읽고 『근사록』과
『성리대전』의 주석을 독해할 수 있다는 것도 대단한 경지로 여겨졌던
것이다. 결국 최소한 기묘사화 발발 이전까지 신광한은 새로운 사유로
무장된 신진 사림 그룹의 세계관을 향해 친밀한 접근을 시도하고 있었
다고 확신할 수 있고, 또한 비록 표면적인 활동은 없었을망정 젊은 시
절의 이 경력으로부터 아주 자유로운 만년을 보냈을 리도 없을 것 같
다.[12] 이런 측면은 율시의 대가로, 사장학의 최고봉으로 그를 칭도한 홍
섬의 앞의 관점과 일정하게 모순을 빚는다.[13] 그리고 이 모순이 빚어지
는 지점 어디쯤에 소설가 신광한이 자리 잡고 있을 것임에 틀림없다.
  여기서 논지를 정리해 보자. 현재까지의 추론상 시인으로서의 신광
한은 철저히 기성 문인 그룹의 카테고리에 안주한 삶을 살았음이 확실
하지만, 소설가로서의 그는 한 때 자신의 정체성을 구성했던 신진 사림
으로서의 이력으로부터 결코 완전히 자유로울 수 없었다고 할 수 있
다.[14] 소설이 실재와 관념 사이에 의도적으로 설계된 서사적 분열 양식

---

10) 중종 당시 여말에 수입되었던 『성리대전』에 대한 독회가 활성화되고 있었는데 신광
  한은 이 모임에 매우 적극적이었다. 『中宗實錄』 卷36, 14년 5월조, 537면.
11) 『企齋集』 卷14, 「文簡公行狀」, 382면. "學問淵源, 本諸六經, 尤精於語孟庸學, 理
  會心得, 獨詣高妙, 遠近學者, 日萃師尊之."
12) 필자의 선행논문들이 철저히 그런 견지에 입각해서 『기재기이』를 분석한 사례다.
13) 이 글의 각주 7)을 참조하라.

이라고 한다면 당연히 그러해야 할 것이다. 사태를 관망하는 각도에 따라, 각 평가자들이 선택한 정치적 판단의 계열에 따라 신광한을 보는 시각은 이래서 둘로 갈린다.[15] 도학자다운 측면이 다분하면서도 사장 취향 역시 풍부하게 소유했던 이 인물은 급기야 이중적인 정치 플레이를 일삼았거나, 개인적 안위를 위하여 회색분자의 길을 걸었던 역사적 중간자로 비치기에 이른다.

이 문제에 조심스럽게 접근하기 위하여 『명종실록』의 신광한에 관한 당대 사관들의 기록들을 검토해 보겠다. 실록을 수찬하는 사관 업무는 주로 젊은 신진 관료들이 담당했고 명종 당시 신진 관료들이란 그 강약의 차이는 있겠지만 일정하게 사림 문화의 세례를 받은 자들이었다. 따라서 사림 그룹의 직계 후배들이 신광한의 삶을 목격하면서 수립한 구체적인 해석적 시각을 이를 통해 엿볼 수 있다.

> 광한은 젊어서 문장으로 이름을 드러냈다. 기묘년 이후에는 한가히 시골에서 머무르니 사림들이 의지하여 중히 여겼다. 정유년에 조정에 돌아온 뒤로는 권신들에게 몸을 맡기고 세상일에 따라 부침하니 사람들이 몹시 그릇되다 여겼다.[16]

이 기사는 실록의 원문 기록이 아니라 신광한에 대한 공식 기사를 작성하고 나서 미처 다 언급치 못한 말을 소주 형식으로 첨보한 부분이다. 사실 이 기록은 소주 형식이라는 데에 그 가치가 더욱 빛난다. 실록의 주석이야말로 객관적인 사평을 주관화할 수 있는 절묘한 방법적 타협이기 때문이다. 그런데 위의 소주를 작성한 사관은 자신의 서사 위치를

---

14) 윤채근, 「『기재기이』—우의의 소설미학」, 『한국한문학연구』 제24집, 한국한문학회, 1994, 159~187면.

15) 시인으로서의 신광한을 도학적 견지에서 해석하려는 연구 성과가 존재한다. 임채명, 앞의 논문, 20~57면.

16) 『明宗實錄』 卷16, 9年甲寅二月, 184면. "光漢, 早以文章著名. 己卯年後, 閑散居鄕, 士林倚重. 自丁酉還朝之後, 容身持羈, 浮沈世路, 人多非之."

분명히 사림에 위치시키고 있다. 즉 이 부분의 평가는 사림의 관점에서 신광한의 처세에 품은 불만을 명료하게 개진한 부분이다. 그 요점은 '한산거향(閑散居鄕)'과 '환조(還朝)'를 대비한 곳에 놓여 있다.

인용문이 신광한을 비난하는 근거는 언뜻 '용신지기(容身持羈)'와 '부침세로(浮沈世路)'와 같은 모종의 구체적 행동 양식에 있는 것처럼 보인다. 하지만 바로 앞의 문맥을 보면 사람들이 한때 신광한을 '의중(倚重)'하게 되었던 원인이 그가 한 무슨 특출한 의리덕행, 즉 일련의 행동 양식 때문이 아니라 단지 '한산거향(閑散居鄕)'한 것에 있었음을 간파할 수 있다. 즉, 기묘사화의 유일무이한 생존자로서, 한때 조광조와 뜻을 함께 했던 사림의 상징으로서 편안히 시골에서 여생을 마쳐주기를 기대했다는 뜻이다. 그저 조정에 대해 절조를 지키면서 생존해 있는 것만으로도 그의 가치는 충분했던 것이다. 그렇다면 그의 환조는 그 자체만으로도 사림들에 대한 배신이었음이 너무도 명백해진다.

그런데 여기서 또 하나 주목할 점은 그렇다고 해서 실록의 사관이 신광한을 필요 이상으로 비난하고 있지는 않다는 점이다. 신광한이 환조하는 순간 그의 타락은 그의 의지나 판단과 무관하게 예정되어 있었다는 점을 사관은 인정하고 있었거나 충분히 이해하고 있었던 셈이다. 때문에 신광한의 비난받을 단점은 '용신지기(容身持羈)'와 '부침세로(浮沈世路)'와 같은 피동적인 표현으로 수식되고 있다. 동어반복이지만 결국 신광한이 시골에서 나오지 말았어야 했다는 모종의 투철한 의식의 전제가 관류하고 있는 것이다. 이는 신광한의 후배 세대들이 그의 행동을 비난했지만 그의 정신까지는 비판의 도마 위로 올려놓지 않았었다는, 즉 그에게 환조하지 않기를 혹은 않았었기를 간절히 염원했으나 그 이상 그를 비난할 의도는 없었다는 중요한 명제 하나를 성립시켜 준다.

영성부원군 신광한이 죽었다. (…중략…) 사람됨은 성품이 순후하고 풍취가 고고하였으며, 학문은 해박했고 문장은 정밀 수려했다. 중국사신을 응대하여

서는 늘 그들의 칭찬을 받았다. 하지만 일을 처리하는 데에 때때로 치우쳐 꽉 막히는 실수가 있어 사람들이 그것을 단점이라 여겼다.[17]

『실록』에서 신광한의 사망 기사를 기록하며 내린 총평인데, 이 인용문 역시 신광한 인격의 어떤 본질적 부분을 거론하기보다는 그의 '처사(處事)'가 지닌 '편체(偏滯)'를 비판의 대상으로 삼고 있다. 『실록』이 거듭 지적하곤 하는, 일을 처리하는 데에서 그가 겪은 실수, 혹은 치우침이란 근본적으로 정유년의 환조 행위로부터 운명적으로 연유한 것일 터이다. 민첩함과 선명성이 부족한 판단력, 융통성 없는 고지식함, 그리고 박약한 실천력을 타고난 이 인격이 살아내야 했던 명종 재위기는 외척과 간신들이 머리싸움을 벌이던 그야말로 난세중의 난세였다. 이는 곧 이 시대가 누군가에게는 처사접물 자체가 고역이 되는 시대였음을 의미하는 것이다. 그 단적인 사례로 다음을 들 수 있다.

요즘 좌의정인 이기(李芑)가 매번 크고 작은 문서 작성에 있어, 문장을 담당하는 관리가 지은 것을 취하지 않고 반드시 자기가 지은 것으로 올리는 경우가 이와 같이 많았다. 신광한은 다만 대제학 자리를 채우고 있었을 뿐이다.[18]

이 인용문 역시 『실록』의 소주인데, 원문 기사는 신광한이 명종을 위해 지은 악장을 간신 이기가 제멋대로 고쳐 올린 사건을 다루고 있다. 신광한은 그저 지위를 충당하고 있는 허수아비였다는 점이 사관이 적시하고자 했던 핵심이다. 그런데 언뜻 신광한에 대한 강렬한 비판일 것 같은 이 표현은 뒤집어 해석하면 매우 동정적인 관점으로 읽힌다. 적어도 간신의 전횡에 신광한은 개입되어 있지 않다. 그는 방조하는 것 이

---

17) 『明宗實錄』卷19, 10年乙酉十一月, 308면. "靈城府院君申光漢, 卒……爲人性稟醇厚, 風度高古, 學問該博, 文章精麗. 儐待華使, 每見稱賞. 然於處事, 時有偏滯之失, 人以是短之."
18) 『明宗實錄』卷6, 2年丁未八月, 522면. "今者, 左相李芑, 每於大小文書, 不取典文者之製, 而必自製以啓者多, 類此. 申光漢徒具位大提學耳."

외에 별달리 취할 행동이 없는 위치, 즉 자리만 채워주는 입장에 놓여 있었기 때문이다. 그리고 그런 위치는 그가 환조를 선택하는 순간 이미 예견되었던 결말에 지나지 않기 때문이기도 하다. 사관은 그러한 관대한 지점에서 신광한에게 도망갈 길을 터주고 있다.

이기가 악장구를 멋대로 고치는 월권을 감행했던 바로 그 해(명종 2년)는 『중종실록』이 기묘년 기사를 작성해야 하는 해이기도 했다. 명종은 기묘년의 실체를 체험적으로 가장 잘 알 것 같은 신광한을 책임 편자로 위촉한다.[19] 물론 이는 기묘년 사화의 의미를 제대로 정립하고자 했던 대다수 사림들의 여망이기도 했다. 그러나 설령 신광한이 중간자 처지가 아니었다고 해도, 즉 스스로의 정체성을 사림에 확립한 인물이었다고 해도 이를 수락하기는 힘든 일이었다. 기묘사화와 직, 간접적으로 연루된 세력들이 정국의 실세로 잔존해 있는 만큼 신광한은 기묘년을 사림의 잣대로만 평가할 수는 없었다. 동시에 그것은 선왕인 중종의 가치 판단에 사화의 당사자가 정면으로 도전하는 행위가 되어버리는 형국이었다. 반대로 기묘사류를 역적인 상태로 방치하거나, 특별히 신원회복을 추진하지 않은 채 실록 기사를 대충 미봉한다면 이 또한 사림에 씻을 수 없는 죄를 짓는 셈이 되는 것이다. 결국 신광한은 명종에게 간청하여 사록 작성 업무를 면제받는다. 그 내용 가운데 일부다.

> 기묘년의 일은 어떤 점에선 옳고 어떤 점에선 그릅니다. 옳고 그름이 정해지지 않은 상태로 지금까지 이어져 오고 있습니다. (만약 당사자였던 제가 수찬 책임자가 된다면) 기묘년 때의 일을 옳다고 하건 그르다고 하건 실로 모든 경우에 의심이 생길 것입니다. 사람들이 만약 의심스럽다고 여기게 되면 필경 만세토록 신뢰할 만한 기록을 전할 수는 없을 것입니다. 대제학은 한 때의 임무요, 역사의 기록은 만세에 이를 일입니다.[20]

---

19) 그리고 이는 당시 대제학 신광한이 해야 할 당연한 임무이기도 했다.
20) 『明宗實錄』 卷6, 2年丁未十二月, 555면. "己卯年事, 或是或非, 是非不定, 到今尙然. 己卯時事, 是非之處, 實皆有嫌. 修撰之時, 人若以爲嫌焉, 則必不能傳信於萬世.

물론 당년에 신광한이 취했던 태도는 교묘한 생존 전략으로도 비칠 수 있다. 일정 부분 그러했을 것이다. 하지만 그러한 의혹이 당시 신광한이 처해있던 정치적 딜레마 자체를 무효화시키지는 못한다. 그는 증언자일 수는 있었겠지만 심판자일 수는 없는 위치에 놓여 있었고 그 사실을 투철하게 자각하고 있었다. 때문에 기묘년의 기억은 스스로에 의해 의식적으로 애써 말소되었거나 적어도 공식적 언어로서는 취하된 담론이었다. 즉, 언어화를 끝없이 기각하는 모종의 저항선이 존재했다. 이를 지식인의 양심이라고 말할 수도 있지 않을까?

요약해보자면, 신광한은 자신의 환조 행위를 정당화시킬 수 있는 그럴듯한 구실을 발견하지 못했으며 자신의 나머지 인생을 통해서 정당성을 증명할 수도 없었다. 아무래도 그것은 우발적인 선택 또는 현명치 못한 처세였을 것 같다. 그렇다면 그는 그 스스로가 기묘사화의 정당한 피해자의 한 사람, 혹은 그 사건의 적절한 대변자일 수 없다고 여겼을 것이다. 그는 생존했고 게다가 환조했다. 당사자이면서도 해당 사건으로부터 비껴서 있는 존재, 말하자면 그런 존재였다. 그러므로 그의 말은 그 누구도 믿지 않을 것이다.

결국 그것이 생존 전략이었건 아니었건 간에, 신광한은 자기 스스로의 양심에 비추어서도 말할 수 없는 존재, 언어가 허락되지 않는 존재일 수밖에 없었다. 훈구파와 사림파 사이에 옹색하게 끼여 있는 회색분자라서 만이 아니라 자신의 실존 위치 자체가 발언을 금지하고야마는 그런 의미에서다. 환언하면 어떤 말을 해도 그것이 자신의 입을 경유하는 한 이는 기묘사류를 모욕하거나 그 역사적 의의를 훼손시키는 지점으로 귀결될 것이었다. 이로써 그는 공식 언어를 가지고는 기묘년에 대해서는 고사하고 자신의 삶에 대해서도 속 시원히 털어놓을 수 없는 운명을 짊지게 된다. 또한 그에 대해 가해진 다양한 역사적 비판들은 근본적으

大提學, 一時之任, 史局, 萬世之事."

로는 바로 이러한 언어 상실, 가치 상실을 겨냥하고 있었던 것이며 그 논리적 기원은 한결같이 적절치 못했던 최초의 환조 행위로 소급된다.

신광한은 특정 세력에 의해 핍박받은 또 다른 피해 세력을 대표한다는 의미에서가 아니라 가해 세력과 피해 세력 사이의 모호한 경계를 상징한다는 의미에서 언어적·정치적 소수자였다. 그가 여주 원형리에 남아 명예로운 은둔자로 생을 마감했다면 아마도 이 운명은 바뀌었을 것이다. 그러나 그는 환조를 선택했고 그 선택은 그의 출신 배경과 휘발하며 그가 예기치 못했던 침묵의 삶으로 스스로를 이끌었다. 같은 상황에서 누구나 그러한 침묵을 받아들이는 것은 아니지만 적어도 신광한은 이를 감내하면서 밀어를 개발하게 된다. 우리는 바로 이것이 번듯한 시인 신광한으로 하여금 소설 『기재기이』를 짓도록 추동한 주요 심리 메커니즘의 하나라고 개연성 있게 가정할 수 있다.

2) 『기재기이』의 창작 시점

필자는 다른 지면을 통해서[21] 『기재기이』가 1524년에서 1553년 사이에 창작되었으며 이 기간 가운데 원형리 은거 기간(1521~1538년)이 가장 유력하다고 언급했다. 상한선이 1524년을 넘을 수 없는 것은 여타 정황적 증거도 있지만 무엇보다 「최생우진기」의 내용에 작가의 1521년 삼척부사 재임 경험이 녹아 있기 때문이었다. 때문에 부사에서 해임되고 원형리로 이동하여 비교적 정상적인 삶을 회복한 1524년경이 상한선이 되는 것이다. 이 점은 비교적 분명하다. 1553년이 하한선이 되는 것은 고대 만송본의 간기가 1553년으로 명기되어 있기 때문인데 이 점은 재론의 여지가 없다.

---

21) 윤채근, 「IV. 16세기 전기소설에 나타난 주체의 성격」, 앞의 책, 299면의 각주 57).

문제는『기재기이』가 과연 원형리 은거기의 산물인가 하는 점이다.[22] 이전에 필자가 이 시점을 창작 시기로 추정한 가장 큰 근거는 무엇보다 「서재야회록」의 내용에 지방의 한미한 존재들에 대한 연민이 짙게 드러난다는 데에 있었다. 이런 강열한 동정심은 사화 체험으로부터 그리 멀지 않으며 지방에서 몰락한 잔반이나 향반들을 직접 목도하는 시점에나 가능하다고 보았다. 그런데 꼭 그렇지만은 않을 수도 있다.『기재기이』네 작품이 반드시 동일 시점에서의 모티브를 활용한 연작이라는 법도 없거니와 무엇보다 책의 제목이 자신의 재실명을 차용한『기재기이』라는 점도 고려되었어야 했다.[23]

‘기재(企齋)’라는 재실명은 신광한이 「기재기(企齋記)」[24]에서 밝혔듯이 자신의 조부인 신숙주의 ‘희현당(希賢堂)’을 모방하여 성(聖)과 현(賢)을 희구하겠다는 취지로 명명된 것이다. 이 글은 잠시 후에 다시 살펴 보기로 하고 우선 이 ‘기재’의 위치를 추정해 보도록 하자. 결론을 먼저 제시하자면 신광한은 생애에 걸쳐 적어도 두 곳에 ‘기재’라는 재실을 마련했던 것으로 보인다. 첫 번째 ‘기재’는 신광한이 은거기 이전에 살던 한양 옛집에 존재했다. 그 증거가 「기재서사(企齋書事)」라는 한시 제목으로 문집 별집 권4에 남아있다.[25] 이 시는 1537년에서 1538년 사이, 즉 신광한이 조정의 부름을 받고 환조하기 직전에 했던 한양과 저자도 유람 과정에서 지어진 것이다.[26] 따라서 1538년 봄 전후에 그가 ‘기재’

---

22) 대부분의 연구자들이『기재기이』의 창작 시점을 여주 원형리 은거기로 보고 있다는 점은 신해진, 「「안빙몽유록」의 주제의식 고찰」,『한국한문학연구』20집, 한국한문학회, 1997, 213면을 참조.

23) 예컨대『금오신화』의 경우는 김시습의 경주 금오산 우거기에 완성본, 혹은 최소한 초고본이 작성되었을 것으로 추정하고 있다. 심경호,『김시습 평전』, 돌베개, 2003, 269면~276면. 아울러 ‘기재’라는 재호가 비록 일차적으로는 재실 소유자를 상징한다고 하더라도, 그것이 단일하게 독립된 저술명으로 쓰일 경우 일정하게는 특정한 물리적 공간을 의미 배후에 포괄하고 있다는 점을 고려해야 했다.

24) 「企齋記」,『企齋集』別集 卷4, 471면.

25) 「企齋書事」,『企齋集』別集 卷4, 434면.

26) 별집 권4의 초반부 「詠虹」(別集 卷4, 431면)이라는 시 제목 하단주에 ‘歲在丁酉’라

라고 부르던 재실이 한양에 이미 존재하고 있었어야 마땅하다.

그런데 한양 옛집의 '기재'는 「기재기」의 그 '기재'는 아닌 것으로 추측된다. 왜냐하면 우선 「기재기」의 내용이 20~30대의 신광한 소작이라고 보기에 무리가 있기 때문이다. 이 작품은 세상사에 달관한 노년의 세계관을 짙게 담고 있으며 어떤 견지에선 도저한 허무감이 역설적으로 묻어나는 그런 글이다. 글의 후반부는 이렇게 끝나고 있다.

> 내 재실 가운데는 향대 한 다발과 거문고 한 대, 그리고 만권의 책이 있다. 때때로 간혹 분향하고 거문고를 튕기거나 거문고를 밀쳐놓고 책을 읽기도 하니 그 또한 바랄만한 것이로다. 책 속엔 현인이 있으니 현인을 만나면 그를 바라고, 책에는 또 성인도 있나니 성인을 뵈면 그를 바란다. 성인은 하늘과 같나니 하늘은 바로 편안함이다. 하늘에 편안한 것을 운명으로 삼는 것, 그것이 내가 바라는 바이다. 이에 그것으로 기재기를 쓰노라.27)

위 글에서 드러나듯 「기재기」는 신광한의 청·장년기에 씌어진 작품으로 보기 힘들며, 따라서 신광한이 기문을 작성할 만큼 강렬한 의미를 부여한 재실명으로서의 '기재'는 한양 옛집의 그 '기재'가 아니었을 확률이 높다. 그렇다면 또 하나의 '기재'에 대해 지어졌을 것으로 추정되는 위의 「기재기」는 언제 어느 곳에서 지어졌는가? 관련 사실이 「행장」에 나타난다.

> 나이 들어 한양 동쪽 성곽의 타락산 아래에 집을 지었는데 문채 나거나 울긋불긋한 서까래를 쓰지 않았고 서책들만을 겨우 채워 넣을 정도였다. 인근 골짜기가 기이하고 으슥하여 은둔하기 좋은 경치였으니 부원군에 봉해진 뒤

표기되어 있는 바, 정유년은 1537년이다. 참고로 「기재집」은 각 권의 창작 년도가 연도순에 따라 일정하게 배치되어 있다.

27) 『企齋集』別集 卷4, 「企齋記」, 471~472면. "吾齋之中, 有香一炷, 有琴一張, 有書萬卷, 時或焚香而鼓琴, 捨琴而讀書, 其亦有所企乎, 書有賢焉, 見賢焉則企之, 書有聖焉, 見聖焉則企之, 聖如天, 天則安也, 安於天以爲命, 吾所企也, 遂以爲企齋記."

부터는 관무가 한가해져 두 아들을 데리고 그 가운데서 매일 시를 읊조렸고 시구를 얻으면 바로 베꼈다. 한가한 정취를 구가하면서 스스로 낙봉이라 호를 짓고 또 청성동주라고도 칭했으며, 살던 재실을 '기재'라 이름 지었다. 사람들이 장차 오래 살 거라 여겼건만 한번 병을 얻자 일어나지 못하니 사림들이 황황히 의지할 곳이 없게 되었다.[28]

「행장」에 따르자면 신광한은 사망하기 직전 현재의 낙산 아래 이화동 부근에 새로 집을 짓고 정치적 은둔을 했으며 그곳에 '기재'라는 재실을 두고 있었음이 확인된다. 서책을 쌓아두고 있었다는 정황을 비롯해 그 모습이 여타 「기재기」의 묘사들과도 정확히 부합한다. 조금 지루하지만 이 문제는 중요하므로 유관한 부분을 길게 인용해 보겠다.

> 내 재실의 동쪽에는 산이 우뚝 솟아있으니 그 산이 높은즉 발꿈치를 들어 우러러 보고, 내 재실의 서쪽에는 평평하고 곧은 길이 있으니 그 길이 먼즉 발꿈치를 들어 걸으며, 내 재실의 앞쪽에는 시냇물이 흐르니 시냇물이 흘러가며 쉬지 않는 것을 본즉 (공자님처럼) 발꿈치 들어 탄식하고, 내 재실의 뒤쪽에는 소나무가 얽혀있으니 소나무가 추위 견디며 푸르른 것을 보면 발꿈치 들어 부러워하련다.[29]

인용문을 통해 확인할 수 있듯이 「기재기」의 '기재'는 물리적 공간으로서 타락산[30] 아래 계곡에 터 잡고 있었던 말년의 재실임이 분명하다. 여주 원형리 은거지에도 민천(民川)이 흐르고 있었고 산 역시 있었지만

---

28) 『企齋集』 卷14, 「文簡公行狀」, 348면. "晚家國東闉駝駱山下, 無綵椽丹栱, 僅藏書史, 洞壑奇邃, 有林泉之勝, 自封君後, 官事多暇, 率二子日哦詩其中, 得句輒寫, 怡養閑情, 自號駱峯, 又號靑城洞主, 名其所居齋曰企齋, 人將望其遐壽, 一遇疾不起, 士林遑遑無所依."

29) 『企齋集』 別集 卷4, 「企齋記」, 471면. "吾齋之東, 有山卓立, 高其山, 則企而仰, 吾齋之西, 有路平直, 遠其路, 則企而行, 吾齋之前, 有川混混而逝, 見川之逝而不息, 則企而嘆, 吾齋之後, 有松切切而交峙, 見松之歲晚, 則企而羨."

30) 타락산이 낙타봉처럼 두 봉우리가 솟구쳐 있어 '탁립(卓立)'이라 한 것인 듯하다. 이 인상적인 경치 때문에 말년의 신광한은 자신의 호를 '낙봉'이라고도 하였다.

지역적으로 평지에 가깝다.31) 또한 「기재기」의 재실은 서쪽으로 평평하고 곧은 길, 즉 시골의 구불구불한 길이 아니라 도시의 정비된 대로를 끼고 있는 것으로 나타난다. 우측으로 탁립한 높은 산을 두고 좌측으로 곧은 대로를 두며 전면에 시냇물을 마주하고 뒤편으로 소나무를 조림할 수 있는 공간, 이것은 정신적, 경제적 여유가 생긴 만년 시절에 선택한 장소인 한양 성동(城東)의 교외, 즉 낙산 아래 계곡이어야 가능한 묘사들이다.32)

요약하자면 「기재기」의 '기재'는 신광한이 부원군에 봉해진 이후 정계에서 실질적으로 은퇴했던 극히 만년의 산물이며, 그렇다면 소위『기재기이』라는 그와 유사한 제목으로 유통된 소설집의 창작 장소도 바로 낙산의 저택이었을 가능성이 상대적으로 높아지는 것이다.33) 물론 이에 대한 반론이 불가능한 것은 아니다. '기재'라는 공간을 그저 관념적 공간으로 본다면 '기재'는 어느 특정한 물리적 장소일 필요가 없고 따라서 『기재기이』라는 제목도 「기재기」와 반드시 연결해 생각해야 할 필연적 이유도 없어지게 된다. 결국 양자의 논리적 가능성은 거의 동등하다.

---

31) 필자는 현재 이호대교가 놓여있는 이호 주변에서 신륵사 인근의 옛 민천가 주변의 여주 원형리 지역을 방문해 보았다. 평지에 가까웠을 부락에 「기재기」가 묘사하는 그러한 아늑하고 조형적인 완벽함을 갖춘 재실을 짓는다는 것은 거의 불가능하다. 더구나 부사직에서 파면되어 자숙하기 위해 은거했던 신광한이 그러한 호화로운 재실을 짓고 향을 피우며 거문고와 책을 향유했을 가능성은 더더욱 희박하다. 비록 경제력이 있었다 해도 당시 정세상 그런 심리적 여유를 구가할 수는 없었을 것이다.

32) 반대로 원형리 재실의 전면에는 언덕이 포치해 있었고 소나무는 그곳에서 자라고 있었다. 아울러 은거지를 묘사하는 시들은 한결같이 평탄한 지형에서 광활한 산들을 관람하는 원경 이미지가 대부분이며 인근은 인위적으로 조성된 평직한 길이 존재하기 힘든 전형적인 시골부락 모습으로 등장한다. 「前岡草木俱瘁松獨靑靑感而賦」, 『企齋集』別集 卷4, 270면.

33) 극히 적은 가능성이지만, 신광한이 환조 이후부터 낙봉으로 은거하기 전까지 살던 한양의 저택이 「기재서사」의 그 옛집과 동일할 수 있고, 결국『기재기이』가 또 한번의 한양 옛집 시절, 즉 환조 후에서 낙봉 은거 사이의 시점에 창작되었을 수도 있다. 하지만 환조 후 불어난 식솔들을 이끌고 예전에 홀어머니를 모시고 살던 동일한 집에 살았을 가능성이 매우 낮고, 또 그렇다한들 창작 시점에 많은 차이가 빚어지게 되지도 않을 듯하다. 때문에 이 논리적 기능성은 이 논문에서는 배제한다.

그러나 「행장」에서 보았듯이, 신광한의 모든 삶의 궤적을 거의 꿰뚫듯이 목도했던 후배 홍섬은 '기재'를 만년의 타락산 서재로 기억하고 있었다. 그 이전에 '기재'라 불리던 장소가 최소한 한 군데 더 있었을지라도 홍섬은 그것을 무시하고 있다. 그는 '기재'하면 당연히 타락산 서재로 인식했던 것이며 무엇보다 '기재'를 관념적인 재호나 당호로서가 아니라 물리적 지점으로 확인해주고 있다. 그리고 신광한 스스로도 '기재'를 관념적 상징 기호로서가 아니라 늘 구체적인 재실의 명칭으로 활용하고 있었음을 앞의 인용문들은 보여준다. 결국 『기재기이』는 구체적 장소를 배경으로 하여 붙여진 제목일 가능성이 높으며, 그렇다면 확인 가능한 두 곳의 '기재', 즉 한양 옛집의 '기재'나 타락산 아래의 '기재'가 창작 장소일 가능성만이 남는다.

물론 원형리에 '기재'라는 재실이 없었다고 단언할 수는 없다. 있었을 가능성도 있고, 또 앞서 한번 언급했듯이 비록 없었다 해도 원형리에서 짓고 소설집 제목을 장소와 무관하게 그냥 『기재기이』라고 칭했을 수도 있다. 전자의 가능성을 살펴보자. 원형리에도 '기재'가 있었다면 다음과 같은 의문이 들게 된다. 그토록 오랜 세월 초조한 은거기를 보내면서 원형리에서 상당히 많은 한시를 지었는데 어째서 신광한의 문집을 통틀어 '기재'라는 명칭이 오직 단 한 차례만, 그것도 한양을 무대로 등장하는가? 이는 원형리 시절에 '기재'라는 서재가 없었거나, 있었다할지라도 신광한이 시를 지으며 새삼 떠올리지 못할 정도로 큰 의미를 느끼지 못했음을 방증한다. 그에게 '기재'가 매우 중요한 기표가 되는 시점은 「기재기」를 쓰는 시점, 즉 생의 말년이었기 때문이다.

다음으로 『기재기이』가 그냥 '기재라는 호를 쓰는 신광한이 남긴 이상한 일의 기록' 정도의 의미라는 가정을 살펴보자. 가능한 논리인데 이것은 『기재기이』가 예컨대 『기재잡기(寄齋雜記)』나 「대관재몽유록(大觀齋夢遊錄)」과 같은 층위에서 작명되었다는 가정이다.34) 이렇게 되면 『기재기이』는 우리가 알 수 없는 어떤 시점, 즉 '기재'라는 재호를 지은 어떤 시점부터 작가가 사망하기 전까지의 모든 시간대를 창작 시점으로 포섭하게 된다. 이는 원형리 창작설을 비롯한 어떤 가설도 뒷받침하지 못하며 궁극적으로 『기재기이』 창작 시점을 미궁에 빠트린다. 따라서 이 가설은 그저 이 글 전체를 부정할 수 있는 논리적 부정의 가능성으로 남겨두어야 할 것 같다.

다시 논증 가능한 가설 지점으로 되돌아 가보자. 한양 옛집의 '기재'가 창작 장소라는 가설은 정황상 성립하기 어렵다.[35] 홀어머니를 모시며 과거 공부에 매진하던 젊은 신광한이 소설을 지었을 것 같지 않고, 급제 이후 조광조와 성리학 학습을 하던 바쁜 와중이나 기묘사화의 혼란기에 소설을 지었을 것 같지도 같다. 이 가설의 가능성은 희박하다. 이는 기묘사화의 충격에 휩싸여 원형리에 은둔했던 시절, 즉 원형리 인근 이호(梨湖)에 살던 김안국(金安國)과 자주 오가며 성리학을 강하고, 위기의식과 피해의식에 사로잡혀 재야 사림들과 분주히 교유하던 정치적 침체기에 『기재기이』가 지어지지 않았으리라는 추측과 같은 맥락에 서 있다. 결국 만년 타락산 시절만이 유일한 가능성으로 남는다.[36]

요약하자면 다음과 같은 이유로 원형리 창작설은 부인된다. 첫째, '기재'라는 재호가 비록 신광한 삶의 초기에 지어졌을지라도 이 재호를 구체적 물리적 공간과 연관하여 당당하게 사용한 시점은 생의 말년 타락

---

34) 그러나 이 경우도 재실의 물리적 공간성을 전혀 무시할 수는 없다. 야사인 『기재잡록』과는 달리 소설인 「대관재몽유록」의 경우는 마지막에 "가정 8년 상한일 심의가 대관재에서 쓰다[嘉靖八季上澣日, 義之書于大觀齋云]"라고 명시하여 재호가 곧 저술 장소임을 밝히고 있다. 이처럼 재호가 순수한 호로 쓰이는 경우와 장소로서의 의미 자질을 공유하는 경우가 병존한다. 특히 소설처럼 작가의 인격적 저자성을 강하게 드러내지 않는 것이 유리한 경우에 방소로서의 의미 가치가 향상된다.

35) 이 가설은 삼척부사 재임 경험이 녹아있는 「최생우진기」, 기묘사화를 일정하게 반영하는 「하생기우전」의 존재를 설명할 수 없다.

36) 무엇보다 2장을 통해 소묘한 소설가 신광한의 혼란스러운 정치적 입장을 고려해 볼 때, 파동의 와중에 급히 은거한 원형리에서 소설을 지을 정신적, 경제적 여유를 누렸으리라 보긴 힘들다. 이와 대조적으로 『기재기이』에는 일련의 정서적 여유와 농기가 스며있어 원형리 시절의 작가와는 다른 모습을 반영하고 있다. 또한 당시 '기재'가 한양에 존재했다는 점도 논리적 약점이다.

산 시절이라는 점이다. 「기재기」와 「행장」이 그 증거다. 둘째, 『기재기이』의 '기재'가 신광한 자신을 지시하는 상징어라고만은 볼 수 없고 일정하게 '기재라는 곳'이라는 방소적 의미를 공유한다. 셋째, 원형리 은거를 마치고 환조하기 이전까지의 기간에는 훈구파의 상징적 인물인 조부 신숙주를 희구한다는 의미의 '기재'라는 재호를 대놓고 사용할 수는 없었으리라는 점이다. 이는 그 때까지 신광한의 정체성의 중요한 일부를 구성했던 사림파적 면모에 위배된다.[37] 넷째, 원형리 은거기에 『기재기이』와 같은 느긋한 소설집을 창작할 수 있는 정치적, 정신적 여유를 구가하기 힘들었을 것이라는 점이다. 다섯째, 은거기간 동안 신광한은 경제적으로 매우 쪼들려 옛 동료들이나 승려들로부터 생필품 및 음식 등속을 얻고 있었는데, 그렇다면 그런 경제적 처경에서 『기재기이』와 같은 소설의 창작을 발상하기 힘들었을 것이라는 점이다.[38]

물론 '기재'가 구체적으로 어디냐 하는 문제는 우리 논의의 핵심적 본질은 아니었다. 이는 어떤 가설을 보다 선명하게 해주는 간접적인 증거일 따름이다. 오히려 『기재기이』의 출간 경위를 참고하면 이 문제의 다른 본질에 더 가깝게 다가갈 수 있다.

『기재기이』는 신광한의 문하생이었던 교서관의 저작(著作) 조완벽(趙完璧)이 주장하고 동년(同年)이며 같은 문하생이었던 교서관 별제(別提) 신호(申濩)가 추진하여 신광한이 죽기 2년 전인 1553년 교서관에서 간행되었다.[39] 둘의 대화 내용이 발문(跋文)에 다음과 같이 요약되어 있다.

---

37) 바로 이 점이 『기재집』에 왜 '기재'라는 표현이 단 한 차례밖에 나오지 않는가하는 의문의 답이 된다. 비록 한양에 '기재'를 두고는 있었지만 환조하기 전까지 이 재호는 그저 자기와 일가만이 알고 있던 개인적 호에 지나지 않았을 것이다. 이 재호가 공식적 의미를 갖게 된 시점은 기묘사류로서의 전력을 최소한 표면적으로는 완전히 청산해가던 시점, 바로 「기재기」를 쓰던 시점 어느 여름이었을 것이다.

38) 일례로 1534년에 신광한은 간장이 없어 소금으로 대신하는 처지에 있기도 했다. 「甲午夏僑寓孤山村舍食不得醬荬盤嘗鹽戲書」, 『企齋集』 卷3, 270면.

39) 그 이전에는 필사본으로 돌려보고 있었음이 「발문」을 통해 확인된다.

교서관의 저작랑 조완벽씨는 나와 같은 해 진사에 급제했는데 기재 상공 문하에서 함께 공부했었다. 하루는 장서각에서 만나 이야기하다가 『기이』의 교정을 내게 부탁하면서 빨리 출판하기를 원하였다. 내가 난색을 표명하며 말하기를, "그대의 이번 거사는 매우 좋소. 하지만 삼가 생각해보면 상공께서 지금 교서관을 맡고 계신데, 내막을 잘 모르는 자들이 이 일을 상공께서 직접 도모했다 여긴다면 우리 상공께서 혐의를 입게 되시지는 않겠소?" 하였다. 그가 말하길, "아니오. 상공께서 세운 공명과 사업은 우리 조정에서 으뜸이며 도덕과 문장은 유림에 널리 퍼져 있소. 지금 이 책의 편찬은 상공의 평생 저술과 비교해 보건대 저 태산에 있는 털 한 터럭만도 못한 것이오. 어찌 이 책 탓으로 상공에 대한 평가가 바뀌겠소이까?" 하였다.[40)]

이 글을 통해 우리는 몇 가지 사실을 유추해 볼 수 있다. 우선 신광한이 말년에 『기재기이』의 간행을 몹시 서둘렀다는 점이다. 표면 문맥만으로는 마치 신광한의 허락 없이 교서관의 제자 둘이서 자발적으로 간행한 것처럼 보이지만, 본인의 하락 없이 교서관에서 스승의 소설집을 편찬한다는 건 상식적으로 불가능하다. 따라서 위 글은 소설집 간행에 제자들을 동원한 사실이 물론(物論)의 혐의를 입을까 하여 미리 방어하려는 전략적 진술에 지나지 않는다.

또 하나 주의할 점은 신호의 질문과 조완벽의 대답 사이에 논리적 공백이 존재한다는 사실이다. 신호의 질문 내용은 스승이 자신이 주관하는 관서에서 자신의 소설책을 냈다는 혐의를 받지나 않을까 하는 주로 처신의 문제였다. 그에 대한 조완벽의 대답은 다소 엉뚱하다. 그의 대답은 신광한의 명망과 축적된 저술이 대단하므로 소설책 한 권쯤으로 세인의 부정적 평가가 일어나지는 않을 것이라는 취지로 요약된다. 결국 위 대화에선 아주 중요한 부분이 궐락되었다.

---

40) 『기재기이』, 만송본, 「跋文」. "校書著作趙君完璧氏, 與余同年進士也, 具出相公門下, 一日會芸閣, 語及之囑余校讎, 亟欲鏤諸梓, 余難之曰, 君是擧甚善, 竊念, 相公方領敝館, 不知者謂出於相公之意, 則得無近於嫌乎, 曰咈, 相公功名事業, 冠冕廟堂, 道德文章, 衣被儒林, 今此編, 視平生著述, 不啻若泰山一毫, 奚足爲相公輕重焉."

결국 위 대화에서 두 인물이 주로 논의했던 이른바 '혐의'란 단순한 게 아니었을 듯하다.[41] 즉 신광한이 시가 아닌 소설을 썼다는 사실, 그 소설이 불러일으킬 일련의 정치적 파장, 구체적으로 기묘사화와 연루된 발언으로 비칠 가능성 등이 타진되었을 터이다. 하지만 이것이 문제되는 이유가 이로 인해 신광한이 정치적으로 위험지기 때문은 아니었을 것이다. 문제가 된다면 그것은 기묘사류로서의 신광한의 모호한 위상과 결부된다. 앞 장에서 상술했듯이 평생을 침묵으로 일관한 속내를 발설한다면 이것이 초치할 결과는 뻔했기 때문이다. 그는 확실히 자신의 소속이 사림파라는 것을 선언할 수도, 하지 않을 수도 없는 입장이었다. 어떤 대답도 그에겐 침묵 이상으로 유리할 수는 없었다.

결국 모든 현실적 위험들이 제거되고 기묘사화의 원체험의 상흔이 냉정한 관조로 침적될 수 있는 시점, 탈고되자 우선 제자들 사이에서 필사본으로 돌려보다가 이를 교서관에서 간행할 수 있게 된 시점, 사림파로서의 자기반성이 될 하나의 희극적 유서는 이런 시점에 공적으로 탄생한 것으로 보인다. 그렇다면 가능한 추론은 다음과 같다. 『기재기이』는 기묘사류로서 신광한이 평생 지녔던 소회의 한 방출 형식이었음은 분명한 듯하고, 그래서 생애의 마지막에 소설이라는 형식을 선택했던 것으로 보인다. 그러나 그것은 침묵과 발언의 중간에서 유동하는 모호한 언어를 통해 수행되었는데, 이 모호성은 결과적으로는 무언가를 은폐하지만 그렇다고 구체적으로 모종의 선명한 은폐를 추구하고 있지 않은데서 연유한다. 이 점에 대해 고찰해 보고자 한다.

---

41) 주 20)번의 인용문에서 신광한 자신이 언급한 그 '혐의'였을 가능성이 크다.

3. 『기재기이』의 만연체와 분열증적 수사

『기재기이』의 정확한 창작 시점은 이 소설집의 난해한 주제를 밝히는 데에 있어 매우 중요하다. 우선『기재기이』에 내포되었을 것으로 추정된 정계에 대한 선망과 공포의 양가적 지향성이라는 특징은 그 개연성이 매우 약화된다.[42] 물론『기재기이』의 창작과 출간 시점이 신광한의 말년, 그리고 사망하기 직전이었다는 사실이 이 소설집의 의미를 제약 없이 조건지울 수는 없다. 하지만 하나의 논리적 가능성으로 신광한이 젊은 시절 창작했던 초고본을 말년에 개작했다고 가정하더라도, 결국『기재기이』의 최종 창(개)작 의식의 수렴처는 생애 말년이어야 하므로 이 사실을 소소히 여겨 간과해서는 안 된다.

결국『기재기이』가 신광한 재세 말년의 소작이라면 이 소설집에 중의적인 우의 형식으로 내포되어 있을 것으로 추정 가능했던 당대 정계, 혹은 한양 궁궐에 대한 무의식적 집착과 그로 인해 빚어졌으리라 여겨진 공포와 선망의 혼재 감정의 투사 가능성은—결코 없었다고 부정할 수 없지만—상대적으로 약화된다. 소설 창작 당시 신광한은 오히려 궁궐 문화를 질리도록 맛보고 그로부터 물러나고자 노력하던 중이었기 때문이다. 게다가 그는 부원군의 지위에 올라 표면적 정치적 위상만큼은 더 부러울 것이 없는 형세였고 기묘사류로서의 전적이 더 이상 자기 신분에 결정적 타격을 줄 잠재적 위험 요소도 아니었다. 단적으로 연령으로 보나 정치적 위격으로 보나 그는 매우 자유로운 상황이었다.

---

42) 필자는『소설적 주체, 그 탄생과 전변─한국전기소설사』(월인, 1999)에서『기재기이』를 정치적 무의식의 우의로 보아─특히 「안빙몽유록」과 「최생우진기」를 분석함으로써─신광한의 정계에 대한 선망과 외경의 감정이 역설적으로 결합한 서사물로 결론지은 바 있다. 이는 작품집의 창작 연대를 기묘사화 직후에서 환조 직전까지로 비정한 데에 크게 연유했다.

그렇다면『기재기이』와 관련하여 설계되었던 독특한 정치적 우의, 그리고 미로 같은 역설적 비유 상황들이 의미하는 바는 무엇인가? 분명한 점은 이 소설집이 작가 자신의 중간자적 정치 위상을 변명하거나 허구적으로 상쇄하려는 자위 의식의 소산만은 아니라는 점, 그리고 조정으로 상징될 권부에 대한 직접적 강박 의식의 역설적 투사물일 가능성이 적다는 점, 또 자신의 언어를 강압적으로 제어하는 모종의 폭력적 세력 때문에 무의식화시켰던 비밀스런 기억을 우회적으로 폭로하는 글은 더더욱 아닐 것이라는 점을 확인해 두자.

신광한은 주위에 의해 중간자가 되었다기보다 그 스스로 침묵을 선택한 사람이었고, 2장에서 강조했듯이 어쩌면 그 침묵이야말로 환조 후에 자신의 존엄을 지킬 수 있는 가장 적절한 수단이었다. 그리고『기재기이』의 착상이야 더 이른 시기였겠지만 구체적인 탈고 시점은 극히 만년이었을 터이므로 기묘사화에 대한 터부 의식이나 그로부터 비롯되었을 심리적 상처는 사건 당시와 달리 대단히 약화되었을 것으로 충분히 가정할 수 있다.43)

이상의 논의를 토대로 신광한의 창작 심리가 지닌 일련의 메커니즘을 추적해 보면『기재기이』가 지닌 미묘한 수사학적 만연성과 분열성44)의 의미가 어느 정도는 이해된다.『기재기이』는 유달리 스토리 과잉의 문체를 보여주는데, 이는 단순히 양적 부피 면에서가 아니라 사건 진행의 전체 볼륨 안에서 의미 진행과 무관한 곁가지 이야기가 너무 많다는 그런 의미에서다.45)

---

43) 기묘사화라는 사건이 일종의 역사적 상징이 되면서 탈정치화 과정을 밟는 시점이었다는 의미다. 모든 생생한 역사적 사건은 대부분 이런 역정을 거쳐 가치중립적인 사료가 된다. 아울러『기재기이』출간 연도가 신광한이 죽기 바로 직전이었다는 점도 신중히 고려되어져야 한다. 즉, 이 소설집은 일종의 유서와도 같은 상징적 의미를 지닌다.
44) 만연성은 이 용어가 지닌 함의, 즉 덩굴풀처럼 길고 반복적으로 진행되는 서사의 특성을 지칭하는 것이고, 분열성은 그 만연체적 서사가 일련의 의미화의 초점을 향해 집중되지 못하는 특성을 지시한다.
45) 윤채근, 앞의 책, 294~365면.

그런데 이러한 곁가지 이야기 단위들을 다 제거하고나면 실상 『기재기이』의 독자적 의미의 알맹이는 그다지 뚜렷이 존재하지 않는다는 결론에 도달하게 된다. 「안빙몽유록」의 그 많은 등장인물들은 특별한 현실적 지시체를 선명하게 소유하고 있지 않으며, 따라서 이 작품의 액면주제를 논하고자 한다면 매우 상식적인 선에서 그치고 만다. 그럼에도 「안빙몽유록」의 의미를 미묘하게 교란하며 알 수 없는 답답함을 유발하는 것이 바로 이 곁가지 인물들과 그들과 연관된 사소한 에피소드들이다. 즉 「안빙몽유록」은 논리적 플롯으로 말하는 게 아니라 평면으로 타고나가는 이야기의 밋밋하면서도 무언가 비밀이 유예되는 듯한 진행과정 자체, 그것이 초래하는 분위기로 말하는 소설이다.[46)]

덩굴풀의 가지손처럼 평행으로 진행하는 이야기의 연속은 「서재야회록」이 대표적이다. 이 작품은 그래서 매우 길다. 「서재야회록」을 그저 고려 이후 가전체 우의 문학의 연장선상에 놓인 서사물 정도로 자리매김하고자 한다면 그만이겠지만, 그 이상의 본질적인 유비적 주제를 찾고자한다면 매우 당혹스러워지는 이유가 바로 이 때문이다. 그런데 신광한이 생의 말년 그 시점에 교훈적 가전문학을 쓸 양으로 『기재기이』를 집필했다고 믿었을 16세기인은 없었을 것 같다. 당연히 「서재야

---

46) 우리는 태생의 근원은 다르지만 유사한 사례를 프란츠 카프카의 소설(『변신』이나 『심판』 등)에서 보게 된다. 독자들은 이 작품들이 자본주의적 관료사회에 대한 비판임을 아주 손쉽게 깨닫는다. 그런데 그게 너무 표면적이기에 해석을 우회하게 되고 그 과정에 너무나 이질적이고 다양한 의미의 군더더기들이 부풀어 올라 최초의 의미는 마침내 잠식되고 유예된다. 이처럼 의미는 기표로서 증식되기만 할 뿐 하나의 대상으로 수렴되지 않는다. 카프카의 이상과 같은 문체의 원인을 들뢰즈와 가타리는 그가 소유한 소수집단의 언어에서 찾고 있다. 여기서 언어의 소수성이란 정상 언어를 구사하기 힘들다는 것, 문법에 조회 가능한 우의의 체계를 위반한다는 것, 환언하면 다수자들의 언어를 비틀고 그것이 창조해 놓은 의미화의 흐름에 저항한다는 것, 즉 새로운 의미를 창조하여 저항하는 대신 다수자들이 만들어놓은 의미화 과정 자체를 유예하거나 절단함으로써 그 기능을 마비시켜 반성에 회부한다는 것을 의미한다. 이와 유관한 참고서로는 질 들뢰즈·펠릭스 가타리의 『소수집단의 문학을 위하여—카프카론』(문학과지성사, 1992), 그리고 같은 저자들의 『천 개의 고원—자본주의와 분열증 2』(새물결, 2001)이 있다.

회록」에 모종의 심각한 정치적 의미를 담았으리라, 혹은 적어도 담으려고 노력했으리라 예견된다.

하지만 이 소설 어디에도 주제가 응결되는 의미의 주름이 존재하지 않으므로 이 작품은 그저 간접적인 혐의 요소들만 흐릿하게 잔상으로 어리는 표면 효과의 연속체일 뿐이다. 문방사우의 의인들은 소외된 한사(寒士)나 몰락 잔반, 혹은 빈곤한 향사(鄕士)들을 대표하며 나름의 기표 체계를 형성하긴 하지만 이들이 어울려 일정한 주제를 구현하지는 못한다. 환언하면 『기재기이』라고 하는 소설집이 탄생한 역사적 맥락에 준하여 성립되는 해석학적 기대 지평에 부응할 기의가 존재치 않는다. 이와 같은 기의의 부재는 이 작품집의 분열적인 수사를 암시하고 있다.

『기재기이』가 작가 말년의 허접한 문예적 유희가 아니라면 이처럼 「안빙몽유록」과 「서재야회록」이 주제적 밀도를 결여하고 있다는 것은 심각한 상황이다. 따라서 이 현상은 그저 해당 작가가 지닌 소설가적 진지성의 결여의 소치로 간주되고 말 수도 있다. 하지만 주인공이, 혹은 독자가 소설이 주조한 상황의 내막을 모른다는 것, 소설 속 현실의 질서를 선명하게 재편해 낼 수 없다는 것, 다시 말해 주인공 안빙이 사림을 상징하는 듯한 수양처사나 동리은일 등의 존재를 기억해 밝혀낼 수 없다는 것은 해당 작품의 의미가 주제 차원에 맺히지 않는 속성을 지녔음을 암시하는 것은 아닌가? 즉,『기재기이』는 환상적 공간에 사실성의 세계를 부조리하게 포치함으로써 관념과 사실, 허구와 현실을 분열적으로 혼합해버렸고, 그렇게 함으로써 현실과의 유비 관계라는 혐의로부터 벗어나려 한 것은 아닌가?

그러한 견지에서 무언가 본질적인 비밀의 해결을 예고만 하면서 끝내 아무것도 말해주지 않는 작품이 「최생우진기」다. 이 작품은 최생의 실종과 용궁 탐험담을 승려 증공을 매개로 사후적으로 소급해 밝혀가는 미스테리 수법을 사용하고 있다. 때문에 독자들은 최생이 직면하는 용궁을 통해 『기재기이』의 주제를 밝힐 모종의 해결의 열쇠를 기대할 수도 있다. 그러나 독자들이 직면하는 용궁은 매우 현실적인 외장에 비해 매우 환상적인 내용물만 배치되어 있을 뿐이다. 사실적인 꼼꼼한 의전 절차의 묘사와 몇 백 년 전 사망한 최치원이 신선으로 등장하는 상황의 조합은 필요한 유비 체계를 결여한 텅 빈 우의처럼이나 기이하다. 최생의 길고도 힘겨운 미로 탐사의 결과가 고작 용왕과 신선들 사이의 환상적 담론을 보여주기 위한 것이었던 셈이다. 이는 「안빙몽유록」에서 안빙이 겪은 공허한 결말과도 흡사하다. 소설 공간 속에 의미의 질서를 안정시켜 줄 유비 시스템은 존재치 않으며 기표들은 남발될 뿐 의미로 해명되지 않는다.

『기재기이』 가운데 우의로서 비유 체계가 비교적 쉽게 정렬되는 작품이 「하생기우전」이다. 그 이유는 이 작품이 여타 작품들과 달리 이른바 애정전기소설의 관습을 잘 따르고 있기 때문이다. 하지만 이 작품 역시 곰곰이 따져보면 일반적인 전기소설의 애정 관계와는 많이 차이가 나고 있음을 확인할 수 있다. 무엇보다 하생과 시중의 죽은 딸 사이의 사랑이 순수한 감정의 교류라기보다는 주고받는 채무 관계로 얽힌다는 점,[47] 그로 인해 애정보다는 보상 관계가 전면에 부각된다는 점 등을 들 수 있다. 또 그런 이유로 「하생기우전」은 전기소설의 전통에서 조금 불비한, 또는 격이 상당히 떨어지는 작품으로 이해될 가능성이 있다.

「하생기우전」의 사랑이 『금오신화』나 17세기 애정전기에 비교해 싱겁거나 진실해보이지 않는 이유는 실상은 이 작품 자체가 남녀간의 사랑 문제에 관심이 없었기 때문이다. 다른 지면을 통해 상세히 밝혔듯이[48] 「하생기우전」은 하생과 시중으로 대표되는 세력 사이의 상징적 화합을 주로 다루고 있다. 결국 시중의 딸은 사랑의 대상으로서 존재하는 기표, 혹은 욕망의 대상 a[49]가 아니라 교환, 혹은 증여를 의미하는

---

47) 이를테면 하생과 시중의 죽은 딸이 헤어질 때 등장하는 황금척이 비유하는 바가 이 것이다.
48) 윤채근, 앞의 책, 352~361면.

상품-기표일 따름이다.

그러므로 이 작품 속엔 중세 남성 작가가 쓴 애정소설에 보편화된 모성 콤플렉스가 없으며 따라서 등장하는 여성은 신비화되지도 않는다. 「하생기우전」은 현실의 영역인 사랑을 우화적 공간 속의 주고받는 보상 게임의 한 요소로 편입시켜 놓았을 뿐이다. 이 과정에 기묘사화의 그림자는 있는 듯 없는 듯 스며있긴 하지만 역시 그것은 의미론적 논리가 아니라 모종의 정치적 긴장을 암시하는 듯한 분위기만을 통해서 이뤄진다. 선인도 악인도 명료하지 않고 단지 적절한 분배와 교환을 통해 꿈같은 화해가 모색된다.

이처럼 『기재기이』의 기본적 수사학적 특징은 알레고리의 중첩적 나열인데, 위에서 살펴보았듯이 알레고리는 현실적 유비 대상을 지니지 않거나 유의미하게 지니지 않는다. 소설 해석에 중요한 의미 요소들은 등장하자마자 모호해지고 그것의 해명은 유예될 뿐이다. 그런데 이렇게 너무 많이 말하면서 아무것도 말하지 않는, 현실계와 무관하거나 무관하도록 조작된 수사학적 장치들은 그 자체로 의미가 있다.

그것은 포우(E. A. Poe)의 「도둑맞은 편지」의 편지처럼 아무것도 아닌 것처럼 아무것도 아닌 것들과 병치해 놓음으로써, 환언하면 아예 은폐 자체를 시도하지 않음으로써 은폐한다. 숨겨야 할, 혹은 숨기면서 말해야 할 무언가를 은폐하지 않으면서 그것들을 잘게 썰어 이리저리 교합시키고 마구 늘어놓음으로써 그것의 존재 여부의 사실을 희석시킬 수 있는 장르, 16세기에 그것은 소설이었던 것이다.

정리해 보자면, 『기재기이』가 유예하는 듯한 이 작품의 어떤 본질, 또는 주제적 진실은 이 작품 자체임을 우선 인정해야 한다.[50] 그것 이

---

49) 라깡이 말한 objet a. 오이디푸스 단계를 통해 거세된 주체가 상징계에 진입하면서 박탈당했던 삶의 의미나 권능을 그곳으로 전치하여 투사시키는 현실의 대상들.
50) 우의 작용이 작품 밖으로 확장(연관)되지 않고 작품 내부에서만 순환하고 있다는 의미다.

외에 이 작품이 외부를 향해 지시하는 구체적이며 현실적인 우의적 과녁은 따로 설계되지 않았다. 결국 무언가를 은폐하는 것처럼 스스로 계속 혐의를 드러내지만 고의적으로 숨겨야 할 것은 애초에 없었다는 게 우리의 결론이다. 들킬 것을 두려워하며 우의의 장막으로 겹겹이 둘러쳐야만 할 그런 '주체의 비밀', 혹은 '비밀의 주체'는 본디 있지 않았고, 만약 있었다면 신광한이 이를 애써 소설이라는 눈에 띄는 방식으로 쓸(노출시킬) 이유는 없었다. 『기재기이』의 창작 시점이 그래서 중요하다.

『기재기이』는 기묘사화를 비롯한 신광한의 정치적 역정의 의미가 그 생생한 현전의 가치를 상실하고 일종의 역사적 상징으로 퇴색한 시점의 산물이다. 작가에게 기피하고 싶은 금기가 있었다면 그것은 자신의 정치적 삶과 위상에 대해 떳떳하게 말할 수 없다는 반성적 회한뿐이었다. 권력에 대한 정면 도전이 아닌 한, 대궐의 일에 대해 어떤 말을 해도 그에게 치명적인 타격이 발생할 까닭이 없었고 따라서 무언가가 두려워 은밀한 암시를 설치하고 이를 다시 이리저리 에둘러 숨길 이유도 없었다.

그것이 암시나 은폐처럼 보이는 것은 그가 사용한 언어가 소수자의 언어, 특별한 정체성을 주체의 본질로 획득하지 못한 미로와 분열의 언어였기 때문이다. 정치의 피해자로 자신을 간주하여 모종의 상대를 향해 목청을 높일 수 없는 신광한의 애매한 자기 위상을 고려할 때, 그가 무언가를 은폐했다면 그건 자기가 감당해선 안 될 것 같은 일을 미안하게 저지르는 자의 소심함, 또는 의식이 통제하는 언어를 무의식이 겸연쩍게 폭로하는 과정의 의미론적 굴절과 착종 현상에 기인한다. 다시 말하지만 이것이 은폐하지 않음으로써 은폐한다는 것의 의미다.51)

---

51) 이를 쉽게 비유하자면 거짓말의 수사학을 예로 들 수 있다. 고도로 수사화된 거짓말은 꼭 말해야 할 진실과 말할 필요가 없는 사실들을 비논리적으로 섞으면서 그 논리적 연결 고리를 해체한다. 그러면서도 명제의 진위가 탄로 날 거짓 명제는 진술하지 않았기에 이 거짓말은 구조적인 문맥의 거짓말이긴 하지만 날조된 거짓말은 아니다. 즉, 꼭 맞는 비유는 아니지만, 도둑맞은 편지는 마치 그것을 훔친 적도 없고 또 훔쳤다

『기재기이』의 은폐는 객관적으로는, 은폐라는 개념 자체가 쑥스러울 정도로, 모종의 은미한 정치적 금기를 전제하고 있지 않다. 『기재기이』의 은폐는 일차적으로 민감한 개인적 체험이 이리저리 의미화를 피해가며 이산되는 과정의 소산이며, 때문에 정치적인 공적 발화가 준용해야 할 정제된 상징 문법(혹은 큰 타자)을 거부하고 있다. 그것은 주류에서 소외된 여성의 발화처럼 신변잡기적이며 즉흥적이고 논리 전개는 환유적이다. 논리적 인과 관계에 치중하는 남성들의 팔루스적 언어가 아니라 인접해 있는 대상과 사건들을 모두 다루며 이야기를 지속시키는 일종의 여성적 수다를 닮아있다.

『기재기이』는 그런 견지에서 주체가 반드시 '무엇인가'여야 하기 때문에 이를 끝없이 증명해야만 하는 신경증적 강박에 시달리는 히스테리적 문법,52) 이를테면 『금오신화』의 문법과는 전혀 다르다. 때문에 『기재기이』는 대상 a를 갖지 않으면서 인접해 있는 대상들 사이로 자유롭게 부유함으로써 주체를 탈중심화시키는 분열증적 언어 구사, 즉 미로와도 같은 리좀적 수사학을 닮아 있다.53)

결과적으로 『기재기이』의 세계는 오이디푸스 단계를 반추하여 주체

해도 그 사실 자체가 자신에겐 무의미한 일이었던 양 아무렇게나 방치됨으로써 결과적으로 철저히 은폐된다.

52) 홍준기, 『오이디푸스 콤플렉스—남자의 성, 여자의 성』, 아난케, 2005, 158~190면. 이 책 전반에서 히스테리를 비롯한 신경증적 징후들의 정신분석적 임상 사례들을 다루고 있다. 이에 따르면 히스테리는 오이디푸스 단계를 경유하여 상징계로 진입하는 과정에서 주체를 온전히 성립시키지 못한 자가 자신의 존재함, 또는 신원을 타자의 욕망을 통해 증명 받으려는 증상이다.

53) 리좀(rhizome : 뿌리줄기)은 질 들뢰즈와 팰릭스 가타리가 신경증적 자본주의를 분석하며 내놓은 대항 개념이다. 그들에 따르면 담론의 수사적 형태에는 수목(tree)형과 뿌리줄기형이 있어 전자는 위계적·수직적 사유를, 후자는 방사적·수평적 사유를 담아낸다. 수목형 사유는 관료제적 조직을 대표형으로 갖는데 일사분란한 통합성과 개념의 층차적 피라미드 구조를 특징으로 한다. 반면 뿌리줄기형 사유는 끝없이 옆으로 갈라져나가는 대등한 개념들의 접속과 자유분절을 그 특징으로 한다. 이것이 신경증적 자본주의 권력에 대한 분열증적·노마드(nomad)적 절단이다. 질 들뢰즈·팰릭스 가타리, 앞의 책(2001), 참조.

를 확립하려는 김시습의 신경증적 언어, 즉 대상들을 주체화시킴으로써 의미의 세계를 건설하거나 파괴하여 주체의 무를 극복하거나 확인하려는 존재론적 사유와 결별하고 있다.[54] 물론 이 말이 작가 신광한이 오이디푸스 단계를 거부하고 분열증적 세계로 이탈해간 주체라는 의미는 아니다. 우리가 강조하고 싶은 것은 소설가 신광한이 소설 형식으로 투사해야 할 세계와의 갈등을 오이디푸스적으로 해결하려 하지 않았다는 점, 혹은 오이디푸스나 팔루스 문제로 회귀해야 할 존재론적 질문으로 받아들이지 않았다는 점이다.[55]

그는 정치적 상흔으로 인한 정체성 상실을 주체 혹은 '아버지의 이름'의 문제로 해석하지 않는 대신 이를 인접적인 타자들의 문제들로 대체시켰고, 나아가 고정된 의미를 맺지 못하는 비의미의 우화 세계로 현실계를 이해함으로써 이를 서사적으로 회고하면서 동시에 근본적으로 청산해버리려고 했다.

물론 『기재기이』가 기묘사화로부터 잉태된 소설임에는 분명하다. 신광한이 죽기 직전에 소설가로 데뷔해야 할 그 이외의 절박한 이유가 현재까지는 발견되지 않는다. 하지만 그는 이를 자기 존재의 본질 문제로 해석하지 않았으며 당연히 『기재기이』를 정체성의 서사로 발전시키지도 않았다. 다시 말해 그는 주체에 의해 현실세계에 존재하는 것으로 설정되는 욕망의 대상 a를 포기하고, 자신의 발화를 중성화된 다양한 사태들과 대상들에 파묻어버림으로써 교묘하게 승화시키고자 했다. 그 결과 기묘사화와 연관된 부조리한 비유 매체들이 두서없이 비논리적으로 뒤섞여버림으로써 작가는 자기 할 말은 자기 나름대로 다 한 것이면

---

54) 신경증이 존재론적인 사유의 산물임은 홍준기의 앞의 책과 더불어 크리스티나 폰 브라운의 『히스테리—논리 거짓말 리비도』(여이연, 2003)를 참고.

55) 오이디푸스 단계에서 핵심인 거세, 즉 누가 권능(팔루스)을 소유했는가, 그리고 누구를 내면화하여 거세 공포를 극복해야 하는가와 같은 문제에 있어서는 『금오신화』와 『기재기이』가 창작될 당시의 작가들의 나이를 반드시 고려해야 한다. 창작 시점은 이 점에서도 중요하다.

서도 남이 보기엔 아무 말도 하지 않은 형태로 방치할 수 있었다.[56]

　운이 좋게도—혹은 지독히 나쁘게도—그의 삶은 절박하게 팔루스를 찾아 헤매야 할 필요가 없는 요족한 것이었고, 무엇보다 그의 삶은 덧없이 끝나가고 있었다. 기묘사화는 분명 그의 팔루스를 제거한 상징적 거세였지만 청년 김시습과 달리 그는 이 거세 사실을—적어도 의식 차원에서 형식적으로는—사건 당시에는 물론이고 남은 인생 내내 현실로 받아들였다. 이와 동시에 그의 무의식이 선택한 저항의 방식은 적어도 그 스스로조차 저항으로 의식되지 않을 형식, 즉 부당하게 과장된 침묵이었다. 이렇게 그는 집요하게 말년까지 인내하다가 『기재기이』라는 점잖으면서도 당혹스러운 방식으로, 그리고 모종의 혐의로부터 비교적 자유롭게, 스스로 선택했던 긴 침묵을 깼던 셈이다.

　결국 『기재기이』의 소설 수사학은 정확히는 우의의 수사라기보다는 메타 우의, 혹은 초우의(hyper-allegory)의 수사라고 칭해야 할듯하다. 주인공들은 무언가를 찾고 발견한 것 같지만 그것들은 엉뚱한 존재(「최생우진기」의 최치원)거나 의미가 해명되지 않는 미지의 것들(「안빙몽유록」의 화원)이거나 그저 소설적으로 과장된 일상(「서재야회록」), 또는 우발적인 행운(「하생기우전」의 결혼)일 뿐이다. 물론 신선이 된 최치원은 조광조일 수 있고 화원은 중종~명종 시대의 여권적(女權的)인 대궐 문화일 수 있다. 마찬가지로 용궁은 조광조 일파를 희생시킨 그 대궐일 수 있으며 하생과 시중은 사림파와 훈구파를 상징하고 있을 수 있다. 그 모두가 가능한데 문제는 그 점들이 너무나 비계열적으로 일관성 없이 드러나 있다는 사실이다. 소설들의 소재가 기묘사화와 유관한 정치적인 것임은 기표로서 드러나 있지만 그것의 최종 의미화는 모호하거나 이질적인 항들과 계속 뒤섞여 분열된다.

　요약하자면, 『기재기이』는 기묘사화로 상징되는 정치적 거세 체험을

---

56) a를 바라면서 이를 표현하기 위해 그 주변의 b, c, d 등등을 끝없이 언급하는 여성적 발화를 상상해 보라.

아무렇지도 않은 듯 횡설수설 전면에 늘어놓음으로써 이를 감춘다. 그리고 신광한이 의도적으로 그렇게 했건 아니건, 정치적 우의 작용을 회피하는 과정에서 대부분의 중요한 의미화 가능성을 정지시키고 유예하고 흐지부지 얼버무린다. 때문에 소설에서 기묘사화는 마침내 실종되어 버리고 소설의 의도 역시 오리무중이 된다.

이는 『기재기이』의 주인공들이 사태의 인지자로서 갖는 무능성으로 구현되어 있다. 「안빙몽유록」에서 안빙은 발전되는 사태에 대해 어떤 구체적인 사실도 알지 못하거니와 심지어 자기를 알아보는 이57)를 알아보지도 못한다. 상황으로부터 소외당해 있다는 점에서는 용궁과 최치원이라는 존재의 의미를 모르는 「최생우진기」의 최생이나 점쟁이의 점괘에 의해 운명이 급속도로 바뀌는 「하생기우전」의 하생 역시 마찬가지 인물들이다. 약간 성격은 달리하지만 「서재야회록」의 달산촌 선비도 문밖에서 엿보는 자, 유언의 청취자, 무엇보다 네 명의 정체를 알레고리적으로 도출해내지 못하는 자라는 점에선 의미 인지의 무능을 고스란히 공유하고 있다. 다시 말해 사태를 인지하고 있는 시선과 그럴 수 없는 시선이 동일한 공간 속에 공존(분열)해 있다.

『기재기이』의 우화 세계에 등장하는 인지불능의 존재들은 역설적으로 작가가 주체성의 문제에 무관심했거나 둔감했음을 재차 증명한다. 말을 바꾸면, 작가는 주체의 인지불능보다는 세계의 인지불능성에 대해 더 관심이 많았던 것이다. 이는 작가가 주체를 이미 인지된 어떤 존재로 확정지은 입장이었거나, 새삼 주체 문제를 거론할 필요가 없는 환경 조건에 있었음을 의미하기도 한다.58)

따라서 이미 인지된 것에 대해서 새삼 서사적 호기심이 발생하기는 어려웠을 것이다. 결국 『기재기이』는 주체라는 의미의 기원으로 복귀하지 않으면서 타자들의 세계를 통해 주체에 대해 담론한 분열적인 작품

---

57) 나비, 청의동자, 강락, 은자들 등.
58) 이 점에 있어서도 이 작품집의 창작 시점은 매우 중요하다.

집이다. 이로 인해 『기재기이』는 작품의 창작 의도에 대해, 작가 자신의 정치적 역정에 대해 마치 남의 이야기처럼 냉담할 수 있었다. 이는 오로지 주체를 타자로 대체할 수 있는, 타자의 세계가 주체보다 더 중요하게 취급되는 모종의 수사적 위치로부터 가능해지는 것이다.

『기재기이』가 지닌 우의, 혹은 메타 우의의 미학에 대해서는 이미 다른 글을 통해 상론한 바 있다.59) 우리는 이제 그 분석의 전제와 내용의 일부를 수정함으로써 『기재기이』가 당대 정치 상황이 강요한 의미화 과정의 보편성을 리좀적으로 거부했음을 추인할 수 있다. 신광한은 기묘사화 같은 일은 일어나지도 않았던 양, 그 정도 일은 미로와도 같은 세계에선 알쏭달쏭한 암유에 불과한 양 그것에 대해 뚜렷한 해석 없이 방치했고, 그로써 소설 안에서는 어떤 의미화 과정도 결정적으로 안정을 찾지 못하게 된다. 결국 세계는 참 알 수 없다는 것, 어떤 정치적 희생도 이 알 수 없는 우화적이고 희극적인, 그리고 설명할 수 없는 세계가 만든 폭력의 소산이라는 점을 말하고 있는 셈이다. 그리고 이 우화 세계는 확실한 선도 악도 분류가 불가능한, 혹은 알 수 없는 곳이라서 폭력의 실체 역시 알 수 없는 그런 곳이기도 하다.

『기재기이』에 등장하는 저 미로의 존재는 따라서 작가 자신의 정치적 감정의 직접 투사가 아니라, 세계의 비의미성, 미로성, 담론불가능성을 상징적으로 압축하고 있다. 길고 지루한 탐사의 연장, 그러나 밝혀지는 진실은 없는 장소들, 정체가 불확실하거나 착종되어 있는 인물들이나 의인들 등등은 바로 이러한 답이 없는 세계의 부조리를 구현한다.

그리고 그런 한에 있어서 이 소설집은, 비유적 의미에서, 위계적 의미화에 저항하는 만연체의 리좀적 수사학을 구성한다. 그렇다면 노년의 신광한은 그 자신도 모르는 사이 기묘사화를 일으킨 궁극적 진범으로서 바로 이 집요한 위계적 의미화에의 욕구를 지목한 셈이 된다. 세계

---

59) 윤채근, 「『기재기이』: 우의의 소설미학」, 『한국한문학연구』 제24집, 한국한문학회, 1994, 159~187면.

를 분류하려는 욕망, 선과 악을 대립시키려는 명제들, 현실계가 선명한
논리적, 윤리적 알레고리로 구성되었거나 해명될 수 있다고 보는 규범
적 의미주의에 대해 이처럼 잘 비꼬기도, 그러면서도 기묘사류로서의
엉성했던 자신의 삶을 자조적으로 희롱하기도 힘들 것이다.

4. 결론

이 글은 『기재기이』와 관련된 기존 논의에서 간과해왔던 두 가지 측
면, 즉 소설가로서 작가 신광한이 갖는 당대의 자기 위상과 『기재기
이』의 정확한 창작 시점이라는 두 가지 문제를 먼저 해결하려고 했다.
신광한이 한시작가에서 소설가로 변신하기까지는 생각보다 심각한 고
민의 역정이 개재해 있었을 것이다. 이를 『실록』의 기록들을 토대로 추
론해 보았다. 그 결과 당대 사람들이 신광한의 환조 행위를 집요하게
문제 삼았다는 점, 그리고 이 점이 신광한 개인에겐 지울 수 없는 평생
의 빚이 되었을 것이라는 점을 도출했다. 결국 『기재기이』 창작의 원동
력은 공식적 담화로는 결코 발화할 수 없었던 작가의 무의식이며, 거기
에 사용된 언어의 형식은 의미화에 저항하는 이중적이고 간접적이며
모순적인 형식이었음을 유추했다.
다음으로 『기재기이』 창작 시점에 대해서 인접 텍스트들과 당시의
개인사적, 정치사적 정황 등을 토대로 생애 말년일 가능성을 제기했다.
창작 시점이 원형리 시절이 아니라 생의 말년이라는 사실은 『기재기이』
해석에 많은 시사점을 던져준다. 무엇보다 이 소설집이 정치적 강박관
념의 직접 투사가 아니라 정치적 사건을 냉소적으로 거리두기 한 ― 비

은폐로서 은폐 작용을 수행하는 노회하면서도 분열적인 의식의―산물임을 암시해 준다. 이는 『기재기이』 창작과 연루되었을 것으로 추단한 소설가로서의 신광한의 자기 위상, 즉 발화가 제약된 언어적 소수자로서 상황으로부터 발을 뺀 경계적 정체성과도 정확하게 상응하고 있다.

마지막으로 우리는 『기재기이』의 이상과 같은 창작 배경이 불러온 수사학적 결과를 '의미화를 거부하는 메타 우의'로 규정했다. 이는 선과 악을 규범적으로 구별할 수 있다는 이항적 사유 방식에 대한 수사적 차원의 도전이기도 하다. 하지만 그것은 노골적으로 수행되는 정치적 저항은 아니며 그저 만연체 형태의 진술 방식을 통해 넌지시 암시되고 있을 뿐이다. 이 방식은 작가가 세계의 부조리함을 자신의 심리적 내면으로 흡수하지도, 그리고 그 내면에서 발생하는 주체의 사건으로 받아들이지도 않았음을 의미한다. 작가는 혼란스러운 분열적 문체를 통해 외부의 부조리를 아무 개인적 해석 없이 그저 부조리 그 자체로 방치하고 있으며, 이에 따라 타자화된 소설 내부의 문제 상황 안에서 주체는 소외되고 있다. 결국 소설 속의 주체(시선담지자)는 타자(사물)화되며 타자들은 주체화된다. 이를테면 안빙의 정체성은 모란여왕과 친근한 존재였다가 수양처사의 동지였다가 하며 갈팡질팡 요동친다.

『기재기이』는 당대 정치의 주류세계가 건설한 이항대립적인―주체와 타자의 대립 관계가 선명한―의미화 과정, 즉 적대적(팔루스적) 담론 세계가 초래한 흑백논리에 저항한 정치적 무의식의 산물이다. 비록 그것이 작가의 치밀한 창작 전략에 의해 의도적으로 수행된 것은 아니었을 수 있지만, 그것이 한국소설사에서 갖는 독특한 가치는 평가받아야 마땅하다. 따라서 『기재기이』의 이러한 측면을 간과하고 이 소설집의 미학적 가치를 단호하게 부정하는 것은 위험하다. 모든 소설가가 세상에 대해 직설어법으로 싸울 수 있는 것만은 아니기 때문이다.

제10장

김만중의 비관적 세계표상과『구운몽』의 주제

공(空)의 의미와 통속성을 중심으로

1. 서론

한국고전소설사에서『구운몽(九雲夢)』만큼 다양한 이론적 조명을 받은 작품도 드물다.[1] 그것은 이 작품이 지닌 사상이나 주제 의식의 본질, 그리고 이 작품의 이야기 구조가 후대 소설사에 끼친 영향력이라는 두 가지 문제로 크게 압축된다. 여기서 우리가 새삼 거론하여 그 내면적 의미를 밝혀보고자 하는 것은 주로 전자와 관련된 측면들이다. 물론 작품의 사상이나 주제는 작품의 서사적 전개 양상과 다른 것일 수 없고 주제가 사건 진행 과정에 엇물려 들어간다는 점은 재론을 필요치 않는 상식이다. 하지만 앞의 문제가 제대로 부과되지 못하는 한, 뒤의 문제에

---

1) 이와 관련한 내용은『김만중연구』(새문사, 1983)와『김만중문학연구』(국학자료원, 1993)를 참조.

대한 논의마저 공소한 논리적 공회전에 그칠 위험으로부터 자유로울 수 없는 것이 『구운몽』 연구의 현주소이기도 하다.

『구운몽』의 주제와 관련해서 이 작품이 불교의 '공(空)'사상을 그 핵심으로 담지하고 있다는 주장2)과 이를 비판한 반론,3) 그리고 이에 대한 재반론4) 과정에 주목하고자 한다. 여타 논의는 궁극적으로 이 논쟁이 소유한 이론적 자장 안으로 흡수될 수 있다고 믿는다. 유학자나 관료로서 김만중이 지닌 위상보다는 그의 불교 취향과 그것이 동시대에서 획득한 특성이야말로 『구운몽』의 세계에 관철된 주제 의식의 본령일 것이기 때문이다.5) 따라서 이 글이 김만중의 한시를 토대로 구성할 이론적 설계물은 바로 이 '공'으로 상징되는 문제의식에 집중될 것이다.

그런데 『구운몽』의 주제를 단순히 불교 이론의 서사적 투영이라고만 볼 수 없듯이 그것이 단지 서사적 진행을 위한 보조 수단으로만 기능한다고 볼 수도 없다는 것이 우리의 입장이다. 즉, 『구운몽』은 '공'이라는 불교 관념을 순수한 포교 시각으로만 구현하고 있지 않으며 따라서 『구운몽』이 단순한 불교(종교) 소설일 수는 없으나, 반대로 이 작품이 불교로 상징되는 모종의 종교적 문제의식으로부터 완전히 자유로울 수도 없다는 의미다. 결국 이 작품의 주제를 해명하기 위해 불교 경전에 담긴 심오한 이치를 탐구할 필요까지는 없다 하더라도 모종의 불교적 문제의식만큼은 견지해야만 할 필요성이 분명히 있는 셈이다.

김만중이 그저 해탈의 안내자로서 소설을 저술한 종교적 계몽가가 아니라면 그는 불교의 어떤 특이점들을 자신의 문예 활동의 원천으로 변형시킨 인물일 가능성이 높다. 우리는 그것을 김만중이 세계에 대해

---

2) 정규복, 『구운몽연구』, 고려대 출판부, 1974, 214~247면.
3) 조동일, 「구운몽과 금강경, 무엇이 문제인가?」, 『김만중연구』, 새문사, 1983, 9~21면.
4) 정규복, 「구운몽의 空觀 是非」, 『水余 成耆說 博士 還甲記念論叢』, 기념논총간행위원회, 1989.
5) 이는 김만중의 『만필』에 담긴 비평적 특성을 그 농후한 불교적 경향에서 찾는 것과 동일한 맥락에 위치한다. 최신호, 「김만중의 비평세계」, 『김만중연구』, 1983, 85~96면.

취했던 독특한 불교적 표상 양식으로 규정하여 논의할 것이다.[6] 세계가 심미적으로 표상되고 나서야 그 중립적 객관성을 미적으로 일탈하게 되듯이, 특정 종교의 보편적 속성은 주체의 특수한 심미적 세계 인식 과정이 수반되어야만 문학적으로 승화될 수 있다. 즉, 보편 종교가 마련한 불변의 세계 표상 체계가 주체에 의해 심미적으로 수정되거나 새롭게 표상될 때에서야 그에 대응될 특수한 문예미가 창조된다. 따라서 문학 연구의 핵심은 종교나 종교성 그 자체가 아니라 그것이 문예적으로 새롭게 재구성되는 과정이라고 할 수 있다.

그런데 김만중은, 여타 조선의 문인들이 통상 그러하듯, 자신의 문예적 세계 표상 과정을 투명하게 대변해줄 어떤 담론도 남기지 않았다. 때문에 아래에서 우리는 그가 남긴 한시 작품들을 통해 그의 문예적 세계 표상 양식을 추적하게 되며, 그 결과를 『구운몽』의 창작 과정 및 그 주제의식과 연결시키게 될 것이다.[7]

---

6) 표상이라 함은 일반적으로 representation에 해당하는 철학 용어다. 이를 재현(reappearance)과 동등한 개념으로 사용하는 경우도 있다. 일반적으로 표상은 주체가 사상(事象)에 대해 전개하는 인식론적 구성 작용 혹은 그 결과로서의 사상의 현상 상태를 의미한다. 현상학적으로는 '주체의 인식론적 지향에 의해 현상된 대상의 대상성'이라 할 수 있다. 이는 주체의 인식론적 지향으로부터 소외된 자연주의적 대상성과 구별된다. 자세한 내용은 다음 책을 참조하라. 로만 인가르덴, 이동승 역, 『문학예술작품』, 민음사, 1985.

7) 김만중 한시에 대해서는 다음을 참조하라. 박성규, 「김만중 시에 나타난 내면성의 통일과 확산」, 『김만중연구』, 새문사, 1983, II 37~49면.

2. 김만중 한시에 나타난 세계 표상 양식

1) 세계의 재현불가능성—서정의 회피와 생활계의 소거

서사가에게 현실을 재현하여 이를 문예적으로 표상하려는 욕구는 근본적이다. 특히 그가 당대를 정치적으로 살아낸 인물일 경우 세계 현실을 반복함으로써 이를 재현하고자 하는 욕망을 회피하기란 불가능하다. 『남정기(南征記)』의 작가에게 그러한 흔적을 기대하는 것은 따라서 자연스럽다.8) 하지만 『남정기』의 성격에 대한 문제를 논외로 둔다면, 김만중에게 그와 같은 강렬한 서사가적 재현 욕구가 존재했다는 증거를 발견하기가 용이하지 않다. 무엇보다 『실록』 기사를 통해 볼 때, 일반적으로 알려져 있는 바와는 달리, 그는 현실 대처 과정에서 적극적이거나 공세적인 인물이 결코 아니었다.

> 신은 본디 어리석고 못나서 어디 하나 남만 같지 못했던 자이옵니다. 그래서 벼슬에 나가 관직을 구한 뒤부터 바랐던 바는 높고 훌륭한 지위에 오르지 않는 것이었습니다. 다만 저희 집안과 부형들의 연고로 요직을 얻게 되었던 것이오니, 수 삼년간 주제넘게 차지한 자리가 더욱 난감했사옵고 마음속은 불안하여 어찌할 바를 몰랐습니다.9)

사직소(辭職疏)의 첫 부분인데, 이 문서가 담고 있는 정치적 주변 배경

---

8) 이 작품이 작가 당대의 정치 상황을 어떤 형식으로건 유비하고 있으며, 더욱이 그것이 선명한 선악의 대립 구조를 형성시키고 있다는 가설을 존중한다면 더욱 그러하다. 이상구, 「「사씨남정기」의 작품구조와 인물형상」, 『김만중문학연구』, 국학자료원, 1993, 249~297면.

9) 『西浦集』 卷7(『韓國文集叢刊』 148 : 이하동일), 「辭吏曹參判疏」, 61면. "臣本惷愚孱劣, 百不如人. 自其出身干祿, 所望不及於崇顯. 徒以家世父兄之故, 獲通淸班, 自數三年來, 所叨益難堪, 而私情益窮蹙."

들을 충분히 고려한다고 하더라도 그가 대단히 상황의존적인 성격이었음이 드러난다. 그것은 고딕으로 강조한 부분이 암시하는 함의를 추측할 때 더욱 선명해진다. 김만중은 모친인 해평 윤씨에게 거의 절대적인 지배를 받으며 자란 유복자였고[10] 자신의 정치적 위의(威儀)의 상당 부분을 형 김만기(金萬基)에게 의지했던 인물이다. 그에게 있어 자신의 현실적 정체성이란 김장생(金長生, 1548~1631)의 증손이라는 가계와 형을 비롯한 족친들의 비호가 있기에 존립 가능했던 것이다.

결국 그에겐 자내적으로 생성된 서사가적 본능, 즉 적극적인 세계 구성(재현) 욕구가 상당히 결핍되어 있었음을 추론할 수 있다.[11] 그는 빈번히 가족 등 타의에 의거하여 입론하고 심지어 자신의 삶의 문제에조차 결정의 주체자로 전면에 나서려 하지 않는다. 그런데 그럼에도 불구하고 이런 타율적 성격의 김만중이 어째서 소설이란 형식을 채용하게 되었던 것일까? 이 미스터리에 대한 답을 구하기 위해 우리는 우선 시인으로서의 그의 모습을 살펴볼 필요가 있다.

세계 현실을 있는 그대로 직면하여 재현하거나 표상하려고 하지 않는 김만중의 특성은 한시를 검토하면 보다 두드러지게 나타난다. 그것은 우선 그가 지닌 가족 중심의 관계 지향성과 이에 곁들인 정치적 자기 억압에 기인했었던 듯하다. 양자를 한꺼번에 논할 수 있는 시를 근

---

10) 이 문제는 작가론적 측면에서 더 논의할 부분이 많으나 여기서는 생략한다. 다만 다음의 유명한 일화가 상징하는 정황을 섬세하게 추단해 볼 수 있음만을 우선 지적해둔다. 『西浦集』 卷10, 「先妣貞敬夫人行狀」, 96면. "不肯兄弟有過, 必躬執夏楚, 泣而言曰, 汝父以汝兄弟托我而死, 汝今若是, 我何面目於地下乎!", 아울러 『西浦年譜』(서울대 출판부, 1992) 참조.

11) 여기서 서사가적 욕구란 세계에 공세적으로 참여하려는 지향성, 그 내부에서 사건의 주체로서 의미의 생성자가 되려는 성향 등을 아울러 지칭한다. 김만중은 대제학을 사직하기 위해 총 일곱 차례 소(疏)를 올렸는데 그 가운데 앞의 인용과 동일한 표현이 거듭 나타난다. 『西浦集』 卷8, 「辭大提學疏－五疏」, 76면. "如鄭士龍之起於廢斥之中, 每膺儳接之命耳. 若臣者, 徒以家世父兄之故, 仍因至此" 또 자신의 관직 진출을 집안 탓으로 변명하는 다음의 표현을 보라. 『西浦集』 卷7, 「辭弘文提學疏」, 56면. "臣賦性蠢劣, 安於自棄, 初未嘗讀書, 亦不解屬文. 冒占一第, 實出僥倖, 銓曹以臣家世仕宦, 遂通淸班, 臣自知不似, 居常慚懼."

거로 논의를 진행해보자.

9월 13일 선천 유배지로 떠나며

슬픔 머금고 자애로운 어머니와 헤어지고
손 흔들어 족친들과 하직하네
가을 햇살은 서쪽 성곽 길에 비추고
먼 곳으로 홀로 떠나는 사람이로다
속마음과 생각 또 멋대로 발하였으니
어찌 깊은 인자함에 보답하기 족하랴
오히려 하고픈 말 많이 있어도
이제부터 다 하지 못하겠구나[12]

이 시의 주제는 두 가지 정념을 동력으로 해 구성되어 있다. 우선 그것은 어머니로 상징될 가족과의 이별이 빚을 공간적 고립감이다. 작자는 자신이 그토록 집착했던 친족들로부터 괴리됨으로써 맞이하게 될 물리적 고독을 두려워하고 있다. 다음은 자유로운 담론이 금지될 유배 상황, 즉 내밀한 속정을 토로할 친족을 상실함으로써 미구에 초래될 언어적 유배 상황에 대한 공포다. 작가에게 찾아온 정치적 유배라는 현실계의 사건은 후자의 감정을 경유하며 심각한 심리적 억압의 형태로 귀결되고 있다.

이처럼 작가 자신의 유배를 초래했을 현실계의 사건, 다시 말해 그의 정치적 행로에 대한 실체적 흔적은 가족애라는 잔영의 형태로만 두 동력 속에 혼재되어 있을 뿐이다. 결국 김만중에게 벌어지는 세계 상황은 그 상황이 지닌 객관적 사건으로서의 무게감을 잃은 채 오직 그것이 빚어낼 가족관계의 변화라는 측면에만 초점이 맞춰져 있다. 말하자면 김

---

12) 『西浦集』 卷3 「九月十三日出禁府赴宣川配所」, 31면. "啣悲別慈母, 揮手謝諸親, 秋日西城道, 關河獨去人, 情知又妄發, 何足報深仁, 尙有區區意, 從玆恐莫伸."

만중에게 엄습한 세계의 폭력성은 그것이 자기 가족이 유지해 온 친밀성에 끼칠 어떤 주관적 영향력으로서만 시적 의미를 구성한다.13)

가족을 유사 자아라고 할 수 있다면, 김만중의 시세계는 실재 세계의 야성적 본질을 자아라는 방어진 안으로까지 결코 용납하지 않으려는 보호 기제들로 무장되어 있다고 할 수 있다. 그리하여 그는 가족 이외의 사람들에겐 털어놓고 할 수 없을 '망발(妄發)'을 이제 세계로부터 철저히 금지 당했음을, 즉 언어적으로 유배되었음을 선언함으로써 시를 끝내고 있는 것이다. 그것은 유배가 자아에게 유일하게 의미 있는 세계인 가족과의 공간적 이격이면서 동시에 그들과의 심리적 이격이기 때문이다. 어쨌든 이 시에 드러난 시적 태도의 핵심은 작가의 언어 또는 심리 세계가 가족 관계 속으로 계속 공회전하고 있다는 바로 그 점에 있다.

이상에서처럼 가족 모델에 집중된 김만중의 세계 구성은 결국 외부 세계에 대한 재현적인 표상을 억제하게 만들고 그의 사유를 탈정치화 시키게 된다. 이를테면 그의 시 속에 등장하는 정치적 갈등은 매우 빈번히 여성 화자의 퍼스나를 내세운 로맨스 문법 속에 희석된다. 『서포집』 권1의 「의고시(擬古詩)」 10수, 「소소독시례(少小讀詩禮)」, 「직녀수독거(織女愁獨居)」를 비롯하여 권2의 「독반첩여매비고사감이부지(讀班婕妤梅妃故事感而賦之)」 등 이런 유의 작품들은 문집에서 매우 흔하게 목도된다. 이는 단지 악부적 상상력이나 초사(楚辭)의 전통을 계승한 소치라고만 볼 수 없다. 오히려 세계 현실에 직접 대면하기 꺼려하는 그의 성향이 그와 같은 시적 경향을 초래했다고 볼 수 있기 때문이다.

---

13) 여기서 일일이 예를 들 수 없지만 유배와 관련된 그의 대부분의 시들은 바로 가족과의 별리 상황에 구심화되어 있다. 그것은 구체적으로 모친과 형이며 그것이 약간 확장된 친족들인 경우도 다수 있다. 모친에 대한 사념적 집중은 「近得」(『西浦集』 卷3, 32면) 등 문집 전반의 주조를 형성하고 있으며, 형과의 관계는 「伯氏直春坊閱月詩以呈之」(『西浦集』 卷1, 9면)가 대표적이다. 상당수를 점하는 만시(輓詩) 일부를 제외한다면 그가 묘사한 현실의 세계 공간은 이처럼 매우 폐쇄적이다.

무엇보다 그의 시세계에는 세계에 대한 직접적 분노의 시선이 거의
배제되어 있다. 남성적인 이성적 세계 대결보다 여성적인 정서적 세계
감수를 지향하다보면 끝내 여성 형상을 끌어들이게 되는 것이고 그것
이 일정한 정치성의 누락 혹은 결여로 귀결되는 것이 상례다. 그리고
그 같은 정치적 대결의 포기가 분노의 요소들을 잠재우게 되었을 것이
다. 아마도 이러한 현상의 배후에는 아버지라는 존재 자체를 아예 가져
보지 못한 유복자로서의 기질적 요인도 가세되어 있을 것이다. 다른 예
를 보인다.

정유년 9월 과거에 떨어지고

필시 임금님 사랑 첩에게만 박하셨던 건 아니리
내 낯빛 남만 못한 것 스스로 탄식할 뿐
돌아와 마름꽃 같은 모습 거울에 비춰보니
봄바람 향하여 울지는 말아야겠지[14]

이 시는 김만중이 21세이던 1657년, 당시 그에게 너무나 절실했던 정
치적 입신에 실패하고 난 직후에 지은 작품이다. 우리가 관심을 갖는
것은 이 시의 의미 표면이 아니라 자신의 상황을 구성하는 작가의 표상
양식이다. 그는 적어도 자신이 직면한 현실적 상황을 재현하는 데에는
무관심하다. 작가는 자신의 현실을 여성 화자의 가공 상황에 가탁하여
우회적으로 비껴가거나 아예 무시하고 싶어 하고 있으며 그럼으로써
현실의 긴장을 무력화시키려 하고 있다.[15]

---

14) 『西浦集』 卷6, 「丁酉年九月落第後作」, 44면. "未必君恩偏誤妾, 自嗟顔色不如人,
　　歸來試照菱花影, 莫向春風浪濕巾."

15) 당시 김만중 형제가 처해 있던 가족사적 비장성을 염두에 놓고 볼 때 이 희작적 여
　　유는 더욱 그로테스크해 보인다. 부친의 폭사(暴死) 이후 윤씨 부인과 두 형제가 겪은
　　생활고에 대해서는 앞의 『西浦年譜』와 金戊祚의 「金萬重論」(『韓國文學作家論』, 현
　　대문학사, 1991)을 참조.

이상의 특징은 진솔한 서정의 부재 혹은 결핍을 초래하게 되는데, 궁극적으로는 세계 상황에 직접 대면하지 않으려는 일종의 기피 본능에서 발로한 결과다. 즉, 김만중에게 낙방이라고 하는 절실한 체험과 그런 체험을 형성시킨 세계 상황이라고 하는 것은 결코 '현실'로서의 그 의미 그대로 관념계에 침투하지 못하고 있다. 그의 세계 체험은 재현 과정을 애써 회피하면서 매우 낯설거나 먼 곳의 상황으로 치환되어버린다.16)

이리저리 읊다

하간 땅에 절개 있는 여인네
곱기가 산에 쌓인 눈과 같았지
발은 중문 밖을 나온 적 없어
친척들조차 그 얼굴 볼 수 없었네
하루아침에 수레 타고 노는 맛 알자
수레 소리 철컥철컥 절로 간다네
휘장 안 여자는 간드러지게 노래하고
벽 틈에 숨은 남자 반지르르 잘 생겼네
예전엔 정절녀를 사모하더니
지금은 저자판의 창기 됐구나
옛날에도 똑같은 그 몸이요
지금도 그 때의 그 몸이건만
사람 마음 바뀌기가 이와 같으니
흐르는 눈물로 옷까지 젖네17)

이 시는 절개를 견지하지 못하고 조변석개하는 정치배들을 암유한 일

---

16) 환언하면 조선이 아닌 중국이, 남성이 아닌 여성이, 그리고 현재가 아닌 악부적 상상 속의 과거가 등장함으로써 시적 대상이 작가에게 지녔을 현실적 의미나 서정적 진실성이 관념적으로 순화·분식(粉飾)되고 있다. 이런 견지에서 『구운몽』의 현실부와 입몽부의 무대 모두가 매우 비현실적으로 처리된 점을 새삼 주목해봐야 한다.

17) 『西浦集』 卷2, 「雜詠」, 19면. "河間有節婦, 皎如山上雪, 足不履中閾, 六親不得見顔色, 一朝乘車事游戲, 車聲轆轆入蕭寺, 帳中女子爲秦聲, 壁裡男兒似龍陽, 昔慕宋伯姬, 今作邯鄲娼, 昔亦一人身, 今亦一人身, 人心飜覆乃如此, 令人感涕霑衣巾."

종의 풍자시임에 분명하다. 하지만 시의 내용은 정조를 잃은 중국 하간 땅 여성의 삶으로 오로지 치환되어 있고, 그 정조는 대단히 체념적이며 내향적이다. 상황을 해석하는 시선은 영탄조의 비관론에 가까우며 따라서 현실의 구조적 견고함을 해부할 의사도 정열도 배제되어 있다. 세계에 대한 구조적 인식의 불비는 결국 신화적 상상력(「무산고(巫山高)」, 『서포집』 권2, 18면)이나 과거 문인에의 회고(「몽이백육운(夢李白六韻)」, 『서포집』 권3, 32면), 또는 이국적 정취에 기반을 둔 무상감(「연연편(燕燕篇)」, 『서포집』 권2, 18면) 등으로 자리를 이동하는 관념적·추상적 상징화만을 경유하게 된다.

그의 시에는 이처럼 매우 모호하고 관념적인 시적 상황만 부여될 뿐 그 상황에 참여하는 주체의 절실한 내면 정황은 소거되어 있다. 따라서 시 발생 지점에서 태동했을 현장감 혹은 서정적 진실성의 부재, 정치적 배경을 지닌 시에 잠복되어야 할 대상 현실의 구조적 애매함, 사실의 세계를 우회하려는 관념적 상징의 과잉 등은 서로 서로 얽혀 하나의 진실로 모아진다. 그것은 김만중이 지녔던 현실 재현에의 기피증이다.

물론 김만중의 한시 전체가 현실 감각이나 그 묘사를 전혀 결여하고 있다는 단순한 명제는 성립될 수 없다.18) 하지만 그럼에도 김만중 한시를 여타 시인들의 그것과 구별시켜 주는 특이점들이 그가 사실의 세계를 관념화하려 한다는 점, 또 관념적 추상 공간으로 전이될 때에서야 역설적으로 묘사의 활력을 획득한다는 점에 있음은 부인할 수 없다. 이는 현실을 날것 그 자체로는 부인하려 함으로써 그것을 일련의 미적 작용으로 승화시키려 한 증상(symptom)화 과정의 결과로 볼 수 있다. 아마

---

18) 이를테면 「端川節婦詩」(『西浦集』 卷1, 10면)와 같은 작품도 존재한다. 하지만 이 작품은 김만중의 한시 작품 속에서는 오히려 예외적이며, 도덕적 권징을 목표로 한 윤리 담론과 연관되어 있다는 점에선 서정적 진실을 운위하기 힘들다. 김만중을 특징짓는 시세계는 역시 「王昭君」(『西浦集』 卷3, 26면)이나 「銅雀妓」(같은 권, 같은 면), 「淮南王歌」(『西浦集』 卷2, 23면)와 같은 상상적·관념적·이방적인 어떤 것으로 보아야 할 것이다.

도 이는 모성에의 강렬한 집착과 무관치 않을 것이다.[19]

그런데 여기서 추가로 강조해야 할 점은 이상의 시적 특질들이 곧바로 자연인 김만중의 현실 인식 혹은 세계 인식의 부재로 곧장 이해되어서는 곤란하다는 점이다. 우리는 그러한 오해를 불식시키기 위해 '세계표상 양식'이라는 개념을 전면에 이미 내세운 바 있다. 인간 김만중이 실제 정치 현실에서 어떻게 행동했는가 하는 역사적 실체가 중요한 것이 아니라, 그가 문학 작품을 창조할 때 어떤 세계 구성의 시각으로 현실에 간여했는가가 관건이다. 아마도 후자가 한 인간에겐 더 본질적이지 않을까 싶다.

결국 구체 체험의 시적 표상이라 할 수 있는 진솔한 서정에 대한 회피는 그 저변에 생활계에 대한 거부감이 자리 잡고 있다 하겠다. 김만중은 개인적으로 극도의 긴장을 불러일으킬 상황, 이를테면 유배의 격절감이나 가족에의 그리움, 또는 친지의 죽음과 같은 상황에서만 현실에의 문턱을 넘어 잠시 구체적으로 '생활'하고자 한다. 그러나 그 결의조차 지속적인 것은 아니었던 듯하다. 물론 개인 내면의 정지(情志)를 직접 노출하지 않는 것이 한시의 전통이고 신변 체험을 노골적으로 직서하는 것이 시적 격조를 감쇄시키는 것이라는 상식을 충분히 고려하더라도 다음의 선천 유배기의 시는 그래서 조금 독특하다.[20]

선천(宣川)의 가을이 끝나갈 무렵

가을 다하도록 고향 소식은 들리지 않는데

---

19) 이를 부성적 상징계에 대한 거부와 모성적 상상계에 대한 집착이라고 단순화시킬 수도 있을 것이다. 다만 후기 라캉에 따르자면 실재계, 상상계, 상징계는 보로매우스의 매듭처럼 서로 얽혀 있으므로 이를 형식논리로 받아들여서는 안 된다.
20) 이 시가 치열한 정쟁의 와중에 지어졌다는 점, 그야말로 목숨을 건 투쟁의 한 산물이라는 점을 고려해 본다면 그 특이성이 더 부각될 것이다. 단적으로 김만중 한시에 낭만적인 유배객의 이미지는 존재하지만 각골초사(刻骨焦思)의 분객(憤客) 이미지는 잘 보이지 않는다.

하물며 찬비 내리고 사람 발길 뜸해짐에랴
세월은 점점 흘러 늙음은 찾아오고
기러기 떼 이어날며 울고 있구나
허름한 집에서 시를 쓰다 촛불 꺼지면
한밤이 다 가도록 빈 뜨락을 거니네
저물어 가는 변방엔 꽃다운 풀 없지만
서리 맞은 국화꽃 떨기 꺾을 순 있네[21]

김만중에게 있어 선천으로의 방축은 정치적 몰락의 고비와도 같은
사건이었다. 그는 그야말로 정치적 파동의 중심에 서있었고 형 김만기
는 바로 이 해에 사망했다. 그런데 그 격동적인 생활계의 파동이 이 시
에는 잔잔한 파문 정도로 묘사되어 있다. 그의 의식 속엔 국가적 규모
의 소동이 아예 존재치 않았던 것처럼 보일 정도다. 그의 세계 규모는
고향/유배지의 단순한 양극으로 짜여져 있어 그 중간 세계의 파란은
침묵에 가두어져 있는 형국이다.

더욱이 마지막 구의 묘사는 도연명을 염두에 둔 것으로, 다른 시에서
그는 "아름다운 시절 아득하여 언제일지 모르겠고, 세월 흐르기는 이처
럼 그침 없구나. 옛사람 만날 수 없으니, 뉘와 함께 돌아갈꼬"처럼 풍류
스럽게 도연명을 추억하기도 했었다.[22] 즉, 김만중은 「이소(離騷)」의 낭
만적인 측면이나 도연명의 한아취(閑雅趣)를 선택하면서 굴원(屈原)의 분
만(憤懣)이나 두보(杜甫)의 애절(哀切)을 짐짓 물리치고 있다.[23]

---

21) 『西浦集』 卷4 「宣府秋盡日」, 40면. "秋盡鄕關闊寄聲, 況經寒雨少人行, 年光苒苒
老將至, 鴻鴈連連飛且鳴, 破屋題詩燈燼暗, 空庭散步斗杓傾, 邊城歲晚無芳草, 霜菊
猶堪採落英."
22) 『西浦集』 卷1 「菊花」, 15면. "佳期杳何許, 日月逝如斯, 古人不可見, 吾誰與同歸."
23) 그는 굴원을 다룬 시에서 그에 대해 "이 사람은 진실로 충성심이 돈후하나, 도에는
이르지 못했음 애석하네. 세상에 대한 걱정과 천명을 따르는 즐거움, 군자는 그 중절
을 귀히 여기건만"이라고 읊고 있다. 즉 김만중은 맹목적 낙천주의자는 아니었으나 세
계에 대한 과도한 우환 의식도 경계하고 있었다. 『西浦集』 卷1 「送堂弟萬垛省師于北
－其六」, 13면. "斯人信忠厚, 於道惜未達, 憂世與樂天, 君子貴中節."

김만중에게 있어 세계고(世界苦)를 짐작할 수 있도록 포치된 시적 장치는 대부분 작가 자신에게 지나치게 근접적인 요소들로서, 그러하기에 오히려 작자 자신의 세계에 대한 구체적인 서정적 반응 상황을 가리고야 마는, 혹은 대리－보충해버리고야 마는 어떤 요소로 기능한다. 그것이 가족이다. 급기야 생활계는 가족사에 의해 대치되어 버린다.

추석

서쪽 변방의 둥그런 달
오늘밤 내 옷을 비추네
맑은 광휘 누구에게 주고 싶어도
멀리 온 나그네를 누가 가까이하랴
가을은 왔지만 선영은 멀리 있고
모친 모실 자식 도리 어그러져 버렸네
처자식만 내 옆에 있으면서
마주보며 눈물 흘리고 있네[24]

이 시는 작자가 위치한 서정적 위치, 즉 정치적 유폐와 사회적 삶으로부터의 차단 상황을 달빛이라는 궁창적(穹隆的) 의상(意象)에 우아하게 고립시킴으로써 그러한 구체적 생활계의 냉엄성에 대한 무관심을 연출하고 있다. 그리고 그에게 중요한 것은 추석에 해야 할 성묘와 노모에 대한 봉양이라고 언급함으로써 지극히 개인적인 시적 상황을 설계한다. 그것이 단순한 포즈이든 혹은 겹겹이 위장된 자위이든 어쨌건 그는 유배라는 상황에 처한 생활인으로서의 존재 불편을 마치 없는 양 묘사한다. 때문에 이 시의 서정은 생활 체험에 귀속될 모종의 내면적 발화라기보다는 근사하게 관념화된 상징의 건축물이다. 더구나 작가 자신의

---

24) 『西浦集』 卷3 「秋夕」, 32면. "西塞團團月, 今宵照我衣, 淸輝欲誰贈, 遠客許相依, 霜露先塋遠, 晨昏子職違, 妻孥還在側, 相對涕交揮."

처절한 진정이 드러나야 할 미련(尾聯)에서조차 그는 적극적으로 등장하지 않는다. 대신 자신의 가족들이 그가 흘려야 할 눈물을 대신해 흘리고 있다.25)

구체적 생활계의 밀도가 작가로부터 배제되거나 다른 상황으로 이완되고 있는 이 현상을 작가의 노련한 자기 은폐나 인격적 초절을 통한 극기의 결과로 볼 수는 없을 것 같다. 우선 그의 시들은 애써 은폐해야 할 정도로 모종의 정치적 위험성을 무릅써야 할 긴장이 결여되어 있다. 상술했듯이 그의 정치적 의미 축조는 대부분 연주지사(戀主之辭)의 구도 안에 포함된다. 또한 『서포만필(西浦漫筆)』에서 읽어낼 수 있듯, 그의 세계관은 다소 불교적인 분방함 쪽으로 경사되면서 정주학적(程朱學的) 엄숙성과는 다소 다른 성향을 노정한다.26) 따라서 그의 생활계에의 외면은 도학적 자기 절제와 일상에 대한 초절적 승화의 소치라고 말하기는 힘들다.

그렇다면 김만중의 사유는 이미 현실을 그 자체로는 재현이 불가능한, 혹은 재현이 불필요한 무엇으로 이해하고 있었던 것은 아닐까? 그가 도가적 선취(仙趣)를 지녀서가 아니라, 그저 참혹한 현실을 자조하기

---

25) 이 시의 '상대(相對)'를 작가와 가족 사이의 상황으로 해석해도 이 시의 본질은 바뀌지 않는다. 강도만 약해질 뿐이다. 즉 눈물의 원인은 여전히 선영과 모친 문제로서, 주체에겐 외부적인 것이다. 그러나 시의 전반부가 품고 있는 적요한 감정을 토대로 볼 때 이 '마주함'은 옆의 가족들 상황으로 보아야 더 시적이다. 그러할 때 작가의 서글픔이 더욱 격조 있게 전달된다. 어쨌든 무엇보다 강조되어야 할 점은 작가의 서정 상황이 가족 관계 속으로 간접화되었다는 사실이다.

26) 무엇보다 김춘택이 『서포만필』의 서문에서 인용하고 있는, 김만중에 대한 후인들의 다음과 같은 비난은 김만중 학문의 외방성을 충분히 암시한다. 적어도 동시대인이나 후인들에 의해 그렇게 이해되도록 했었다는 사실만큼은 확실하다. 金春澤, 「漫筆序」, 『西浦集』, 통문관, 1971. "或有難小子曰, 漫筆誠高矣美哉! 但有可疑者, 其講論之說, 時或與先儒有異同, 又似汎濫釋氏, 何也?"; 또한 김만중은 학교의 지나친 벌책 남용을 비판하며 그 근원을 송유(宋儒)들이 입안한 규범에 대한 확대된 맹종에서 찾고 있다. 이 표현 문맥 기저에 도사린 송유들에 대한 비판적 감각은 분명 당대 일반적인 태도가 아니다. 『西浦集』 卷7 「陳所懷疏」, 58면. "臣案學校之有罰, 盖出於宋儒鄕約過失相規之意. 其於化民成俗, 不無所補, 然其議祇可行於學校, 不可達於邦國."

위해 선택한 아래의 기막힌 세계 표상은 그것을 암시해 준다.

남해에서 두 조카가 외딴 섬에 유배됐다는 소식을 듣고

바다구름 옆의 아득한 세 섬
신선들의 섬들처럼 나란히 이어졌네
숙부와 조카들이 두루 나눠 차지하니
사람들이 신선 같다고 떠받들 만 하겠구나[27]

김만중의 남해도 유배는 자신의 죽음에 의해서야 끝마쳐질 절망적 유폐였다. 그리고 조카들마저 거제도와 제주도로 각각 정배됨으로써 이들 셋의 운명은 역설적으로 삼신산의 형세에 비유될 만큼 비극적인 것이 되어버린다. 그런데 우리는 이 시 안에 내포된 서글픔과 좌절감을 상상으로 추측하여 독해할 수는 있을지라도, 적어도 이 시가 생성한 세계의 모습 자체만은 희극적임을 부정할 수 없다. 무엇보다 그것은 구체적 현실을 관념적 허구로 조성하고, 상황 내부에 존재해야 할 작가의 시선이 외부로 설정되면서, 즉 참여해야 할 상황으로부터 스스로 소외됨으로써 빚어진 것이다. 그 저변에는 현실을 그 질량 그대로는 결코 직시하거나 수용하지 않으려는 모종의 태도가 존재한다.

물론 김만중은 차마 보고 싶지 않은, 혹은 회피하고 싶은 현실에 대해 일정한 거리를 두어야만 그것에 대해 말 할 수 있는 섬약한 성격의 소유자였을 수 있다. 그러나 성격론을 통한 그러한 손쉬운 문제 해결 방식을 지양하고 이상의 세계 구성 양식을, 그 표상 구조를 검토하면 궁극적으로 김만중이 소유한 세계상이 재현을 불필요하게 만드는, 또는 재현 자체를 불가능하게 만드는 어떤 것이었음을 인정하게 된다. 이는 김만중 자신의 결의적 의도의 유무와는 또 다른 문제다. 그리고 세계를

---

27) 『西浦集』 卷6 「在南海聞兩侄配絶島」, 50면. "滄茫三島海雲邊, 方丈蓬瀛近接聯, 叔姪弟兄分占遍, 可能人望似神仙."

재현의 구도로 표상하기를 꺼려하는 이 태도는 결국 생활 세계란 관념
의 힘 앞에서 무력하다고 보는 저 오만한 낭만적 초월주의를 닮았다.
　다시 말해 현실계란 그 자체로는 무가치하고 비루하다는 판단, 세계가
근본적으로 타락하기 쉽거나 이미 타락한 곳일 수도 있다는 불안 의식,
그리하여 무언가 더 본질적이고 궁극적인 가치를 통과해야만 견딜 수 있
는 곳이라는 관념적 구상, 그리고 이로부터 창출된 공상이 마침내 세계
재현에 대한 무관심을 초래했다는 의미다. 『구운몽』의 배후를 형성한
'공(空)'의 사유는 어찌 보면 그러한 세계 표상에 첨보된 것에 지나지 않
는다. 즉 김만중에게 불교는 사유의 원인이 아니라 결과였던 것이다.

2) 세계의 불안정성—변화의 우발성과 심미적 실존으로서의 공(空)

　이제 우리는 김만중의 세계에 대한 표상 과정이 어떤 원인으로 인하
여 재현을 회피하게 되었는지 다양한 각도로 재조명해 봐야 한다. 사실
이 논의를 통해 세계의 재현불가능성에 대한 우리 입론의 신빙성이 논
리적으로 더욱 강화될 것이다. 아래의 시를 분석하면서 논의의 단초를
열어 보자.

　　화담 서원을 찾아서

　　　시골길은 한창인 단풍 빛에 물들었고
　　　산 그림자는 낙조에 더욱 붉어졌네
　　　쓸쓸한 마음으로 옷 먼지 털고
　　　서화담 선생을 찾아 뵈었네
　　　높이 솟은 나무에선 하늘의 소리 울리고
　　　푸른 계곡물은 하루에 천리를 흘러간다
　　　이 분은 오고감이 있었지만

이 도는 삶과 죽음이 없다네[28]

이 시의 첫 연을 관통하는 이미지는 계절로서는 단풍지는 가을이며 하루로서는 해가 저무는 석양 무렵으로서 모종의 변화의 임계 지점 혹은 사양(斜陽)의 고비를 상징한다. 이것이 죽음으로서의 몰락을 의미함은 너무나 분명한데, 죽은 사를 알현하는 후배의 빙문 시점에 절묘하게 부합해 있다. 문제는 이 조락의 시상이 셋째 연에서 맺게 될 대비 효과다.

높이 솟구치는 상승적인 수직 이미지('喬木')와 길게 이어지는 끝없는 물결의 수평 이미지('碧澗')는 공히 유장한 불변성과 간단없는 연장성(延長性)을 상징하기에 궁극적으로 첫 연의 사멸과 중단의 분위기를 압도하게 된다. 그리고 마지막 연은 소멸과 단절의 세계를 사람[斯人]에게, 지속과 불변의 세계를 도[斯道]에 할당하여 양자의 차이를 극단적으로 대조시켰다.

그런데 결국은 변화성과 불변성의 대치 국면으로 귀결된 이 이미지들의 포치는 오고감이 있는 세계와 죽음과 삶이 없는 세계 사이의 선명한 경계를 성립시키는 효과가 있다. 오는 것이 생(生)이고 가는 것이 사(死)다. 따라서 논리적으로 환언하면 이 시는 인간계의 생사적 변화에 대한 무의식적 불안을 의미 전개의 동력으로 삼고 있다. 이는 '사도(斯道)'라는 표현이 주는 유가적 어감을 능가하여 작품 전체를 죽음에 대한 과민한 포착 과정으로 해석할 수 있도록 한다. 그리고 이 과민함은 생사의 변화를 부정하는, 적어도 그것을 극복하려는 의지와 닿아 있다. 생사의 문제를 기(氣)의 응집과 소산 과정으로 관용하는 일반 유가의 생사관과는 조금 다르다.

그런데 이상의 생사거래(生死去來)에 대한 민감한 포착은 김만중이 수립하는 세계 표상의 변역적(變易的) 환경을 그 원인으로 두고 있다. 다음

---

28) 『西浦集』卷1「謁花潭書院」, 14면. "楓酣村路明, 日落山影紫, 蕭然振衣塵, 來謁徐夫子, 喬木生天籟, 碧澗日千里, 斯人有來去, 斯道無生死."

두 편의 시의 일부분을 보자.

광주목사에게 감사하며

헤어진 것은 잠깐 같은데
시절은 홀연 바뀌어버렸네
빨간 꽃부리 땅에서 사라지고
짙은 잎 그늘이 눈에 가득 차니[29]

이상서께 부치다

겨울과 봄 문득 이미 바뀌니
잠시 전의 일들 훌쩍 옛날이 되었네
함께 걷던 곳 찾아 와
즐거웠던 만남 추억하노니[30]

　첫 시는 공간적 별리를 시간적 변역(變易)에 접맥시키고 이를 계절의
덧없는 순환으로 연결시키는 시상 전개의 특징을 드러낸다. 일견 평범
해 보이나 그 저부에 가담해 있는 일상의 순간성에 대한 감각은 중요하
다. 순간에서 영원을 발견하는 방식도 있고, 또 그 순간이 오기까지에
담겨 있는 영원의 배후에 감격하는 방식도 있을 수 있다. 전자가 초월
적이라면 후자는 회고적이다. 하지만 '눈 깜짝할 사이' 정도를 의미하는
'여부앙(如俯仰)'이라는 표현이나 '홀(忽)'이라는 부사에 담긴 촉급함의
뉘앙스는 김만중이 양자 어디에도 적확히 해당되지 않음을 암시한다.
우선 초월적이기에는 그 시공 감각이 너무 단편적이고 회고적이기에는

---

29) 『西浦集』 卷1 「光牧寄書惠扇以詩謝之」, 14면. "別離如俯仰, 時節忽變易, 紅英已
　　掃地, 綠陰紛盈矚."
30) 『西浦集』 卷1 「寄畏堂李尙書季周」, 15면. "冬春忽已易, 昨事翻成昔, 來尋聯步地,
　　追憶從遊樂."

그 감수의 단위가 지나치게 세절적이다. 따라서 이 감각은 파편화된 순간에 대한 변화의 감각이라고 할 수 있을 뿐이다.

두 번째 시는 현재가 순간순간마다 과거로 산실되고 있다는 감각을 드러낸다. 역시 견고하게 안정될 수 없는 세계의 미시적 변동성을 포착한 것이며 추억의 형태로만 보존되는 현실에 대한 유한성의 감각을 표현한 것이다. 여기서도 '번(飜)'이라는 부사가 그 급전성(急轉性)과 단촉성(短促性)을 강조하고 있다. 결국 현실 세계란 시공간적으로 잘게 마디마디 잘려져 끝없이 변화하며 분실되고 있는 그러한 곳이다.

이러한 세계 표상은 다소 상투적인 모습으로 자주 등장한다. 이를테면 "차가운 바람 더위 쓸어가니, 낙엽은 날로 쌓이네. 해와 달 번갈아 비치고, 음과 양은 서로 바뀌어"31)라고 하기도 하고 "산천은 옛과 같은데, 사람일은 바뀜이 있다네"32)라 하기도 했다. 문집 소재 작품들이 유배 체험에 의해 깊이 침윤되어 있어 보다 직접적인 표상 과정을 확인하기는 힘들지만 이로써 김만중의 '변역'적 세계 표상의 단초는 확인한 셈이다.33)

그런데 세계 표상의 변역성은 여기에 그치지 않고 현실 세계의 우발적 변화에 대한 비관적인 정치적 감각으로 연결된다. 김만중은 「잡시사수(雜詩四首)」의 첫 수 중간에서 문득 다음과 같이 말하고 있다.

잡시

흰 구름 하늘에 있지만
잠깐 틈에 푸른 하늘로 바뀌지

---

31) 『西浦集』 卷1 「擬古詩－其八」, 8면. "霜颸掃炎蒸, 病葉日以積, 二耀迭爲光, 陰陽互變易."
32) 『西浦集』 卷1 「李進士師命室內挽」, 14면. "山川如宿昔, 人事有變易."
33) 변역의 의미를 직접 내포하지 않으나 그 감각을 저변으로 하는 시들이 있다. 일례로 다음이 그러하다. 『西浦集』 卷1 「送堂弟萬埈省師于北」, 13면. "昔爲白駒詩, 古調有餘悲, 嘿然復何言, 今日非昔時."

총애는 오래 믿기 힘드니
사람일은 항상될 수 없기에[34]

세계가 우발적으로 늘 변모하고 있듯이 생활계도 일정한 규칙 없이 변덕스럽게 파동치고 있다. 그 우의적 비유가 이 시에서 다루고 있는 늙어 버림받은 궁녀의 신세일 것이다. 따라서 김만중에게 표상되는 현실의 가변성이란 비관적인 정서와 결합되어 있다. 즉, 세상은 좋은 쪽보다는 나쁜 쪽으로 변할 수 있다는 점에서 가변적으로 인지되고 있다.[35] 실상 인생이란 추하게 늙어 가는 것이요, 마침내 죽음으로 귀결될 몰락 과정이 아니겠는가. 따라서 정치적 영고성쇠를 시집간 여성의 운명에 비유한 「소소독시례(少小讀詩禮)」의 한 구절은 변역적 세계 표상이 어떻게 비관적 관점으로 전화되는지를 웅변해 주고 있다.

어려서 글을 읽다

시집살이의 즐거움만 이야기했지
시집살이의 슬픔은 생각도 못했다네
나이 들어 얼굴빛 시들자
일과 마음이 어그러졌네
인심은 초산의 구름처럼 변덕스럽고
세상살이는 구불구불 알 수 없구나[36]

이러한 비관적 세계 표상, 혹은 세계를 타락상으로 이해하는 태도는

---

34)『西浦集』卷1「雜詩四首」, 7면. "白雲在天上, 須臾變爲蒼, 寵愛難久恃, 人事不可常."

35) 다음의 표현을 보라. 우주 현상의 가변성과 인간 세계의 끝없는 불신 상황이 유비적으로 묘사되고 있다.『西浦集』卷1「送堂弟萬埈省師于北 其六」, 13면. "陽舒旣天飛, 陰慘乃泉結, 水炭變瞬息, 肝膽或楚越."

36)『西浦集』卷1「少小讀詩禮」, 14면. "但道嫁娶樂, 未省嫁娶悲, 年將顔色去, 事與中情違, 人心楚山雲, 世路羊腸岐."

시속에 대한 강한 불신과 그 악의성에 대한 혐의를 기반으로 한다. 때문에 노론의 선배인 이단하(李端夏)에게 준 시에서는 "다른 사람이 나와 같으리라 여기지만, 부박한 세속은 걸핏하면 서로 의심하지. 예로부터 현명한 신비는, 세상과 항상 배치되었느니"[37]라고 읊고 있다.

이러한 비관적 성격을 현실의 치열한 당쟁 상황으로부터 연유한 당연한 결과라고 볼 수도 있겠으나, 하지만 시대를 막론하여 정치적 갈등 없는 삶을 산 문인이 과연 몇이나 되겠는가. 그런 견지에서 앞 절에서 분석했던 「이리저리 읊다」라는 시의 의미는 이 절의 주제와 연관해 새롭게 해석될 수 있다.[38] 이 시에 드러난 세계 불신이 결국은 세계가 지닌 불안정성의 숙명을 하나의 세계상으로 축조한 특이한 표상 구조이기도 하기 때문이다.

「이리저리 읊다」가 그려 보이는 세계는 정숙한 여인이 순식간에 창녀로 변모하는 예측 불가능한 변절의 세계다. 김만중은 현실계를 창녀로 상징될 암울계로 보아 그 존재 자체를 악의 진원지로 단정한 것이라기보다 '인심번복(人心飜覆)'으로 상징되는 우발성의 상태, 즉 '석(昔)'과 '금(今)' 사이의 지속적 연계가 보장되지 않는 난잡상을 회의하고 있다.[39] 즉, 세계는 그곳이 이미 본질적으로 타락한 곳이라서가 아니라 우발적으로 타락할 가능성이 상존하기 때문에 더욱 불안한 곳이다.[40] 결국 김만중은 세계를 적대시하거나 공격적으로 개량하려는 참여보다 그에 대한 관념적·허구적 미끄러짐을 선택한다. 이를테면 부제학 이단상

37) 『西浦集』 卷1, 「寄畏堂李尙書季周」, 16면. "謂人亦如己, 薄俗飜相疑, 古來賢達士, 與世常背馳."
38) 이 글의 주석 17)의 시 참조
39) 그러한 견지에서 김만중 사유에 있어 불교는 본질이라기보다 하나의 참조 사항이다. 상식이지만 불교에서는 기본적으로 현실 자체를 고(苦)의 원인으로, 따라서 해탈의 대상으로 간주한다.
40) 그래서 상황에 따라서는 다음과 같이 당대를 출사(出仕)해야 할 정상 세계로 그려 보일 수도 있었던 것이다. 『西浦集』 卷1 「寄畏堂李尙書季周 其六」, 16면. "楚國信讒言, 漢庭妬才子, 古人有不幸, 今子異於是, 明主念忠勤, 相臣推良史, 蕭條谷口耕, 君豈久淹此."

(李端相)에 대한 만사(輓詞)의 끝을 다음과 같이 맺고 있다.

> 그만 두시라, 혼탁한 세상은 그대 살 곳 아니니
> 기린 타고 저 광활한 천공에 내리는 모습 그려보네[41]

김만중에게 현실계는 적극적으로 타파해야 할 미몽도 아니었지만 전적으로 기투할 만한 가치의 밀도를 결여한 곳이었음에는 분명하다.[42] 그리고 그것은 형이상학적 초월에 의해 돌파구를 찾는 대신 심미적 공상에서 자기 자리를 발견하고 있다. 이는 현실을 정지시키지 않으면서 그 현실을 관념적으로 변형시켜 향유하려는, 그래서 그 찰라의 유한성을 주관적으로 즐기려는 미적 실존에 닮아 있다.[43] 예컨대 그는 「국화」라는 시에서 은거기의 고독을 국화꽃을 통해 달래다가 이윽고 다음처럼 끝맺는다.

> 장차 내 성정이 좋아하는 바를 따르리라
> 지금 시속에 마땅한지 어찌 고려할 것인가[44]

김만중은 현실을 거부하기보다 그 안에 원근법적 거리를 설치함으로써 그 변덕스런 변역의 우발성으로부터 내부적으로 자유로워지고자 기

---

41) 『西浦集』 卷2 「李副題提學幼能挽詞」, 21면. "已矣濁世非公鄕, 想見麒麟下太荒."
42) 이를테면 다음 구절은 일상적 삶의 한시성에 대한 감각을 드러낸다. 『西浦集』 卷2 「燕燕篇」, 18면. "世間行樂有消歇, 高堂大榭爲塵灰, 可堪當日歌舞地, 衰草荒烟一飛來."
43) 쇠렌 키에르케고어가 주장한 실존의 삼 단계(미적 실존/철학적 실존/종교적 실존) 가운데 첫 단계다. 이 세 항목은 계단처럼 선조적인 과정이 아니고 서로 서로 엮여 있는 교차적 과정에 놓여 있다. 따라서 미적 실존을 열등한 실존이라고 단정할 수는 없다. 이런 측면과 연관해서는 다음의 시가 주목된다. 『西浦集』 卷1 「擬古詩 其三」, 8면. "白日出扶桑, 靈曜正中天, 廻風吹之去, 奄忽沈虞淵, 吾人瀛海內, 百年亦須臾, 終當詣塚頭, 不樂更何須 (…중략…) 彈箏奏淸樂, 旨酒傾金巵, 無爲守窮賤, 但使識者嗤." 이 시는 물질적 쾌락을 긍정하고 있다기보다는 현실 세계가 조성하는 존재 불안을 떨쳐낼 광달(曠達)의 심리적 기상을 강조하고 있다.
44) 『西浦集』 卷1 「菊花」, 15면. "且從性所好, 安知時世宜."

도한다. 여기서 현실에 대한 일종의 심미적 소외 현상이 발생하게 된다. 즉, 세계에 대한 관념적 두절, 하지만 현실을 실질적으로 무화시키지는 않기에 심리적으로 계속 그 주변을 순환하면서 그곳으로부터 미적으로 비껴가는 상황이 나타난다. 따라서 위의 시에서 자기가 좋아하는 바('所好')라고 거명한 것은 실제 세계에서 물리적으로 구현될 감각적 쾌락이 될 수는 없다. 이는 「학성행증별이태숙(鶴城行贈別李泰叔)」이라는 시 가운데 다음과 같은 구절에서 분명해진다.

> 나는 본디 이 세상에 좋아하는 바가 없나니
> 왕왕 꿈에서 산음 땅의 길로 접어든다네[45]

결국 김만중이 따르고자 하는 '성정이 좋아하는 바[性所好]'란 이 세속 세계 안에서는 찾아질 수 없는 꿈속의 것임이 분명하다. 그러나 그럼에도 이는 현실 세계를 환영으로서 타기하는 수준이 아니기에 꿈이라는 경계적 몽상 형식으로만 일시적으로 이탈할 수 있을 뿐이다. 이것이 일련의 심미적 소외다. 그리고 이 심미적 소외 상황은 현실을 잠깐 무관심하게 방치하면서 관념적 공상계를 고안함으로써 하나의 지적 쾌락으로 실현된다. 그 대표작이 장쾌한 시상의 「시하남자행(是何男子行)」이다.

이 작품은 초사적(楚辭的)인 흐드러진 상상력을 동원하여 현실계(湖南과 嶺北)를 벗어난 남극 세계로의 초현실적 유행을 묘사하고 있다("湖嶺不受投海外, 乘桴飄飄上南極"). 비록 그것이 작가 자신의 상황이 아니라 벼슬길에 좌절한 타인의 상황을 미화한 것이긴 하지만 그 상상력의 구조는 분명 작가의 고안물이다. 그 후반부는 다음처럼 끝난다.

> 이 얼마나 남자다운가

---

45) 『西浦集』 卷2 「鶴城行贈別李泰叔」, 18~19면. "我本於世無所好, 往往夢入山陰道."

그대 보지 못했나 신선산이 하늘로 치솟은 것
내뿜는 구름과 안개 그칠 때가 없다네
그대는 대낮에 가 어둑한 그늘 없나니
붉은 빛 드리운 선계의 나무 잡아볼 수 있으리
더위 잡고 꼭대기 오르면 정신이 황홀
아득한 별자리를 손으로 땀직도 하네
저 북쪽 흐릿한 곳은 어떤 세계인가
차라리 개미들 나라거나 달팽이 뿔 위의 나라들
잃고 얻음, 영화와 치욕에 어찌 기쁘거나 슬퍼하기 족하랴[46]

이 시에 나타나는 『산해경(山海經)』적 상상과 『장자(莊子)』적 달관의 세계는 궁극적으로 북쪽 세계로 표현된 몽롱한 현실계, 또는 대궐을 이미지적으로 왜소화시키는 기능을 담당하고 있다. 양 세계는 어떠한 매개 단계[47] 없이 시 속에서 현실적으로 병존하는 것으로 묘사되고 있다. 즉 선계로서의 남극계와 현상계로서의 북극계는 관념 속에선 동일 공간에 병렬되어 있는 대등한 실체이며 그 와중에 양 세계 사이에서 발생할 현실적 고뇌는 공상 속에 증발되어 버린다.

그런데 이상과 같은 초현실적 공상의 관념적 의미화는 세계의 불안정성에 대한 심미적 대리 표상이자 보충이면서 동시에 환상의 실존에의 간여라고 볼 수 있다. 그 한 사례가 현실에 대한 비유적 매재가 아닌, 그 자체로 생생한 관념적 실체로서 현실의 일부를 구성하는 꿈이다.

김만중이 꿈을 다루는 기법은 현실 자체를 꿈으로 볼 가능성을 열어둔 김시습의 불교적 사유와는 매우 다르다.[48] 그는 유배시기에 지은

---

46)『西浦集』卷2「是何男子行贈安大靜塾」, 20면. "君不見圓嶠之山上干天, 呵噓雲霧無時息, 君行白晝無陰翳, 手拾瑤華蔭若木, 攀援絶頂殊怳惚, 星辰之遠如可摘, 直北濛濛何世界, 無乃槐檀或蠻觸, 得喪榮辱何足爲欣慼."

47) 즉 현실계와 몽상계가 이질적인 별차원임을 표지해 주는 장치들을 말한다. 미로 체험이라거나 입몽 과정, 또는 현실성을 일거에 말소시켜 줄 미증유의 시공간 이동 등이 그런 것들이다.

48) 윤채근, 「김시습 문학의 존재 미학적 고찰」,『어문논집』38, 안암어문학회, 1998, 5

「기몽(記夢)」이라는 시에서 꿈을 통해 모친과 형이 사는 서울의 집으로 이동한다. 그런데 입몽부 일부를 제외하고 가족들과 해후하는 장면, 집안 주변 묘사, 각몽의 과정 등이 현실 상황에 대한 투명한 의식을 전제하는 자가적 전개로 나타난다. 애초부터 현실을 꿈과 존재론적으로 유비시키려는 초월적 세계 표상 자체가 배제되어 있음을 뜻한다. 특히 꿈이 깨는 장면은 다음과 같이 묘사되어 있다.

꿈에

떠도는 혼이 이윽고 흔들리더니
환상의 형체가 점차 변하기 시작했네
잠깐 사이 바뀐 것은 없는데
꿈과 현실이 번갈아 이어졌구나
마치 연못 속에 비친 별들이
그 무늬 처음엔 선명하다가
바람 불어 물결이 일렁거리면
흩어져 지난 자취 흩어지듯이[49]

이 시가 꿈속의 세계마저도 현실과 마찬가지로 '변역'에 노출된 장소, 즉 현실의 가상적 복제판으로 이해하고 있다는 사실은, 결국 작가인 김만중이 비록 세계를 관념적으로 표상하긴 하지만 세계 자체를 관념의 구성물, 즉 꿈의 가상적 투사로 보지는 않았음을 증명한다. 다시 말해, 현실은 꿈과 다르고, 또 다른 질서에 속하기에 현실이 거꾸로 꿈일 수 있다는 존재론적 통찰은 일찌감치 배제된다.[50] 양자는 표상 대상과 표

____

9~95면.

49) 『西浦集』 卷1 「記夢」, 12면. "羈魂易振蕩, 幻境漸變易, 俯仰曾未改, 夢寤飜相續, 有如池中星, 躔次初歷歷, 風來水生鱗, 破碎失舊迹."

50) 즉 꿈이란 현실적 소망의 유사 현실적 복제물에 지나지 않는다. 때문에 꿈은 현실의 체험이 반영된 현실의 켤레쌍이나 더블(double)에 멈춘다. 이는 불교적인 세계관의 핵심과는 질적으로 다르다.

상체의 관계를 구성할 뿐이다. 꿈은 불안정한 혹은 결손된 현실을 보충하면서 하나의 관념적 표상으로 드러나지만 물리적 현존을 위협하지는 않는다. 보고 싶은 가족을 현실과 똑같은 체험 형식으로 만나지만 이는 작가가 견디기 힘든, 또는 직접 대면하고 싶지 않은 현실의 어떤 국면을 관념적으로 극복(회피)하는 수단일 뿐이다.

결국 현실과 꿈은 엄연히 별도로 존재하면서도 서로 간섭하고 있고 그 간섭 과정은 현실을 보충해야 할 필요에 직면한 인식 주관에게 실존적으로 유의미한 현상이 된다.51) 그래서 꿈이나 공상의 기작(機作)을 활용함으로써 주체는 야생적 현실계를 우회하거나 회피할 수 있고 단절과 분리로 점철되는 변역의 세계상을 관념적으로 봉합할 수 있다. 그러나 그럼에도 꿈과 환상, 즉 공의 세계는 비유적 통찰의 경계를 넘어 현실로 침투할 순 없기에 시정되거나 통합되어야 할 부조리한 생활계의 참상은 궁극적으로 해결되지 못한다.52) 이것이 바로 '공'의 서사로서 『구운몽』이 담당한 심미적 세계 표상 과정의 정체다.

---

51) 김만중은 다른 「기몽(記夢)」 시에서는 정치 현실에 대한 알레고리 전혀 없이 그저 꿈으로서의 판타지를 마음껏 향유하고 있다. 이 판타지에는 현실에 대한 어떤 종교적 교훈도, 윤리적 계몽도 첨가되어 있지 않다. 그리고 바로 이 사실이 현실을 재현 불가능한 것으로 표상했던 김만중 세계 이해의 양식과 상통하는 지점이다. 『西浦集』 卷2 「記夢」, 19면.

52) 환언하면, 현실은 '현실 그 자체'로 표상되어 재현되지도 않지만 마찬가지로 꿈으로 동일하게 재현될 수도 없다. 만약 현실이 꿈의 양태로 고스란히 재현될 수 있다면 양자의 경계는 궁극적으로 붕괴되어 현실은 환영으로 녹아내릴 것이고 현실의 문제 역시 종국적으로 해결될 것이다. 그리고 마지막에 남게 되는 것은 적멸(寂滅)의 회의주의다. 그렇게 되면 범속한 생활계를 서사에 끌어들이고 의미 부여하게 하는 일상의 실존 공간 역시 의미가 박탈될 것이 분명하다. 이는 김시습의 사유 방식으로서 김만중의 그것과는 거리가 멀다.

3.『구운몽』−공과 꿈의 문법, 번역계에 대한 저항

우리는 주로 시를 분석함으로써 김만중의 세계 표상 양식의 두 특성으로서 현실 재현에 대한 기피와 그 기반으로 작용하고 있는 번역적 세계 이해의 구조를 고찰하였다. 이를 토대로 서론에서 제기했던 『구운몽』의 '공'의 사유 문제로 되돌아가도록 하자. 먼저 이 문제와 관련한 소비적 논쟁에 휘말려들지 않기 위해서 논의의 전제를 제시해야 하겠다.

객관적 분석자의 지평에서 분명한 점은 『구운몽』에 등장하는 두 세계, 즉 성진(性眞)의 세계와 양소유(楊少游)의 세계 사이의 관계를 하나를 강조하면 다른 하나를 배척하게 되는 모순과 갈등의 관계로 전제할 수는 없다는 사실이다. 따라서 양 세계는 작가의 서사 문법에 의해 유기적 전체로 조직되어 있다는 신뢰가 무엇보다 필요하다.[53] 결국 성진의 세계가 양소유의 세계를 건설하기 위한 이념적 여과 장치나 보조물 정도로 해석될 수 없으며, 마찬가지로 대단원 부분에서 육관대사가 설하는 『금강경(金剛經)』의 교의가 양소유의 세계를 통째로 묵살하는 가치의 전복일 수도 없다.[54]

이 문제에 있어 핵심이 되는 관건은 작품이 설정한 꿈의 모티브가 과연 어떤 의미 기능을 수행하는가, 혹은 수행할 수 있도록 고안되었는가에 있다. 이를 위해서 『구운몽』과 주제적으로 흔히 비교되는 「침중기(枕中

---

53) 그러므로 양 세계 가운데 어느 하나를 강조하면서 빚어지는 독서 방식의 분열은 오로지 해석학의 지평에서만 일어날 수 있는 분규일 뿐이다. 이를테면 각몽 부분의 이중 부정 대목이 특정 판본들에서는 누락되고 있는데, 이는 작품의 수용사에서 독자비평 방식으로 다룰 측면으로 우리 논의를 제약하지 못한다. 장효현, 「『九雲夢』의 主題와 그 受容史에 관한 硏究」, 『金萬重文學硏究』, 국학자료원, 1993, 111~140면.
54) 같은 이유로 마지막 이중 부정이 작품의 대미를 장식할 일련의 서사 전략이라고 본 강상순의 논의에 동의한다. 강상순, 「九雲夢의 상상적 형식과 욕망에 대한 연구」, 고려대 박사논문, 1999, 118~129면.

記)」,「남가태수전(南柯太守傳)」,「조신(調信)」의 꿈을 살펴 볼 필요가 있다.

세 작품은 부분적 양상은 달리 하고 있으나 공히 현실의 삶이 꿈이거나 꿈처럼 허무할 수 있다는 직관적 통찰을 제시한다. 때문에 주인공들은 환상 체험을 겪고 나서 회복된 현실, 즉 꿈밖의 재현적 현실을 거부하거나 그 헛된 본질을 깨닫고 초월적 삶의 지평을 획득하게 된다. 하지만 『구운몽』의 꿈은 우리가 사는 일상현실계, 즉 꿈밖 현존의 생활질서 자체를 부정할 목적으로 등장하지 않는다. 선학들이 거듭 지적했듯이 현실계의 위치에 있어야 할 성진의 세계가 양소유의 세계보다 훨씬 환상적, 초월적 공간이기에, 만약 『구운몽』 안에서 궁극적으로 부정되어야 할 현실계를 애써 찾는다면 성진의 꿈 속 세계인 양소유의 세계를 지목해야 하는 역설이 발생하기 때문이다.55)

그런데 양소유의 세계는 누구도 그리 부정하고 싶지 않을, 오히려 한번쯤 겪어보고 싶을 정도로 그야말로 꿈결 같은 비재현적 낭만 세계로

---

55) 그렇다면 이는 꿈을 부정하고 그치는 셈인데 너무나 싱거운 결론이다. 꿈은 이미 부정될 것으로 예기되어 있는 것이라서 그 자체가 현실이 아니었다는 확인은 어떤 서사적 발견의 구실도 담당할 수 없다. 만약 그게 아니라면 「침중기」처럼 꿈밖의 세계를, 즉 불법 세계인 연화도량을 부정해야 한다. 꿈 속 세계가 적어도 꿈밖의 세계를 허망한 것으로 되비추는 반성의 기능을 담당한다면 그래야 한다. 그러나 그렇게 되면 무언가를 부정한다고 하는 『구운몽』 자체의 의미 해석 체계가 해체되는 국면이 초래된다. 다른 세계를 부정해야 할 초월 세계가 오히려 환상적 세속 체험에 의해 부정됨으로써 급기야 『구운몽』은 끝없는 부정의 놀이에 휩싸이게 될 것이기 때문이다. 즉, 육관대사 역시 꿈속의 인물이 되므로 그에 의해 지배받는 모든 시공, 심지어 성진조차 꿈의 존재가 된다. 이것은 매우 멋지고 심오한 해석이지만 제대로 빛을 발하려면 성진의 세계가 일상적 현존계이거나 혹은 득도의 세계(法界)로 묘사되었어야만 한다. 하지만 앞에 언급했듯이, 성진의 세계는 이미 양소유의 세계보다 더 꿈처럼 몽롱하게 묘사되어 있다. 그리고 만약 성진의 세계가 사실계로 묘사되었을 상황을 가정할지라도 이는 결국 「침중기」 수준의 현실 반성, 즉 우리네 삶도 꿈일 수 있다는 깨달음보다 더 나아간 바도 없다. 반대로 성진의 세계가 이미 득도한 세계였다면 이는 불법·부처 자체도 환상일 수 있다는 고도의 공무(空無)의 형이상학을 획득할 것이다. 하지만 유감스럽게도 성진은 육관대사나 불법 자체를 부정하는 대신 그로부터 수혜를 입어 작품의 종지부에 이르러 득도하며, 부정의 운동도 이 지점에서 그친다. 따라서 『구운몽』은 수행자 성진의 꿈과 현실을 나란히 부정했지만 그 어느 것도 본질적으로 부정할 수 없도록 안전장치가 잘 구비되어 있는 작품인 셈이다.

서, 그로부터 현실 세계를 유추하기 힘들 정도의 비현실적 무갈등―또
는 해결 가능한 형식적 갈등―만을 특징으로 한다.56) 또 꿈밖의 존재
인 성진은 위의 세 작품의 주인공들과 달리 이미 선택받은 종교적 엘리
트로서, 각몽 때문에 극도의 상실감에 빠질 인물이 아니다. 결국『구운
몽』은 작품 내부에서 무언가 부정되더라도 본질적으로 상처받을 존재
가 하등 없기에, 이 작품이 부정하고 있는 대상이 존재한다면 그것은
『구운몽』이라고 하는 관념계 외부의 진짜 현실계, 즉 김만중과 그의 독
자들이 살고 있는 '여기 이 세계(실재계)'일 것이다. '여기 이 세계'의 의
미는 이 소절의 끝에서 다시 논의된다.

　여기서 논의를 압축하면, 결국『구운몽』은 작품 내부에서 그 어떤 세
계도 효과적으로 부정하지 못하고 있다.『구운몽』은「침중기」등과는
달리 현실계와 몽중계의 경계가 불분명하며57) 현존계는 망집이라는 육
관대사의 선언적 선포에도 불구하고 그에 걸맞게 부정되어야 할 양소
유의 세계는 현존계를 재현, 혹은 유비할 수 있는 현실성이 차단되어
있다. 성진의 세계 역시 현실을 반성케 할 재현적 자질을 결여하고 있
기는 마찬가지다. 급기야 육관대사가 자기 스스로까지 부정할 수도 있
었을 그의 이중부정의 세계 통찰은 오직 성진의 수행 과정의 한 단계로
한시적으로 적용될 에피소드로 전락한다.58) 때문에『구운몽』에서 수행
의 현실과 득도의 법계는 온전히 부정되지 않고 엄존하며, 그 사이에
이 작품의 구조가 의도한, 또는 의도하도록 설계된 목표인 '인간 세상
의 재미에 대한 비판적 통찰'은 실종되고 있다.

---

56) 환언하면 위의 세 작품과 달리 가공의 현실을 지나치게 집요하고 풍성하게 향유하
　　고 있다. 이로 인해『구운몽』의 진짜 주제가 이 액자 내부라고 하는 논의가 성립될 수
　　있었다.
57) 성진의 꿈속에 꿈밖의 존재인 육관대사가 간헐적으로 틈입하기까지 한다. 따라서
　　양소유의 세계는 작품 진행 과정 내내 성진의 세계와 긴밀히 연관되어 있다. 李相澤,
　　「『九雲夢』과『春香傳』, 그 對稱位相」,『金萬重硏究』, 새문사, 1983, Ⅲ 44~50면.
58) 즉, 어느 순간 수행의 완성으로서 팔선녀와 동반 득도한다.

사실『구운몽』이 교훈적 주제로 삼고 있는 듯한 '세상 재미의 허무함'이란 바로 부귀영화의 덧없음이다.59) 이는 실재계로서의 일상적 삶 자체가 보다 초월적인 질서의 덧없는 구성물일 수 있다는『금오신화』의 통찰과 대조적이다.60) 이런 대조적 결과를 빚은 일차 원인은 양자가 선택한 불교 이념의 취향 차이, 즉 무엇보다 부정해야 할 것이 부귀영화인 계급을 상대하는 귀족 불교와 부귀영화와 차단된 삶을 살기에 부정해야 한다면 일상 자체를 부정할 수밖에 없는 평민을 상대하는 대중 불교(선종)의 차이에 기인할 것이다.

전자가 관념적 초월을 지향한다면 후자는 현실적 탈형역(脫形役)을 지향한다. 따라서 전자의 경우, 스스로 부정해야 할 부귀영화를 자꾸 담론할수록 그것에 집착하고 있는 상황을 노출하는 결과를 빚을 수 있으며, 결국 관념적 초월이라는 것도 그러한 세속적 향유 욕망의 자기 분석과 그 종교적 연장 욕구임을 폭로하게 된다.61)『구운몽』에 초래된 그러한 욕망의 논리적 결과는 관념적으로 초월해야 할 극복 대상 자체가 관념적, 추상적인 어떤 것에 불과하다는 역설이다. 즉, 실재하기 어려울 정도의 부귀공명이나 미녀들과의 가연(佳緣) 등인데, 이런 것들을 실제 누릴 수 있는 자는 거의 없기에 부정되어야 할 '세상 재미'란 오히려 욕망되어야 할 '가상의 재미'에 불과하게 된다.

그렇다면『구운몽』의 핵심은 양소유와 양소유에 투사된 판타지적 욕망의 실현 과정인가? 사실 그런 혐의가 전혀 없지는 않지만62) 이 가설이 증명되려면『구운몽』의 작품 구조를 파괴하지 않으면서63) 성진의 세계를 양소유의 세계 안으로 흡수해야만 한다. 그러나 그것이 불가능

---

59) 李縡, 「三官記」(장효현, 앞의 논문, 재인용). "稗說有九雲夢者, 卽西浦所作, 大旨以功名富貴, 歸之於一場春夢."
60) 윤채근, 앞의 논문.
61) 강상순, 앞의 논문.
62) 이것이 예나 지금이나『구운몽』독서 방식의 가장 흔한 예가 아닐까 한다.
63) 즉, 성진의 세계를 이야기 전개 속에 없어도 좋거나 무시해도 좋을 정도로 그 비중을 약화시키지 않으면서.

하다면『구운몽』은 육관대사라는 초자아적 존재로부터 결코 자유로울 수 없다. 단적인 예가 성진의 꿈 속 인물인 양소유가 꿈밖의 존재 육관대사를 자기 세계 안에서 실체적으로 조우하고 있다는 사실이다.[64] 이는『구운몽』이 성진의 세계를 첨가물 정도로 개입시키고 아예 잊었다가 말미부에서야 기억해내는 작품이 아님을 서사적으로 증명한다. 꿈과 현실, 꿈과 꿈이 문맥 안에서 교차하여 기둥 줄거리를 형성하는 작품이 거의 없었던 17세기 조선의 상황에서[65] 이 특이한 문법을 무시한다는 것은 불가능하다.

그렇다면『구운몽』의 말미에 등장하는 이중부정, 즉 양소유의 세계가 거짓이듯이 성진의 세계도 거짓일 수 있다는 암시를 보다 적극적으로 독해하는 방식은 어떨까?[66] 즉, 양소유와 관련된 내부 서사를 성진이 이끄는 외부 서사의 충격적 결말을 도출하기 위한 전략적 장치로 보는 것이다. 그런데 이 관점은 비록 작품 자체의 결말부가 제시하는 선언적 의미에 순응한다는 미덕은 있지만 성진의 존재성 자체를 부정함으로써 역으로 양소유의 존재까지 재생, 복원한다는 논리적 모순을 지닌다. 결국 모든 게 꿈이라면 양소유의 삶도 성진의 삶과 크게 다를 바 없는 수행 과정이요, 결정적 득도의 순간에 비교할 때 평등하게 의미 있는 미몽일 것이기 때문이다. 그러므로 삼단 논법적으로 진행되는 꿈과 그 꿈을 꾸는 꿈의 부정이라는 매력적인 종교적 설계도는 이론적으로는 가

---

64) 이 글의 각주 57) 참조.

65) 중국의 경우에는 이러한 소설 문법이 자주 보인다. 이미 당나라의 백행간(白行簡)은 『삼몽기(三夢記)』(『說郛』 4에 수록)라는 소설집에서 꿈과 현실 사이에 맺어질 수 있는 관계 양식을 다음과 같이 셋으로 분류했다. "어느 한 사람이 꿈속에서 어떤 장소를 방문하여 그곳에서 다른 한 사람을 만나는 것, 혹은 어느 한 사람이 어떤 행동을 하고 있는데 다른 한 사람이 꿈속에서 그것을 보는 것, 혹은 양쪽이 꿈을 통해 연결되는 것(彼夢有所往而此遇之者, 或此有所爲而彼夢之者, 或兩相通夢者)." 루쉰, 조관희 역, 『중국소설사』, 소명출판, 2004, 193~194면 재인용.

66) 원문의 핵심부는 이렇게 되어 있다. "汝乘興而去, 興盡而來, 我有何干與之事乎? 汝又曰, 弟子夢人間輪廻之事, 此汝夢與人世, 分而二之也. 汝夢猶未盡覺也." 丁奎福, 『九雲夢 原典의 硏究』, 一志社, 1977. 관련 분석은 이 글의 각주 55) 참조

능하나, 서사학적으로는 양소유의 세계를 포획할 정도의 충격능력까지
는 소유하고 있지 못하다.[67]

　이상의 논의를 요약하면 『구운몽』이 성진의 세계와 양소유의 세계를
어느 하나도 유효하게 부정하지 못했고, 따라서 양자를 동시에 부정하
지도 못했다는 사실이 드러난다. 다시 말해 어느 하나의 부정이 다른
하나를 역으로 긍정하게 함으로써 그 부정 자체의 의미를 무화시키거
나, 어느 하나의 긍정이 다른 하나를 덩달아 긍정하게 만듦으로써 양자
가운데 어느 것도 간접적으로조차[68] 부정하지 못하게 만드는 기묘한
플롯의 뒤얽힘이 그 속에 존재한다는 점이다.

　이는 『구운몽』이라는 작품의 성격이, 이야기 구조만을 통해 접근하여
그 주제를 도출하려는 어떤 시도들에 대해서도 폐쇄되어 있는 독특한
것임을 의미한다. 환언하면 의미 구조만으로 본다면 이 작품은 미로 그
자체이며 부분적 분석의 시야에서는 신기루 같은 복잡한 내용을 갖추
고 있다.[69] 그렇다면 우리는 『구운몽』의 세계를 너무 피상적으로, 혹은

---

67) 때문에 간혹 육관대사의 이 이중부정 부분이 생략되어 유통되는 것이 가능했던 것
　　이다. 후대 독자들이 이 장면의 파괴력을 알면서도 고의로 무시했다고 보기는 힘들고,
　　그렇다면 이 부분은 이미 서사를 통해 충분히 소화된 사항을 재진술하는 것 정도로
　　이해되었을 가능성이 크다.

68) 즉 A를 부정하고 싶지만 그것이 불가능하다면, 이번엔 A의 대립 명제인 −A로서의
　　B를 긍정하여 A의 부정을 이끌어내는 간접적인 추론 방법을 쓸 수 있다. 하지만 A와
　　B가 대립 명제가 아닐 때 이 추론은 손쉽게 붕괴된다.

69) 이 부분은 서사학적으로 매우 흥미롭다. 다시 강조·요약하면, 『구운몽』의 외부 서
　　사 구조는 양소유의 세계를 부정하고 나아가 성진의 세계까지 부정하도록 설계되어
　　있다. 최소한 양소유의 세계만큼은 부정되도록 고안되었음이 틀림없다. 그러나 막상
　　양소유의 세계를 부정하려고 하면 성진의 세계가 이를 막고, 근본적으로 성진의 세계
　　부터 부정하려고 하면 양소유의 세계가 이를 막는다. 부정의 각도를 바꿔, 자기가 살
　　리고 싶은 세계를 전략적으로 먼저 선정해 두고, 그렇게 짠 해석의 패러다임 속에서
　　이를 전략적으로 우선 부정해 봐도 나머지 세계는 살아남는다. 그리고 앞에 언급했듯
　　이 수학적 역명제가 순식간에 동치 명제로 변하는 이상한 모순이 빚어진다. 하물며 두
　　세계를 동시에 부정한다는 것은 오직 육관대사의 담론(내부 서사 구조)을 통해서나 이
　　룩될 수 있는 기적이 된다. 이를 따를 경우, 작품 분석가가 자신의 분석 근거를 작품
　　내 주인공의 증언에 의지하는 결과가 되는데, 이는 분석이라기보다 허구 인물 육관대
　　사에 대한 신봉에 가깝다.

단순하게 과소평가하며 접근해 왔던 것은 아닌가?

따라서 문제를 '공(空)'이라고 하는 대국적 지평으로 다시 돌려 보자. 『구운몽』을 관류하는 이 공의 사유를, 이를 긍정하든 부정하든 간에, 애써 특정 불교 경전의 교리하고만 연결시켜야 하는 것은 아니다. 논리적 착간은 바로 그 지점에서 시작되었던 것이다. 소설 속에 『금강경(金剛經)』을 도입하도록 만든 김만중의 공의 사유는 직접적으로 불교적 교의라기보다는, 소설가로서 자신이 구성한 세계의 상징적 표상에 가까운 개념이다. 이 개념이야말로 김만중의 현실계에 대한 재현에의 기피증, 그리고 변역이 난무하는 일상의 현존을 송두리째 부정하지 않으면서도 이를 관념상에서 승화시키려 했던 그의 심미적 실존 경향을 정확하게 대변해 주고 있기 때문이다.

만일 그렇다면 공의 사유는 결국 소설이라고 하는 현상과 소설가로서의 김만중이라는 존재까지 해명해 줄 개념일 수 있다. 꿈이나 공상 등 허구 관념은 실체를 거느리지 못한 텅 빈 환영이지만, 그것이 죽음과 같은 절대무가 아닌 한, 그것도 나름의 실존적인 현실임엔 틀림없다. 이를테면 환상의 일종인 소설도 독자가 그것을 읽는 동안만큼은 관념 속에서 잠시 실재한다. 마찬가지로 소설가는 현실적으로 해낼 수 없는, 혹은 해내기 싫은 모종의 실천을 그 현실과 직접적 재현 관계를 맺지 않으면서도 상징적으로 하는 자이다. 이를 통해 소설가는 현실계의 결여와 과도함을 관념적으로 대리―보충한다.[70]

이렇게 볼 때, 『구운몽』 분석에서 우리가 봉착했던 논리적 난관은 대부분 해결된다. 김만중은 애초에 불교적 이념을 계몽하려고 소설을 짓지 않았으나, 대신 불교의 고민과 통찰이라 할 현실고에 대한 관념적 파탈 과정만은 자기 사유에 적극 수렴했다. 즉 변역계에 대한 심미적 거부를 서사적 실천을 통해 관념적으로 이룩하고 나아가 향유했던 것

---

70) 대리―보충 개념은 다음을 참조하라. 자끄 데리다, 김성도 역, 『그라마톨로지』, 민음사, 1996, 280~324면.

이다. 때문에 『금오신화』와 달리 『구운몽』에는 죽음이 없다. 죽음이야 말로 불교 사유의 중핵이라 할 수 있건만 『구운몽』은 그 자리에 꿈을 보충해 넣는다. 꿈이야말로 삶의 그 어느 국면도 결정적으로 훼손시키지 않으면서 삶의 과중한 밀도와 속도를 정지시켜 줄 수 있는 거의 유일한 매재다.

또한 꿈은 현실이 아니면서도 일정하게는 유사 현실이고 그러하기에 현실의 어떤 면을 드러내면서 감춘다. 라캉 식으로 말하자면, 환유적인 욕망을 따라 계속 이동하면서 그 욕망의 실현을 즐기고, 또 그 과정을 반성하고 분석하지만 끝내 죽음을 그 내부에 포함하는 '실재계'의 침입만은 봉쇄한다.

이상의 견지에서, 육관대사의 이중부정 대목은 전혀 새롭게 읽힌다. 그는 분명히 성진에게 입몽과 각몽 과정을 고통스런 윤회로서가 아니라 일종의 흥(興)의 승진(乘盡) 과정으로 설명했었던 바 있다.71) 이에 따라서 성진의 속세 몽유는 실재계에 대한 재현으로서가 아니라 철저히 관념적인 구성물로서 설계된 유사 현실로의 상상계적 여행이었다. 그러한 유사 현실이 애써 고민되어 부정되어야 할 필요는 없다. 그것이 현실을 모형으로 하여 그럴싸하게 만들어지긴 했지만 어차피 현실에 대한 재현 능력에 있어서는, 그것보다 현실과 더욱 동떨어져 보이도록 설계된 세계들, 이를테면 『금오신화』의 염부주나 용궁세계보다 열악하기 때문이다. 즉 문제는 작중 세계의 설계 형태가 아니라 작품의 문법 속에서 그것이 현실을 재현해 낼 수 있는 의미론적 능력 정도인 것이다.

그렇다면 육관대사의 이중부정은 어차피 재현 능력이 떨어지는 양소유의 세계를 파괴할 목적성을 가질 수 없거나, 가질 필요가 없도록 되어 있다. 오히려 이 대목은 성진의 세계(부정하는 세계)마저 부정하게 됨으로써 양소유의 세계(부정되어야 할 세계)를 보호하는 장치로 기능한다.

---

71) 이 글의 각주 66) 참조.

동시에 진짜 세계와 가짜 세계, 현실과 꿈을 뒤섞어버림으로써, 혹은 현실과 꿈을 대립적으로 인식하는 순간 도래할 양자의 분리 의식을 서사적으로 원천봉쇄함으로써, 『구운몽』 속에서 그 양 세계가 임의적으로 격리되었음을[72) 인지하지 못하도록 만든다. 다시 말해 독서의 환상을 지속시켜 준다.[73) 때문에 『구운몽』의 독자는 양소유의 세계가 꿈으로 허무하게 끝나도 좀더 긴 성진의 에필로그를 경유하며 환상을 연장할 수 있다. 육관대사는 간혹 꿈속 세계의 양소유와 실체로서 만나기도 했지 않은가?

결국 성진의 세계와 양소유의 세계는 모두 관념의 세계로서 아름답게 병존, 소통하면서 치명적이지 않은 현실(변역계變易界) 부정, 혹은 환상(독서) 체험을 유도하고 있다. 그러므로 성진과 양소유의 세계 가운데 어느 곳이 더 현실에 가까운가, 또는 어느 곳이 부정되어야 하는가는 『구운몽』의 진실과는 무관하다. 양 세계는 서로 부정할 수 없는 다 같은 관념적 표상의 세계일 따름이다. 오히려 우리는 변역계로서의 현실, 앞서 말한바 '여기 이 세계'로서의 '실재계'를 재현 대상에서 제외하면서 건설한 김만중의 관념 세계, 그리고 그 관념 세계를 향유한 독자들의 체험 세계가 더불어 구축할 모종의 주체의 자리를 물어야 할 것이다. 우리는 이 자리를 통속 정신으로 채워야 하리라고 예측한다.

---

72) 즉 진짜 현실이 누락되었음을. 또는 작품 속에선 진짜 세계 역할을 맡고 있는 성진의 연화도량마저도 가짜 현실임을.

73) 즉 『구운몽』을 독서(혹은, 집필)하던 눈길을 주변의 현실계로 돌리지 않도록 한다. 적어도 환상을 잠시라도 오래 연장시키려 한다. 육관대사의 말을 빌리면 흥을 성급히 깨거나 무화시키지 않고자 한다.

4. 18세기 통속 정신과 『구운몽』

마침내 우리는 많은 우회로를 경유하여 『구운몽』이 부정하는 것은 작품 내부의 세계가 아니라 바로 작품 외부의 현실계[74]임을 확인했다. 그리고 이것은 불교로 대표될, 세계에 대한 모종의 존재 불안에 근거함을 논증했다. 이는 시를 분석하며 상론했으므로 구태여 『구운몽』 분석과 일일이 대비하지는 않았으나 그 취지는 충분히 전달됐으리라 생각한다. 여기서는 이와 연관하여 세 가지 내용을 첨보하려 한다.

첫째, 『구운몽』이 부정하는 작품 밖의 현실계는 죽음이나 유배, 혹은 가정의 비극이나 육체적 고통과 같은 변역적 현실이다. 때문에 꿈인 성진, 그리고 꿈의 꿈인 양소유의 삶엔 본질적 존재 통증이 개재되지 않는다. 그럴싸한 현실을 아무리 부정해도 이는 진짜 현실의 현실성을 은폐하기만 할 수 있을 뿐이다. 이 점이 변역적 현실계를 긍정하며 그 전제 위에 현실을 불교적으로 초월하려 한 김시습 소설 사유와 다른 점이다.

둘째, 이에 따라 성진과 양소유의 세계는 표면적으로만 상호 부정할 뿐 본질적으로는 동일한 상징적 표상 세계의 서로 다른 연장이다. 이로 인해 양 세계는 서로를 본질적으로 부정할 수 없다. 『구운몽』이 많은 분란과 갈등을 발생시키지만 근원적으로는 무갈등의 낙천성을 띠는 것도 이 때문이다.

셋째, 『구운몽』은 작품 내부의 위조된 현실은 부정하되 작품 밖의 실재 세계 자체를 부정할 능력은 없으며, 또 구태여 실재계를 표상계 내

---

74) 라캉의 논리를 원용하면 '여기 이 세계'로서의 실재계다. 라캉에 따르면 우리는 언어로 구성된 상징 질서 속에서 산다. 이 질서 밖의 실재계는 욕망의 대상(환상)을 따라 순환하는 주체에겐 당장 구체적으로 들이닥치지는 않지만 '사물 그 자체'로서 엄존한다. 이윽고 실재계의 결정적 침투가 일어나는데 그것이 바로 '죽음(환상의 종료지점)'이다. 라캉의 비유는 매우 많은 부분 죽음과 연관되어 있다.

부로 끌어들일 의사도 가지고 있지 않다. 따라서 '여기 이 세계'를 작품 밖으로 밀어내 부정하지만 이는 그 세계를 부정할 진지한 근거가 있기 때문이 아니라 자기충족적, 혹은 비재현적 관념계(성진과 양소유의 세계)를 '실재의 침투'75)로부터 보호하기 위한 방어적 부정일 따름이다. 그러나 표상 활동을 통한 상징적 실존(향유)도 유의미한 실존 체험이기에 이러한 허구(소설) 체험이 무조건 비본래적이라고 말할 수는 없다.76)

이 지점에서 우리가 결론적으로 봉착하는 중요한 사실은 김만중의 공의 사유가 그 본래의 의도와 무관하게 후대 소설의 통속성에 하나의 원형을 제공한다는 점이다. 통속성 논의는 다양하게 가능하겠지만 그것이, 지나치게 소박하게도, 다루는 소재나 대중적 지지도(유통 대상), 혹은 사용 언어의 특징이나 상업적 성공가능성 여부로만 규정될 수 없음은 너무나 명백하다. 반통속성도 그 모두를 자기 성격으로 가질 수 있으며, 사실 한 때 모두 통속 소설이었던 문언 소설조차 그러한 것들을 지향하지 않았던 것은 아니기 때문이다. 따라서 통속성은 통속 정신의 본질이 무엇인가를 논함으로써 온전히 다루어질 수 있다.77)

통속 정신의 본질은 무엇보다도 바로 현실계를 그 진상 그대로 재현하지 않으려는, 실재계가 부하하는 존재 불안을 허구의 관념 세계 안으로 틈입시키지 않으려는 정신이라고 할 수 있다. 물론 이는 현실의 풍정이 전혀 배제된다는 뜻은 아니다. 현실은 얼마든지 소재로 사용될 수 있지만 일련의 거세 과정을 거쳐야만 차입될 수 있다. 그리고 그 거세 과정이란 현실의 활력과 위험성을 탈취시키는 과정이기도 하기에,78) 현

---

75) 실재의 침입이라는 유명한 라캉적 명제를 영화를 통해 설명한 지젝의 다음의 책을 참조하라. 슬라보예 지젝, 김소연 역, 『삐딱하게 보기 *Look-ing Awry*』, 시각과언어, 1995.
76) 그렇게 되면 중세적 소설부정(폄하)론에 떨어진다.
77) 양승민은 학위논문을 통해 '통속성'의 특징을 다음으로 요약했다. ① 언어의 세속적 소통 ② 인물과 사건의 생동감 ③ 주제와 표현의 독자 지향성 ④ 묘사의 일상성 ⑤ 대중적 교화성 ⑥ 가치의 보편성. 양승민, 「17세기 傳奇小說의 통속화 경향과 그 소설사적 의미」, 고려대 박사논문, 2003, 13~28면.
78) 즉 비재현화의 과정이기에. '재현'이 단지 현실에 대한 모형적 복사가 아님은 앞에

실의 모습은 사람들의 존재 불안이나 불편을 자극할 수 없도록 원근법적으로 상당히 왜곡된다. 다시 말해 현실은 모습을 드러내되 그것에로 너무 과도하게 접근하는 것만큼은 허용되지 않음으로써 적절한 관람자의 거리가 철저히 유지된다. 그리고 그 궁극 목적은 바로 '존재에 대한 위로'다.

이를 작가와 독자의 실존적 위상으로 다시 설명해 보자. 예컨대, 통속작가가 다루는 현실이 아무리 시정적 삶의 체온과 당대 구어 세계가 드러내는 현장성을 잘 포착했다할지라도 독자나 작품 속의 발화자는 자신의 삶과 이를 유관하게 연관시키면서 참가하는 주체가 아니라 타자들의 삶을 관람하는 또 하나의 타자로 머물 수 있을 뿐이다. 이는 존재 불안을 야기할 실재계로의 지나친 접근을 막아준다. 즉, 통속소설의 작가는 현실 속의 주체로서 작품 내부의 현실을 설계하지 않으며, 당연히 작중 인물들 역시 실재로서의 현실과 맞부딪치는 불상사를 결코 겪지 않는다. 끝으로 독자는 실재계와의 직접적인 조우를 회피할 수 있게 구축된 서사 공간에서 타자로서 이를 향유한다. 심지어 그 서사 현실이 자신이 몸담고 있는 현실일지라도 이미 그것은 타자화된 실존이므로 급속히 '낯선 먼 이야기'로 원경화된다.

이상의 이유로 연의(演義)나 강사(講史), 그리고 화본소설(話本小說)의 역사는 그렇게 타자화된 시점을 통해 자신의 존재 불안을 더는, 혹은 위로받는 역사에 다름 아니다. 결국 통속소설이 대중을 교화하고 위무할 수는 있으나 자신의 현존을 반성하게 만들 수는 없으며 '통속적 현실'을 '실재계적 현실'로 전위시킬 수는 더더욱 없다. 또한 그러하기에 통속성 속엔 혁명적 인소가 의식되지 않은 채로 잠장되어 있을 순 있겠지만, 통속성 그 자체가 혁명적일 수는 없다. 그것은 문학 공간 외부의 발화점과 결합될 때에만 연소될 수 있는 미분화된 가능태일 뿐이다.

서 서술했다.

이로써 통속 공간의 현실과 본격 소설의 현실이 언뜻 동일한 장소를 지칭하는 듯하면서도 전혀 상이한 범주에 귀속됨을 발견하게 된다. 전자가 '자연적·통념적 현실'이라고 할 수 있다면 후자는 '과학적·실재적 현실'이다. 즉, 통속성이 기대는 것은 현실과 삶에 대한 자연적 믿음이며 바로 그러한 믿음에 기반을 둔 가상현실을 잉여−향유[79]하는 것이 통속성의 경제 원리다. 이렇듯, 통속 소설은 자신이 전유한 잉여−향유의 몫을, 또는 상징계적 일상성을 철저하게 보호한다는 전제하에서만 현실과 놀이할 수 있다.

이상의 논리적 결과로, 통속 정신은 가장 다수의 평균적인 통념(상징계적 구조)에 호소할 수밖에 없게 된다. 그리고 이 때문에 통속성은 몇 가지 보편적인 유형화, 혹은 문화적 코드를 선호하게 되는데, 바로 이 이유로 인해 통속성 하면 대중성을 연상하게 되는 것이다. 예컨대, 양소유와 성진이 누리는 욕망의 향유가 아무리 비현실적이고 초월적인 것일지라도, 그것은 세속의 쾌락이 성취되는 보편 규약을 과잉된 현실 속에 과장하여 반복하고 있을 따름이다. 성진은 종교 영웅으로 거듭나고 양소유는 부귀영화의 끝을 본다. 비일상적으로 보이는 이들의 삶은 실은 지극히 일상적인 행복을 철저하게 변형, 구현하고 있다. 그 곳에 상징계 밖의 실재계는 존재하지 않는다.[80]

---

79) 잉여−향유(plus de jouissance)란 마르크스의 잉여가치 개념을 모방하여 라캉이 창안한 개념이다. 욕망의 경제 속에서 본래 설정된 향유의 값보다 더 생산된 차이값을 지칭한다. 이를테면 윈도우 쇼핑을 통해 산보객은 실제 상품을 구매해서 발생하는 기쁨과 다른 부가된 기쁨을 누린다. 그것은 실제로 창조된 것은 아니지만 환영처럼 주체에게 발생한 하나의 덤인데, 이는 상품이라는 물신이 자기 능력 이상으로 향유를 생산한다는 점에서 잉여−향유가 된다.

80) 무엇보다 속문학(俗文學)의 기원이 송대 속강(俗講)과 같은 불교의 통속화 과정의 산물임을 직시해야 한다. 그래서 '정통 불교'와 다른 '통속 불교'란 무엇인가를 회고해 보면 통속 소설의 본질에 조금 다가갈 수 있다. 즉, 통속불교는 존재 불안의 근본 정체와 싸우려하기보다 위무하고 토닥여 세속적 해결책을 마련해줌으로써 존재를 일상성 속에 회복시킨다. 때문에 통속 불교는 매우 심각한 도덕(상징)적 형이상학을 동반하게 되어 있다. 그러한 형이상학을 토대로 하여 주체는 실재를 회피하면서 현실고의 도피처로서 '더 힘센 현실'인 낙원 같은 초월계를 꿈꾼다. 그곳은, 근본적으로는 일상의 상

결국 실재계의 침입이 봉쇄된 상상계적 공간, 또는 상징계의 질서가 상상계적 환상을 통해 이완된 백일몽적 공간이 바로『구운몽』임이 밝혀졌다. 동시에『구운몽』은 상징계의 큰 타자로부터의 구속을 모면하면서도 실재계의 가혹한 틈입을 정지시키기 위하여, 일련의 중간계로서 관념적 소설 공간을 설계했음도 드러났다. 바로 이 중간계가 이 작품의 통속성이 구현되는 그 지점이다. 그리고 이 지점이 소유한 무색무취성, 즉 탈정치성의 기원도 풀리게 되었다. 김만중과 같은 당대 정치계의 풍운아가 쓴 소설이라고 보기엔 지나치게 무구한 이 소설은 실은 정치화된 현실계, 잔인하게 실재가 침입해 오는 실존계의 절박성으로부터 퇴각하려는, 혹은 그것을 초과하려는 서사적 장치다.

　『구운몽』이 구유한 통속 정신이 '여기 지금의 현실성'을 본질적 수준으로 자각하지 않으려 하며 궁극적으로 그것을 재현할 욕망을 소유하지 않기에[81] 국가 기구는 이를 여타 반통속적 순문학에 비해 덜 위험하다고 판단하게 된다. 사실 이것이『구운몽』인기의 비결이기도 하다. 물론 때때로 통속성에서 엄청난 혁명적 에너지가 주조되기도 하지만 이는 국가 기구가 통속성의 외양을 한 모종의 새로운 현실관의 등장을 단순 통속성으로 여겨 무시하기에 가능한 것이다. 대상이나 주제가 무엇이건 통속은 그 속에 파고들어 그것을 '위험하지 않게' 정련해낸다. 위

징계와 마찬가지로, 도덕적으로 우월하면서도 현실의 고통을 완화시켜주는 잉여-향유의 발생 지점이다.

81) 즉 문화적 통합을 저해하는 소모적인 불안 요소, 이를테면 죽음이나 파토스와 같은 비경제적 에너지를 무시하기에. 윤채근,『소설적 주체, 그 탄생과 전변』, 월인, 1999, 389~431면. 17세기 전기소설이 통속 소설일 수 없는 것은 그것들이 대중적 소통능력이나 시속적 풍정을 반영하지 못했기 때문이 아니라, 비록 행동과 실천의 세계를 통해서이긴 하지만 여전히 존재의 근본적 불안 문제와 그 해결을 직접 추궁하고 있기 때문이다. 불가해한 정념, 맹목적 가족애 등은 죽음과 마찬가지로 환유적 종료점을 갖지 않는 미완결적 욕망의 실존성을 상징한다. 그리고 그것은 매끈한 해결을 볼 수 없는 삶의 변역적 구속능력이며 실재계가 소유한 불가해한 공포성이다. 이를 고급한 문화만 소유한 반성 능력의 소산으로 보는 것은 타당치 않다. 통속 소설도 이러한 문제를 해결하려고 한다. 다만 실재계의 침투를 결여시키면서 그렇게 한다.

험하지 않은 현실, 그것이야말로 현실의 피와 땀, 죽음과 굴욕이 적당히 소거된 '그럴싸한 현실'이며 심미적으로 거부감을 발생시키지 않는 '미적 현실'이다.

통속성은 가혹 상상계적 향유를 지나치게 추구함으로써 상징계의 윤리적 억압을 과도하게 벗어나거나 무시하려 들게 되는데 이는 미적, 윤리적 심급에서 저급함으로 간주된다. 반대로 상징계의 요청에 휘둘려 상상계의 자유를 상실하게 되면 통속성은 순식간에 도덕적 교조주의의 당의정이 되어버리고 만다. 이 양자는 통속성이라는 위무의 형식이 지닌 동등한 두 함정이다. 우리는 후대 문학사를 통해 이 두 함정이 어떻게 서사공간에 자기 영역을 넓히며 운동하게 되는지를 목도하게 될 것이다. 그 모든 과정이 전개되는 시점이 18세기다. 『구운몽』은 스스로가 통속 소설이라 할 순 없지만 바로 이 통속 정신의 기원으로서 작용한다. 이는 시정의 속문화의 부흥, 현실에 대한 관념적 재구성 경향, 즉 관념과 현실의 분열이라는 형태로 연결될 것이다.

제11장

김시습과『금오신화』－존재 불안의 서사적 탐구
히스테리와 우울증을 중심으로

1. 다시 김시습으로

　이 글은 김시습과『금오신화(金鰲新話)』에 대한 기왕의 연구[1]를 토대로 하되 그 문제와 결부하여 여전히 미진했던 히스테리 담론을 완성하는 것을 목표로 한다. 김시습과 그의 소설들을 히스테리의 견지에서 다뤄보고 싶은 욕심에서 이와 연관한 부분적인 아이디어를 여타 소논문들을 통해 ― 주로 각주를 통해 ― 언급해 온 바 있었는데 이제 그 마무리를 지으려고 한다.

　이처럼 이 글은 김시습과『금오신화』에 대해 모종의 새로운 사실이나 의미를 추가하려는 의도를 지니고 시작된 것이 아니다. 따라서 기왕

---

1) 윤채근,『소설적 주체, 그 탄생과 전변』, 월인, 1999.

에 많이 언급된 바 있는 김시습에 대한 전기적 고찰이나 창작 배경 문제에 관해서는 큰 비중을 두지 않았으며, 때문에 2절 초반부의 김시습 생평에 대한 설명은 개괄적인 형태를 띠게 될 것이다. 아울러 더 많은 한시 자료나 전기 자료를 새롭게 발굴하여 보고하지도 않을 것이다. 그것은 이 글의 목표가 아니다. 우리 논의의 핵심은 과거에 수행했던 작가론과 작품론의 이론적 배경을 정신분석적 문제의식으로 새롭게 추인하는 데에 있다.

우리 문학사에서 김시습만큼 정신분석적 연구 대상으로 적합한 존재를 찾아보기가 힘들다. 그럼에도 그와 그의 작품에 대한 도전적인 심리 분석과 정신분석적 비평이 드물다는 것은 서사 연구에 있어 약점이었다. 우리는 이 글을 통해서 유관한 연구 자료들을 정신분석의 관점으로 새롭게 조망하면서 소설가의 탄생과 그 역할에 대해 새로운 시사점을 던져줄 수 있기를 희망한다.

2. 김시습과 존재 불안

여기 하나의 이상 징후로서 너무 빨리 세상에 출현했던 지성이 있다. 그의 속명은 김시습이고 법명은 설잠(雪岑)이다. 1435년에 서울에서 유가(儒家)로 태어나 1493년 승려의 신분으로 충남 무량사(無量寺)에서 입적했다. 절륜한 재능과 모순적인 기행으로 한 시절 잘 살다 간 이 사람을 많은 사람들은 생육신으로 기억하려 했다. 대표적인 인물로 이이(李珥, 1536~1584)를 들 수 있다. 이이는 「김시습전(金時習傳)」에서 김시습을 절의의 상징으로 묘사함으로써 그와 관련한 일련의 정치적 순결 이미

지를 고착화시키고 만다.2)

　하지만 이이와는 대척적인 정치적 입장에 서서 현실 정치로부터 도피했던 도학자 이황(李滉, 1501~1570)은 율곡이 주조하려 노력한, 그리고 율곡 학파가 지속시켰던 ㄱ와 같은 신학적 해석에 동의하지 않았던 것으로 보인다. 이황은 김시습의 삶을 '색은행괴(索隱行怪)3)'의 견지에서 보았다. 그의 관점에 따르자면, 김시습의 문종과 단종에 대한 절의는 내발적으로 형성된 것이라기보다 우발적인 기행의 분출이 역사 상황과 절묘하게 부합한 산물에 불과했다. 이황은 정치적으로 해석된 김시습의 파격적인 행동들을 혼란한 세상과의 절묘한 인연 정도로 파악했던 것이다. 즉, 김시습에게는 일상 현실에서 벗어나기 위해 그 스스로의 정체성을 파괴하고자 하는 욕구가 이미 있었고, 생육신으로서 주조될 그의 역사적 처지는 이를 완성할 수 있는 일종의 점화 장치에 불과했다는 의미다.

　원하기만 한다면 언제나 참여 가능했던 현실을 초인적 결단으로 물리치고 자신만의 형이상학적 삶을 견실히 유지했던 이황의 입장에서는 김시습에게 부여된 과잉된 의사(義士) 이미지가 적잖게 못마땅했을 것이다.4) 그러나 이황의 이 통찰은 김시습의 알려지지 않은 어떤 면모에 대한 비상한 포착, 상대의 무의식의 성층을 꿰뚫는 통렬한 대면으로부터 발생했음이 분명하다. 그 면모란 젊은 시절 불가를 가까이 하다가 이를 평생의 정치적 부담으로 안고 살아야만 했던 이이5)로서는 결코 허심탄

---

2) 이이는 김시습을 '심유적불(心儒迹佛)', 즉 마음은 유가인데 행동만 불가인 척 위장했다고 보았다. 이는 근본적으로 김시습의 파행을 당대 정치적 패악에 대한 은유적 저항으로 이해한 것이다. 구체적으로는 김시습의 삭발기행을 수양대군의 찬위에 대한 자기 파괴적 거부라고 본 셈이다.

3) '세상에 잘 알려지지 않은 은미한 것들을 찾으려 하고 비일상적인 기괴한 행동을 일삼는다.'는 의미로서 정통 유가 입장에서는 주로 이단을 이렇게 묘사한다.

4) 그러나 이황은 김시습에 관한 공인된 이미지를 공식적으로 폄훼하지는 않았다. 그의 '색은행괴'의 관점은 공적 담론 상황에서 발언된 것이 아니고 도산서원의 어린 제자들과 나눈 사적 대화 기록인 「언행록(言行錄)」에서 제자의 질문에 대한 가벼운 답변 형식으로 진술되어 있다.

회하게 인정하기 힘든, 말하자면 이이 자신과 겹치는 모종의 공분모였을 것이다. 그것이 존재 불안이다.

존재 불안이란—아마도 이 용어가 자연스럽게 상기시킬 터인데—하이데거적 심려(Sorge)의 형식들인 권태와 불안[6]이기도 하며 자기 삶을 진상 그대로 투명하게 객관화하려는 데카르트적 존재 회의의 소산이기도 하다[7]. 그런데 시간적·공간적 한계를 지닌 존재자로서 주체가 스스로를 직시하는 행위는 15세기 당시 불가를 통해서만 언어화될 수 있었다. 사람의 실존 상황을 문화의 안전망 밖에서 사유하려는 이 야생의 사고는 일상을 붕괴시키지 않고는 실천될 수 없는 것이었다. 때문에 그러한 불안을 실천을 통해 해소하고자 기도한 이들은 모두 출가해야만 했으며 과거의 자신을 전면적으로 부인해야만 했다. 김시습이야말로 바로 그러한 사람이 아니었을까?

전설처럼 야사를 통해 전해진 김시습의 당대 정상문화(正常文化)와의 결별은 그 표면적 배경이 매우 애매모호하다. 일반적으로는 수양대군이 김종서(1390~1453)를 살해하면서 정권욕을 드러냈던 계유정난(癸酉靖難)[8] 이 발단이 된 것으로 나타나 있다. 그와 관련되어 산재해 있는 다양한 문헌들에 그렇게 묘사되어 있다. 남산에서 과거 공부를 하고 있던 김시

---

5) 이이는 어린 시절 불교에 투탁했던 적이 있다. 이 사실은 이이의 상대당이었던 동인들로부터 항상 비난의 표적이 되곤 했다. 때문에 이이의 동지요 서인당의 지주였던 우계(牛溪) 성혼(成渾, 1535~1598)이 이 문제와 관련해 직접 나서서 변호해 주어야 할 정도였다.

6) "불안에는 ~로부터 물러서 피한다는 현상이 일어난다. 이것은 물론 도피가 아니며 오히려 일종의 사로잡힌 듯한 평온이다. 이 ~로부터 물러서 피함은 무에서부터 시작된다. 무는 어떤 것을 자기에게로 끌어당기지 않는다. 그것은 오히려 본질적으로 거부적이다." M. 하이데거, 이기상 역, 『형이상학이란 무엇인가?』, 서광사, 1994, 87면.

7) 존재 불안에 기인한 세계에 대한 우울한 응시란 결국 존재자 전체를 파악하려는 주체의 전지적 앎의 패배, 그 인식론적 좌절로부터 기인한다. 따라서 데카르트적 코키토는 우울증을 전제한다.

8) 계유년에 발생한 이 정난은 수양대군이 자신의 정적들을 살해하고 정승의 자리에 오름으로써 실질적인 권좌에 오른 일종의 쿠테타였다. 이후 단종은 상왕으로 물러나 실권을 상실했고 조정은 수양대군의 사람들에 의해 장악되었다.

습은 정난 소식을 접하자마자 책을 불사르고 유가의 옷을 벗어 승려가 되어 버렸다고 한다. 그러나 이 사후 설명은 참으로 편의적인 해석에 기반하고 있는 것 같다. 우선 이미 만연해 있던 쿠테타의 분위기를 김시습만 눈치 채지 못하다가 정난이 가시화되고서야 갑자기 분격했다는 사실이 믿어지지 않는다. 설령 그렇다 하더라도 한 인간이 정변을 기회 삼아 그토록 급격하게 자신의 신분을 급전직하(急轉直下)시키지는 않을 것이다.

또한 이 부분에서 새삼 분명히 해야 할 점은 김시습이 당대 왕조 정권에 대해 우리가 알고 있는 바처럼 그렇게 부정적이지는 않았다는 사실이다. 그는 한양 도성에 불려 와 국가사업에 종사하기도 했고 그 공로로 세조로부터 도첩(度牒)9)을 하사받고 감격스러워하기도 했다.10) 그의 시 가운데는 심지어 세조 통치하의 세상을 태평성대로 미화시킨 부분조차 보인다. 따라서 우리는 당대 정권에 그처럼이나 불온했던 김시습이 정권에 의해 하등의 상처도 입지 않았다는 사실을 새삼 숙고해 보아야 한다. 피비린내 나는 숙청 작업을 마다하지 않던 정권이 왜 그와 같은 반동을 관대하게 용인하고 심지어는 도첩까지 주었을까? 미루어 짐작컨대 이는 당시 권력이 김시습의 파행을 결코 정치적 코드로만 해석하지는 않았음을 반증하는 것이 아니겠는가?11)

이 지점에서 우리는 김시습을 승려로 내몬 가장 결정적인 원인을 그 자신의 실존의 구조 속에서 발견해야 한다는 당위로 다시 회귀하게 된다. 즉, 가장 솔직하고도 선명한 대답은 그가 승려가 되었다는 그 사실

---

9) 도첩이란 조선시대 들어 시행된 도첩제의 산물이다. 특히 세조가 사원경제를 혁파하기 위해 강력히 시행했던 제도다. 이 제도는 출가를 억제하기 위해 국가의 허가장이 있는 사람만 승려가 될 수 있도록 명시하고 있다. 그 관인 허가증이 도첩인데, 도첩이 없는 승려들은 환속하거나 부역을 살아야 했다.
10) 심경호, 『김시습평전』, 돌베개, 2003, 236~239면.
11) 이 측면에 대해서는 많은 부대 정황 증거들이 있으나 여기서는 일일이 언급하지 않겠다. 다만 저간의 김시습에 대한 평가가 과도하게 정치적 층위에서만 이루어져 왔다는 점만은 분명히 지적해 두고 싶다. 연관 논의는 윤채근, 앞의 책, 참고.

안에서 밝혀져야 한다. 그런데 그가 반드시 불교를 선택해야 할 필연적
처지에 놓여있었던 것일까?

　　세조 집권 초기에 나라의 튼실한 인재들은 모두 죽임을 당하고 게다가 이단
　의 가르침이 크게 번성해지면서 우리 유가의 도는 땅에 떨어지고 말았습니다.
　저의 뜻은 이미 쓸쓸하고 처량해져 마침내 중들과 어울려 산수 사이를 노닐
　었습니다. 친구들은 제가 불교를 좋아한다 말하지만 그러나 저는 이단의 도를
　통해 세상에 나타나고 싶은 마음은 없었습니다. 때문에 세조가 누차에 걸쳐
　전교를 보내 불렀지만 모두 나가지 않았던 것입니다.12)

　이 인용문은 만년의 김시습이 자신의 평생을 술회하며 당시 양양부
사 유자한(柳自漢)에게 도움을 요청한 서신의 일부분이다. 우선 김시습
자신은 승려가 되거나 그들과 교유할 필요를 전혀 느끼지 못하다가 정
치적 상황 탓에 불가피 현실 도피를 택했음을 강조하고 있다. 그러나
이는 사실의 전모가 아니다. 김시습은 출가하여 법명까지 받은 정식 승
려였고 불교 교리에 정통했던 고승이기도 했다. 그런 존재가 불교를 이
단시하면서 스스로를 정통 유가라 자임할 수는 없는 법이다.

　그렇다면 이 언급은 유가인 유자한에 대한 존중의 뜻에서, 그리고 유
자한과 자신을 같은 유가의 범주에 넣으려는 겸손함의 발로에서 형식
적으로 언급된 거짓일까? 그것 역시 사실의 일부일 뿐이다. 정확히 말
하자면 김시습은 유가도 불가도 아니었으며 동시에 유가이기도 하고
불가이기도 했던 것이다. 유자한이 소속한 현실세계의 문법 속에선 김
시습은 당당한 유가였고 그러한 정체성을 거부할 이유도 없었다. 구태
여 자신을 명명하자면 그는 그저 김시습일 뿐이었고 다른 부수적인 치
장들은 자신의 본질에 있어서는 그저 외피에 불과한 일시적인 형상에

---

12)『梅月堂集』卷21(민족문화추진회刊 : 이하동일)「上柳襄陽陳情書」, 404면. “光廟之
　初, 故舊喬木, 盡爲鬼簿, 而夏異教大興, 斯文陵夷, 僕之志已荒凉矣, 遂伴髡者遊山
　水, 故人以我爲喜釋, 然不欲以異道顯世, 故光廟傳旨屢召, 而皆不就.”

지나지 않았다. 때문에 그는 '불가가 아니'라고 말하는 대신, '불가의 존재로서 세상에 이름 드러내기를 바라지 않았다'고만 언급하고 있는 것이다.

나는 어려서부터 방종하여 명예와 이익을 좋아하지 않았고, 생업을 돌보지 않고서 오직 청빈하게 뜻을 지키며 살기만을 바라왔다. 본디부터 산수 사이를 떠돌아다니면서 좋은 경치를 만나면 완상하며 시를 읊조리고자 원해 왔었다. 일찍이 과거공부 할 때에도 친구들이 공부하자고 찾거나 벼슬에 오를 것을 권장했지만 마음에 차질 않았다.

하루는 감개할 일을 만나 생각하기를, 남자가 세상에 나서 도를 실행할 만한 데에도 자기 몸만 깨끗이 하여 인륜을 어지럽힌다면 부끄러운 일이겠으나 도를 행할 수 없는 상황이라면 홀로 자신만 선하게 사는 것도 괜찮다 여겼었다. 사람세상 밖에 마음껏 떠돌고자 하면서 송나라의 진박(秦搏)이나 황언원(黃彦遠)같이 세속에 초탈했던 분들의 유풍을 우러러 사모했으나 우리나라 풍속엔 그런 사례가 없어 주저하며 결심하지 못했었다.

어느 날 저녁, 나는 승려 행색을 하여 산에 사는 사람이 된다면 내 소원을 이룰 수 있다는 사실을 문득 깨달았다.[13]

1458년에 쓰인 이 인용문은 앞의 글보다 더욱 분열적인 문체로 되어 있다. 이 글 속에는 두 개의 자아가 뒤섞여 있다. 첫 번째 자아는 본래 세상살이에 흥미가 없어 산수 사이에서 질탕하게 방랑하고자 했던 일탈적 자아이고, 두 번째 자아는 감개할 역사적 사건에 부딪쳐 도의 실행 유무를 따지고 드는 역사적 소명의식 속의 자아다. 이 두 자아 사이엔 어떤 매개도 불가능하다는 점에서 이 글의 주체는 언뜻 대단히 분열적이라고 할 수 있다. 하지만 마지막 부분을 고려하면 양자 사이에 우

---

13) 『梅月堂集』 卷9 「宕遊關西錄後志」, 238면. "余自少跌宕, 不喜名利, 不顧生業, 唯以清貧守志爲懷, 素欲放浪山水, 遇景吟翫, 嘗爲擧子, 朋友過以紙筆, 復勵薦鶚, 猶不干懷, 一日, 忽遇感慨之事, 以謂男兒生斯世, 道可行, 則潔身亂倫, 恥也, 如不可行, 獨善其身, 可也, 欲泛泛於物外, 仰慕圖南思邈之風, 而國俗且無此事, 則猶豫未決, 一夕, 忽悟若染緇爲山人, 則可以塞願."

열 관계가 없는 것이 아님이 분명해 보인다.

김시습에게 탈속의 본능은 애초부터 세속적 성공 욕망을 훨씬 능가하는 것이었다. 그리고 바로 이것이 그의 과거 공부를 불가능하게 했고 산수 사이를 찾도록 유도했다. 그리고 마침내 감개할 모종의 사건, 아마도 계유정난을 의미하는 듯한 정치적 파동이 발생했던 것이다. '독선기신'할 수 있는 명분이 찾아와 준 셈이고 김시습은 이제 일촉즉발의 긴장 상태에서 현실을 박차고 나갈 궁리에 매진하게 된다. 그런 그에겐 송나라 진박과 같은 인물은 흠모의 대상이었을 터나 다만 나라의 풍속이 중국과 달라 주저할 뿐이었다.

그리고 마지막 줄에서 김시습은 자신이 승려가 된 원인을 방랑을 위한 편법이었다고 군색한 변명을 늘어놓고 있다. 불가에 귀의한 자기 삶에 대해 설명하는 과정에 수반되는 불편함이 얼마나 강고하게 그의 의식 속에 자리하고 있었는지 웅변해 주는 대목이다. 그는 그냥 솔직하게 세속이 자신과 맞지 않았고 이를 초월하고 싶었다고 말할 수가 없는 것이다. 때문에 김시습의 고백 담론 내부에는 진짜 진실을 가리려다 발생하는 가면의 자아들의 분열상이 필연적으로 노정될 수밖에 없다. 그리고 이것이 승려로의 변신이 하필이면 '어느 날 저녁에 문득' 떠올라 결행된 우발적인 사건이어야만 하는 이유이기도 하다.

정리하면, 김시습은 세속 현실과 자신이 맞지 않는다고 확신했으면서도 현실을 떠날 역사적 구실을 찾는 여유를 가지고 있었고, 마침내 그런 기회를 맞이하고서도 도가 행색이 빚을 파동을 우려해 자제하다가 어느 날 갑자기 승려 신분이 되면 마음껏 탈속의 방랑을 할 수 있다고 깨달아 급히 현실로부터 일탈했다는 것이다. 이 모든 서사의 시퀀스가 지나치게 작위적이고 모순적이라는 사실에 동의하지 않을 수 없는데, 그것은 이 서사의 핵심이 '내가 승려가 된 이유'라고 하는 주체 담론을 비껴가려는 억압 기제의 산물임이 분명하기 때문이다. 그는 자신이 유가임을 부정하지 않으려 욕망했던 만큼이나 불가에 귀의할 필연적 이유가 있었음을 긍정하지 않으려고 욕망한다. 결국 적어도 의식 차원의 존재로서 김시습은 유가도, 불가도 그렇다고 도가도 아니었던 셈이다.

그렇다면 김시습 사유의 본질은 무엇인가? 그것은 현존 자체에 대한 실존적 붋아 심리라고 할 수 있다. 이를 불교만의 독점적 사유로 볼 수만은 없지만, 15세기 조선의 경우 그 외의 다른 선택이 있을 수 없었겠고, 따라서 김시습도 결국 불교의 노선을 따라야 했을 것이다. 하지만 이를 '김시습은 불교도다'라는 순진한 형식 논리로 정리해서는 안 된다. 따라서 우리는 21세기의 현대적 관점으로 그의 문제의식을 형이상학적 불안으로 재해석하고 싶다. 만약 그렇게 하지 않고 그가 남긴 불교 취향의 언술들을 그 시대의 불교적 범주 안에서만 다룬다면, 이는 그 시대의 승려들과 김시습을 동일한 지평에 놓는 우를 범하게 될 것이다. 다시 강조하지만 김시습은 평범한 유자가 아니었듯이 평범한 불자도 아니었기 때문이다.

> 과감한 사람의 불안을 안일한 세상살이의 기쁨이나 흐뭇한 만족과 대립시켜 생각해서는 안 된다. 그 불안은—그러한 대립의 차원을 떠나—창조적인 쾌활이나 온화와 비밀스럽게 결속되어 있다.[14]

하이데거는 우리가 불안에 대해 막연하게 알고 있던 선입견을 배척하고 불안의 본질을 실존의 양태 자체에 스며있는 어떤 것으로 재규정했다. 때문에 불안은 의식의 영역 안으로 침투하기 이전부터 생활 감정 속에 깊이 뿌리박혀 있으며 우리의 의식을 선규정하고 있다. 물론 이는 사르트르가 『존재와 무』에서 조급히 재해석한 것처럼 실존에 대한 부조리의 감정만은 아니다. 부조리에 대한 의식 없이도 우리는 존재 자체에 대한 불안을 짐 져야 할 운명에 구속되어 있다.

---

14) M. 하이데거, 이기상 역, 앞의 책, 97면.

근원적인 불안은 현존재 안에서 어느 순간에라도 고개를 디밀(깨어날) 수 있다. 그러기 위하여 불안이 어떤 특별한 사건에 의하여 자극되어야 할 필요가 있는 것은 아니다. 불안을 불러일으키기 위한 동기가 이렇듯 대수롭지 않다는 사실은 불안의 지배(영향력)가 그토록 깊다는 것을 의미한다. 불안은 언제나 뛰어들 태세를 갖추고 있지만, 아주 드물게만 뛰어들어 우리를 동요 속으로 헤집어 놓는다.15)

하이데거에 따르자면 불안이 존재자의 존재 상황에 엄습하는 것은 일상의 국면에서 우발적으로 발생하며, 바로 그러하기에 불안의 지배력은 실존에 조건적일 정도로 깊다. 쉽게 말하자면, 불안이 특별한 경험이 아니어서 언제든 발생할 수 있다는 그 가능성이 존재자를 항구적으로 불안 속에 붙잡아 두게 된다. 왜 그렇게 되는가? 우리의 의식이 바로 불안을 토대로 구축된 것이기 때문이다.

감추어져 있는 불안 때문에(즉 불안에 근거해서) 현존재가 무 속으로 들어서 머물러 있는 것이 인간을 무의 자리지기(Platzhalter des Nicht)로 만든다. 우리는 스스로의 결심과 의지로써 우리 자신을 무 앞으로 데려갈 수 없을 정도로 그렇게 유한하다. 우리의 자유로써도 우리의 가장 고유한, 가장 깊은 유한성을 어떻게 할 수 없을 정도로 현존재의 유한화는 현존재의 아주 깊은 속에까지 파고들어 있다.16)

불안은 감추어져 있기에 존재자에게 실체(유)로서 파악될 수 없다. 그리고 이처럼 불안의 토대가 무이기 때문에 존재자는 무를 지키는 자로 그곳에 영원히 머문다. 불안의 명료한 정체는 없지만 그 근저에는 무의 의식이 가로놓여 있음이 드러났다. 그런데 무를 의식한다는 것은 사실이 아니다. 현존재가 결심과 의지로 무를 대면할 수 없기 때문이다. 다시 말해 현존재가 유한자이기에 무한자인 무를 직면할 수 없다. 무는

---

15) 위의 책, 같은 면.
16) 위의 책, 99면.

유의 근거로 정립되어 있을 따름이지 유한자의 의식 안에 포착되지는 않는다.

결국 하이데거 형이상학의 근본이 무에 대한 성찰이며 그것에 대한 물음임이 밝혀졌다. 그런데 여기서 우리는 하이데거가 '결심과 의지'라고 지칭하는 바가 바로 정신분석의 의식 측면이며, 무야말로 라캉의 '무의식'에 대응된다는 사실을 유추해 볼 수 있다.17) 그렇다면 '현존재의 아주 깊은 곳' 역시 바로 무의식일 수밖에 없는 셈이다. 우리의 자유로운 의식으로도 어쩔 수 없는 무에 관한 불안이 우리의 현존을 유한화하고 그러한 유한성의 뿌리는 의식 세계의 표면 저 아래 아주 깊은 속까지 파고들어 있다.

> 감추어져 있는 불안에 근거해서 현존재가 무 속으로 들어서 머물러 있는 것은 존재자를 그 전체에 있어 넘어서는 것이다. 즉 초월이다.18)

> 형이상학이란, 존재자를 그 자체 그리고 그 전체에 있어 파악할 수 있게끔 다시 소급해 잡기 위해 존재자를 넘어서는 것이다.19)

감추어진 불안을 통해 무 안에 거주하는 것은 불안과 정면 대결한다는 것을 의미하며 이는 유한한 현존재의 존재함을 극복하는 것이다. 그런 견지에서 그것은 유한성의 초월이다. 현존재는 자신의 불안을 이해하며 그것을 떠받치고 있는 실존의 구조를 견딤으로써 이를 초월하기 때문이다. 하이데거는 이를 존재자를 파악하기 위해 존재자를 넘어서는 것으로 다시 규정하고 있다. 이런 관점을 정신분석의 용어로 변환시켜 보자.

---

17) 라캉 철학이 하이데거 사상과 친연성을 지녔다는 사실은 익히 잘 알려져 있다. 라캉은 자신의 철학에 존재론의 세례를 부여하고자 직접 하이데거를 방문하여 토론을 벌이기도 하였다. 엘리자베트 루디네스코, 양녕자 역, 『자크 라캉』 1, 새물결, 2000.
18) M. 하이데거, 이기상 역, 앞의 책, 같은 면.
19) 위의 책, 같은 면.

존재자는 자신이 존재자로 구성되는 과정을 상징계적 문법을 통해 앎으로써 사회적 실체로서 등록된다. 그러나 존재자가 아는 것은 실재계의 진상 그대로가 아니며 이미 문화적으로 설계된 욕망의 그물에 의해 낚아채진 주체화의 그림자에 불과하다. 그리고 만약 그/그녀가 실재계에 지나치게 근접해가는 체험을 하게 되면 스스로가 매우 낯선 타자의 (부)산물임을 추인할 수밖에 없게 된다. 이 모든 타자성이 존재함의 증상들을 유발하고 있음을 확인한 주체는 마침내 존재자의 정립이 하나의 무, 혹은 죽음 위에 축조된 상상계적 작업이었음을 목도한다.[20] 주체는 한낱 '한 줌의 욕망의 덩어리'에 불과한 것이다.

우리에게 정신분석이 철학적으로 유의미하다면, 그것은 정신분석이 주체를 타자화의 소산으로, 삶의 무를 가리는 유한화의 순환 게임으로 상정할 때이다. 피분석자의 증상(징환)들은 존재 불안의 과정으로, 욕망의 종료불가능성은 무로서의 생의 본질이 지닌 악무한성으로 재해석될 수 있다. 이를 그 내부에서 견디(않으)며 초월하는 자가 형이상학자, 또는 분석가다. 결과적으로 모든 존재 불안의 근저에는 무의 체험이 자리잡고 있다.

김시습은 불교를 숙명으로 받아들인 15세기 종교인이라기보다는 자신의 존재를 불안한 것, 즉 무로 인지하여 그것과 겨뤄야 했던 형이상학자나 분석가에 가까운 인물이었다. 때문에 그는 평범한 유가로서의 삶을 받아들일 수 없으면서, 동시에 확고한 불가 승려로서 살 수도 없었던 것이다.[21]

---

20) 알렌카 주판치치, 이성민 역, 『실재의 윤리』, 도서출판b, 2006, 224면. "하지만 라캉은 이와는 반대로 불안 속에서 주체는 대상(즉, 자신의 향유의 실재 중핵)에 가장 가까이 이른다고 주장하며, 불안의 기원에 놓여 있는 것은 바로 이러한 대상의 근접성이라고 주장한다."

21) 이와 관련한 자세한 논의는 윤채근의 앞의 책(1999)을 참고.

3. 불안의 양상 – 우울증과 히스테리

하이데거 형이상학으로부터 구성한 존재 불안 개념을 15세기 김시습의 사례에 적용하기 위하여 우리는 이 불안 현상을 정신분석적으로 가다듬어야 할 필요가 있다. 한 존재자가 정치적으로 모두 설명될 수 없는 미지의 원인으로 급격히 종교적 인물로 전환되었다면, 그리고 여기에 파격적 기행들이 수반되었다면, 이를 정신분석의 창을 통해 해석하는 길 이외에 더 현명한 대안은 따로 없을 것이기 때문이다. 먼저 주판치치가 해석한 라캉의 불안 개념을 살펴보자.

> 라캉의 이론에서 불안은 '주관적'이지 않으며 오히려 '객관적 감정'이다. 그것은 '기만하지 않는 감정'(라캉)이며, 우리가 (우리의 향유의 외밀한 자리를 지칭하는) '대상'에 가까이 왔다는 것을 지시해주는 감정이다.[22]

라캉에 따르면 불안이란 대상을 갖는다. 때문에 객관적이고 매우 구체적인 현상이다. 다만 주체는 자신의 불안의 대상을 선뜻 인정할 수 없기에 그것에 직면하기를 망설이게 되며 바로 그 주저가 불안의 양상을 초래하는 것이다. 그러나 그럼에도 주체가 불안해하는 이유가 자신에게 불안을 야기한 그 실체, 즉 불안의 대상이 존재함을 스스로에게 기만하지 않은 결과임은 분명하다. 라캉이 불안을 '객관적 감정'으로 규정한 원인이 여기에 있다.

더 중요한 지적은 불안이 주체의 향유와 긴밀히 연관되어 있다는 사실이다. 각주 20)의 인용문에서 라캉이 '대상'을 '향유의 실재 중핵'으로 표현한 이유가 바로 여기에 있는데, 주체의 향유, 즉 대상이 없고 또 없기 때문에 끝없이 근접하기만 할 수 있을 뿐인 충동의 만족(결핍) 과정은

---

22) 알렌카 주판치치, 이성민 역, 앞의 책, 225면.

바로 대상이 부재하다는 사실을 전제로 한다. 향유의 대상은 무, 즉 부재 그 자체이며 따라서 향유가 가능하기 위해서는 부재로서의 대상 a, 즉 무가 고정된 실체나 유로 현상되어 순환이 정지되어서는 안 된다. 그러는 순간, 즉 부재로서의 대상이 부재이기를 멈추고 '하나의' 부재, 혹은 유로서 존재하는 순간 향유는 중단되기 때문이다. 따라서 불안은 바로 향유의 대상이 '영원한 부재'이기를 멈추고—마침내 스스로가 '부재'임을 들키고야 말—'구체적인 하나'로서의 어떤 것(사물chose)으로 표상되려 할 때 발생하는 객관적 감정이다.

> 한 환자가 그(분석가—필자)를 보러 와서는 악어가 침대 밑에 숨어 있다고 불평한다. 몇 차례의 세션 동안 분석가는 이 모두가 그의 상상 속에 있는 것임을 그에게 설득하려고 노력한다. 다시 말해서 분석가는 그 모두가 순전히 '주관적인' 느낌이라는 것을 설득하려고 노력한다. 환자는 더 이상 분석가를 찾아오지 않으며, 분석가는 그가 환자를 치료한 것이라고 믿는다. 한 달 후에 분석가는 이전 환자의 친구이기도 한 어떤 친구를 만난다. 그는 그 친구에게 그 환자가 어떠냐고 묻는다. 친구는 '악어한테 잡아먹힌 사람 말하는 거야?'라고 답한다. 이 이야기의 교훈은 심오하게 라캉적이다. 불안은 대상을 가지지 않는다는 관념에서 출발한다면 그 주체를 죽이고 '잡아먹은' 이 사물을 무어라 불러야 하는가? 이 농담에서 주체는 분석가에게 무엇을 말하고 있는 것인가? 다름 아닌 다음과 같은 것을 말하고 있는 것이다. '내 **침대 밑에 대상 a가 있어요. 나는 그것에 너무 가까이 왔어요.'**[23] (강조—필자)

이 일화가 주는 라캉적 교훈의 핵심은 바로 환자가 향유의 대상으로서 대상 a를 끝없이 따라잡으려 한다는 점, 그럼에도 향유가 지속되기 위해선 그것이 항상 잡힐 수 없는 저만치에 머물러 있어야 한다는 점에 있다. 만약 대상이 객관화된 사물로 실체화하여 침대 밑에 존재한다면, 이것은 전부 포착되어서는 안 되는 '그것'이 주체에게 너무나 가까이 현

---

23) 위의 책, 225~226면.

존하게 되었음을 의미한다. 그리고 주체에게 너무나 밀접하게 침범한 그것은 주체의 향유를 중지시키면서 삶의 의미를 종료시키게 될 것이다.

주체는 충동을 통해, 결코 확인하거나 '먹어버릴' 수 없는 대상으로 근접하기만 하면서 잉여의 만족을 섭취한다. 이 만족은 실제 가치를 함유하지 않은 관념적 덤에 불과한데, 그것은 그러나 주체로 하여금 쉼 없이 '세상에 무언가 더 남아있다'는 감각을 연장시켜 주면서 삶을 지속하게 만든다. 그러므로 충동이 정지한다는 것은 주체 외부에서 어떤 의미화도 불가능해진다는 것, 세계가 무로 소멸된다는 것 등을 뜻하게 된다. 세계가 무라는 것, 존재하는 모든 것이 충동을 연장하기 위해 잘 짜여진 상징적 건축물이라는 것을 발견한다면 불안도 근원적으로 종식될 테지만 불안을 통해 영위되는―술래가 애초에 존재하지 않는―술래잡기 인생도 종식될 것이다.

정리하자면, 부재가 하나의 대상으로 굳어져 주체에게 접근하는 순간 불안이 발생하는데, 이러한 부재(무)의 침입은 충동의 순환이 정지되려는 위기의 순간이기도 하다. 때문에 향유의 주체에겐 금기인 부재, 즉 무에로의 지나친 접근은―고도의 쾌감과 더불어―강렬한 불안의식을 유발하게 되는 것이다. 아울러, 이 점이 중요한데, 이 불안이라는 현상은 다른 의미에선 향유 과정을 계속 유지하기 위해 수행되는, 세계에 대한 주체의 염려이기도 하다.[25] 세계가 무로 녹아버릴까 하는 깊은 심

---

24) 위의 책, 226면.
25) 이 부분에서, 하이데거는 원치 않았을지 모르지만, 라캉 사상이 하이데거 기초존재론과 너무나 멋지게 결합하는 장관을 목도하게 된다.

려, 그러나 한편으로 이미 세계가 무라는 사실을 인지하고 있다고 믿는 결핍감, 혹은 우주 전체에 자기만이 존재할지도 모른다는 우주적 고독, 바로 이것이 우울증의 기작이다.

보들레르는 주로 그가 전래적인 세계고(Weltschmerz권태) 테마를 세계불안(Weltangst)으로 심화시키는 곳에서, 시적인 방식으로서의 알레고리를 재수용하고 있다. 여기에서 "우울"(슈테판 게오르게는 울적함Trübsinn으로 번역하고 있다)이라고 하는 새로운 핵심 개념은 세계불안의 사물화(Verdinglichung)로서 간주될 수 있다.26)

문학사에서 우울, 혹은 멜랑콜리는 보들레르를 정점으로 하는 극히 현대적 현상으로 취급된다. 야우스에 따르자면, 세계에 대한 주체의 통합이 상실되면서 발생한 존재불안이 주체화가 불가능한 대상으로서 소외(사물화)되는 과정이 우울의 발생 기저다. 주체와 세계(자연)의 봉합 불가능한 분열, 이 분열 속에서 삶의 의미를 유지(연장)시켜 줄 수 있었던 충동의 공식은 해체된 것이다. 이렇게 충동 공식 속의 잉여―향유가 불가능해지거나 어려워진 주체의 상황을 크리스테바는 이렇게 정의했다.

멜랑콜리가 구성하는 세계는 근원적인 '사물'(Chose)을 결여하고 있는 세계이다.27)

여기서 주체가 사물을 상실했다고 하는 것은 세계의 본질로서 근원적 무와 조우함으로써 주체가 놓이게 된 존재론적 공황 상태를 의미한다. 이때 크리스테바가 말하는 '사물'이란 대상 a를 의미하는데, 이는

---

26) 한스 로베르트 야우스, 김경식 역, 『미적 현대와 그 이후―루소에서 칼비노까지』, 문학동네, 1999, 221~222면.

27) J. Kristeva · Soleil Noir, *Dépression et Mélancolie*, Paris. Gallimard, 1987, pp.22~24(김홍중, 「멜랑콜리와 모더니티」, 『한국사회학』 제40집 3호, 한국사회학회, 2006, 17면에서 재인용). 국역본은 줄리아 크리스테바, 김인환 역, 『검은 태양』, 동문선, 2004.

향유를 정지시키는 '구체적 하나'로서의 그 사물 개념과는 다르다. 결국 우울이란 주체에게 있어서 삶이 존재 그 자체가 결여된 비의미의 시공 간이 되어버린 형국인데, 이 감각은 특히 보들레르의 근대 이후에 강화 되고 보편화된 집단 감정이 되었다.28) 따라서 근대적 우울을 문화적 모 더니티의 관점에서 접근하는 것이 마땅한 일이겠으나,29) 우리는 조금 생각의 방향을 바꾸고자 한다.

세계의 의미가 고갈되었다고 느끼는 존재론적 피로는 근대 이후에 갑자기 형성된 것이 아니다. 물론 이 현상이 문화적 집단 체험으로 광 범위한 동의를 얻은 지점이 19세기라는 점은 부인할 수 없지만, 실제 이 멜랑콜리적인 우울의 체험은 일상의 의미를 구성해가는 충동 공식 으로부터 스스로 초월하려는 모든 하이데거적인 형이상학 체험에 본질 적인 것이다. 단적으로 이는 불교적 실존 체험의 기본 바탕을 형성한다. 세계가 사물로 충만하지 않다는, 그래서 어떤 사물 — 혹은 대상 a — 도 주체에게 실존적으로 유의미하게 연관될 수 없다는 존재론적 결핍 의 식이 한 존재자를 출가하도록 이끈다.

이상의 논리가 개연성이 충분하다면, 우리는 앞 절 '2. 김시습과 존재 불안'에서 다루었던 불안의 개념을 세계에 대한 우울증적 시선으로 보 다 구체화시켜 논의할 수 있을 것이다. 김시습의 출가는 일련의 우울의 공식을 잘 따르고 있으며, 그 이후 그가 보인 성(聖)과 속(俗) 사이에서의 부침 역시 이 공식의 연장선에 놓여 있다. '의미(기호)의 부재'라고 할 수 있는 세상살이에 대한 염증, 그러면서도 무언가로 존재의 결핍을 채우 려는 공허한 노력, 근본적으로는 자기 몰락 이외의 어떤 것으로부터도 향유를 얻어낼 수 없는 살아있는 죽은 자(living dead), 이 모든 우울의 성

---

28) 이를 파리의 도시화 작업과 부르주와 자본주의의 발전이란 견지에서 설명한 다음을 참조하라. 데이비드 하비, 김병화 역, 「15. 과학과 감정, 근대성과 전통」, 『모더니티의 수도, 파리』, 생각의나무, 2005, 359~378면.
29) 김홍중, 앞의 논문, 2~4면.

분들과 김시습의 생애는 너무나도 부합되어 있다.

이 지점에서 앞서 다룬 바 있는 핵심 테제, 즉 김시습의 갑작스런 승려로의 변신 문제에 대해 재차 거론해 보도록 하자. 이 문제에 영감을 제공해 줄 자료로는 자신의 과거를 진술하게 회고하고 있는 「상유양양진정서(上柳襄陽陳情書)」만한 게 없다. 이 자료에 따르면 유년기에 어머니를 잃은 사건이 김시습에게 매우 큰 심리적 상처를 안겨 주었던 듯하고 후실을 얻은 병약한 아버지와 떨어져 외가에서 길러지면서 그리 행복하지 않은 소년기가 찾아왔던 것 같다. 이러한 가정적 비극은 예민한 정신에게는 하나의 원형적 결핍으로 작용하게 되는데, 이 결핍을 타인의 관심으로 보상받고자 주체는 우선 히스테리화된다.

히스테리적인 사람은—라캉에 따르자면—타인의 욕망을 욕망하는 존재다. 그/그녀는 타인의 관심과 배려를 유도하기 위하여 신경증적 증상들을 구성하고 이를 사실로 믿어버린다. 이들에게 절대적인 관심은 자신을 지켜보는, 또는 자신을 욕망해주는 누군가의 시선이다. 여기서 타인의 욕망에 취약한 히스테리 구조의 형성이 모성의 결핍과 유관한 것임은 명약관화하다. 무엇보다 타인들로부터 인정받으려는 욕구가 히스테리적 인격을 매력적이고 지적으로 우수하게 만든다는 점은 흥미롭다.

> 후에 히스테리 환자가 된 청소년들은 아프기 전에 대부분 생기발랄했고 재주가 많았으며 지적 호기심으로 가득 차 있었다. 그들의 의지 에너지는 놀랄 만한 것이었던 적이 자주 있다. 어떤 소녀들은 밤에 침대에서 몰래 일어나서 부모들이 과로를 걱정해서 금지시킨 공부를 한다. (…중략…) 그들의 정신은 넘치도록 생산적이어서 나의 어떤 친구는 히스테리 환자들이 인류의 꽃이라고 주장한 바 있다. 가짜 꽃처럼 불모이기는 하지만 아름다운.[30]

이 지점에서 우리는 김시습의 발군의 학습능력과 조숙함의 원인을

---

30) J. 브로이어, 김미리 역, 「6) 타고난 소질―히스테리의 발달」, 「이론적 고찰」, 『히스테리연구』(『프로이트전집』 4), 열린책들, 1997, 328~329면.

유추해 볼 수 있다. 비록 어떤 직접적 문헌 증거도 이를 증명해 주지는 않지만 김시습이 무엇보다 5세 신동의 이미지로 항간에 회자된 천재소 년이었음을 감안한다면 그가 자신을 드러내기 위해 어떠한 분투를 감 행했었을 지 충분히 짐작되는 바 있다. 그리고 히스테리 인격에게 가장 특징적인 요소, 즉 자신의 재능을 꽃피우지 않고 이를 스스로 붕괴시킨 다는 점까지 고려한다면 김시습과 히스테리와의 관련성은 더욱 개연성 이 높아진다.

무엇보다 이상의 가정적 비극을 술회하고 나서 계유정난 전후의 자 신의 처지를 서술하는 다음 대목은 우리에게 매우 중요하다.

> 어려서부터 영달하는 것을 좋아하지 않았고, 게다가 친척과 이웃들이 지나 치게 칭찬하는 것을 부끄럽게 여기고 있었습니다. 이미 마음과 일이 어그러져 좌절했을 때에 세종, 문종께서 잇달아 돌아가셨습니다. 세조께서 등극하시자 (…후략…)31)

김시습은 세조의 왕위 찬탈 이전에 이미 모종의 심각한 정신적 갈등 을 겪고 있었다. 물론 이 부분의 자세한 전모는 전혀 알 길이 없다. 하 지만 번역에는 제대로 노출시키지 못한 '전패(顚沛 : 엎어지고 자빠짐)'라는 표현이 지닌 심각성을 고려하면, 김시습이 말하는 '마음과 세상일과의 어그러짐'은 자신의 삶을 송두리째 변화시킨 모종의 분기점을 지시하고 있음에 틀림없다. 앞 2절의 논의에서 암시되었지만 이는 그의 돌연한 잠적으로 귀결될 어떤 분기점이기도 하다. 그렇다면 그를 세속으로부터 단절토록 만든 그 어그러짐이란 그를 유명인사로 만들었던 저 히스테 리적 욕망의 급격한 소멸을 의미하는 것이 아닐까?

물론 세속적 욕망의 소진의 원인을 구체적인 현실 문제에서 찾을 수 도 있다. 특히 연대에 다소간의 착간을 인정한다면 과거시험에서의 실

---

31)『梅月堂集』卷21「上柳襄陽陳情書」, 404면. "自少不喜榮達, 而且親戚隣里濫譽爲 惡矣. 旣而, 心事相違, 顚沛之際, 英廟顯廟相繼賓天. 光廟之初……."

패를 그 원인으로 들 수도 있다.[32] 그렇다면 이 부분은 주위의 과도한 기대에 큰 부담을 느끼고 있던 소년 김시습이 그 긴장을 이겨내지 못하고 결국 첫 과거 시험에서 실패하기까지의 일련의 삶의 궤적을 염두에 둔 표현이 아닐까 추측할 수 있다. 그런데 이 문제를 훗날 그의 출가 행위와 맥락적으로 연관시켜보면 아무래도 이 서사는 너무 단순하고 중간의 틈이 너무 크다.

김시습의 출가는 그의 인생에 결정적인 것이었다. 이를 그 자신이 고려하지 않았다고는 상상할 수 없다. 그리고 그 숙고 기간이 짧았으리라고 생각하기도 힘들다. 그렇다면 그의 히스테리 지향의 천재성이 자신과 자신이 놓인 우주를 불교적인 어떤 고민 쪽으로 정향시키고야 말았던 일련의 체험이 중요해진다. 더구나 인용문을 토대로 한다면 그것은 계유정난 이전부터 존재했어야 옳다. 이제 그것이 과거시험 낙방 정도의 사건이나 정변 자체일 수 없음이 드러난 셈인데, 우리는 이미 이를 존재불안에 기초한 우울증적 성향의 발현으로 규정한 바 있다.

각도를 달리해 이렇게 상상해 볼 수는 있다. 정변 발발 이전에 김시습에게 신경계 질환이나 심각한 육체적 병증이 찾아왔을 수 있다. 물론 확실한 증거는 없으나 바로 그 때문에 육체적 수련을 요하는 선학(禪學)에 침잠했을 수 있고, 비록 상투적 표현일 수도 있지만, 그의 한시에 병에 관한 언급이 잦은 것일 수도 있다. 예컨대 문집 권7에는 「질병(疾病)」 조가 따로 있다. 하지만 이 병증은 불교적인 것과 어떤 방식으로건 유관해야 한다. 특히 강렬한 히스테리성 천재였던 그의 청소년기와 어울리는 어떤 것이어야 한다.

예컨대, 다른 어떤 시인의 문집에서도 발견하기 힘든 다음의 짧은 언급이 지닌 실존적 강도를 고려해 보면 김시습의 출가는 존재론적인 행위로밖에 볼 수가 없다.

---

32) 심경호, 앞의 책, 115면.

> 산아 나는 누구냐?
> 우주가 열리면 나를 알까나[33]

계유정난 이전부터 김시습을 사로잡고 있던 존재론적 질문의 흔적이 바로 「술에 취해서」라는 시의 위 마지막 두 행 속에 녹아 있다. 동시에 이러한 존재 질문이야말로 김시습의 삶에 개입된 일련의 광기의 원인이 되었다고 본다. 즉, 과거시험 실패로 이어진 히스테리 증세와 계유정난과 더불어 초치된 인격의 붕괴에 이르기까지 적어도 장년기 이전의 그의 초기 인격은 철저히 종교적 정체성 탐색 문제에 좌우되었다고 할 수 있다. 이이는 이를 두고 '심유적불'이라 규정했지만 이는 김시습에 대한 의도된, 혹은 무의식적인 오해에서 비롯된 평가일 뿐이다.

김시습의 출가 배후에는 일차적으로 강렬한 남성 히스테리가 놓여있다.[34] 따라서 광기와 기행으로 점철된 김시습의 자기 파괴 과정 역시, 존재론적으로 유의미해지기 위해 존재(팔루스)의 결핍을 타자로부터 보상받고자 하는 전형적인 남성 히스테리를 닮아 있다. 이러한 타자에 대한 의존은 종종 스스로의 행복과 성공을 거부하는 행위로 연결되곤 한다. 또한 이 심리적 현상을 천재들을 특징짓는 우울증으로 규정하기도 하는데, 중세 기간 내내 흔히 천재병으로 불리곤 하였다. 그 징환 발현의 과정은 이러하다.

무언가를 상실해서 우울한 것이 아니라, 우울하기 때문에 상실을 인지하고 상실을 회복하기 위해서 세계내의 기호들을 삼키는 것이다. 우울자는 그가 단 한 번도 소유해 본 적이 없는 '그것'의 상실을 연기(演技)하고 있으며, 동시에 '그것'의 회복을 끝없이 연기(延期)한다. 그는, 규정할 수도 표상할 수도 명명할 수도 없는 '그것'을 상실의 이름으로 불러내어 실체화하고, 현존하지 않는 '그것'을 존재의 영역으로 불러낸다. 단 한 번도 소유해 본 적이 없기에 상실

---

33) 『梅月堂集』 詩集 卷5 「醉酒」, 166면. "問山我是何爲者, 宇宙開來知我麼."
34) 크리스티나 폰 브라운, 엄양선 역, 『논리 거짓말 리비도 히스테리』, 여이연, 2003.

한 적도 없는 대상을 부정적인(negative) 방식으로 소유하는 우울자에게, 진정
한 소유의 대상은 바로 상실감 그 자체이다.35) (강조―필자)

천재적인 우울자들에게 공통적인 특징은 강력한 앎에의 의지, 박학
추구, 그리고 그렇게 과도하게 삼킨 기호들의 세계를 미련 없이 폐기하
는 회의주의다. 이들에게 '그것' ― 대상 a, 또는 사물 ― 은 이미 진즉에
존재하지 않지만 그것을 완전히 포기할 순 없다. '그것'이 존재하지 않
는다는 사실을 끝없이 유예해야만 '그것'이 계속 미완의 애도 대상으로
남아 우주의 진공 상태를 모면시켜 주기 때문이다. 다시 말해, 대상이
존재하지 않는다는 자신의 앎을 또다시 알기 위해 존재를 거듭 확인하
고 그 과정을 죽음에 이르기까지 멈출 수가 없다.36) 바로 이것이 무로
의 초월(하이데거)이며 부재의 부재(라캉)가 의미하는바 그것이다.

세상에 삶의 의미 자체인 '그것'이 존재하지 않는다는 것, 즉 삶이 곧
부재라는 사실을 인정하지 않는다는 것이야말로 우울자들의 대표 속성
이다. 주체에게 '부재가 부재하다는 것', 다시 말해 주체의 삶을 연장시
켜 주는 대상 a가 그저 부재라는 사실을 받아들이고 부재의 놀이에 가
담하지 못한다는 것은 주체가 세속적 인격으로 완성되지 못했음을, 결
국은 삶의 결핍을 용서할 수 없음을 의미한다. 이는 지극히 종교적인
존재 질문이면서 존재 불안의 원인이 된다. 따라서 우울현상에는 지독
한 결벽주의가 수반되는데, 이로 말미암아 세속 인간들이 쉽게 타협하
는 사소한 어떤 것이 이들에겐 불가능하다. 문제는 이런 특징들이 존재
론적 징환으로서 우리 모두에게도 분유되어 있다는 점일 것이다.

이렇게 현실에서의 영달을 거부한 김시습 인격의 일탈성은 소년기의
존재 회의로부터 점차 숙성하여 급기야 당대 문화와의 과격한 단절로

---

35) 김홍중, 앞의 논문, 20면.
36) 우울증에 정해진 애도기간이 없다는 점은 이 징환이 자살과 높은 연관을 맺는다는
　　사실을 확인시켜 준다. 이 죽음은 물리적이면서 동시에 심리적인 것으로서 김시습의
　　출가는 상징적인 죽음(이름의 상실)과 연루된다.

귀결되었다. 그것은 단순히 세조 정권이라고 하는 단편적인 역사적 에피소드를 겨냥하고 이루어진 것이 아니다. 그것은 일상적 실존자로서의 자기 신원에 대한 전면적 부인이며 스스로의 정체성 규정에 실패만을 초래한 이념적 현실에 대한 히스테리적 거절 양식이었다. 이는 자기 존재의 계보를 재설계하려는, 원점에서 다시 구축해 보려는 기관 없는 몸(corps sans organe)[37]의 분열의 모험이기도 하다. 그리하여 그는 자기 신체를 철저히 육신적으로 소비하며 여러 차례 전국 명산을 탕유(宕遊)하였다.[38] 승려로서의 신분 이동과 공간적인 해방감, 이 양자는 15세기 우울자 김시습이 선택할 수 있었던 거의 유일한 자기 해체(존재 확인)의 실험이었다.

4. 『금오신화』, 악무한에 맞선 실존의 놀이

『금오신화』의 세계는 비상하게 자기 집착이 강한 사람들의 세계처럼 보인다. 주인공들은 내적 고독 속에 자폐되어 있어 현실과 정상적으로 소통하지 못하고 따라서 타인들과 두절된 삶을 살아간다.[39] 부벽정 주변을 어슬렁대는 외로운 나그네 홍생(「취유부벽정기」), 현실로부터 유리되

---

37) 본래 스피노자의 개념을 들뢰즈/가타리가 재해석한 개념이다. 일련의 고정된 기능으로 고착된 유기체적 기관들을 벗어나 자기 욕망의 활력을 창조적으로 다시 구축하려는 '분열적' 태도를 의미한다. 기관화된 신체가 잃어버린 신체성의 복합성과 자기작용성을 되찾아주려는 시도라고도 할 수 있다.
38) 생애에 걸쳐 총 4차례 이루어진 이 탕유의 기록을 사유록(四遊錄)이라 칭한다.
39) 박희병 교수는 『금오신화』에 나타나는 이러한 세계상을 '전기적 고독'으로 규정했고, 아울러 주인공들의 폐쇄적인 사랑에의 집착을 '상호독점적인 사랑'이라 정의한 바 있다. 박희병, 『한국 전기소설의 미학』, 돌베개, 1997.

어 있어 지옥이나 용궁으로의 차원 이동을 통해서야 자기를 실현하는 박생과 한생(「남염부주지」·「용궁부연록」), 오직 아내와의 사랑에만 몰두하여 귀신이 된 아내와 더불어 폐쇄적 삶을 선택하는 이생(「이생규장전」), 귀신과의 사랑으로 덧없는 삶의 의미를 되찾으려는 외로운 노총각 양생(「만복사저포기」)이 모두 그런 사람들이다. 이들은 철저히 사회로부터 고립되어 있어 여하한 일상에도 적응하지 못하고 있다. 때문에 이들은 나른한 일상을 결정적으로 파괴하는 사건에 의해 변모하지만 그것은 일상과 화해할 수 없는 초월의 국면에서나 성취된다. 그들은 대부분 실종되거나 죽는다.

물론 『금오신화』의 어떤 측면들은 동아시아 전기소설의 전통 내부에 머물러 있다. 하지만 『금오신화』가 지닌 독자성은 바로 다섯 작품 모두가 한결같이 죽음에 대한 은유에 지배받고 있다는 사실이다. 그리고 죽음은 주인공들의 자의식적인 성격과 밀접한 연관을 형성하고 있다. 죽음이 단지 유한성이라면 『금오신화』의 세계가 그려 보이는 현실이란 그저 죽음에 대한 공포가 만연한 그런 공간에 불과했을 수도 있다.

그런데 이 세계가 강박적으로 집착하는 삶은 죽음을 두려워한다기보다 죽음을 통해 그 너머를 건너다보려는 어떤 삶의 양식이다. 아내의 죽음과 초월계로의 이동 등은 마침내 현세의 삶이 지닌 유한한 본질을 각성시켜 주지만 이는 유한성에 대한 두려움으로 귀결되지 않고 무에 대한 초월 감각으로 연결되고 있다. 따라서 『금오신화』는 다양한 방식으로 무(부재)를 탐색하는 소설이라고 할 수 있다.

사실 김시습의 불교 취향은 무의 문제와 공모되어 있는 측면이 많다. 무란 유한성을 능가하는 무한성이며 일상을 가볍게 초극해버리는 절대적 한계다. 일상에 틈입하는 죽음이란 혐오스러운 부패와 균열이기도 하지만 영원성을 계시하는 종교적 영감의 원천이기도 하다. 그래서 김시습의 돌발적인 변신은 이 무를 거쳐 일상을 총체적으로 와해시키는 존재론적 역정의 한 단계였다.[40] 그리고 탕유기가 찾아왔고 격정이 가라앉자 존재의 환몽성을 새롭게 관조하는 『금오신화』 시기가 도래했던 것이다.

『금오신화』 다섯 편은 일상의 실존 내부에 도사리고 있는 무의 편재성을 은유적으로 구현하고 있다. 그러나 이는 헤겔이 말한 악무한, 혹은 나쁜 무한을 포착함으로써 일상을 해치려는 현실혐오에 기반했던 것만은 아니다. 오히려 『금오신화』는 주체의 존재론적 신원에 대해 야무지게 집착함으로써 그러한 무한에 맞선 실존자의 행동 강령을 추구하고 있다. 그것이 '풍류기화(風流奇話)'로서 『금오신화』가 지닌 미학인데,[41] 이는 존재하기의 기쁨을 재발견하려는 우울한 지적 도정의 결과물이다.

「취유부벽정기」는 연회에서 홀로 빠져나와 부벽정 사이를 거닐던 홍생이 천상 세계의 선녀[42]와 조우하여 자신의 일상 전체가 붕괴되는 체험을 한다는—즉 현실의 의미를 부정할 메타 현실이 침범한다는—일종의 환상 소설이다. 홍생은 선녀를 통해 일상계와 차원을 달리하는 어마어마한 별계의 시공간에 직면한다. 이 시공간은 현존을 근저로부터 무화시키기에 결국 존재를 위협하는 무(부재)를 상징하고 있다. 홍생의 입장에서 천상계의 갑작스런 도래는 안이한 일상을 벗어날 경이로운 체험일 수도 있지만 그것은 우선 일상을 철저히 파괴하는 혼돈(불안)의 체험이다.

그런데 문제는 선녀가 속한 세계, 일종의 불멸계이자 무한계인 초월 세계가 결코 만족스러운 곳만은 아니라는 점이다. 선녀가 지상 세계에 하강한 이유도 바로 거기에 있는데 그녀는 홍생을 만나기 이전에도 가끔 지상에 들러 더불어 말할 자를 희구해 왔던 것으로 설정되어 있다. 그녀는 자신의 초월 경험을 지상의 누군가와 공유하고 싶어 한다. 즉

---

40) 윤채근, 「김시습 문학의 존재미학적 고찰」, 『어문논집』 38, 안암어문학회, 1998.

41) '풍류기화'란 '풍류 있는 기이한 이야기'라는 뜻으로서 김시습 자신이 소설을 탈고하고 나서 쓴 제시(題詩)에서 언급했던 표현 그대로다. 『梅月堂集』 詩集 卷6 「題金鰲新話二首」, 194면. "香揷銅缾烏几淨, 風流奇話細搜尋."

42) 箕子의 후손으로 나온다.

홍생이라는 열등한 지상 존재는 초월 세계의 신비함을 완성시켜 줄 선택받은 목격자이기도 하다. 이는 천상계 역시 하나의 한계 세계로서 또 다른 초월계에 의해 감싸여있다는 일종의 무한계 개념을 암시하고 있다. 그렇게 되면 기씨녀의 세계로 홍생이 편입된다고 해도 그의 존재론적 방황이 완결될 수는 없게 될 것이다.

이제 홍생은 선녀로부터 초월계(무)의 세례를 받고 지상계에 복귀하는 것을 포기한다. 그는 자신의 경험을 일체 비밀에 부쳤다가 천상 세계의 종사관으로 채용된다. 다시 말해 지상계에서 죽는다. 생물학적 삶을 포기하는 대가로 영원의 세계에서 불멸의 삶을 보장받은 것이다. 홍생의 이러한 신분 상승은 현실에서 성취하지 못한 영달을 환상 속에서 대리만족하려 한 김시습 자신의 소망이 투사된 것으로 이해되어 왔다. 일정 부분 그럴 가능성도 배제할 수는 없지만 그것은 이 작품을 천박한 알레고리로 독해한 결과에 지나지 않는다.

사실 앞서 언급했듯이 선녀는 천상에서 외로운 존재였다. 그녀가 사는 불생불멸계는 속세적인 의미에서의 행복을 주는 그런 곳은 아니다. 따라서 영원의 존재란 외로운 존재이며, 그 세계를 알게 된 순간 그 세계를 거부할 수는 없지만, 거부하고 현세를 즐길 수만 있다면 오히려 그것이 더 행복한 삶일 수도 있을 것이다. 결국 논점은 다른 곳에 포진해 있다.

죽음 이후의 영원의 세계를 엿보는 자가 종교적 존재자다. 그/그녀는 그 세계를 엿본 대가로 현세의 삶에 안주할 수도, 초월계로 성큼 이주할 수도 없게 된다. 기복 신앙이 유치하게 설계해 놓은 파라다이스 따위란 은유적으로만 존재하기 때문이다. 따라서 필연적으로 영원계를 엿볼 수밖에 없는 실존적 자질을 타고난 존재들은 이승을 제대로 즐길 수 없어 영혼의 방황을 한다. 홍생의 선녀와의 조우는 그 방황의 종지점을 상징하고 있다. 그리고 연이은 죽음과 승천은 일련의 방황이 소승 불교적 해탈, 혹은 무로의 회귀로 귀결되는 과정을 묘사하고 있다. 그것은 상징적 죽음이며 무로의 적멸일 터인데, 하지만 그 무의 세계가 존재를 완성해 줄 이상세계가 아니라 그 자체 미완의 한계 세계라는 점에서 이 적멸은 향유의 궁극적 종료가 아니다. 따라서 선녀의 초월계는 일상을 불안에 떨게 할 수많은 무의 층위 가운데 하나로서 문득 출현하고 있을 뿐이다.

「남염부주지」는 기왕에는 철학 소설이나 관념 소설로 이해되어 대단히 추상적으로 분석되어 왔던 작품이다.[43] 그도 그럴 것이 이 작품에는 귀신론과 지옥설이 전개되면서 다양한 철학 개념들이 조직적으로 등장하고 있어 거의 소설 절반을 잠식하고 있기 때문이다. 하지만 그 표면 논리 아래로 관통하고 있는 서사의 목표지점을 상정해 보면 우리는 전혀 다른 사실에 봉착하게 된다.

「남염부주지」의 줄거리는 매우 단순하다. 현실에서 인정받지 못하고 있던 박생은 「일리론(一理論)」을 지어 현실 이외의 다른 세계가 존재한다는 생각을 격렬히 부정한다. 하지만 그는 꿈결에 염부주라는 이상한 세계로 이동하게 되고, 마침내 자신의 이론이 현실적으로 부정되는 상황을 맞이한다. 이후 전개되는 염부주의 통치자 염마와의 대화는 매우 산만하고 비본질적이다.[44] 중요한 점은 염마왕이 지배하는 염부주가 결코 단순한 지옥이 아니라는 사실이다. 염부주는 비록 불과 쇠로 설계된 곳이긴 하지만 현세에서 한이 풀리지 못한 혼들이 일정 기간 머물 수 있도록 만들어진 살만한 곳이다. 염왕조차 본래는 인간이었다가 이 지역을 다스리기 위해 한시적으로 부임해 와 있을 따름이다. 우리가 상식적으로, 혹은 통속적으로 아는 그런 지옥이 아니며 죽음 이후를 한정적으로 관리하는 재활 기관 같은 그런 곳이다.[45] 그렇다면 염부주는 어떤

---

43) 일례로 이기론(理氣論)의 관점에서 분석되면서 김시습의 철학적 입장을 해명하는 자료로 구사되었다. 임형택, 「현실주의 세계관과 『금오신화』」, 『국문학연구』 13, 서울대 국문과, 1971.

44) 물론 의미가 없지는 않다. 자세한 분석은 윤채근, 앞의 책, 197~207면 참조.

45) 따라서 염부주 사람들은 불길 속에서 용암을 마시고 쇠 열매를 따 먹으면서도 웃고

곳인가?

이 질문에 대답하기 전에 우선 전제해 둬야 할 것은 소설 속의 공간이 외면적으로 설정하고 있는 가상현실 —또는 판타지— 이 때때로 현실보다 더 현실적일 수 있다는 상식의 확인이다.46) 이 전제를 수긍한다면 「남염부주지」가 현실의 반대 국면으로 내세운 염부주 공간이 결국은 현실의 다른 면을 도드라지게 강조하고 있음을 깨달을 수 있다. 즉, 물 대신에 불을, 흙 대신에 용암을, 식물 대신에 광물을, 궁극적으로는 유기물 대신에 무기물을 내세워 현실의 이미지를 슬쩍 교체했을 뿐 염부주는 현실 세계의 적나라한 어떤 면을 왜곡 투시하고 있다. 사실 그런 곳이 지옥이기도 하다.

염부주의 현실에 대한 왜곡 투시는 그리 놀라울 것도 못된다. 실제 현실계에는 많은 무기물화 과정이 진행 중이기 때문이다. 음식은 소화되어 오물로 배설되고, 생명체는 이윽고 죽어 부패한다. 때문에 불교는 이 똥과 오줌, 피와 고름, 그리고 죽음이 난무하는 현실의 지옥도를 직시하라고 권고하곤 하는 것이다. 이게 바로 인생고이며 존재 불안의 원천이다.

현실의 거죽을 슬쩍 들어올리면, 이를테면 그 곳을 낯선 시각으로 굴절시켜 바라보면, 그 곳이 바로 염부주가 된다. 우리는 죽음을 거느리고 살고 있으며 한을 풀지 못하여 방황하고 있고 무엇보다 목표 없이 소비되고 있다. 이 맹목적인 존재자의 운동을 현실 내부의 시선으로는 포착할 수 없기에 불교는 우화적 지옥을 보여주기도 하고 현실 자체가 지옥일 수 있다는 깨달음을 주기 위해 현실을 약간 변조시키기도 하며, 때로는 문화적으로 미화되지 않은 현실 자체를 제시하기도 한다. 염마왕과 박생의 대화 역시 통속 불교와 통속 정치에 의해 왜곡된 참 세계에 대한 희망을 보여주기 위해 등장하고 있기도 하다. 「남염부주지」는 현

떠들며 고통 없이 살고 있다.
46) 이를테면 카프카적 세계가 그렇다.

실을 소설적 프리즘 필터 속에 살며시 이입시켜 그 프리즘을 투과한 악몽을 보여준다. 그런데 그 악몽은 견딜만한, 그럭저럭 살만한, 대상 a로 점철된 메트릭스적 악몽이다.

「용궁부연록」은 『금오신화』 가운데 이해하기가 가장 어려운 작품이다. 첫째는 이 작품이 뿌리 깊은 전기소설의 문법 속에 강고히 위치하고 있기 때문이고,[47] 둘째는 매우 긴 연회 장면에 휘말려 소설 전체의 문맥을 놓치기 십상이기 때문이다. 전자 덕분에 이 작품은 김시습의 소외된 삶에 대한 보상 욕구로 종종 해석되어지곤 했다. 그리고 후자로 인해 이 작품의 주제는 대궐에서의 현란한 쾌락적 문화를 재현하고 있는 것처럼 오해되었다. 하지만 「용궁부연록」의 주제는 「남염부주지」에서처럼 전혀 엉뚱한 메타적 지점에서 작동하고 있다.

「용궁부연록」은 주인공 한생이 갑자기 용궁에 초대받으면서 시작된다.[48] 용왕은 딸이 결혼하자 신혼집을 낙성하고 여기에 상량문을 써줄 인재를 모셔왔던 것이다. 한생이 글을 짓고 이후 칭찬이 난무하며 연회의 분위기는 절정을 향해 치닫는다. 게들의 노래, 수중세계 온갖 잡물들의 합창, 시의 창수와 가무, 연이은 음주와 상찬의 퍼레이드가 전개된다. 중요한 몇 지점들이 있다. 이 지점마다 축제 분위기를 깨는 슬픈 노래나 시가 지어지고 용왕은 이를 만회하기 위해 더욱 화려하고 신나는 여흥을 마련하며 직접 노래하기까지 한다. 즉 용왕은 불행감과 슬픔을 봉쇄해버리는 자이며 용궁은 어떤 소외나 불안도 용납하지 않는 전일한 쾌락의 세계, 향유의 공간이다.

---

47) 이를테면 당나라 전기 「유연전」이나 『전등신화』의 「용당영회록」처럼 용궁을 소재로 한 이계 탐방담으로 오인될 소지가 다분하다.

48) 물론 그 역시 「남염부주지」의 박생처럼 뛰어나지만 인정받지 못하고 있는 한사(寒士)로 설정되어 있다. 기왕의 연구들은 이 점에 지나치게 강박되어 온 듯하다. 아마도 김시습의 삶을 제대로 대접받지 못한 불우한 어떤 것으로만 간주하려고 한 태도에 기인할 것이다. 분명한 점은 김시습이 결코 인정받지 못했던 사람이 아니라는 점, 오히려 그 스스로 세상의 지나친 관심을 부담으로 느껴 출가했다는 점이다.

그런데 슬픔이 차단된 이 미증유의 파티는 그것이 반복되면 될 수록 야릇한 불안을 야기하기 시작한다. 바로 이 축제가 언젠가는 끝날 것이라는 사실, 그 사실을 누구나 알고 있다는 바로 그 점이다.[49] 「용궁부연록」이 지루한 서사를 통해 이용하고 있는 미학이 바로 이 흥진비래의 원리다. 너무 밝은 세계가 일말의 어둠조차 인정하지 않을 때 오히려 잠복된 어둠의 힘이 증강되듯이 슬픔은 밀봉되어 은폐될수록 그 파괴력을 강화시킨다. 그리고 연회는 쓸쓸하게 폐회되고 즐거움의 기억은 밀도 높은 허탈감을 수반하며 소멸한다. 물론 약간의 에필로그가 따라 붙는다. 한생은 용궁을 떠나기 전에 용궁을 둘러보는 특혜를 누리는데 이때 나타나는 용궁의 이미지는 보석들이 뿜는 영롱한 빛과 정체를 알 수 없는 광휘로 인해 휘황찬란하게 묘사되고 있다. 이곳의 북을 약간만 두드려도 지상에는 천둥이 치는 권부(權府)이기도 한 용궁은 이렇듯 찬란한 광염으로 휩싸여 있다.

그런데 용궁의 떠들썩한 잔치가 초라한 헤어짐으로 붕괴되듯이 휘황한 용궁은 되돌아온 한생의 집안 풍경과 극단적인 대조를 이룩한다. 한생은 꿈에서 깨듯이 자기 방에서 눈을 뜬다. 새벽별이 창밖에서 가물대는 단칸방에는 촛불 한 대가 꺼져가며 희미하게 방안을 비추고 있다. 상징계에서의 향유는 이렇게 실재계의 침입에 의해 손쉽게 분쇄되어 버린다.[50] 이 얼마나 극과 극의 대비 효과인가. 그리하여 한생은 산으로 들어가 세상에서 사라지고 만다. 주인공 박생이 다음 염마왕으로 부임할 것임을 암시하고 끝나는 「남염부주지」와 달리 「용궁부연록」은 주인공 한생을 더욱 철저히 방기한다. 그것은 이 작품이 노리는 메시지가

---

49) 필자는 이와 유사한 불안과 공포를 에드가 앨런 포우의 「어셔가의 몰락」에 나오는 연회와 비교하고 싶다. 혈기왕성한 흥분과 난무하는 웃음이 그 근거 없음을 조금씩 노출하면서 파티 공간은 그 반대의 감정, 즉 죽음과 몰락의 예감으로 치닫는다.

50) '실재계의 침입'이라는 개념에 대해서는 히치콕 영화를 위주로 라캉 주체론을 분석한 다음의 책을 참고하라. 슬라보예 지젝, 김소연 역, 『삐딱하게 보기』, 시각과언어, 1995.

그러할 것을 요구하기 때문이다.

「용궁부연록」은 현실의 지옥상을 제시하기보다는 현존의 근본적 불안 양상으로 고독을 제기하고 있다. 남들과 화합하고 어울려야 잠시 유예되는 실존의 불안정성, 이를테면 사회화 과정을 맹목적으로 접수하지 않으면 홀로 남겨지는 문화의 참상을 고발하고 있다. 때문에 분주하게 타인들과 연결되어야만 견딜 수 있는 현실의 삶은 몹시 취약한 어떤 것으로 재음미된다. 그것은 우발적인 존재의 자각 지점, 침묵, 고독, 분리와 격리―즉, 향유의 좌절―에 의해 일거에 해체될 연약한 지반에 다름 아니다. 은유적 파티로 지속되는 무모한 삶의 쾌락, 혹은 잉여 향유는 그리하여 늘 불안을 잉태하고 있다. 결국 「용궁부연록」은 「남염부주지」와 반대의 국면에서 일상 실존의 허무함, 그 불안정성을 폭로하고 있다.

지금까지 분석한 세 작품이 현존으로부터의 형이상학적(존재론적) 해탈의 과정으로 존재 불안에 대한 분석과 그 징후에 대한 확대경적 강조였다면, 「이생규장전」은 타자와의 관계를 문제 삼는다. 타자와 주체가 최초로 대면하는 사회적 관계, 바로 사랑과 결혼이라는 테마다. 따라서 앞의 세 작품이 근본적으로는 불교적 개인 해탈의 지점에 착상되어 있다면 「이생규장전」은 타자를 주체의 삶 안으로 수납하는, 그리고 그것을 주체 구성의 기제로 인정해가는 구조를 시현하고 있다. 현실은 여전히 지옥이지만 누군가와 함께하는 지옥이다.

「이생규장전」은 크게 두 부분으로 양분된다. 전반부는 소년 이생이 최씨 낭자를 만나 사랑의 열병을 앓고 마침내 결혼에 성공하기까지의 연애담이다. 이 부분은 매우 우아하게 포치된 미장센, 낭만적인 분위기, 부드러운 호흡의 문체로 구성되어 있다. 소녀의 집으로 숨어들어 부모 몰래 사랑에 탐닉하는 소년과 그를 끌어들인 정 많은 소녀의 농밀한 정서가 이른바 붉은 꽃비 내리고 화사한 달빛 쏟아지는 배경 속에 연출되고 있다. 이들의 사랑을 돕는 뛰어난 삽입시들, 꿈결같이 설정된 시공간

배경 등에 의해 독자들은 잠시 현실을 망각한다. 이 망각은 소년이 아버지에게 적발되어 고향의 전장(田莊)으로 강제 파견될 때에도 멈추지 않는다. 소설은 두 사람의 사랑을 멈추게 할 의도를 전혀 보여주지 않기 때문이다. 결국 매파의 중매 덕으로 둘은 결혼에 성공한다.

「이생규장전」의 후반부는 끔찍한 전쟁으로 인해 이생 일가와 최씨 일가가 모두 참살되는 과정을 보여준다. 이 일련의 진행은 매우 짧은 압축적인 문장으로 제시되고 있다. 때문에 독자들은 소설 앞부분의 로맨틱한 정서로부터 천천히 비극적 정서로 이완될 시간적 여유를 갖지 못한다. 최랑은 홍건적에 의해 난자당해 살해당하고, 유일한 생존자가 된 이생은 전란이 그치고 나서 소녀와 처음 밀회를 시작했던 최씨 집 서쪽 누대로 돌아온다. 그리고 고요와 적막 속에 죽음과 함께하는 시간들이 계속된다.

그런데 「이생규장전」의 본질이 드러나는 지점이 바로 이 지점이다. 이생은 어느 날 죽은 아내가 자신을 찾아오는 기적을 겪는다. 그녀가 귀신임이 너무나 분명할 텐데 이생은 그녀를 살아있는 존재로 인정하고 이후 집안에만 칩거하며 그녀와의 사랑에 전 인생을 건다. 이 사랑은 매우 안쓰럽다. 하지만 시각을 약간만 변경하면 우리는 늘 죽은 자와의 사랑에 빠져 있는 셈이다. 우리는 결국 죽으며 그런 견지에서 잠시 처분이 유예된 귀신들이다. 그 귀신들은 멀리 떨어져 있지 않다. 전쟁과 죽음이라고 하는 비극은 평온한 일상 내부에 일촉즉발의 가능성으로 항상 내재되어 있다. 또한 우리는 죽은 자들을 현실로 소환하여 기억하면서 산다. 삶은 죽음과 너무 가깝게 붙어 있다.

죽음이라고 하는 유한성이야말로 주체로 하여금 누군가를 사랑하도록 만든다. 불멸의 존재는 본질적으로는 자기만을 사랑할 수 있을 것이다. 언젠가 소멸할 것이기에 한 존재는 다른 존재를 통해 자기 존재의 결여를 보상한다. 이 존재의 결핍감이 타자에게로 향하는 박애의 발단이다. 그리고 그것이 소승적 존재 이해가 대승적 이타행으로 전환되도록 조성해 주는 동력일 것이다.

이처럼 우리는 사랑이라고 하는 형식으로 타인의 얼굴에서 잠시 절대적 사물을 느낀다. 말하자면 '그것'이 아주 친밀하게 다가온다. 이 주체성의 굴욕과 겸허함에서 자기 존재의 오만한 독선을 해체할 용기와 결단이 가능해진다. 그러나 사랑 역시 삶의 불완전성을 잠시 미봉할 뿐으로 그것 역시 소실됨으로써만 자기 의미를 완결한다. 때문에 우울한 사람에게 사랑의 상실은 필연적이다. 예컨대 이생은 이승에서의 기한이 차서 조금씩 사라져가는 아내의 영상 앞에 통곡한다. 이윽고 그의 죽음으로 소설은 끝나는데, 사랑의 환희라는 테마가 죽음의 주제로 귀결되는 순간이다.

「이생규장전」은 삶 속에 죽음을 영접하고 수긍함으로써 주체의 압도적 존재감을 흔들고 있다. 이생은 죽은 자하고만 살 수 있는 살아있는 죽은 자(living dead)다. 그는 사랑이 시작되었던 그 장소에 유폐된 갇힌 자이기도 한데, 이렇게 과거의 죽음으로부터 벗어날 수 없는 삶이야말로 애도를 통해 타자를 떠나보낼 수 없는 우울자의 삶이기도 하다. 존재하지 않는 영원한 사랑을 향해 자신을 기투한다는 것, 그것은 죽음에 달라붙어 있는 삶, 진정한 의미를 '이곳'에서 발견할 수 없는 그저 유예된 죽음으로서의 삶을 보여준다.

마지막으로 살펴 볼 「만복사저포기」는 『금오신화』가 구현하고 있는 불교적 존재 탐색의 결정판이다. 그것을 놀이로서의 삶의 이해라고 부를 수 있다. 실제 「만복사저포기」는 부처와 주인공 양생 사이의 인생을 건 한 판 놀이를 다루고 있다. 노총각 양생은 외로운 자기 신세를 한탄하다가 법당의 부처에게 내기를 제안한다. 자신이 이기면 사귈 여자를 받고 지게 되면 법연을 개최하기로 한다. 중간의 다양한 세부 줄거리를 생략하고 큰 줄거리만 제시하자면 이 작품은 이 내기가 초래한 삶의 변화를 다루고 있다고 할 수 있다[51].

양생은 저포놀이에서 승리하고 마침내 한 여인이 나타난다. 이 여인이 정상적인 인간이 아니라는 사실은 소설 초반부터 분명하게 암시되어 있으며 작품이 진행될수록 그 증거들은 누적되어 간다.52) 양생은 일곱 차례 이상 그녀의 정체를 의심한다. 그러나 그 때마다 양생은 의심을 멈춘다. 그렇다고 해서 그녀를 인간으로 규정하면서 그렇게 하는 것은 아니다. 그저 그 의심을 무의식화해 버린다. 이 점이 「만복사저포기」의 탁월한 점이다. 어찌 보면 내기로 시작된 자기의 인생을 양생은 잘 이해하고 있었던 듯하다. 그의 삶은 저포놀이가 빚어낸 일종의 가공 현실일 뿐인데, 그런 현실을 추인하는 순간 세상에 불가능한 것은 없을 것이기 때문이다. 그녀가 귀신이라 한들 뭐가 어쨌단 말인가?

그리고 양생은 그녀의 집으로 이동하여 사랑을 나눈다. 그녀의 집이란 들판의 무덤이다. 사랑은 멋지고 유려한 시의 창수로 그 품격이 고상해지고 이웃 처녀53)들과의 만남으로 화려해진다. 이윽고 이별이 찾아온다. 양생은 약속대로 그녀가 정표로 준 은주발을 쥐고서 다음날 보련사 가는 길목에서 그녀와의 재회를 기다리고 있다. 그 앞을 부귀한 집안의 행렬이 스쳐간다. 그가 손에 쥔 은주발이 자신의 죽은 딸 무덤에 부장품으로 매장했던 물건임을 안 행렬의 주인은 그를 추궁한다. 변명과 이해가 이어지고 다시 혼자가 된 양생은 그녀를 기다린다. 이 기다린다는 행위, 이 행위는 참으로 숭고하다. 타인에게 전폭 할애된 내 존재의 질량이며 기꺼이 양도된 삶의 한 조각이다. 양생은 그녀를 다시 만나고도 그녀를 추궁하지 않는다. 둘은 농담을 주고받으며 다정하게 걸어서 보련사로 간다.

보련사 대목에 이르면 이 작품은 비장해진다. 딸의 넋을 추도하기 위해 찾아온 그녀의 부모는 딸에 대해 헌신적인 사랑을 지닌 자들이다. 그럼에도 그들은 그녀를 볼 수 없다. 그녀를 볼 수 있는 유일한 자는 양

---

51) 보다 자세한 분석은 윤채근, 앞의 책, 229~240면을 참조
52) 주변 사람들이 그녀를 볼 수 없다거나 개들이 귀신임을 눈치 채고 짖는다거나 한다.
53) 옆의 무덤들의 귀녀들이다.

생이다. 양생만이 그녀와 함께 한 이 삶이라는 게임의 규칙을 이해하고 있으며 그 게임을 설계한 장본인이기 때문이다. 이윽고 그녀의 영혼은 이승에서 사라져 먼 나라에서 남자 아이로 새로 태어난다. 그녀는 업의 윤회를 벗어나자고 권유하고 있다. 이어서 양생마저 그 업의 놀이 속으로 소멸한다. 다시 말해 죽는다.

「만복사저포기」는 고통스러운 존재 확인의 여정을 타자들과의 덧없고 의미 없는 놀이로 등록시켜 주고 있다. 덧없고 의미가 없기에 존재는 더 이상 고통을 유발시키는 환부가 아니라 슬프면서도 잔인한 놀이의 행마로 전환된다. 하지만 이 놀이가 주체를 부정하는 냉정한 초월이라고 해서 불행을 야기하는 것만은 아니다. 오히려 그러하기에 우리는 사랑에 더욱 진력할 수 있으며 내 존재의 가능성을 자유롭게 실험해 볼 수 있다. 주체의 비좁은 내성 공간에서 빠져나와 타자들이 바글대는 원대한 우주 공간으로 주파해 갈 수 있다. 그 규모는 윤회의 공간 규모로서 더 이상 고뇌해야 할 개체성은 없다. 망집(妄執)은 파괴되었다.

윤회는 문화라는 존재 규칙을 깨부수고 주체를 탈계보화하며 인생을 자유로운 놀이로 긍정하게 해준다. 단, 이 놀이는 윤리적 명분을 상실한 쾌락의 방종은 아니며 자기를 응시하던 주체의 고정된 시선을 더 먼 곳으로 이동하면서 생기는 원근법적 기쁨이며 생성과 창조의 지적 향유이다. 실제 윤리란 나라는 존재를 타인과 더불어 공생시킬 수 있는 근거를 묻는 작업에 불과하다. 이제 「만복사저포기」에 이르러 김시습은 니체적 초인상을 건설했던 것 같다. 운명이라는 무의 톱니바퀴를 이해함으로써 그 안에 갇혀 고뇌하지 않는 자기 인생의 결정권자, 삶을 놀이로서 즐기면서 그 짧은 실험기를 용서하는 해탈자, 무엇보다 불행마저도 게임의 일부로 받아들이고 향유하려고 하는 운명애자.

5. 소설쓰기, 계보 없는 존재자─되기

김시습은 15세기 지성이 그렇게 할 수 있었던 그 이상으로 탁월하고 비범하게 당대를 초과하였다. 이 천재성은 그를 소설가가 되도록 인도했는데 아마도 후대 소설가들의 어떤 면모들을 전사적으로 선취하고 있었을 것이다. 비록 그것이 시대적 한계로 인해 불교적 어휘나 담론의 형식으로밖에 드러날 수 없었지만 그 내용이 지닌 현대성은 매우 인상적이다. 즉, 김시습 사유 방식의 어떤 점들은 포스트 모더니티가 획책한 존재에 대한 기획들과 너무나 정확히 일치하고 있다.

『금오신화』가 여타 동아시아 전기소설과 차별되는 가장 두드러진 특징 가운데 하나는 도덕적 판단에 대한 무관심이다. 『전등신화』를 비롯해서 베트남의 『전기만록』에 이르기까지 중세 한문소설은 대단히 투철하게 권선징악의 윤리 판단을 선호해 왔다. 그 강도가 너무 세서 소설성 자체를 부식시킬 지경에 이르기도 했음은 작품을 경험해 보면 너무나 자명해진다.

이에 비해 『금오신화』는 문화적 존재자에게 요구되었던 윤리적 격식을 거의 탈피해 있다. 남녀의 연애관이나 생사관에 있어 그 현실적 묘사에 견주어 이상할 정도로 어떤 모럴 의식도 인위적으로 개입시키고 있지 않다.54) 주인공들은 가족 관계가 거의 없거나 희미한 자들이며 그들은 고작해야 사랑하는 배우자나 별세계를 상대로 잠시 존재의 광희를 발하다 점멸해 버리는 그림자 같은 존재자들이다. 다시 말해 그들에겐 족보가 없다.

족보가 없는 탈계보적 존재자들에게 윤리란 무의미하거나 중요하지

---

54) 「이생규장전」에서 최씨가 정조를 지키기 위해 오랑캐에게 욕을 하는 장면 정도가 윤리적 이미지의 전부다. 그러나 이 장면도 여성의 정조를 강조하기 위해 설정되었다고 보기에는 다소 무리가 있다.

않다. 그들은 계보로부터 벗어나 자기 존재를 묻는다. 그 과정에서 용궁을 방문하기도 하고 선녀를 만나기도 하며 귀신과 사랑을 나누기도 한다. 그런데 그들이 찾는 존재는 텅 빈 존재임이 밝혀진다. 그곳에는 의미가 없다. 아니 의미를 발생시킬 수 있는 기의의 작용이 배제되어 있다. 남아있는 것은 거대한 무의 운동이다. 이 맹목적 운동은 윤회로, 놀이로, 초월세계로 변신하면서 계속 출현한다. 그렇게 되자 존재의 의미를 찾는 행위 자체가 존재의 의미라는 아이러니에 직면하게 된다. 일상은 여전히 일상이로되 그 속에 부처가 있다. 오물과 시체더미 속에 부처가 있다. 우리가 찾던 것은 우리 자신으로 화한다.

이렇게 되면 『금오신화』가 전하려던 메시지는 훨씬 명료해진다. 그것은 문명의 허식을 버리라는 것, 계보로부터 너의 존재를 해방시키라는 것, 그래서 더 큰 무의미에 직면하여 스스로의 존재를 규명해보라는 것이다. 이는 자기 존재 해명의 기원을 외재성에 두지 말라는 뜻이기도 하다. 존재의 의미가 주체의 외부에 존재해 있어 이를 접근하여 파악해야 할 것으로 믿기 시작하는 순간, 존재의 의미는 탐구되기를 종료한다. 그렇게 되면 존재자는 마치 저축하듯이 존재 탐구를 연기(演技)할 수 있다. 따라서 존재는 제대로 포착되지 않음으로써 더욱 소외된 외재성으로 주체를 지배하고 억압하기만 할 것이다. 이 가짜 존재—잉여 만족만을 제공하는 나쁜 대상 a—는 언제든 사라질 수 있는 불길한 가능성으로 끊임없이 주체를 협박하고 불안에 떨게 할 것이다. 그러면서도 존재의 신원은 죽을 때까지 제시되지 않는다. 무언가 그럴듯한 것이 저 주체 밖에 있다는 초조한 인식만을 조성할 뿐이다. 이것이 계보적 에피스테메이며 소외된 신이며 족장이며 도이다.

김시습은 우리가 그 신원을 알고 있는 최초의 소설가다. 소설가 자신의 존재 신원을 불교적으로 물으며 탄생되었다는 것은 소설의 역사에 있어 깊은 의미가 있다. 그것은 소설가가 단지 구도의 사명을 진 윤리적 선의 화신일 뿐 아니라 도 자체를 해체하여 무화시켜 버리는 불순한 자이기도 하다는 것, 삶을 맹목적 놀이 또는 운동으로 이해하는 피실험자이며 동시에 실험자이기도 하다는 사실을 환기시킨다. 소설은 삶을 욕보이며 삶을 삶으로 돌려준다. 무엇보다 소설가는 우리 모두가 피결정자로서 세상에 소환된 존재자라는 사실을 거듭 반성에 회부한다. 그런 점에서 김시습은 아주 빨리 지상에 출현한 진정한 반인간주의자였다. 그렇다면 남산에서 유자의 옷을 불사르고 갑자기 승려가 되어 버린 이 천재의 삶은 조금은 더 이해받을 수 있을 것이다. 인간, 그건 아무것도 아니다.